命中注定
誰是你

甲木薩與雲遊僧傳奇

鍾文音

好評推薦

《命中注定誰是你——甲木薩與雲遊僧傳奇》以「沒有眾生就沒有菩薩」為小說核心，將玄奘取經與文成公主至吐蕃和親歷經生死離別與播揚佛法，兩條穿越唐朝時空的故事軸線，做了巧妙的互動連結，在歷史的甬道中，橫渡黃沙滾滾的戈壁沙漠，忍受孤獨寂寞，以無比的願力，面對狂飆魑魅魍魎，無畏的展開令人驚奇、讚嘆的篇章，允稱佛教歷史大河鉅構，實為不可多得的佳作。

小說創作有機發展，出人意表，不受既有框設侷限，本為小說引人入勝的藝術技巧，加諸本書引經據典，既不泥古，又不脫離歷史本事，敘事手法乍看為二，實則相互呼應為一，確如作者自詡「隱隱的埋針藏線」，需慢慢咀嚼，方能體悟作者另闢蹊徑的寫作結構，藉由人、事、情愛的因緣聚合，佛法奧義的深入淺出，展開信仰與心的追尋之戀。

本書分為「甲木薩」與「雲遊僧」兩大部，章節鋪陳綿密，寫作技巧高超、文字暢麗典雅，作者在歷史與佛教間，出入古今，引經據典，讓閱讀者隨作者的飽滿故事，遍覽古絲路風光，對佛教軼事、傳說、公案，多所詮釋，雖不乏作者推敲與想像，畫龍點睛，令人目不暇給。以清末王道士和英國人史坦因的因緣，做為鋪陳玄奘大師對佛教文化深遠影響的「報幕人」，頗具巧思，並引伸玄奘大師永法取經之路，天涯僧客，雲遊四海，求法若渴，卻也備嚐艱辛，歷經佛魔一體的辨證與九死一生，風險跌宕、生死交關的磨難。其中，在成都將身瘡臭穢的乞者，帶回寺中，親予調理治病，乞者實為天人化身，乃授予梵文心經，再由玄奘口譯為千古傳誦的「般若波羅蜜心經」，故事簡約，卻直指「慈悲心無分別，菩提心是自性核心」佛法，深入淺出，令人動容。

作者佛學素養深厚，凡佛經佛典、傳說故事、佛寺文物，入世出世，皆有所本，唐長安繁華景緻，或絲路城邑、拉薩風華，頗多作者身歷其境，採擷所得，而非憑空想像，在爬梳佛教發展軌跡的同時，更以現代小說的藝術手法，將文成公主的一生，藉由與文成公主俗名，且服務於大昭寺擔任導覽員的今之「李雁兒」，進入時空甬道，巧妙的進入文成公主「李雁兒」的憂喜哀愁與埋在和蕃前後，不為人知的情愛心事，娓娓道來，壯烈淒美，如史詩般與日月光，今古感應，使蓮花女神有了人性化的面貌，今之李雁兒為唐之文成公主化身代言，作者亦旁觀亦主觀，李雁兒非作者亦作者，作者的角色亦常不自覺地在故事中出現，觀點交錯，既是三藏西遊記的說書人，佛經傳說的繙譯者，又是故事中人物功過的評論者，時直述時倒敘，隨興自在隨喜，故事中又有故事，層層疊疊，相呼相應，文中〈藏經閣筆記〉既是記事，又是佛學、佛理，兼具人生哲學思想，筆法炫麗深刻，情愛與佛法交相論辯，風華無窮，使本文更具可讀性。

——履彊（作家）

目次

【壹】རྒྱ་མོ་བཟའ་甲木薩

愛邏些

藏經閣筆記

【貳】महायानदेव 雲遊僧

西行前

從此西遊

【參】 རྒྱ་བཟའ་ 甲木薩

藏經閣筆記

【肆】महायानदेव 雲遊僧

【伍】ཨ་ཅེ་བཟའ་ 甲木薩

後來者

她幾度生生滅滅，從李雁兒轉文成公主。雁行千里，注定遷徙。在高原，她成了甲木薩：永遠的漢地女神。

沒有眾生，就沒有菩薩。

雲遊僧玄奘書寫其一生致謝的功德芳名錄，並托西域商旅馬玄智帶給了甲木薩，她成了唯一的讀者。直到島嶼李雁兒於夢中獲致此文稿，逐字重刊藏經閣筆記，並將甲木薩的私我情懷綴成一零八顆念珠，念念相續。

一連串字詞如編織魔毯的故事，拼貼出甲木薩與雲遊僧擦亮星空的傳奇。

從此，兩顆唐朝最璀璨最稀有的星子，劃開佛的銀河系……

【壹】 རྒྱ་མོ་བཟའ་ 甲木薩

花開見佛，
那花落呢？

大昭寺導覽員李雁兒的高原紀行

那時西藏的佛還很單純，教派尚未完成。

印度佛法和禪宗佛法都尚未來到這裡論戰，繁複曼陀羅與空無一物如兩極星辰，在銀河閃爍卻不相逢。那些有著印度長串譯名的大成就者也尚未來到甲木薩的世界。甚至甲木薩和唐高宗之後的整個富麗文明也只是初遇。西元六六四年，四十歲的她在高原的冷風吹拂中，從路過的商旅口中聽聞雲遊僧玄奘大師圓寂時，不禁思及這一生無緣無法和大師會面，這使她在闇黑的布達拉宮房間裡點上供燈時竟至傷心落淚。

此後，她不斷嗟嘆，顛倒妄想。

千日翻頁，帶她抵達高原的吐蕃大相祿東贊也離開了她，這於她是高原第一人的祿東贊辭別人世，象徵她的高原紀元自此將要如凍土封關。

她經常需要安心，托長安商旅馬玄智帶來雲遊僧新譯的心經與金剛經*。金剛經與心經，安心的床頭書，彷彿放著佛書即使不讀也能夜夜安樂。日日閱讀，她發現自己喜歡玄奘大師的心經譯本，但仍愛著鳩摩羅什尊者舊譯的金剛經版本。研讀不同譯本使她的高原生活在妄想中帶點研究精神而有了充實，在意念顛倒中有了攝受而生出鎮魔心。如此，她就在荒旱高原度過一生，讀經即見佛，讀經即見雲遊僧。

雲遊僧西行那年二十八歲，文成公主遠嫁吐蕃那年十六歲。

這個年紀，妳在做什麼？在大昭寺酥油燈火閃爍的長廊李雁兒邊導覽著，內心卻如雷鳴地問著自己。

十六歲自己也還在荒涼的平原，穿著白衣黑裙騎鐵馬飛馳過稻田綠浪。二十八歲，流浪在城市，宅在頂樓加蓋的違章愛情裡與擺盪在不知所向的人生中，嚮往不知名的遠方，渴望知識與愛情，時而不知夢醒何處，時而和情人分道揚鑣，時而返鄉和母親鬧脾氣。

爾後，她經常去山巔水湄走訪寺院，掛單寺院，暮鼓晨鐘，以為自己心裡塵埃已被拭淨。在清寂的空間醒來，聞檀香而醒，那檀香沉香，沉澱了她的心緒。夢中的雪山，甲木薩與雲遊僧，如晶片植入她累劫累世的記憶體，她在孤寂時最好的精神老友，彷彿曾經和他們共同生活過的長安與拉薩，還有旅途那些印度西域種種風光。

多年後，情人與母親，雙雙斷了來時路。於是她遠行拉薩，去八廓街生活，在大昭寺當地陪，在闃黑的千年古寺裡聞著酥油奶香，導覽著即使眼盲也能辨識牆上佛像的故事。成佛者不離誓言願力，地藏菩薩對自己最狠，地獄不空誓不成佛，地獄只會愈來愈擁擠，她在母親的靈骨塔入口對著地藏菩薩說著，地藏菩薩難道不知眾生頑強剛烈，眾生超難搞超機車？地藏菩薩微笑對她眨眼，彷彿微笑拈花，她微笑頂禮，知道自己就是那個難搞的眾生。

臨去高原前，除了佛經，她要清空屋子，掃塵心。

那時滿屋子的書籍，她想帶什麼書上路呢？小說最難選，也最容易放棄，熟透卻散發像老友知心

＊編註：為尊重作者的使用習慣，本書除了後記，內文不使用書名號《 》。

濡沫般的氣味的是金剛經、藥師經，她想一想又把維摩詰經和楞嚴經放進行李箱，接著又放了一本唐人傳奇與聊齋，她覺得高原鬼魅幻影多，萬一遇鬼，那不就是聊齋再世或是母親來看她的偽裝。這樣一想心跳突然加劇，彷彿要跳出胸口般的緊張，有如遠方有人亟待她趕緊上路。她想那個人莫非就是文成公主，她一直好想寫下她的故事，她們都是雁兒，一個從平原起飛，一個降落高原。

在這瘋狂與庸俗所統領的吵雜世界裡，她的書單看起來竟如此溫暖而莊嚴，簡直古老得讓她想起千年前的唐朝少女，和她同名的唐朝公主李雁兒，被皇帝臨時賜名為文成公主的雁兒具備這個身分，才能匹配吐蕃贊普。如此婚配，十分古典，近乎搶婚，必須翻山越嶺才能抵達吐蕃的十幾歲少女，臨行前被贈予一個夾帶著使命的新名新字，一個連自己都不習慣的文成新名，抵達一個新天地。

長途跋涉，曠野荒山，顛沛流離。一路上高原，跟隨的嫁妝絕無僅有，車隊彷彿是帶著一座藏經閣移動。佛經三百六十卷，金剛般若波羅蜜經、阿彌陀經、坐禪三昧經、法華經、摩訶般若波羅蜜經、維摩詰經、大智度論、中論，與盧山慧遠的書信問答集之大乘大義章，僧肇編撰之注維摩詰經，佛經即鑽石，歷劫永流傳。這個身世奇特出家又被迫還俗的大譯師羅什尊者入滅前說，如果我譯的經典無誤，我火化後的舌頭將焚燒不爛。

大譯師果然舌頭不毀，經典萬世流芳。

她幾度生生滅滅，生生滅滅幾度，猶如佛魔手中的一只棋子。長安出產僧人與詩人，還有可以像男人騎馬射箭外出的女性。他們知道比戰爭更有利的武器不是刀劍而是愛情。

文成等待開出蓮花，轉成甲木薩。漢地來的蓮花女神，度母再世，神格化與女巫化都在她的身上因歷史光環而變化。

甲木薩與羅剎，女神與女巫，如迎佛與滅佛者。

抵達高原的李雁兒，故里已然成了夢中浮島，她邊對著遊客解說歷史，邊心想這是何等奇特的嫁妝，文成公主那個年代被譯出的佛經幾乎以出自鳩摩羅什尊者為首，直到公主上了高原，雲遊僧西行多年返回長安，在奉詔譯下才有了更多的新譯本。她自己最喜歡羅什尊者小時候隨母親出家的故事片段，她常想像著自己若和母親一起出家是什麼樣子？但母親僅僅偶爾過年過節才會去寺廟，去寺廟也多是為了點太歲燈財神燈，邊點燈還邊說寺廟都是要人捐錢與捐時間的。母親去寺院不為開悟而是去「開」錢，去求財求平安。

泛黃的堆繡、唐卡與雕像林立，千年大昭寺黑黝昏濛，酥油燭火燃燒著低彩度的微光，目視空間，模糊的人影與佛像猶如酥油與香塵，混合一團，藏香裊裊，我入佛，佛入我，如雨入海，如材入火，低吟念誦的咒音如潮。寺內擠滿了各地來朝聖的旅客，還有想要為往生者祈福而來到大昭寺，為十二歲釋迦牟尼等身佛換上金裝的肅穆家屬，使得狹小闇黑的走道上幾乎寸步難行，行經而過的佛菩薩幾乎來不及目視一眼，就任憑後面的浪推擠前移，匆匆結束一生朝聖一回的聖寺之旅，所幸照片儲存曾經來過的痕跡，或者夜晚到旅館上傳雲端社媒，以炫耀沒來到西藏還不能死的渴念。

這是一座佛與人彷彿沒有界線的寺院，身體挨得很近很近，當時社交距離這個詞還未進入人的腦海。

人河兩岸林立著西藏成佛者與修行的大成就者，這些佛影幢幢是她的新聊齋，收妖鎮魔縛鬼，故事驚天地泣鬼神，只是觀者多不知其名其事，因為人流企盼的是要去膜拜唐朝公主攜來此地的釋迦牟尼等身佛像換上金裝的時刻到來，眾人停步等待聖靈降下時光，藉此觸摸佛的兩足尊，繞行佛像，沾點金粉。

她這個導覽員說著請大家趕緊抓時間摸佛的兩足尊喔。

請問豆油小姐啥米係兩足尊？

導遊發音成豆油的腔調，一聽就是來自她的故里大嬸，正等著她的回答。

兩足就是慈悲與智慧，通過她剛剛啖畢高原麻辣腥羶的羊肉氣味，她小小聲地說著，彷彿深怕沾汙了字詞似地心虛說著。

觀者在黑暗中聽到她那如貓的低沉嗓音，望著她那散發迷濛的眼神，然後看著佛的兩足，接著低頭望著自己的雙腳。那些從大陸偏僻村莊一路遙遠來到寺院的農婦農夫們頂著長年被太陽曬傷的眼眸與深邃如刀刻的臉望著她，微光下的她像是也被觀望的佛像，一雙雙眼睛盡是疑惑，彷彿等待她的解謎。

是疑惑啊，佛已然失去面目，佛變成時尚符碼與心靈雞湯，甚至變調的佛教徒連教主故事也不必知，因為教徒自己就輕易爬上了佛的位置，萬法唯心，而心卻是最狡辯的，人妄想久了就以為自己也是佛，要人膜拜，要繁衍徒子徒孫。佛遠在天邊，近在眼前的是擬仿的佛。就像喜馬拉雅山海拔八千公尺的永生花，永生綻放之花，人們嚮往之卻終其一生難以見到。

於是看見佛像就已滿足，於是擬仿的也以假亂真了。

為等身佛換金裝的家屬似乎來了一個龐大的膜拜團，等候家屬完成儀式的過程頗久，有許多人已然不耐而逕行先行離寺。於是在難得的空檔，她正好好整以暇地看著四周塑像，燭火搖曳中，她深情地望著佛，佛看過公主，公主看過佛，現在她的雙眼竟能親睹兩千五百年前在釋迦牟尼佛眼皮下所刻成的佛像，此佛像成了往後所有佛像的原生種子，從此佛像繁衍出種種對佛的想像，佛像化為藝術品，成了拍賣會上落槌的天價。

佛像無處不在，但佛卻愈來愈遠。無佛處莫停留，有佛處快疾走，有與無，莫執著。這樣想時，忽然文成公主的雕像竟晃到她的面前，公主眨眨眼，接著消失。是幻象嗎？雕像可以走路，她失笑著。

走到寺院末端，三尊立像現於前，文成公主居中，左右兩邊的男子是影響公主一生的吐蕃大相（宰相）祿東贊與贊普（國王）松贊干布。華麗的五彩塑像，揉合西域與唐三彩的風格，瞬間放光在窄暗的寺院。於公主有形的力量是這兩個重要的男子，無形的力量則是來自鳩摩羅什譯的經典與雲遊僧新譯經典。當然還有無數歷史不曾寫下的名字，他們是陪伴公主一路從長安跋涉到高原的婢女，搬運的力士，長安工匠藝師與占卜師，懂得桑蠶種植的農民，還有往返於長安與邏些（拉薩）的報信使者。歷史的有名氏與無名氏，都是導覽員想要訴說的碎片，如此才能串起整座大昭寺的歷史風華與傳奇魅力。

離開擁擠著朝聖者的大昭寺，她回到無人的院落荒涼，撈著高原月亮，風如微瀾，必要的靜默，隱入甲木薩如蝶的斑斕夢境，沒有早春的人生，只有如秋瑟的晚景。洗過的夢，一回又一回來到她的高原，皺摺凹陷的時光，等待她的筆墨織就。從遠方一路追來的夢，從平原山腳一路攀爬，直到太陽被高高托起，曬乾潮濕青苔的石子路，私語偷渡著失落的唐朝文明。

死去的文明，也在她的高原的當代裡，但她想要再讓它復活，以口述與筆墨復活，重述。夢裡早春，第一朵梨花盛開，伴著晚冬的最末桃花，彷彿兩個隔著千年的李雁兒的花開花落，早春晚冬的嫁接。

扎西德勒！扎西德勒！

她從鬧鐘設定的藏語問候聲裡床上跳起，已然八點了，快速梳洗，抓著幾個捲餅往外奔去，一路風塵吹拂，高原不缺風不缺沙，就缺氧，跑太快，心臟像是掉拍似的提醒她放慢步伐，調勻吸氣。

白日的李雁兒嘴巴總是開開闔闔，遊走在大昭寺暗墨褪色的堆繡與剝落的壁畫前，經常訴說給遊人聽的故事是關於吐蕃最美的傳奇片段，最聰明最懂善巧的大相祿東贊是如何在長安拔得頭籌，如何解答天可汗出的考題，如何通過六試婚使的故事。她邊說卻邊遙想著千年前的少女公主如何抵達高原，又如何抵抗這漫長的寒域與孤寂。

唯佛一字，可解斯苦。她聽見虛空傳來了這句話。

拔苦，佛之初心。予樂，佛之初願。苦要連根拔起，樂要開枝散葉。

認識公主要先認識佛，這裡的佛都是從她帶來的等身佛的根柢所新生的枝葉。

高原壁畫超過十萬幅，很難辨識的諸神眾仙，彷彿複製佛的極樂世界，「設我得佛，國中人天，形色不同，有好醜者，不取正覺。」她念著阿彌陀經，並加以白話。她聽見故里大嬸又問豆油小姐，到阿彌抖粉的淨土我們都長得一樣，那怎麼分辨彼此。她聽到阿彌陀佛的陀佛變成抖粉的發音笑了，眼前每一張臉都如此不同，據說在地球這億億萬萬人裡竟是沒有一張臉是一樣的。

她跟故里大嬸說這只是一種要眾生沒有分別心的表法，一種說法。故里大嬸一愣一愣的，似懂非懂。

她微笑又說，大家看佛臉形色相似，但注意看佛像手中的法器和座下的神獸，那就各有千秋了，繁複的法器法座，如小芥子納大須彌，蘊藏千佛萬佛。

先學分別，再去分別。先有執著，再去執著。她吐出這種打高空的話語，連自己都心虛。她喜歡觀察佛菩薩的坐騎，雪獅雪豹大象駿馬飛鳥彩驢，天國神獸動物園都是人間沒見過的。神的世界一如獸的樂園。金剛亥母最酷，單腳踩豬或人，亥母不要可愛的神獸，亥就是豬，把豬一腳踩得死牢，說是對治貪。貪瞋癡各有對應動物，豬雞蛇，她感覺自己是雞頭豬腳蛇身，貪瞋癡頑強。

經歷過人生的淬鍊，過去她的信仰還沒堅定如鐵山時，意志會隨著際遇搖擺，後來這幾年的闖蕩，來來去去的人如魚汛，她已習慣了別離。作為一個堅信者更容易說服自己去說佛的故事，靠自己去闖蕩江湖，先去歷練，也才知初心的面貌。

當然實踐者可能癲狂也可能放蕩，可能堅信也可能脆弱，歷驗種種，無非煩惱與菩提。

她在入睡前寫下了這些字句。

接著例行打開藥師經，日日玄奘大師的奉詔譯本映入眼簾，藥師佛十二大願，願願扣緊眾生的俗世與來世想望。

想著想著，念著念著，大昭寺的八吉祥屋頂在窗前閃著熠熠流光。白天走路時，把佛放在肩上兩端齊行；頂禮時，把佛放在對面虛空。打坐時，把佛放在頭頂；入睡時，把佛放在心間。

怎麼放？她躺下來，腦海先浮上一尊觀世音菩薩，她只能先觀想四隻手的菩薩，多眼多手還想不起來。別人數綿羊，她數菩薩的手，如果能觀想清楚觀音菩薩千手千眼，大概她就是睡神鍾愛的女兒了。

日光之城此時轉成月光之城，高原的睡神如缺氧的稀薄空氣，緩慢進入腦波卻又快速麻痺睡眠者的神經，高原入夜瀰漫著濃濃如死境的睡眠中，有一碰枕頭就快速入睡者的高階旅人，有頭痛欲裂無法成眠的初階旅者，有可整日不眠的打坐者，又或有無晝夜之分總是將兩隻手的響板不斷地敲在地上的禮拜者。動與不動，都在和神交談，只有初抵的觀光客必須走得像太空漫步，隨時得和高原的氧氣打仗，拚命吃黑糖，打葡萄糖針或者如病人般地死抱著氧氣瓶。

寺院堪布教導如遇見衰事苦情，也就當作是還前世債。堪布是住持，格西是博士，上師是仁波切，出家人稱喇嘛，舌根吐出的字詞練習轉換。

前世今生的念頭一旦植入，就猶如晶片，雖然得到些救贖，但卻也被輸入了怪異的程式，像是腦部暫時缺氧，變得笨笨的，失去動力與想像力，畏因畏果，容易變得像是大媽大嬸似的語言套組，比如這都是你欠他的，這都是業力使然。去脈絡化，之後的每個痛苦彷似都可以被昇華了。

修得死福，好死是福，生活的一切都為了修得好死的高原。死福高原上流傳的故事，成了難以想像的神話。

到過西藏一百次的導遊戎哥，成了她的最佳夥伴，一個載客人來大昭寺，一個當大昭寺導覽員。

於是她勤於寫下導覽筆記：

「元末明初學者薩迦索南贊堅在贊普統世系明鑑記載：觀世音菩薩覺知教化雪域藏土有情眾生的時機已到，從自己身上放出四道光明。從觀音菩薩左眼射出的光明，射往漢地，漢地全境被光明遍照，長安皇宮也被光明普照。光芒聚攏，射入到唐朝贊普妃的腹中，過了九個月又十天，贊普妃生下一個妙勝公主。這位公主絕冠世間，身體青藍而紅潤，口中噴出青蓮花香氣，通曉文史。

伴隨光明和神聖的女嬰李雁兒長大後和親吐蕃，她是綠度母化身，從觀音菩薩左眼流下眼淚的綠度母。尺尊是白度母，從觀音菩薩右眼流下眼淚的白度母。她們的贊普被認為是觀音菩薩心間射出的六字真言的光明化現，而她們倆從贊普的眼淚化現而成，女人是水做的。」

輪迴的利刃，轉瞬千年。

當代的島嶼李雁兒寫著唐朝長安李雁兒的導覽筆記，熄滅供佛油燈，倚著牆邊靜坐，想著高原的集體神話。修行瑜伽士一入定，彷彿全身和睡神共舞共振，進入深度睡眠卻又清醒萬分。睡眠如歷中陰，不醒人事，連夢都不復記，醒來又活過來，所以安寧的死亡如睡眠。她想母親離塵如眠，捨報自在如入禪定，這倒是大大安慰了她。離開傷心雨夜的台北，往後她都將和甲木薩與雲遊僧度過日與夜，日是甲木薩的大昭寺，夜是雲遊僧的譯經。長安當年兩輛錯失的列車終於在她的日夜輪迴中交會且擦撞出想像的光芒。

島嶼雁兒行過少女南方的炎熱盛夏，她看見自己的身體與靈魂轉悠在高原的雪光下旋轉徘徊。

少女轉為老少女，世俗摯愛融進了稀有的出世安慰。

願你們安詳。

世上除了神的慈悲疆域，再無能收留病痛了。

她看著自己的手掌紋路，想要解讀其中的密碼或者謎團，沒有答案，就像她在據說可以倒映出前世的高原湖泊卻只看見自己那一雙悲傷的眼睛框著湖水綠與天空藍。夢中火焰四起，母親色身最後被丟進幡祭的熾烈火焰中，那些因愛而衍生的執著，因恐懼而滋長的貪欲，因無知而養肥的執念，以顛倒意念行走的生命，注定難以參透時間的盡頭翻開是哪一張命運的紙牌。離開地球的人渴望抵達阿彌陀佛的安樂國，在此方想著另一邊的世界，永遠想著未來的不在，當下的當下，輪迴鎖鏈環環相扣，逐一斷鎖斷鏈，解脫往極樂行。轉瞬即逝的意念，引磬一敲，出魂，睜眼還在高原，她笑著剛剛自己的冥想不過是文學家似的自我想像。

廣欽老和尚年輕時曾入定如死屍，差點被活埋。道行高深者弘一法師見狀，敲磬引回神識。如果反過來呢？真把他的身體丟去燒了，這修行之路該如何寫下？被死神一棍擊中，秋天樹梢上的葉落聲如此雷鳴巨響。

白骷髏腰間繫的彩帶短裙和手上盛滿鮮血的嘎巴拉，骷髏頭串成金剛杵，三頭顱一顆流著血象徵現在，一顆血乾涸象徵過去，一顆什麼血也還沒流下象徵未來。現在銜接過去與未來，骷髏即美人，美人即骷髏。眼見不能為憑，凡夫肉眼所見都是自以為是或者只為了藝術創作的想像力。密續空性與妙樂合一的修持，菩薩男相女相只是一種表法，表現的方法，合一並非是男女，其實那都是自己的白日與黑夜，晝夜相續。

慈悲與忿怒的佛菩薩，也是多面菩薩，有時呈慈悲尊，有時現忿怒相。長得更像是來自地獄的使者，而那些阿修羅夜叉羅剎狐仙蛇精卻都個個美艷，忿怒尊如異形，多隻眼睛，渾身發綠，全身藍色，翅翼上長滿眼睛，背後狂燒著火焰，骷髏割下人頭製成的人頭花環和骷髏花環，串在腸子上的人頭和串在屍體頭髮上的骷髏，花蔓蛇形花環。

她對發出恐懼不解眼神的遊客解說唐卡是一種表法，比如人頭與花環表色空，色空無別。華麗的天衣飛翔著天龍八部天眾龍眾夜叉乾達婆阿修羅迦樓羅緊那羅摩呼羅伽，迦樓羅大鵬金翅鳥，白岡黑魔紅贊取命夜叉屠夫羅剎施病瑪姆凶曜（羅睺羅）。頂禮毘沙門天王座下的十二藥叉大將，善良大藥叉將座下各有七千藥叉，十二倍數的七千藥叉，一時之間她覺得四周充滿藥叉護身。

她要遊客想像著自己身處在長安玄奘三藏法師的譯場時空，念誦著雲遊僧當年音譯的十二藥叉梵文譯音：宮毗羅大將伐折羅大將迷企羅大將安底羅大將額你羅大將珊底羅大將因達羅大將波夷羅大將摩虎羅大將真達羅大將招杜羅大將毗竭羅大將。頓時，異語他方勾招至前。

她進一步對觀者解說當年有四不譯，保留原音的翻譯或因在當時中土找不到對應字詞。比如十二藥叉意思為蛟龍鯨魚蟒龍螺女，金剛金帶沉香，破空能天云殺善藝，文武雙全齊聚高原和心相見。必須動員想像力才能遙想千年前高原甲木薩應也是讀誦著藥師經或金剛經入眠的。

白日導覽，嘴吐故事，夜晚佛伴，舌吐經文。她在高原開口閉口不離佛，不離甲木薩，不離雲遊僧。平原故里的情逐漸化為高原的風高原的雨，吹散洗滌往昔的苦憂。

愛上一個人就像創造一種宗教，只是這種愛情宗教裡的教主是靠不住的。不若她愛上的佛界層層疊疊，三十三天，天人五衰。登涅槃永恆史的預先練習，每上一重天，直抵越來越美麗的不可思議淨土，恆星都在四周旋轉，恆星之上有最高天，由光組成的永恆的天國。釋迦牟尼佛一出生就能走七步，一手指天一手指地，口吐妙言天上天下唯我獨尊。

農民農婦的大陸遊客們老家長年可能世代供佛，但卻是第一次聽到這句話似的目瞪口呆，她聽見有人說著啊，佛怎麼可能一出生就能走路還說話？佛怎麼可能這麼自大說自己唯我獨尊？

我是指本性尊貴，故唯我獨尊。

黑暗中有點悟性的遊客聽了目光燃起火焰。

祈求你拯救我地獄裡的靈魂，個人的神曲，是否是一場空幻？

那些說死就死的神話。是那種想離開就可以停止呼吸的那種，能躺著死，能坐著死，也能站著死。能冰天雪地用赤裸的身體將雪融化的修拙火定者，西方科學家都無法測量出的心臟節拍。那些說捨就捨的故事。篇篇聽來都像鐵釘釘著她的心，怎麼能怎麼行怎麼如此了得，為何她的心不能不行，一點也不了得？

在缺氧的高原，血液緩慢地黏住最後的春日之光，老舊的旅館水聲滴答，忙碌的昆蟲交頭接耳著秘辛，她看見受苦的人，那些動不動就拉人去杖斃車裂砍頭去勢的冤仇該怎麼被消抹，甲木薩的長安，皇宮裡都是殺戮，輪迴之路，殺人如麻或穢亂宮廷的該去哪一層？拖出去，人頭落地，千年來的宮廷的輪迴大戲演到當代該如何盤點地獄？

某日台北李雁兒即將疊合長安李雁兒，因為那個在高原演文成公主的女生被導演嫌有公主病，嬌氣太重。高原的神山老師曾看過她和當地人跳金剛舞，也在大昭寺看見她跟小沙彌一起讀經的樣子，推薦給戲團導演，雖然這齣戲只是眾多文成公主大戲的旁支小社團，酬演給神看的戲，但正因是酬神，導演很慎重，公主病演員絕對不能匹配這齣戲。導演看過台北雁兒的樣子，覺得甚好，還說這簡直是文成公主走出來的模樣，具有柔慈的親和力與意志力特質。導演托人去問了雁兒，她大學念傳播系，修過戲劇、導演課與編劇課，對戲熟悉，人又好奇，她就答應試試。

果然她古裝一上身，一打扮起來，酬神村民見了不禁喊她甲木薩，紛紛說文成公主從唐卡走出來了。疊合公主，練習著金剛舞與藏文戲，也排演著甲木薩公主，在地節慶必然演出的戲目，每個村莊都有演甲木薩公主的女生，都說台北李雁兒最神似。這並非是演給觀光客看的綜藝大戲，而是帶著競賽意味的酬神戲，精神意義大過於演得好壞，演得好有獎品，人酬神，更想拿的是獎品。教他們的老師岡仁波齊，和神山同名，因此他們都叫老師神山，神山曾在各地名勝遊歷，接觸內地民族表演戲曲，融入北方歌舞音樂之後，他帶著揚琴回到高原母城，將內地音樂的某些音調融合高原人喜愛的音樂。朗瑪首先流傳在日光之城，以歌為主、歌舞相輔相成。慢歌舞稱縴諧，快歌舞叫覺諧。走在街頭巷尾，晃到林園湖邊，都會聽到從內室閣屋和林卡篷帳中飄出的陣陣悠揚深情的歌聲。

不導覽也不排演的時候，她會去藏族好友桂兒開設的陶器工坊幫忙製陶，她很喜歡古樸的陶土。喜愛桂兒，覺得熟悉，許久她才發覺原來桂兒像母親。邊捏陶邊想著母親輪迴到哪個渡口了？

陶工以竹竿用力地攪動著轆轤，接著再忙碌地將陶土放在上面，沉重的陶土隨著轉盤捏塑出各種器皿，陶甕、陶缽、陶瓶……，最後再將捏塑完成的成品送進以燒稻草為主的爐火內燒烤定型。她和高原織女肩並肩同坐一起，和高原人共同編織一塊大地毯，用山扁豆植物圈法編織，利用環繞在規格化的針棒滑動著每一排紗線所共同編織的古老技藝，十九世紀早期的織女利用強烈苯胺染劑來調和色彩，現在用的是自然植物染料。她主要的工作是將織女編織完成後的地毯拿去浸泡，使羊毛柔軟更具光澤，以茶洗方式將地毯洗出一種宛如古董般的溫婉色澤，亮而不刺，像穿久的棉衣般舒服。

她一直喜歡雕刻，她去學石雕，敲碎了好多塊大理石，被師傅戲稱憤怒女孩，有一天忍不住走近告訴她，表面看是敲石頭的勞動著，其實這手下功夫和靜坐一樣，你看準了才敲下去，怎麼看準？就先練習靜坐的數息。或者先去生活。

雕刻就像靜坐。

或者她去佛寺學做供佛朵瑪，用青稞粉揉上酥油，染上各種植物顏色的供品，立體花朵如牌坊。幕起幕落。

熱鬧喧譁的甲木薩公主大戲在冷秋十月結束，雪域即將變成雪獄。沒有旅人，也就無需導覽員。下戲，李雁兒知道自己終究是一朵雲，將離開拉薩。

離開這座高原前，她要往甲木薩剛抵達的昌珠寺與墓地去弔唁，接著轉往西安，走一趟少女公主的長安舊景與朝聖雲遊僧的大雁塔與慈恩寺。

為此，離別前，她再次逛了幾次拉薩，駐足大昭寺，朝大昭寺古井許願。

聽說朝這古井許願，甲木薩會幫你實現願望。

她虔誠地許願，有人笑問她許甚麼願啊？

她笑而不說，只說秘密，她和長安公主相約幾載幾世的流轉暗號。

幾度舊城重遊

子夜時分，隨著射燈熄滅，至高的布達拉宮與黝黑天幕融為一體，主幹道北京中路上車輛寥落。雖然開放時間已過，大昭寺門前依舊有磕長頭的信眾，身影如海浪，此起彼伏。文成公主栽植的唐柳下，千盞酥油燈長明。大昭寺廣場上，十餘人席地而坐，不懼秋寒白露，各地來的禮佛團，唱經聲繞梁，彷彿聖樂合唱。集體進入催眠似的極樂之邦。

八廓街傳來微微地震般的響動，她不用傾聽就知道是因佛而未眠不眠的人，虔誠香客在繞寺繞塔，進行五體投地的禮拜，展現大信大仰。黑暗中，她看不清朝聖者的臉，但卻見眼睛各個如火炬，旋轉的銅銀經筒，在暗中如電光石火，也像大海中的漁火。

白日的拉薩是屬於觀光客的，只有午夜的拉薩，才回歸虔誠的信徒，這些願意把睡神讓給佛的大信者，連闔上眼睛都覺得奢侈。大昭寺是巨大磁場，吸引眾人渴仰的心從不消逝，對著文成公主從長安運來的十二歲等身佛不斷地膜拜再膜拜，以胸膛貼地，眼嘴沾染著塵埃。十二歲等身佛，佛的八歲十二歲三十五歲，佛入涅槃前請工匠雕刻的佛身金像只餘十二歲等身像在世，八歲碎裂兩半，三十五歲灰飛煙滅。十二歲安居大昭寺，日夜膜拜人潮淚光閃閃。

文成公主讓遠從長安帶來的這尊佛歷經幾死幾生總是能抵擋得過滅佛者的刀山劍樹。

不上工的台北雁兒喜歡得空就出入大昭寺，彷彿這寺是她的家。她也學著當遊客，在人潮湧動中也被推到了佛足前，在燭火吐舌搖晃中，她望著少年佛，心想十二歲的佛還不是佛時他在王宮中做什麼？還來不及細思，在缺氧中又被人群往前推，直到前方人潮擱淺在黑海中，她在黑暗中瞳孔乍亮，眼前的彩色塑像文成公主和她對望，塑像兩旁的贊普松贊干布和大相祿東贊彷彿對著自己微笑。她突然有種暈眩感，心神被搖晃著。

有人拍她的肩，她回魂。轉身見到戎哥，天漸冷也沒團可帶的地陪戎哥。戎哥最初是從老家北京來拉薩的旅人，原本只想短暫停留幾日，結果一待竟是五六年了。從真正的北京住在高原的北京東路的青年旅館，為的是這旅館離八廓街近些，三不五時可以去晃晃。

他們就在旅館旁的甜茶館認識的，聊的話題起先是環繞著文成公主的故事轉，這戎哥在拉薩待了這麼久，竟沒讓他信佛，但他相信靈界的存在。

戎哥夏天賣天珠給內地來的人，冬天他向藏民買回天珠，賺差額，三方都高興。

他最喜歡拉薩的冬天，一場大雪過後，陽光微微升起，他去大昭寺廣場曬太陽，太陽就是他的佛光，日子好過就是見佛。

佛在哪裡？都說佛在心裡，萬法唯心，但心在哪？

生活不操心，說這才叫嘆世界，讚嘆世界之美，愜意而愉悅。冬季農閒，也是外地藏民來到聖城，轉山轉寺轉經轉道，他繞著四處拜佛的人走，別人是繞佛三匝，他是繞人三匝，有人潮就有生意，別人轉山，他轉錢，一手進一手出。錢是拿來交換物品的，不用就只是數字。

說著說著，他們離開了大昭寺內裡的陽台，熟門熟路者才可以進入之地，可以俯瞰大昭寺下的流動人生與環視山巔翱翔的禿鷹。

相約去沖賽康市場，逢神佛生日，這市集熱鬧喧譁，市場外的五岔路口，有從藏區各地湧來的康巴商人，長年在外的搏鬥討生訓練，使他們個個看起來都是鐵錚錚的漢子，康巴男人把女人留在家裡持家帶孩子放牧編織，等待男人攢錢歸來。

他們站在馬路中央一個人就可以做起生意，這市集稱為站市。佛說一個人就是一座壇城，這裡是一個人就是一個攤位，手上掛滿珊瑚蜜蠟瑪瑙天珠銀器嘎烏，簡直是菩薩的琉璃天衣拆卸成零散的銀河寶物，真是應有盡有。

李雁兒跟著站著，但她手上什麼也沒有。

商人表面上都不動聲色，甚且太安靜。

她看著有趣，觀察漢子們竟都像女娘子，彼此竟只是會心地說笑，說話還輕聲耳語，戎哥悄悄跟她說，談笑風生中，埋藏殺機，笑眼中殺來殺去，價錢就在這種不動聲色卻又聲色大動中談妥了。

在寬鬆衣袖的遮掩下，商人用著約定俗成的熟稔手語在協商搓價。手語要熟門熟路者才看得懂暗號，嫻熟密語咒語的城。

離開沖賽康市集，她的腦海還嗡嗡響著，戎哥卻一逕帶她往僧侶修道院去找仁波切，說一起在寺院吃飯。她發現寺院並不全然吃素，戎哥笑說素在心裡，還學島嶼人說素不素，聽得她笑著。在高原蔬菜極為稀有，昂貴，且高原人吃肉還有吃肉咒，迴向給被吃的牛羊，讓她聽來極魔幻，說也要學吃肉咒，免得感到罪惡。

聽仁波切說藏傳佛教的轉世傳奇，寺院後山埋下第一世噶瑪巴度松欽巴的頭髮，春天長出香草，用頭髮織成的會飛的黑帽。她聽著想說第十七世噶瑪巴難道是為取回這頂黑帽而去了印度？

仁波切也笑呵呵說，妳去印度再去問他。

她很少吃民宿提供的餐點，喜歡去鄰近賣菜的小販家裡吃飯，小販的女兒是她這輩子見過最美的人，兩條粗黑的辮子垂在胸前，深邃的鼻梁下有多情的眼睫，笑容純真是她世上唯一所見。

寺院正在行坐床儀式，被認定為祖古的轉世靈童都要向如來佛、松贊干布、文成公主、蓮花生大師等藏傳佛教重要人物的塑像進獻哈達，以示尊敬。表達自己的純潔、誠心、忠誠和尊敬。高原婚喪節慶、迎來送往、覲見佛像、送別遠行，也獻哈達。進寺廟先獻上哈達，才去參拜佛。她獻上哈達，白色如雪，腦海跑過母親被推入高燒的爐火時，覆蓋腐朽枯萎色身的哈達絲綢上的八吉祥在虛空中跳舞，伴著母親微笑的臉。

臥床多年，不再被縛綁的色身靈魂舞踏，化為一道光，靈光溶入陽光，淡去，彩虹現身。

離別時分，在自己坐過的座位上放一條哈達，意味著人雖離去，但心還在。

幾日後她告別民宿，收拾錄音口述的導覽日記：藏經閣筆記，悄悄掩上門。屋外陽光燦爛，忽然雨雪霏霏，抬頭她見到一彎彩虹，跨過大昭寺四周旁的山頂，往河澗湖面上迤邐，雲蒸霧繚暈染著彩虹，如此祥靜，竟似暮鼓晨鐘。

她去了大昭寺，沒有旅客的寺院只有各自在打坐的僧人，她熟門熟路地找了個墊子也闔眼靜坐，耳邊聆聽著如浪的誦經咒語，如搖籃曲的咒音汩汩而來。

她直待到夜深人靜，寺院外比之前更安靜，冬日寂寥，真正留下來的都是愛佛愛大昭寺的人。

此時拉薩整座日光之城已進入夜晚極度缺氧的沉睡之中，明月高懸，銀河燦星，照耀最安靜的冬日拉薩的心臟——大昭寺。八吉祥屋頂金燦，彷彿不曾遭過磨難，不曾歷經弒佛者的屠殺與汙辱，不曾經歷火災與自焚者的鳳凰之死。

大昭寺在靜謐的雪城之夜，仍劇烈地跳動著。環繞寺旁的八廓街一帶傳來叩叩叩的磕長頭者。大昭寺就像最旺盛的血路脈搏，而不眠的朝聖者有如是環繞整顆心臟動脈迴圈下的無盡血流。她從靜坐蒲團裡起身時，悄悄走到甲木薩雕像，在公主的頸上獻上一條哈達。

李雁兒遇見李雁兒。

千年一瞬，一瞬千年。

她禮拜再禮拜，同時看了幾眼左右的男子，大相與大王，一個是公主在長安遇到的吐蕃第一人，一個是在柏海遇到的愛情第一人。

她沒有朝祿東贊與松贊干布獻上哈達，只朝他們俏皮地眨了眨眼睛。

撫摸絲綢般的白色哈達巾，慈悲度母，度母慈悲。

人離去，心還在。

佛也在，佛總在。

李雁兒看見李雁兒，相會高原，平原高原，彷彿共命鳥，命運一體，一身雙頭，互為鏡像。

台北來的當代李雁兒以一百零八顆念珠的篇數為紀，她每轉動一顆念珠，即寫下一個篇章，以此編織唐代長安來的李雁兒——甲木薩與雲遊僧的懸念之情，和親公主與天涯僧客的佛經之緣。

憶長安

0 兩朵雲

公主和親上路，西元六四一年，那時雲遊僧已西行多年。

雲遊僧取經，西元六二九年，那時她還是個六歲女童。

早熟的心靈早已聽聞阿耶（父親）說起雲遊僧甘冒偷渡之罪與西行之險取經之事，懵懵懂懂中，她種下了對遠方的某種嚮往，彷彿對於離鄉上路的提前預約。直到她被賜名文成，她不確定自己是否文功可成，但知連自己也要離開長安了，此時最讓她遺憾的是見不到還在歸返長安路上的雲遊僧。

她先是女孩，接著才是公主，再轉成甲木薩，接著幻化成神話傳說，她是貝瑪蓮花，昇華成度眾生苦海的度母，出汙泥的蓮花菩薩。

她過世後，從人升位菩薩，又從菩薩降格成羅剎。

平反之後，傳說加劇，被轉成神。從此高原舉行坐床儀式，所有被認定為上師轉世的靈童都得對她的塑像獻上無上尊敬的哈達。多年後，她又高處跌落，她被韋·甲多熱仇佛者視為羅剎女，被滅佛者朗達瑪毀去。

時光走過，她再次上位，被膜拜。時光走過，下台上台，死死生生。

她學著過起高原曆年，耶娘辭世，她逐漸忘了國忘了城忘了家，只餘雲遊僧。

在高原宮殿的眠眩時刻，夢裡長安，花開花落。

看見車裝，駝載，馬運，驢馱的絲綢之路的商人，沿著戈壁沙漠的邊緣穿越唐朝的西北邊疆。從玉門關向西，有兩條道路可供行人選擇，這是兩條令人望而生畏的道路，要經過流沙、戈壁和荒漠，忍受極度的寒冷或酷熱。

她約莫十歲時，曾聽聞阿耶說起那來自絲綢之路上的粟特國的使臣由撒馬爾罕再次來到長安的事蹟，那時粟特人的足跡遍布於絲綢之路所經過的一切地方，從東海之畔的揚州再到沐浴地中海陽光下的拜占庭，異族嚮往朝拜天可汗。

只有她逆向，逆旅。

天可汗欽點她，把她送到沒有任何漢土女人來到的地方，氧氣只有百分之三十的高原。當年她被賜名文成時，天可汗還派來了武功侍衛來到李府花園教她如何呼吸，她當時還天真回阿耶說，我每天都在呼吸啊，呼吸也要訓練？

原來必須有鐵肺才能長途跋涉與攀高走遠。

鍛鍊肺活量，以便日後在稀少的空氣中也能緩緩如龜吐納，為大唐與吐蕃的邊界安危活下來，她成了戰爭的棋子，她上高原，活下來可保西線無戰事。

武士拓羯是微胖的人，不僅教她如何腿上綁鐵鉛以鍛鍊腿力，還教她跳胡旋舞與高原舞，她看拓羯胖胖身體卻能輕盈旋轉舞踏，如娃娃，十分可愛，又胖胖如雲朵，竟是輕盈。往後很多年，她經常在高原看著天空特有的高原積層雲時，會不期然地想起這個武士，想著少女房間外的庭院螢火蟲閃爍的微光，階下落葉在秋天裡旋轉如胡人舞，長安異族深邃的臉龐裡彷彿凹陷著一整座城市的脈絡。

把她嫁到天荒地遠的唐太宗，寫下「秋日凝翠嶺，涼吹肅離宮。荷疏一蓋缺，樹冷半帷空。側陣移鴻影，圓花釘菊叢。攄懷俗塵外，高眺白雲中。」詩萌之年，她已然在高原陌地生活八年，對於唐使馬玄智送來的詩句感到既熟悉又陌生。

翠華山，貞觀二十三年，西元六四九年，天可汗在寢殿含風殿辭世，隔年房玄齡過世，房融族孫等待翻譯楞嚴經再過百年，她無緣親讀這本千古血漬奇經，但她有雲遊僧譯大般若經。

於是她在邊聽聞馬玄智的口述邊遙想著在大慈恩寺中雲遊僧與眾弟子在大譯場譯經的場景，「壯麗輪奐，今古莫儔」的大慈恩寺以及寺中「突兀壓神州，崢嶸如鬼工」的浮屠，她亦從阿耶寫給她的信裡感知長安佛學譯經盛世，故里的一切，她需要想像力才能抵達。

她一生沒再離開過吐蕃的日光之城，邏些。

一生錯失見面卻在佛經裡照見彼此，她一生緣慳心中渴慕的雲遊僧，西元六六四年初春二月五日，在缺氧的大霧中，她夢見大師的經典自她的床畔朗誦而出，音腔流洩中，她看見長安來的等身佛像竟流出眼淚。一個月後，馬玄智帶來了消息，大師就是在她夢見大師的二月五日圓寂，以菩薩之姿，捨報自在，如入禪定。案上大般若經被風吹動，蝴蝶飛舞其上。

這輩子她沒談情說愛過，但卻最懂情愛的空。

那一年，她才剛失去松贊干布，接著又失去長安的精神大師。爾後她在馬玄智與商旅隊所帶來的雲遊僧新譯的經典中度過高原的漫漫長夜，同時不斷地陷落回憶在自己斷裂兩半的一生時光，從平原到高原，必須合體才是完整的自己。

最後她在譫妄症的天花染病中步出布達拉宮，高原宮殿初啟長安夢華錄，她目睹新的世界來到。走來雲遊僧，在大小昭寺前，他們禮拜十二歲釋迦牟尼等身佛，談經說心。

她和武媚娘同齡，但兩個人卻像是兩個世界。守候之地猶如兩極，一個守著孤寡守著青燈古佛三十多年，一個守著男人守著權力也三十幾年。兩個女人都愛佛，卻展現完全不同的生命樣貌。一個孤立高原逐漸淬鍊出一顆缺氧的心肺，一個坐擁天下逐漸沉淪成一顆鐵打的心腸。

在變節的歷史裡，她是永遠的甲木薩，漢地來的女神。

本本經典，長安雲遊僧新譯經典劃亮甲木薩的夜晚。雲遊僧將其一生的功德芳名錄，托報信者馬玄智帶給了她，她是唯一的讀者。直到台北李雁兒於夢中獲致此文稿，逐字重刊藏經閣筆記。並將對甲木薩公主的私我情懷綴成一零八顆念珠，一連串的字詞如編織魔毯故事，拼貼出甲木薩與雲遊僧擦亮星空的生生世世傳奇。

1 抬佛者轉成抬棺人

往昔她的抬佛者將轉成抬棺人。

從長安將佛一路送到邏些的大力士們從青年轉成中老年，烘焙他們的是高原的熾陽與皎雪，在每個冰凍夜晚的床枕外是白厲厲的獸牙和白生生的人骨在雪光下如探照光。時間翻頁，帶他們來到高原的少女已然轉成老婦，等著入棺。

十二歲等身佛，永遠十二歲，永遠不老，只有佛配得永生。

他們注定老去且非常孤獨。

老力士們在帳外守候，每一張被高原烈風焰陽曬傷的老臉如溝渠，涕淚縱橫，紛紛想起了很遙遠很模糊的一種莫以名狀的鄉愁，懷念長安的涼拌麵一邊供燈伴佛。

公主迴光返照，譫妄退歇，她在靈光片刻，想起那幅長安捎來的涅槃圖，圖上小字有雲遊僧寫世尊滅後，以戒為師。

一切有為法　如夢幻泡影　如露亦如電　應作如是觀

佛說是經已，長老須菩提，及諸比丘、比丘尼、優婆塞、優婆夷、一切世間天、人、阿修羅，聞佛所說，皆大歡喜，信受奉行。

她喃喃念著熟悉如銘刻在心的經文，她試圖想要念誦雲遊僧新譯版本，卻仍只記得羅什尊者的譯詞。如夢幻泡影，多優美又多孤絕。她這主子望著盯著她看的老僕們，燭火下她看見他們的孤恐憂懼。老僕們的臉，沒人歡喜，她看見死神已經夾在其中。

死神彷彿也缺氧，在她闔眼時，她聽見有人大口喘著氣，緩慢地宣讀她的死訊。

永隆元年，陽鐵龍年。

文成公主薨。

李雁兒，文成公主，蓮花公主，貝瑪公主，這些都是她。

她是漢地來的女神，རྒྱ་མོ་བཟའ་甲木薩。

在布達拉宮，她看見宮下的自己轉成了一個嬰兒，哭聲如燈破萬冥。

那時她還沒被賜名文成，還沒有藏名甲木薩，當然也還沒有佛名貝瑪蓮花。

荒烈的高原轉成繁華京城，西元六二三年，李府誕生了女嬰，名為雁兒。佛魔一觸即發的關鍵時刻，女嬰誕生，魔光怒吼。觀音菩薩覺知教化雪域高原有情眾生的時機已到，從身上放出四道光明。觀音菩薩左眼射出的光明，射往漢地，漢地全境被這稀有光明遍照，長安皇宮也被光明普照。光芒聚攏，一瞬之光射入到唐朝李氏王府王妃的腹中，過了九個月又十天，王妃生下一個妙勝公主。公主絕冠世間，身體青藍而紅潤，口中噴出青蓮花香氣，通曉文史。伴隨光明出生的女嬰是觀音菩薩為地獄受苦眾生流淚所化成的綠度母化身。

光明地底黑暗勢力騷動，羅剎女因女嬰誕生而將失去法力的傳聞頓時遍滿鬼界，群魔夜奔亂舞。這同時出生的度母與魔女，十六年後將會在高原過招。

十六年後，佛法入藏，魔剎女被封印，高原進入暫時安樂，狼性轉佛性。

2 時光倒退的長安城

女嬰轉成少女。

她看著龐大的迎親隊伍，如迎神般地搖晃著坐在轎子裡的少女公主。車隊所載的物品如整座長安城的繁華縮影，她手上拿著香斗，長長的握柄手爐上的柄頭雕飾著一株盛開蓮花，薰燒香粉的氣味浸染著她的霓裳。

女嬰轉成少婦。

她看著美輪美奐的布達拉宮，屋宇宏偉華麗。亭榭精美雅致，君王還開鑿了碧波盪漾的池塘，種上了外來種的繽紛花木，一切建制擬仿著大唐宮苑的模式，這擬城些許藉慰了她的思鄉之情。

女嬰轉成中老人。

上千個房間空蕩蕩，沒有人影卻傳來嬉戲歡愉的聲音，人都跑去哪了？她住在這座高原四十載，卻守寡了三十年，還好有佛，還好有菩薩作伴。伴君如伴虎，伴佛如伴心。

王辭世三十年，甲木薩即將要見到他了。王的陵寢是她看過最寂寞的墳塚，草木不長，大風總是不斷地把風砂石礫往墳上推高。背後的山一成不變，雪也不變。終年不融，景色單一。但不變中又蘊藏著萬變，那樣遼闊無邊卻又寂寥荒澀。萬物不長，人心長。山不轉，人轉。轉山人從她開始，她喜歡轉著轉著，像離心旋轉轉出輪迴。輪迴，鳩摩羅什與雲遊僧給了她整個佛宇宙的字詞。將她那只有風砂風雪陪伴的日子拉長拉大拉寬到一個世界。她知道自己也會被放進王的黑洞裡，不知道是否這樣王可以比較不寂寞。

王等很久了啊。

她織就自己的絲綢緞面袍子，袍衣裡裹著王以前送她的豹皮，她等著最後在袍子外縫上大相祿東贊送她的一枚瑪瑙翡翠，這樣的恍惚一念，頓時手被針扎痛了一下。風吹進房間，是十一月的風。

她側著耳瓣聽到虛空中有人這樣說著，聲音很熟悉，很疲憊，很像是祿東贊，這個通過六難婚使的老友，也在淨土或地府等她多年了？在她的筆記裡，經常出現大象，這是祿東贊的代號，大相的擬稱。這缺氧的愛情，需要強大的肺活量才足以撐住這緊縮的束縛與長長的寂寥。她是否不該感到寂寥？她不是被稱為甲木薩女神？她不是被說是綠度母的化身？她不是被傳奇染色成純淨潔白的白蓮花公主？如此多的擬仿之名，為何感到如此陌生。觀音菩薩的眼淚是為眾生流的，一絲一毫為自己流淚都是犯上菩薩戒的私我之心。她沒有受戒，但她被傳說成觀音菩薩的化身，她喜歡佛經，但不是佛，最多只是花開見佛。長久以來被神格化，她變成了一具塑像。但她知道這塑像不是她自己，是被眾生的想像力附加添染色彩的自己，但自己又是誰？命中注定誰是你？你是誰？

她等著去問佛，帳外啜泣如雨落。

3 在雪中想起你

她想自己和這兩個高原男人再次相見的日子就快到了，松贊干布，祿東贊。是很讚的男人，但也是很不懂寂寞與不解風情的男人。

十一月一日，這三個一，彷彿是她孤獨寡居高原三十一年的象徵，高原的極端氣候又涼又烈，很多人都說蓮花公主生病了，枯萎了，她得譫妄症，已瘋魔。她指著某個老僕說是鳩摩羅什，指著侍女說是雲遊僧，她高燒，喃喃自語，看見贊普和他的五個妃子，看見贊普死去的孩子與碎裂的胚胎，看見死在戰爭下的亡靈再次飄零，曾歡喜她為邊疆安寧的和親舞踏即將再次轉為悲鳴。

唯封印地底四十餘載的羅剎女們拖著鐵鍊和男夜叉夜夜狂歡，朝她吐唾液，恥笑她居高位卻孤單異常的高原人生，她在彌留中聽著，突然仰天一笑，赫然大喊但我有佛，阿彌陀佛！佛字一出，女羅剎男夜叉頓時又化為白骨，等待白骨重生，等待公主一死，煙硝再起。

死亡的咆哮聲安歇之際，她將靈光一瞬之語留給桂兒。

一生相伴的侍女桂兒早已泣不成聲。

桂兒，死亡並不可怕，當年大師鳩摩羅什在長安大寺即將入滅圓寂，臨終說「今於眾前，發誠實誓：若所傳無謬者，當使焚身之後，舌不焦爛」。尊者火化之後「薪滅形碎，唯舌不灰」。舌頭不爛意味尊者譯經無謬，她在認識雲遊僧之前，唯羅什尊者睿智優美譯詞長在她的心裡，開在她的舌尖上。

在她出生的前十年，尊者寂滅，所傳無謬，實語者舌頭不滅，死後仍在說法。佛陀十大弟子富樓那被外道所縛即將被殺前說殺我可以，舌頭留下。

殺我可以，但我要留下什麼呢？腿骨頭蓋骨毛髮舍利？重病的她躺在床上聽著如鬼魅的耳語與哭泣，她看見高原這片望了三十年如海的藍空，突然像湖水，瞬間湧動。水淹沒了自己，湖水如鏡，倒映著往事的生動形象。

她的堂姊來告別了，走在和親第一人的堂姊，弘化公主遠在涼州，聽說已經有人去給堂姊報信了，把文成表妹即將要離世的消息傳給她。她想起堂姊的那場婚禮，六四〇年的十二月，長安冬雪隆隆，一如她當年離開長安的大雪之日。彼時弘化公主正坐在彩繡斑斕的大堂，等待和親。不管我離開多久，我都會在雪中想起妳。那時心中不知有亡國恨。她望著遠去堂姊的背影，萌起永訣之感。異國通婚，她們站上流行和親的混血年代。

4 長安元宵時辰

很多年前，她並不知道那將是她最後一次在長安過新年，最後一次在長安過元宵節。雖知元宵過後，她將啟程，但卻不知從此不復返。

人約黃昏後的高原，她的未來情人是高原的王，展現神威版圖，朝她的愛情結界而來，即將把她封印在高原，女神與羅剎女，將她抬上蓮花座又踢下蓮花座，從天堂到地獄，從平原到高原，都是她當時從不曾想過的人生。

那是離神佛還很遠的長安少女人生。

回到人的原點，她還有顆對繁華充滿熾熱好奇的少女心。

花燦燦的金銀流星撒在花園，母姨們在霓虹裡跳著旋轉舞，她們幾個少女提著燈籠，在黑暗的山石裡穿梭。吃元宵、猜燈謎，吟詩作對，在一片燈如晝的火樹銀花下跳繩。接著她看見她久未謀面的堂姊來到寢帳裡握著她的手，要她一起喝著沾入奢昂稀有鹽巴的茶湯，一起對弈下棋。（她們本是結盟的，但後來卻因男人而成了敵人。）

吐谷渾赴長安向天可汗求婚成功，堂姊即將成弘化公主，結婚前被禁足見面。雁兒以為被賜名弘化的堂姊自此將遙望長安，她沒想到隔年自己也覆轍同樣的命運，踏上和親婚盟，被賜名文成，且她去的地方是更惡土更荒烈更缺氧的高原。

姊妹再相見是她自己也被迫走上這條異族婚姻之路，在往高原的中途吐谷渾，她們相見微笑，轉身時卻流淚，知悉今生無能再相見，她們的命並不是自己的。且她們日後將因好戰男人轉為敵對方，吐蕃滅吐谷渾，弘化和吐谷渾王逃奔涼州，偏安涼州，受大唐保護。（她不知道弘化唯一贏過自己的是壽命長，弘化活得夠久，久到可以見到武則天。這是她的宿命，凡重要的人不是離她而去就是無法親自見到，到處都是錯過。）

她從雁兒變文成，雁行千里，注定遷徙。文成，皇帝賜名，文韜有成，名字大氣卻空洞，溢詞的讚美。她後來更喜歡高原人稱她甲木薩或蓮花公主，一個異國名字可以讓她遠離故鄉的召喚，讓她老老實實就在眼前過日子，她不再回長安。她要在此老死，即使是苦寒之地也要開出白蓮花，化作一朵高原的白雲。

當然偶爾她會懷念長安時期吃的涼麵，將過水麵放涼，槐葉冷淘，鮮碧的顏色澆拌油脂，在井中冷藏，食用時淋上佐料，盛夏入口。她初到高原的前幾年，有時來到河西走廊防守的故里親友會帶來絲路瓜果，那已是她舌蕾的極致幸福，在烈日當空的盛夏高原正午，嘗一片瓜果，沁涼入心。入夜冷空氣一吹上她的喉嚨，白日的甜蜜瓜果變成了喉頭上吐不出的一口黏痰，咳著疼著，反覆著，一到白日正午烈焰時分，一片涼瓜又入了舌間，忘了後遺症。就像愛情，但她哪裡懂愛情，她不懂就嫁人了。但從祿東贊那聰慧的瞳孔燃燒中，她有時會看見愛情的餘燼。

最燙的餘燼，只能落地自成灰。

然後一晃就老了，老到周邊的人都離開了。

5 赭面人

忽然一堆臉塗著紅漆的赭面人朝她奔來，說著她聽不懂的語言。驚嚇醒來，發現自己躺在黑暗中，高原的風吹得窗戶劈啪響，爐火不知何時熄了。不知何年何日，自己昏睡多久了？瑪布日山上那座佛經中的菩薩住地布達拉宮，王和妃子在一千間房間裡玩捉迷藏，當王和所有的妃子都離開之後，那寒宮有一度是她自己和鬼影捉迷藏的地方。一千個房間可以躲到天黑月沉，也難以被找到。

世界名為非世界。

彷彿才剛有了「世界」這個詞，她經常咀嚼這個詞以提醒自己並不孤單，但現在世界變得怎麼樣了？世界到底有多大？究竟過了多久？為何自己和大師總是錯失交臂？她撫摸著經書封皮，托馬玄智帶來的雲遊僧新譯藥師琉璃光如來本願功德經、能斷金剛般若波羅蜜經、心經，她用餘生念著經文。

她高原的故舊一一離開，只有佛經一一抵達。

瘟疫，帶走了許多她身邊的許多人，這回連佛都沒辦法救她了。

高燒帶來譫妄囈語，她常常一口氣上不來，突然又吸到空氣地喘著氣。五十七年，十七年平原四十年高原，或許這缺氧的空氣她已經習慣了。

英雄的時代，她從來沒有想過有朝一日會嫁給一個真正的英雄，且那個英雄神鷹的世界將是她生命的最後一塊版圖。她將從十幾歲活到成為最後的送行者。

送走贊普，送走贊普的所有女人，送走贊普之子，送走祿東贊，自此她熟悉送亡的儀式。

贊普過世，長安皇帝高宗發訃聞，特遣弔唁使團來高原，並矚將帶她回到長安以度過餘生時，她拒絕，沒離開。卻只要求使者帶來長安故鄉食物。那煙火長安，元宵夢別的貊炙羌煮，燒烤涮羊肉、麵疙瘩湯餅蒸餅，竟比愛情珍稀。

食物易銷溶，報信者馬玄智往來長安邏些帶來經文也會帶來食物，但路途遙遠，食物到了高原全硬如石，但在意志脆弱時，這些饃饃饅頭包子都是美味的幸福滋味。

連金剛經都是這樣開頭的，佛的日常生活：就是乞食，吃飯，洗足，說法。

世尊食時，著衣持缽，入舍衛大城乞食。於其城中，次第乞已，還至本處。飯食訖，收衣缽，洗足已，敷座而坐。

悉達多王子在二十九歲生日過後的那個夜晚，歡宴散後更添一切都是幻化不實有之感，他聞到空氣中飄著旃檀茉莉香氣，觸摸迦尸所產的最上等的布料，冬有冬宮，夏有避暑夏殿，春有百花處處的中庭，歌舞流觴，夜夜笙歌。他一個人走在進入深眠的宮殿各房，感受那股濃得化不開的虛空感。他召喚車夫，黑夜奔離。自此卸下悉達多王子身分，成了雲遊四方的苦行者，白日托缽，夜晚在郊區靈鷲山上棲身打座。往昔錦衣華服，眼下卻是一口飯都要靠他人施捨，但他卻覺得輕鬆起來。出離前望著幼子羅睺羅，羅睺羅意思是障礙，從此不再是障礙他出家的家，一轉頭就被拋在身後。

佛在僧團吃飯跟著一起托缽，不是高高在上穿著金光閃閃的法衣，她才明白，十二歲等身佛的金箔都是人貼上去的。佛時代有老僧人衣服破了想要縫衣卻看不見，是佛去幫忙縫衣的。老比丘們染病生爛瘡時，佛也是以身作則去為病體一邊擦拭身體一邊宣說人生八苦。佛法原是活法，活著五味雜陳，人生八苦，生苦、老苦、病苦、死苦、愛別離苦、怨憎會苦、求不得苦、五陰熾盛苦。五陰即五蘊，集聚成身，如火熾燃。

是佛才能低到塵埃裡，從此，她在高原不穿錦衣不吃玉食，

很多年後，她讀到雲遊僧的譯本：

> 世尊於日初分，整理裳服，執持衣缽，入室羅筏大城乞食。時，薄伽梵於其城中行乞食已，出還本處。飯食訖，收衣缽，洗足已，於食後時，敷如常座，結跏趺坐，端身正願，住對面念。時，諸苾芻來詣佛所，到已頂禮世尊雙足，右遶三匝，退坐一面。具壽善現亦於如是眾會中坐。

彷彿佛就在眼前生活般，乞食吃飯洗足……，讓她讀得津津有味，一字一字地對照著兩大師的版本念誦，反覆咀嚼。比丘之於苾芻，兩大譯經師挑字不同，她想是否因為發音的差異？或對字體美感感受不同所致？她起身點燃油火，伏案寫信，寫信給雲遊僧已成她的習慣，待馬玄智通商歸返高原停

泊幾日，即會來到布達拉宮，攜她的信遞回長安弘福寺，寺裡的雲遊僧是她遠在高原以文字相見的精神導師。

如金剛經新譯本所譯，頂禮世尊雙足，右遶三匝，十二歲等身佛的雙足尊已然被她頂禮膜拜日久，佛像沾染她手心的潮濕，深化如巖。羅什尊者這段經文直接省略不譯，何該省略何不該省略？她從小熟讀羅什尊者的譯本，當馬玄智報信者帶來雲遊僧新譯的版本，讓她從單純的誦經者轉成讀經人。

敬愛的公主：

信已收悉，公主提問甚妙。

知悉尊敬的羅什尊者舊譯本之不逐字翻譯的簡練之美與文字之美，吾也曾想如此刪繁就簡，隨順漢語習慣，但結果夜間我卻惡夢連連，極其恐怖的惡夢提醒著我必須忠於原文。因此之後我仍逐字完全依照原文翻譯，一字不漏，和原文一致。就在我如此依然逐字翻譯時，譯成之日我聽到虛空傳來曼妙樂音，濃烈醇厚香氣撲鼻而來，我知道我走在一條人煙稀少之路，忠於原典，卻可能失去讀者。但我必須回到初心，也是貧僧當時為何九死一生雲遊西行只為取回原典的初衷。如不忠於此，沿用舊譯，又何須上路？沒有新譯，就少了對比參照的新座標。

——夢中雲遊僧

她把書簡放進佛龕，甚至有時候她會將薄薄書簡摺成小咒似的大小，藏進房間牆壁的縫隙，她想多年後也許有人會看到她曾經和雲遊僧往來的長安與邏些的可貴書簡，對於金剛經新舊譯版本的提問。讀經使心安靜，心靜落地之處就是家。

於是夫逝君薨，她也不曾想過回到長安，並非為了愛情，而是為了佛。唯十二歲等身佛，能陪她一路到西天。

頂禮世尊雙足，右遶三匝。雲遊僧新譯有新譯的細節，比如這句，就使她從只是頂禮，還多了右繞三匝。

起身就見到正推開帳簾的桂兒總是在這個時候送早餐給她，以往的早餐都是羊肉之類的她少吃，就喝了點羊奶，高原沒有米粥麵片，也缺乏蔬菜與調醬，日久他鄉成故鄉，她的舌尖愈發遲鈍了。起初她從長安帶來的茶飲，因茶湯有助吃肉的腸胃消化，從此高原學習飲茶成風，嗜茶成性，最後帶動了茶幫，馬玄智有了新的商機，也使他往來長安邏些的商旅隊更添頻繁。

酥油茶甜茶清茶，唐茶讓高原的胃不再油膩。

今天桂兒送來了馬玄智從長安帶來麵餅以及昂貴的胡椒與魚乾片，餅食她從小吃到少女的口味，高原不吃魚也沒有魚，偶有魚乾片就是胃囊的佳餚，充滿著鄉愁。胡餅蒸餅煎餅湯餅，日日桂兒換著不同作法口味的餅，彷彿餅裡面藏著長安大人，她的至親阿耶與阿娘，入夢十多年，塵埃不見長安橋。

她望著寺外那株唐柳依然柳葉飄盪，長安城大街兩岸槐樹經常入夢，曲江池畔多柳樹，柳絮翩飛夢中時，她知道自己即將回到長安了，以她的三魂七魄。

在高原她修過神足通，一跨步就可以繞高原一周，但就是飛不到長安。唐蕃古道山高阻絕，她這個被叫做漢地來的女神卻無神力可以飛過千山萬水。

五十七歲的甲木薩公主，這位被稱為漢人女神，白蓮花綠度母的公主卻覺得自己不過是個老邁的女人，她感受到被封印在地底的羅剎女的心跳聲，每一聲都拍向死亡的怒吼。十一月一日，她即將結束高原生活，往菩薩神殿住去。花開見佛，那花落呢？

有人謠傳經常往返公主宮殿的報信者馬玄智愛上公主，其實馬玄智愛的是商旅隊的貨幣獲利。造謠者羅刹女，也已預知公主的死亡紀事，羅刹女看見精神錯亂似的公主十月開始即經常晝夜不分地站在布達拉宮的殿外上眺望雲色，忽笑忽泣。只有她這樣的女人，可以參與歷史的進程，參與宗教的沿革。但她必須犧牲愛情，擁抱鄉愁。她的長髮比她初抵高原時更長更稀更花白，她彷彿聽到有人在唱著歌——尊敬的白蓮花公主，帶來手工藝五千種，打開高原的工藝，繁昌我們的大門。尊敬的白蓮花公主，帶來畜類五千種，豐富高原的乳酪，堅實我們的土壤。

這歌聲讓她有了安慰。

6 她值五千兩黃金

混血文化開出的璀璨盛世。

那些跟隨她來到異鄉的故鄉人呢？乳母侍女衛士工匠廚役精兵多已不在了，他們和當地人結婚的第二代已經長出高原的肺，她喘著氣聽著窗外有人騎馬而過。必須歷經高山巖石風吹雨打的才能有的鐵肺，但她的肺活量依然不活躍，彷彿每一口呼吸仍躲著長安少女的夜夢。

近四十年。寂寂寥寥，年年歲歲，十年婚姻，三十年寡居，她還是沒有長出高原的肺，她常感到一口氣微微如絲線般地繫著胸口。缺氧的愛情，唯獨信仰不缺氧。

遼闊的高原，她已經看見最後會剩下她一個人，故舊皆離。

多年後，藏名拜木薩的尺尊公主染上瘟疫，再傳染給贊普。她認為這是拜木薩的詭計，不讓贊普留給其他妃子，她在愛情領地注定打敗仗，注定孤獨，然而她卻注定留名。

從一開始尺尊公主即比她早抵達贊普的身邊，這不僅是地理距離的便利，更是一種宣示。最後竟然連贊普都和尺尊一起離開了，只剩她一個人在這氣序寒烈、風俗險詖、人性剛獷的荒地高原。

這個讓贊普只用五枚金幣和鑲嵌有寶石的琉璃頭盔作為聘禮，就迎娶到尼婆羅的尺尊公主，還讓贊普和自己一起雙雙染疫，得了天花，這是復仇還是愛情？

長安逐漸成了她在高原的黃粱一夢，昏黃的夢，如燭火下的雕像。

別人是奔赴長安，只有她是離開長安，且這一離開就再也沒有回去過。

天可汗讓甲木薩安養寂寞的一生，因以尊貴相還，用五千兩黃金嫁妝，換來一世邊疆安逸。

她用一生的青春與愛情獻祭給高原，讓佛在高原生根。

復次，須菩提！菩薩於法，應無所住，行於布施，所謂不住色布施，不住聲香味觸法布施。須菩提！菩薩應如是布施，不住於相。何以故？若菩薩不住相布施，其福德不可思量。

接著她轉誦雲遊僧新譯版金剛經，卻覺得拗口至彷彿舌根被咬住。

復次，善現！菩薩摩訶薩不住於事應行布施，都無所住應行布施；不住於色應行布施，不住聲、香、味、觸、法應行布施。善現！如是菩薩摩訶薩如不住相應行布施。何以故？善現！若菩薩摩訶薩都無所住而行布施，其福德聚不可取量。

但她明白無論新舊譯本都指向了一件事，不能住相布施，無所得而得。

她必須遺忘自己這彷佛獻祭般的政治婚盟。自認自己在獻祭不也是對自我榮光的「犧牲」緬懷，一種難以割捨的眷戀。然要如何不住相？佛陀的十二歲等身像不就是相嗎？我這身王妃華服不也是相嗎？難道必須破相才能無相，她想起在長安兒時聽阿娘說起的故事，一個美麗女子想要出家卻被住持拒絕，怕女子太美而擾亂年輕眾僧的修行，畢竟功夫還淺，別說眾僧要度人，別被眾生度就不錯了。

她當時聽了就問阿娘，眾僧功夫淺還怪眾生長得太美，哪有這種道理？

阿耶在旁聽了笑言，雁兒有智慧，但缺乏慈悲觀照，想想修行人也還在修行的初階路上，自然還無法抵擋境界，遑論轉化境界，所以先避開擾心境界是必要的。以後修行有所進步，自然可以讓境界來考驗考驗。

她當時擊額稱是，對阿耶說了自己有智慧卻少了慈悲而深感惶恐。

敬愛的公主：

不住相，何為相？是相非相，非相是相。所有大千世界山河大地所見皆是相。但破相也無用，因相已入心眼，移開仍思之念之，相還是相。相即有，是空的對立面，對境練心，心境決定處境，如公主處高原荒地卻能轉為甘霖，即境界無干擾，反增妙用。一如佛非偶像，佛是覺悟者意，原應弟子於入滅造像是悲憫眾生無境可生佛心，心空無形，藉境方顯，造像使佛跡可循。然心可生萬物，未曉有人觀佛像心生百種千種心思，佛成了被膜拜的對象而非反觀內省，誠非初衷。但眾生有苦，求佛解脫，也是人之常情。如公主之流方是上上根器，心齋坐忘，返聞自性。

至於布施要不住，不住即無分別，不住不著，如鏡中影，入鏡見有，離鏡即空。不住要做到三輪體空，無布施者，無布施內容，無布施對象。

公主顧念唐朝邊境安危，遠嫁吐蕃，情操高遠，性情澹泊，浸潤佛法，此是大布施，身布施，法布施，捨布施。「慈悲喜捨」應是「捨喜悲慈」，捨先練習，喜將抵達；悲心廣行，慈心永駐。善哉公主，眾生之幸。

又金剛經公主讀不懂是正常的，金剛經是佛陀為天人說法，十地菩薩以上具有空性之資方能解其奧妙。有朝一日，公主悲智雙運，定能明心見性。

7 蝴蝶所愛的少女

遙想長安，彷彿夢迴，不過昨日。

貞觀元年，歲次丁亥，西元六二七年。

太極宮五更天，敲響第一聲鼓聲之後，鼓聲開始如骨牌般延續而下。

這裡的生活，處處鑿痕。從這五更一聲鼓開始，在黎明前的黑暗中，長安城街坊由北到南從東到西，東西市集開始忙碌，沉穩而醒人的鼓聲，敲響三千，直至晨曦透亮停歇。朱雀門通往明德門的朱雀大街隨著早晨的鼓聲開市，晨曦染上河堤兩岸種植的楊柳槐樹。朱雀大街位居皇城東南的東市以及位於西南的西市，雜沓著賣貨郎與雜什人。鼓聲喧騰伴隨著開市的貨物小販車聲，拖板聲與走動的腳步聲，清脆的馬蹄聲，拖著各種語言腔調的談笑吆喝，聲音揉雜著啼鳴的鳥聲，催開著枝頭百花綻放，遊蜂戲蝶飛舞盤旋，樓台亭閣殿宇相連，雕梁畫棟斜陽，暈染，銅柱鳳凰凝結歲痕。長安佳人美景如白駒過隙，青春如露水短暫，城裡人抓住時光，一頭青絲梳成蟬鬢，薄紗一片歌舞昂揚，含嬌多姿少女與春風少年兒彷彿願作鴛鴦也不羨仙。

迷香的城，酖美的人，寶馬香車隨風飄香，異香異味雜染，異士能人馬上馳騁，蟠龍鳳凰花紋下，穿梭著貴族王宮，府輦縱橫香輪寶騎，揮舞著金鞭絡繹於途的還有打獵者拎著血腥飛鷹走兔，在渭水橋西的遊俠們揚著寶劍，逕往香閨繡閣行去。渭水兩岸，彩帶高掛，羅幃華帳，華燈宴集。日暮時分，弱柳垂地，羅襦衣帶，河邊娼家曼妙歌聲正為客人開演著，美酒夜光杯，誰也不讓誰，雌雄龍鳳競文武。

城內駿馬春風，屋內香潤玉溫，歲月彷彿可以永遠不老。

長安大道上有著阡陌縱橫的大街小巷，這城通往物界，也通往神界。

欲望大街熱騰騰燙滾滾，盛世安穩，物質豐饒，脫離饑荒戰爭年代，多年下來，長安已然進入真正的長治久安，這是太宗以個人殺戮兄弟的血腥汗名所換來的集體現世安穩，於是這城彷彿幽靈在暗處叢生，一切的色欲也像是沾染著一股化不開的甜腥之氣。但在這甜腥之外，在人潮喧囂之隱處，拐個彎卻有著許多不想在塵寰當人的「弗人」，他們聲聲念著「佛」，佛啊佛，我心如秋月，教我如何說。

繁華廓城有著清幽立現的寺院，逃逸的心瞬時被如潮水湧進如蟬鳴的誦經聲灌滿。美人即骷髏，骷髏即美人，一坐萬年，萬年一坐，原來原來。

年年歲歲，歲歲年年，梵唄蟬鳴與市井喧囂為鄰，如香塵散於空中，如雨水飄進大海，如材薪溶於火爐。佛與人最緊鄰的城，有如迷悟之間僅僅一心之隔，物質盛世也是佛學盛世，紈褲子弟胭脂豔粉與比丘比丘尼擦肩而過，恍然彼此是彼此的對境。一方說「舍利弗，色空故無惱壞相。受空故無受相。想空故無知相。行空故無作相。識空故無覺相。何以故？」不著相不著相。另方問，既不著相，何以現出家相？相有分別？相有高下？相有貴賤？話語藏鋒，佛言佛語人言人語瀰漫耳廓，長安獨有之景。

富貴學道難，落魄學佛也難，長安城卻是例外。這城上自王宮貴族下至販夫走卒，家家有本難念的經，但人人也有本朗朗上口的經，那就是鳩摩羅什的金剛經。彼時雲遊僧玄奘已然偷渡遠遊，流傳千古無一字能增無一字能減的心經新譯本尚未問世。色即是空空即色，一句即解這城的榮枯空有，但那已是公主上高原的後來之事了。

長安的公主還是少女雁兒，還是個孩子。她從小喜靜，酷愛經書。與佛為伴，在百花盛開的窗旁夜讀晝日私塾習來經書，傍晚時分，她聽見會客的阿耶在簾外說起長安繁華見聞錄，種種市井娼優如何地輕歌曼舞，條條大街斜巷如何地熱絡營生，那些華豔鬥奇的美人們與貴族豪奢淫逸的浮世繪，於她的耳朵並不新鮮了。唯獨阿耶忽忽說起有個秀逸早慧僧人玄奘逕自越過邊界，西行取經冒險雲遊。天涯僧客，腳下揚起的紅塵即是一沙一世界。

少女雁兒豎耳傾聽，忽然起了景仰渴慕之心，暗自在心底為這名僧人取了個雲遊僧代號。雲遊是她當時不曾有的經驗，僧人更是遙遠。

不知何時，她從冥思中醒轉，發現隔簾外的阿耶和客人們不知何時已離開廳堂了，屋外庭園燭火捻亮，感覺悠遠如過了一生一世。

這纏綿往復的長安與騰躍奔放的大街，正對比著她心裡的青燈古佛，忽然她感到這世道無情無常，一切塵世短暫虛妄。

「一切有為法　如夢幻泡影　如露亦如電　應作如是觀」，鳩摩羅什尊者的四句偈入耳，書頁被窗風吹出蕭颯聲響，她聽見簾外桂兒召喚她用餐了。她闔上經書，吹熄蠟燭，在窗夜中仰望長安星辰。

她彷彿看見披星戴月的僧人正長途跋涉之景，西出陽關原來有故人。一時，她嚮往著有朝一日能見到雲遊僧，想親自聆聽關於歷練過後的風霜是如何來到生命長河。她當時哪裡知道，她和雲遊僧是兩輛不相會的列車，此生一期，一會無緣。

她這星辰一望，如遙遠夢境，似一個預言。

「緣」這個字是誰翻譯而出的字詞？點亮辭海的異語譯詞，讓她的心裡感到難以言說的獨特玄妙。佛家字眼，讓當時還不過是十來歲少女的她瞬間像是一個不知活了多久的姥姥，總想參透玄機，卻又苟活紅塵，累劫至今。

8 異國情調

自此，少女雁兒把天涯僧客放進心裡，編織著雲遊的夢，直到自己也成了雲遊者。

時間轉瞬來到貞觀八年，西元六三四年長安城的某個春天早晨，蹲踞在長安城東北一帶的是面目深邃的胡人與老遠至此的邊疆之士，絲路朝貢者絡繹進城，大街兩岸如嘉年華會，吸引著人們望著一波波來到長安的奇物異品。

長安城裡到處是異國風味的情調，突厥人胡人走動著，連波斯薩珊王朝的末代兩位波斯王都希望借助唐朝的力量復國，日久他鄉，異鄉人卻活成了故里人，終老長安者眾；遣唐使者的身分串聯成一張世界地圖的微縮版，新羅、日本、敘利亞、阿拉伯、波斯、吐蕃與安南人等紛紛在這座帝都長居，青鳥折翼，訊息斷阻。異鄉人四處散落，從敦煌到廣州，臉目雜沓，貞觀帝國子民不分彼此。國子監就像混居的大學城，唐風渲染各地，讓人流連，從銅幣的設計到婦女的髮髻、圍棋、茶道、詩詞都是唐的擬仿。瑰麗雄壯與狂放情趣揉雜，目炫神迷百態萬千。

長安繁華猶如鳩摩羅什譯之阿彌陀經世界，白鶴孔雀舍利迦陵頻伽鸚鵡共命之鳥七寶池八功德水，蓮花覆地，神獸遊步，僧人說法。長安街上，佛造像碑放置都城街心，那時東西市尚未過於密集，佛像碑文擱置於眾人經常行走之處，寺方以此宣揚佛法，使人心見佛像即見真如之心。

悉達多，夢想成真，為其入世之名。釋迦牟尼，釋迦族的寂默能者。她默記著阿耶為她聘請的私塾老師的解釋，心想著佛在天竺，入滅後經書輾轉來到中土，就如佛陀滅後預言。

早在唐朝之前，魏晉南北朝即將長安城的佛法風氣帶動起來，長安路上走動著僧人們，僧人們不看人，只一徑地低頭看得破，僧鞋處處因行旅破洞，躲藏著一路揚起的塵埃，紅塵如是，佛法如是。

如是我聞。

我聞如是。

她覺得譯詞甚妙，如迴圈。

我是這樣如實聽聞佛這樣說的。

佛經文字簡練曼妙，入了城裡人的耳朵，一如奇裝異服的胡人胡風般嶄亮新鮮。遊化僧侶們在城內往來，講經堂大舉興建，商旅隊們往來傳播佛經，於是佛言佛語佛像佛典來到了人們改朝換代血流成河的受苦受難之心，佛言佛語使人們的心有了歇息的新天新地。

於是，這城就像佛法集體研習營似的到處放閃，人們學習著如何出家，如何當居士，如何進行八關齋戒，如何不殺生茹素。腦筋動得快的商人，開始進行佛的貿易，將佛轉成新經濟，將佛代換成數字，商人在街頭立佛像，寺方在一邊大肆敲邊鼓，鼓勵人們累積布施以增加福慧資糧，捐助者的名字刻在造像碑上，就像金榜題名似的吸引人們的目光駐足，隨喜讚嘆富有的人如何認捐佛的臉佛的手佛的足佛的衣，或者認捐寺廟的一條龍柱，一面雕花窗，一爿牆，或者捐款印經，僧人說印經有智慧，於是捐款者彷彿就有了智慧，僧人說塑佛像有福報，於是捐款者彷彿就有了福報，僧人說什麼就是什麼，僧人權力愈來愈大，人愈來愈小，佛也被迫背離了心的起點。

僧是曾為人，佛是弗人，一個準備不當人的僧與一個從此不當人的佛，雙雙被斤斤計較善行福資的功德檀越主推進了比紅塵更紅塵之境，僧心易變，佛心不變，人心常變，相對與絕對。從人道始，上三道下三道，六道輪迴，長安比丘們在熙攘東西市宣說著，行過的人們有人駐足聆聽，字字未必入心，天人阿修羅，新詞如新天地，聞所未聞。不識天人阿修羅，但人識得餓鬼畜生，歷生老病死更甚地獄之苦，讓相信天地存有無處不在的冥界靈識者不免心驚膽跳。

趕羊的牧人從一無所有的麥田一路風沙滾滾入長安城內，聽到人生的苦，有根器的聽了都淚光汩汩了，沾染一生的疲憊風霜像是天降甘霖般地瞬間被洗滌，戰亂浮生，苟活的苦都有了未來被佛接引的一絲盼望。

各位，佛說諸行無常，諸漏皆苦，諸法無我，涅槃寂靜，我們這塵世的苦樂都是無常的。

諸漏皆苦，磨刀霍霍的屠夫將字詞入耳，持著刀不禁對著肉發愣，心想豬肉皆苦，嘆了口氣，為豬悲哀，有肉皆苦，那賣肉買肉的怎麼辦？剛剛入耳的六道輪迴，屠夫聽了如雷鳴乍響。化緣比丘又接著說，放下屠刀，立地成佛。屠夫一時之間不知放或不放，刀子揚在空中，半晌未動，彷彿入定。

汝賣否？

屠夫從賣聲回轉，想到孩子，想到家裡的人丁，就連喊了賣賣賣，不賣吃什麼。

買肉的正要挑肉，又聽得街上化緣比丘說不殺生不聞殺，心裡也是開始躊躇，心想要不今天來茹素。比丘這時朝買肉者化緣而來，善巧地說，施主是在家人，無法茹素可以吃三淨肉。

肉有分淨不淨？在旁的人聽了搶買肉者先問。

不殺不聞殺不見殺就是三淨。

屠夫聽了也彷彿安了心，他的刀切的是死肉，豬非我殺。

有客人在旁不安說著，但豬為我們而死。

為何豬肉皆苦？屠夫忍不住看著肉問著來化緣的僧人。

屠夫盯著肉，法師頓時大笑，明白這心性單純的屠夫將諸漏以為是豬肉。畢竟這漏字也是佛的異語。既有無漏也就有有漏，漏不是你手上的肉，是漏水的漏，有漏就是凡是人沒有解脫就會隨自身業力輪轉六道輪迴，有漏就是不圓滿，有缺漏，無漏至少得是抵達羅漢的境界。

羅漢？我喜歡這個名稱，很氣派，屠夫自語。

羅漢能飛天，行過水無痕，踏過路無痕。寺院為考驗某些出家人宣說已得羅漢境界者夜晚故意鋪上一層砂，看他行過留不留痕跡。結果太陽出來，腳印四處，這僧人笑說。

這屠夫聽了哈哈大笑，猛點頭大聲喝說俺寧可要當真屠夫也不當假羅漢。

僧人也跟著猛點頭，彷彿開示的人換成了眼前這渾身羶腥的屠夫。果然佛性不分南北，不分屠夫或良民。

當下一心，直來便是。汝一心直來，我必護汝。

僧人見這屠夫根器銳利，給了他弘福寺的法會時程表，希望他來聽講，又補充說近來上壇講經說法的玄奘法師雖年少卻慧性高超，長安城無人能及。屠夫果真放下屠刀，成了長安城內的學佛學生。

其生不晚，正逢佛法東傳盛世。

人中才能成佛，人道最可貴，各位要珍惜人身難得，佛法難聞，出自佛語，譯自玄奘。彼時有個和婆婆不合老公又不疼的婦人在街上披頭散髮哭鬧要去死，僧人持缽走過，唱歌似地敲磬揚聲說著多少朝代亭閣，盡付煙雨中，佛在何處？佛在汝心。施主發心，人天讚嘆。

長安城處處與佛為鄰，佛的眼下是一個個人名，這是最早的功德芳名錄。人們有時會駐足在碑下膜拜，有時會尋找自己的名字是否有被刻上，深怕佛菩薩忘了自己捐款的功德。覺悟開悟的佛，到了中土轉成了可以被換算的功德利益。熙熙攘攘的膜拜者，大多不知道眼前的佛像到底是誰，也不清楚為何自己要拜佛，只是聽說拜了以後有人發財有人生貴子有人功成名就，於是加入拜佛的列隊者愈來愈多。誤以為佛是一切的造物主，向佛訴說人生之苦與心事的人也愈來愈多，家家觀世音，戶戶阿彌陀。

於是商人開始大興土木，佛不與人爭地，市井鬧區奢昂，於是寺院廟宇從郊區荒僻山林之地逐漸往人煙處興起。學習雕刻佛像的工藝師日漸增多，一刀三禮，造佛者的心性要定，手藝要精，尤其佛眼要能從每個角度環視眾生。工藝師憑藉著前朝流傳來的佛像與畫作，以此為本，打造著眾生心中未曾謀面的佛，佛近在眼前。（不假外求，菩提本無樹，多年後誕生惠能的震天開悟之語尚未來到）彼時仍眼見為憑，處處菩提。

佛被世俗化，長安成了始作俑者，佛一入人心即千變萬化。天竺朝貢天可汗的十二歲等身像更是工藝師膜拜的對境，那是佛在世時親自依佛打造之作，但日後佛進了天可汗的宮殿，再也不復見，他們僅憑在迎佛的長安路上的那驚鴻一瞥，銘刻佛臉佛身的記憶，然後複製再複製，複製久了，佛像長出了差異，工藝師的心緒無形中也轉化到佛像上，佛像因為有人收藏也日漸成了藝術品。

但佛像在成為藝術品之前，前朝亂世提供了心靈庇護的聆聽者，人們憂傷的傾訴對象。在戰火噬血的死亡逼近前，人們謙卑哀憐嘆息驚恐此身業障深重，懇切祈求佛法庇護，祈求佛力停止兵災人禍。佛為人生八苦的浮華盛世或浮生亂世而生，唐朝盛世，安居樂業，人們雖愛佛，卻把佛轉成可被代換成數字的功德利益。

離開長安東西市，即是幽靜之境，居鬧區大街之後的是王公貴族大臣，王公府邸城廓有著深遠花園竹林環繞，精雕細琢的門窗透現著靜謐的微光。此時秀氣的長安少女雁兒正在窗邊木桌上翻讀從阿耶書房取出的四十二章經，她隨意念著佛言：愛欲於人，猶如執炬逆風而行，必有燒手之患。佛言：夫為道者，猶木在水，尋流而行。不觸兩岸，不為人取，不為鬼神所遮，不為洄流所住，亦不腐敗，吾保此木決定入海。學道之人，不為情欲所惑，不為眾邪所嬈，精進無為，吾保此人必得道矣。佛言：甚勿信汝意，汝意不可信。慎勿與色會，色會即禍生。佛言：人從愛欲生憂，從憂生怖。若離於愛，何憂何怖？

她年紀雖小，卻已在阿耶請的老師私塾下透出早慧之資，她無由來感到一陣心驚，處處都在告誡色欲，苦口婆心的佛。佛說人命在呼吸間，她深深吸口氣，明確感到一口氣上不來，就是身後事了。

她闔上經典，冥思著後漢已然來到中土的最初經典，已包含佛的某些基本思想，如根部般，開枝散葉往後的浩瀚經論。

在庭園裡，新綠的柳葉下飄動著翻飛的衣角。

小花園的格子窗前貼身侍女桂兒忙著為年約九歲的她梳理髮飾，梳理完畢，桂兒幫她打理好衣著，她放下佛經，拿起桌旁放置的揚州鑄造小銅鏡，看見坐落在春天的自己，鏡子這時映現一個女子走向她來。

她朝鏡中人微笑。大她兩歲的堂姊雪兒來找她，她們走出小房間，到亭台下棋，她喜歡下棋，阿耶說這可以讓她學習怡情養性。她們表面下棋，但其實這是她們獨有的閨密時光。

眼前的這座花園就是她當時的整個世界，但這世界太小。

貞觀盛世儼然已成，到處都有來朝拜天可汗的使者，充滿了生機盎然，但是大宅院的高牆讓她們很想要看看外面的世界。

正好下朝的阿耶踱步沉吟來到花園，為她帶來佛典，是阿耶助印的鳩摩羅什尊者譯本金剛經的手抄卷。閨密時光暫停，她們讀著經，還故意學私塾老學究搖頭晃腦地說著一切有為法，如夢幻泡影，如露亦如電，應作如是觀。

闔上經典，她們要在旁喝茶的阿耶說說上朝的事。阿耶說起有胡人獻供，好美的孔雀羽毛，綻放在大殿的光線之下，顯得非常的耀眼奪目。長安街上也到處走動著外國商旅與留學生，聽了她好嚮往走出李府，她向雪兒眨了眼，意思是我們哪天也溜去長安街上晃晃。她當時自是不知幾年後，她不僅離開李府，遊廓長安，且走向高原那遼闊如曠劫遠來的夢中高原。

姊妹命運已成定局，早被授記。

西元七世紀的長安早是國際大都市，春天的某個早晨，天可汗聽取眾臣的簡報與獻納的意見之後，開始會見外國使節，異族樂音飄揚，國宴家宴飄香。這時一個使者穿著窄袖的長袍腳踩皮靴，皮膚雄壯白裡透著黑亮，大步邁向正殿，行禮過後，兩個使者獻上的哈達，雪白的哈達跟金子製的器皿，仰望素來景仰的大唐文明。

突厥跟吐谷渾來請婚，吐蕃贊普也希望能夠獲得唐太宗的婚盟許可。

但是第一次吐蕃請婚並沒有成功，離去臨走前剛好看到吐谷渾也來朝見天可汗，沒想到吐谷渾竟然成功的請婚，這使吐蕃使者很不是滋味，暗自想有天定要再次重返這座城，且為贊普贏得公主美人歸。

9 長安夜宴圖

朱雀門敞開，明德門敞開，城門逐一開起，曙色逐漸轉亮，城人醒轉市井喧騰。數萬家店鋪迎著晨曦開門迎客，一時之間，拖板車轡滾過石板路，馬蹄達達，唐語胡言交錯而過，臉目深邃的胡商搖曳著駱駝上的曼陀鈴聲，來到市集小販攤上打開布包，頓時在陽光閃射下，異國的鑽石珠寶絲綢瓷器光芒熠熠，準備閃瞎心動者。

李雁兒常聽見僕人婢女形容長安東西市的繁景，她住的王公貴族大臣宦宮宅院區安靜而肅穆，宅邸深邃不見底似的森嚴。

她的阿耶夜宴未歸，宅院更顯安靜。

阿娘和姨婆們，也經常騎馬出遊打獵拔河打球。

一半胡風似漢家，混血最美，唐朝女最懂這種既豪邁又細緻的美，有如霓裳玫瑰與鋼鐵上的蝴蝶，那時她還沒看過異國來的玫瑰稀有品種，但她經常看見粉蝶，因為只要春天時節，只要她一出現，蝴蝶就往她身上飛，追逐著連她自己都聞不到的自身奇異之香，有時太密集的粉蝶群舞還會飛撞成堆，空氣飄盪的花粉竟還沒有她身上奇異香氣更能吸引住蝴蝶駐足。

房間梳妝台上擺著揚州來的小銅鏡，還有彩繪波斯圖案的杯盤。

那時寂寞還沒來到她的身上，她有太多事可以做，讀經繪畫占了她大半的時光。阿耶帶給她很多的經書，鳩摩羅什尊者翻譯的阿彌陀經、金剛般若波羅蜜經已經來到她的眼皮下，極其珍貴的字句「一切有為法　如夢幻泡影　如露亦如電　應作如是觀」文字十分優美，但對人生尚未開始的她感覺如此灰涼，如果一切都是夢幻泡影，那需要努力前進嗎？

但即使如此，即使只是朗誦，她也感到歡喜，只要翻閱經書，世界就彷彿被調亮了光度。

鳩摩羅什，如此異國情調的名字又如此感到親切的名字，彷彿這四個字可以為她解密，這名字像是一個龐大世界對她的召喚，「世界」這個詞也是鳩摩羅什創譯出來的，給她世界的人卻無緣見到，只能從經書中重返，抵達。彼時長安高僧道安力勸苻堅延請羅什入中土。苻堅求之不得，派大將呂光領七萬兵出西域，伐龜茲。為了鳩摩羅什不惜出兵攻打一個國家，她讀史書覺得此生自己的幸運。她已活在有佛經中文翻譯問世的盛世，缺憾是至今還沒有見到可以親自傳授她佛法的大師現身。

於是她只能靠自己不斷地咀嚼，自我摸索。

10 唐女的日常

除了讀經，少女雁兒還喜歡研究植物種子的秘辛，花園裡的植物都是她熟悉的花花世界。梳妝之後，她推開房門，走到花園來，聞到潮濕的空氣與植物的氣味她就知道季節的幻化。

這一天她在等待堂姊姊的到來，她們經常像以往般的相約在花園對弈。那時候她們還看不見自己的命運深繫整個國家宗族，她們不知道有和親這種事，不知道自己會從閨閣女子變成遠行老死他鄉的人。

庭院空蕩蕩的，只剩家僕。阿娘們比女兒們還忙，阿娘們的社交活動更多，阿娘們會騎馬出遊狩獵、玩拔河、打馬球、行酒令、跳胡旋舞和下棋，而女兒們只能玩下棋，偶爾跳跳胡旋舞，結婚比還沒結婚自由，這使她們隱隱覺得嫁人也不是一件壞事。堂姊姊進來，問她想甚麼想得入神？她笑著搖頭說沒有，姊姊來了，甚麼事都不想了，我們來一起喝茶下棋吧。涼亭旁的石桌正煮沸著茶水，她倒出茶水，打開茶器旁盛放鹽末的鹽台，加了一點鹽在熱茶湯裡，遞給堂姊姊，說這茶喝起來很提神。

紫檀小茶几擺放的茶器倒映垂柳，末茶沉香，和風吹來，茶湯如柳葉搖曳，那時候，這兩個少女尚不知道命運正在轉動中。（姊妹在西元六六三年將成為敵對陣營，當她們都步入人生中年時，她們的友誼將被國族犧牲，芒松芒贊攻滅吐谷渾，弘化和她的王倉皇而逃的時候，她跪在佛前誦經祈求戰爭停止，但那時候佛還沒有聽見她的微弱祈求。）

這時侍女桂兒穿過花園朝她們前來，低聲說老爺請兩位主子移駕前廳。

兩個少女互看一眼，棋子未分輸贏，她們笑著看棋盤，穿過花園，走到前廳，甜點已經擺滿茶几，她們隨手就拿起茶餅麵捲吃著，聽到阿耶和阿娘走進來。阿耶江夏王李道宗笑說妳們姊妹心情倒好，今天朝廷議論紛紛，跑來大唐求婚的吐蕃使者，卻被我們給挫敗而歸。

吐蕃？李雁兒想這是哪個地方啊？

吐蕃第一次來求婚時，李雁兒十歲，還太小。如果那時候吐蕃求婚成功，之後松贊干布和親的對象就不會是她了。七年後，吐蕃再次前來，彷彿那回的失敗是在等待她成長。和終成岳父的唐太宗鬥智鬥武了七年，最終是讓一個少女在異鄉四十載，以個人的青春燃亮了高原的繁華，以個人的孤獨換取邊疆的長治久安。

11 文功可成

那時她的世界還沒開展，還沒分裂成平原與高原。

十六年的長安居，足以教養她的一切知書達禮，佛經義理深奧卻迷人，河畔槐柳艷艷，綠油油得有如她後來被傳說是綠度母化身的顏色。

那時她的長安，牡丹花開，東西集貨，市井富饒，壯闊城廓，建築夯土色澤明亮，紅彩泥磚與粉面彩皮的瓦當折射天可汗的世界雄心。

很多的少女在選秀場等待被遴選，臉上沒有喜悅的女孩，害怕自己被選上，害怕那前方等待自己的愛情是一場空。有的父母更是著急，想說要把女兒嫁到那麼遙遠的土著之地，有的先把女兒弄醜，有的直催促女兒盡快離開長安或去鄉下躲避遴選。吐蕃在他們的想像裡是一座遙遠荒涼野蠻的惡鬼之地，沒有人想把女兒嫁到遠地，寧可女兒不嫁入皇宮，也不想女兒嫁到高原為妃。

某日召集已被遴選的適齡貴族女孩來到秀場，考試官要她們端坐在皇宮大殿裡，功課是寫書法，就在這個時候，唐太宗經過看見了當時還名為李雁兒的她寫的書法竟是十分驚豔，還說她這書法筆力有王羲之體的強度與韻味。

她被天可汗賜名文成。於是，未來彷彿已注定。

天賜良緣，她聽見遠方高原虛空發出雷音隆隆。

夢醒，是承天門曉鼓已響多時，漏刻時分鼕鼕聲響，鼓聲絕耳，她要離鄉去當新娘了。長安新年過後，從此要過高原新年了。

和親玉輦車隊啟程，離開宮門，冬日的寒風烈烈，南皇城北宮城愈來愈遠。進入城池，城南飛埃結霧，雲飄水凍。蹈舞侷地，張燈結綵，新年將至，行酒令或者品茗弈棋奏樂助興者，朱雀大街的盡頭轉眼如夜宴遊春，恍如舊夢。頭挽高髻，繫簪花，豐腴典麗，雍容華貴，舉步自若，描眉緋紅，額心貼著花鈿，綺麗紛陳釵光鬢影，赭紅與鈷藍襯著她的黑髮如異邦女子。如此唐朝，展開文化熔爐，燒得盛世裂開繁華文明。燈火通明的宮殿日後將被供佛的酥油燈代替，亭台樓閣將換成高原山色。

離開城門，胡商駱駝隊的葡萄美酒夜光杯，浣紗女的雲霓衣裳曲成絕響。煙火，都將熄滅。自此，她將在長安繁華與高原曠索中編織時間的網。

在高原的妃子單調生涯裡，佛經給了她力量與慰藉。

12 從小就愛佛

離城的冬日，結冰的路上，沒有融雪或雨季的泥濘，沒有飛沙走石，只有簌簌冷風拂起衣裳，兩截式的衣裳，她經常的裝扮。但高原冷酷，羊毛襖代替了羅衫絲繡。她取出長安時穿的襦，衣與裳分開。右衽交領或對於襟繫上帶結，下面的裙子圍起來繫上長長的裙帶，上衣或掖裡寬鬆，薄如蟬翼的貼在胸口。在高原短暫的白晝時光，長安衣服短暫穿上身，但泰半都是收藏起來。

那時的她在等待婚盟的長安城裡被刻意養得水潤潤的，她從骨瘦如柴的少女轉成了少婦。體態豐腴，凹凸有致，身體健碩，肌膚白嫩，面相寬廣，下巴圓潤，雍容華貴，一股濃麗之氣，透現著豐碩的體形裡躲藏著矯健的身手，或許因為這樣的養成，可以使她穿越漫長的進藏之路，度過荒寒苦澀之境，白皙的皮膚吸收陽光之後逐漸透著黝黑，必要儲存的脂肪也逐漸被消化成身體所需的糖分，她日漸才又瘦了下來，開始又變得精瘦，如漠礫的一棵枯樹，必得學著耐旱耐溫差耐風沙耐日曬，在未來的缺氧人生，耐一切之所能耐。

在未啟程前，她在長安城學習醫療農業手工業，女生積極投身生產的城，女性參與社會勞動，這是一個女性擁抱健康美的盛世朝代，女性兼顧勞動與運動，讀書與女紅的一代。

吸引北方遊牧民族求婚，遊牧人的騎馬射箭紛紛來到了中原，她確信自己在高原也能像個男子漢般活著，到了野外也必能求生。

在長安時她喜歡穿胡服與男裝，收起寬衣大衫，緊身窄袖更貼身，更好活動。有時改穿短衣長褲，套皮革長靴和裹腿，衣服方便農作勞動、野外騎馬、城廓遊藝。既嫵媚又健美，她記起當年松贊干布看到她時是這麼稱讚她的，但她知道自己的成功並不在愛情，愛情她不認識，她從小就愛上了佛。很奇怪的喜愛，那時佛這個新中文字詞也才問世沒經歷多少個朝代。

她從輦轎外看見載著經書的馬車夫與工匠們，他們對前進的世界似乎沒有太多的幻想，甚至有人抱怨為何要帶這些經書，去的蠻荒高原哪裡懂得漢字。山谷裡的風把男人們的衣服吹得價響，馬尾甩著沙塵，這風沙吹在肌膚上刺痛，一路滿眼是苦寒之地，她感覺瞳孔變小了，在烈日連日連月的行進中，皮膚也曬得通紅，風沙和髮絲糾結，肚子便秘多時鼓鼓著難受，忍著口乾舌燥，牲畜的氣味飄散在石礫上，駱駝商隊的人經過他們，她好奇地想要看個仔細，旁邊的桂兒卻快速地把布幕放下來。別看小姐，妳那麼美貌，要是被劫走了，桂兒把後面的話吞回去。她聽了笑著，念誦著如露亦如電，應作如是觀。鳩摩羅什，尊者寂滅，她遇不到。偷赴天竺取經的玄奘雲遊僧，她遇不到。大師歸返，她也遇不到。只有吐蕃王在等她，王她遇得到。

夜黑風高疾行的隊伍突然慢了下來，打斷她的惆悵思緒。

13 送到塞外的君父

辭別時刻。

她的阿耶江夏王李道宗一路送到塞外，阿耶打仗率領軍隊討伐突厥、吐谷渾功勳卓著，強者英雄不落淚，唯獨送女兒時卻淚眼婆娑，流下了男兒淚。一個阿耶將女兒遠嫁蠻荒，自知千里迢迢，此一別即是一輩子不相見。

前些年阿耶的兄弟李道明也送她的堂姊雪兒離開長安城，那年她也在隊伍裡，那時她沒有想過自己日後也會覆轍前輪，姊妹閨密走上同一條婚盟之路，且她去的地方將更遠更高更缺氧。

她看到自己少女時代的一路倒帶，聲音影像浮光掠影地閃過腦際，歌坊人家映著街上的車水馬龍，一大霸主英豪，手上沾滿了血。她沒跟別人說其實自己一點也不喜歡英雄，不過她敬畏夫君。她是怎麼被唐太宗選定嫁給她的贊普，當年她曾問阿耶，阿耶沒直接回覆，只說因為妳擔得起大任。婚姻需要擔得起大任的女子？她以為婚姻只需要愛情。

歌坊人家映著街上的車水馬龍，馬車吱吱嘎啞，小販搖鈴叫賣聲……黃昏降下前的夕陽金光瀰漫，旋即狂風驟起，飛灰如沙塵，還沒啟程前她就看見荒漠曠野上的車隊，看見被唐太宗軟禁以至於遲遲趕來一路策馬入林的祿東贊時而臉色凝重，時而仰天長望。她曾在夢中看見如海的沙漠，看見強風襲來細沙，拍打迎親隊伍的車輦如浪。

這是一場天注定的旅程，蝴蝶牽的媒，上天要她嫁給高原霸主，贊普，君長。

在未知的空曠天地裡，她有聰明絕頂的祿東贊一路護持，往後她才逐漸感到安心。心怎麼安？佛經給的答案都很虛無飄渺，夢幻泡影，就像廣大的沙漠折射著蜃樓幻影，背後車隊緩緩前進，一切似曾相識，彷彿她的前生早已來過這裡。

她提前看見自己的西行之夜，在夢中凝視星辰，被睡眠浸透的荒漠大地，正在為她的生命寫下傳奇。看見夢中海市蜃樓，晝日陽光烈焰，她褪下羊毛外衣，露出薄紗霓衣。她摸摸衣袖，才發現自己還在長安李府花園。

她摸著薄紗，冰涼的手指移到如脂的胸前，想日後抵達高原，這身裝扮也不適合了。皇上賜婚之後，李府準備嫁妝約莫兩個多月，這段時間她曾到處尋找典籍，想占卜著自己的未來。怎麼占卻都占不出未來。

14　六試婚使

吐蕃第一才子祿東贊擔任求婚大使，一路從三千多公尺的高原風塵夜行日走，漫漫旅路，一眼觀風景，一心懸念長安如何布局。

他提早抵達長安，臥底者似地打探文成公主的喜好特徵個性等等，以求在諸多求婚者中勝出。首先是打通李府某個貼身守衛，得悉公主身上有異香，蝶戀香。

他停留長安三個多月，在唐太宗六試婚使中，是唯一通過的使者。

於是公主嫁定了，雁兒知道從此她不再是雁兒，命中已注定。

當蝴蝶在她周邊飛舞旋繞的時候，那鱗片似的蝶翼使她像女神般燦爛，她金粉熠熠穿越兩岸人潮，目光抵達那個也在眾裡尋她的男人眼眸深處，高原的眼眸如雲海，遼闊如湖水，攪動著一汪藍眼淚。男人同時也望向她，瞬間指認了她，這個剛被賜名文成的少女，是蝴蝶鍾愛的女子，是佛的好孩子，雁將往高原飛。

她盯著高原男子看，精瘦骨硬，臉頰削長，目光深邃，髮黑膚黝，個子不高，但堅毅如一棵神木，衣飾下襬有著她認不出是什麼字的別緻圖案ཨོཾ，看起來像是一個跳舞的人形，她想應該是高原的文字，終有一天她會認得這異字異文。（很多年後，當高原她熟識且喜愛的最後一人祿東贊過世時，她一直想起的也是她最初看到的這個吐蕃文字ཨོཾ。）

如夏日雷鳴的嗡嗡嗡。

她聽阿耶說起一件神秘之事，她的阿耶曾說起天可汗在聽聞天竺僧團使者說起穢跡金剛的神力之後，一心想要試試到底有多厲害，於是就請這個修咒法師來到宮殿，要這個法師立即施咒，結果法師咒語才念幾遍，天可汗的宮殿竟瞬間消失一空，連大臣們也一併消失，就只剩下天可汗與這個密咒士四目對望，四周空蕩蕩。

天可汗當下就怕了這個咒語，心想這要是被有心人學去還得了，連宮殿都可以不見了，那我不是也可以被消失？天可汗畏懼以血流成河換來的王位會被奪去，因而當場下令密咒士去黑牢閉關，終生死在關房裡，且將原本的咒語四十幾個字硬是刪去了多字，使這咒語殘缺，讓後來者即使修此法也將修不成法力。

她聽阿耶說這法力時，覺得很有意思，她的腦海跟著故事高飛，想像著宮殿消失，大臣們消失，只剩下天可汗和密咒士在空蕩蕩如漠地之處對望。

彷彿那空曠像是她日後要前往的高原之景。

她想去看那個被密咒士用咒語就能憑空消失的宮殿，央求阿耶帶她去拜見皇上，她不知道政治婚盟的公主身負重任，就是沒有請求也是會被天可汗召見的。

她請求皇上在她出嫁時可以讓她帶一尊佛像到吐蕃，使當地人信佛，藉由佛像的對境感受佛的存在。

有佛像就可以免於征戰，培養慈善，她說。

天可汗聽了深受激盪，慈悲正是天可汗的軟肋弱項，自然同意。

她又請求皇上能讓她帶五穀種子與治病的藥材及各種書籍、農具、工藝匠士織女們一同前往高原。只有從根本去改善生活，使得知識與實務並重，才能讓唐朝文化生根，天子天威揚名。

唐太宗望著眼前這位偏房公主竟如此圓融善巧聰慧突然不捨了，好像把一顆明珠送給了別人，但也無法反悔了。

妳說的朕都同意，公主還有什麼請求呢？

請求只要我在吐蕃的一天皇上絕不對它動武，盼邊疆永保安康。

諾。

聽到這麼爽快的諾，她的心神反而搖晃了，一切拍板定案，回程路上，她有了新的目光看著眼前的長安，彷彿訣別之眼已然來臨，每一眼都是最後一瞬，女子們嬉戲聽戲看球騎馬踏青，胡旋舞轉了轉，而自己已然和這一切無關了。長安街上樂音喧揚，她聽音辨聲高妙，隨著樂音彷彿即將行過未來通往高原的路，隨著聲音延伸天可汗的雄心版圖，也是她從童少就聽聞雲遊僧西行的取經版圖，雄心與僧心之路是西涼高昌龜茲疏勒康國安國天竺，佛心與狼心融為一體之路。

命中注定誰是你？她再次聽見虛空傳來的叩問。

她忽聽得有人唱著：勸君把定心莫虛，天注姻緣自有餘，和合重重常吉慶，時來終遇得明珠。桂兒幫她推開車輦小布簾，她看見一個模樣落魄的方士搖著缽唱著，一路乞討，她將自己身上一塊金銀絲編織的彩帛遞給桂兒，要桂兒給那方士。

這彩帛可是能換不少銀兩的，桂兒接過說。

她微笑著回桂兒，留點相思在長安。

桂兒向那方士招手，方士在馬車門簾外對他們行禮如儀。她才看見這方士根本就是個少年啊。很多年後，她在高原收到馬玄智攜來的雲遊僧書簡與經書時，赫然見到經書竟用這片彩帛包裹著時，不禁失笑起來。

馬玄智自然不知原由，她要馬玄智向雲遊僧打探何以有此彩帛。馬玄智捎來消息說，雲遊僧的弟子辯機被賜死，整理他的遺物發現了這片彩帛，雲遊僧看這彩帛工藝設色知是來自皇宮，還以為是高陽公主贈辯機。

她想著當年那個約莫十來歲的小沙彌，炯炯目光掃在冷空氣中的那股神氣，她一直記得。

命中注定誰是你？

誰是你？你是誰？

往後在每個缺氧的高原夜晚，枕著滿山的髑髏，她不斷地夢見這句話。

15 啟程的隆冬

元宵過後的嚴冬大地白雪映照得她的皮膚更顯得雪白，坦領下的白胸如初雪，長安牡丹正綻放如靨，如她額上的青黛。貼身侍女們將她一路攙扶到天可汗與皇后面前，以行大禮。彼時，她必須含淚，以表不捨。

自己有不捨嗎？她忘了，高原無淚，極度乾燥。

回憶起來似乎只記得走進皇宮時膽戰心驚，只盼儀式快點結束。她注意到天可汗是一個氣勢滿滿的人，可以震懾底下一顆顆正在跳動的心，她也看到祿東贊的神情很奇怪，心想難道他不開心嗎？（那時她不知道祿東贊被天可汗強迫滯留長安。）

走下寬廣石階，花轎前後滿滿人潮簇擁。

這是貞觀十五年，西元六四一年的皇城太極宮前，廣場上有人在跳著胡旋舞，空氣中飄著北方大餅的焦烤香味，胡椒異香飄著，孜然咖哩辛辣地刺鼻著。

送公主上路的車輦駕駒已備妥，各種牲口馱著的貨品即將和她一起遠離家鄉。龐大的陪嫁隊伍，金玉書櫥、三百六十卷經典、烹飪食譜、花紋錦緞絲被、卜筮經典三百種，明鑑，製造與工技著作六十種、一百種治病藥方、醫學論著四種，診斷法五種、醫療器械六種，穀物和蕪菁種子等琳瑯滿目。儒家經典史書名家詩文佛經種樹醫藥曆法工藝技術玉石珠寶金銀首飾綾羅綢緞茶具中藥炊具植物種子。

陪嫁侍婢，文士工匠藝師樂師力士卜卦道士和農技人員，彷佛是一個文化訪問團和農耕隊。這些人也自此要離鄉離家了，她刻意選擇的隨從都是單身者，因為離開妻小太痛苦，她不希望別人因自己的出嫁得承受這種痛苦。然而單身者也因首次離家且年紀較小，對於分離的感受有的平淡有的濃稠，至於家長則都流露著對兒女要離開長安的不捨，有的竟老淚縱橫地在送行的隊伍裡和孩子道別，也有覺得雀屏中選感到榮光的，有的親人僅微笑朝馬車隊舞揮著手，雖然知道自此是生離死別了。

她最關心的是車隊上的物件，佛經佛像與卷軸是否都安然。大力士們負責運送釋迦牟尼佛像，珍貴的十二歲等身像必須穩穩當當地被運載著。馬匹駱駝騾子馱著佛像與經書，植物與種子等物一路將伴隨她西行。碾磨紡織陶器造紙釀酒樂曲等工藝的工匠們，護送佛經詩文農書史書醫典的侍衛們，在冷冬裡也都打著哆嗦地等著走出關門。

送行者有她的阿耶禮部尚書江夏郡王李道宗一路隨行，他將一路護送，直到把女兒交到女婿松贊干布手中才返回。

這是史上最漫長的紅毯，紅毯迤邐三千里，別人走紅毯十幾分鐘，她的阿耶陪她走的紅毯得千里長征，走到天荒地老才能將女兒的手遞交給另一個男子。

她是祿東贊用獻金五千兩，珍玩數百，珠寶上千兌換來的女人，她是吐蕃大使請婚來的唐朝女人，她是被太宗賜名許嫁的女人。

許嫁，她是要經過允許才能結婚的女人。

有婚姻，沒有愛情。

16 吐蕃第一人

一月隆冬，雪地冰堅，一輛專門放佛像的車輦，路況不佳。選在隆冬季節出發，因為由長安經隴南、青海到吐蕃沿途要經過幾條湍急的大河，隆冬季節河水漸趨平緩，如此送親隊伍才能安然通過，一路遇到冰塊浮動的地方驚險處處，結婚之路像過生死關。

不知過了多久，車隊行至半路，祿東贊才趕上她的迎親隊伍。

從長安城趕來的祿東贊，以智慧躲避被囚在長安當人質的命運。她後來才明白為何在太極殿看見祿東贊的眼神閃爍著怪異，原來天可汗最初想把這個智多星納為己用，好在祿東贊還是趕來了，不然她滯留在高原的生活將會是漫長的荒原。

祿東贊快馬加鞭從長安城追上他們時，時間已經從隆冬轉成春天。

她的吐蕃第一人是這個男人，她的晚春，也是他。

每隔一陣子在休憩時祿東贊會驅馬車來到公主身旁，透過布幔告知她外面的情況，讓她吃下定心丸。在帷幕裡，她也時常念誦著佛經，鳩摩羅什譯的金剛經、阿彌陀經、妙法蓮華經。日後她因此被高原人稱為蓮華（花）公主，蓮花藏文貝瑪，她是貝瑪公主。

從小阿耶給她學習佛學，長安城寺院大興，城內城外雲集各地佛學國師駐錫都城，在她編織著長安夢華錄時，佛學給了她穩定的心境學習，於是當消息傳來她被遴選為和親公主時，她的心潮雖有起伏，但很快就被平息，被她的自我幻想平息。或許該說與祿東贊的第一次會面的交會眼神是一場無言的驚心動魄，高原男子的眼神滄桑卻堅定。倒映著她的臉，瞳孔水光中的自己瞬間潮騷被晃動又被平息，安與不安的心雜揉而過，感覺什麼又說不出什麼的一種奇妙電流有一瞬間滑過她初見高原男子的心緒。

她回到李府，天可汗已然派了個吐蕃婦人來教她一些高原語言。她學著念著他的名字མགར་སྟོང་

བཙན་ཡུལ་སྲུང་།，吐蕃婦人教她發音，她轉譯地念著噶爾·東贊域松。覺得十分拗口，最後還是叫回了祿東贊བློན་སྟོང་བཙན。

旅路上，她經常聽見帳外這看似被高原烘乾的瘦削祿東贊卻有著極為狂放激昂的笑聲，聲音迴盪荒野，這高原男子有著少見的睿智，更有高原奇山峻嶺的大器，既厚重粗獷又輕盈細緻。此去吐蕃高原不僅風俗迥異，氣候溫度更是大異之處，她特地準備了許多中原山花野草稻穀，想在春意昂揚時節可讓綠意紅花遍生，以幽微姿態來塗抹山巖的光禿與雪山熾亮。

她張開耳瓣跟著祿東贊的高亢豪放的藏歌哼著，藏音聽來繞梁，彷佛一座海洋。他身上有高原特有的山林曠野的土地氣味，獨特的編織格紋布料、酥油、檀香、茶香……還有一種植物的菸草香，牧羊氣息，是屬於中年男子的氣味，雖然她也不知中年男子該是什麼氣味，長安男子的氣味她聞到的多是阿耶身上沾染長年在書齋的書味，帶點潮濕與浮塵的燃香味。或者是和桂兒偷偷晃去長安東西市聞到的市井的勞動汗味。

她忽然想起還沒謀面的夫君贊普，贊普的身上有這種英雄氣概的氣味嗎？贊普的身上會是何種味道？

車隊在旅途驛站下馬，她在暫歇的客棧大院教祿東贊學著讀漢字版佛經，祿東贊則教她吐蕃文字的基本母音，指著太陽念尼瑪，如是我聞念讓吶，無常念米塘帕，塵色念貝波。無貪念瑪嗆帕，無瞋念讓當美帕，無癡念替木美帕……她記著，用怪異的漢字發音去強記這些異詞。

最後他們的視線彼此停在對方的瞳孔上，但很快就移開了。

絲路過客馱著商品，行路不知路遠。這些人顯然也從長安城來，沒有山野人家村夫村婦的黎黑模樣，他們朝著公主的馬車隊伍行禮。她看著自己的臉色逐漸脫離宮中的蒼白，舉手抬足好像也擺脫了弱不禁風的少女樣子，她等待著自己獨有的成年禮的到來。

17 吐蕃女王

甲木薩，妳且聽好，吐蕃女王是赤瑪倫，她是妳的後代，注定一定要被記住的人。她兩次攝政，多次平息叛亂，因為有她，才保住了妳甲木薩的晚年平安。

她在旅途中提早夢見未來的女王，這給了她安慰劑，彷彿是未來啟示錄提早來到，讓她有所依怙，以抵過漫漫前方路。

她是妳未來的孫媳婦。

隨行的長安占卜方士給的預言，在夢中顯現。原來妳的明珠不是愛情，而是一個女王。

讓我告訴妳未來的事。

妳的王，日後僅生一子，這兒子非妳所出，妳將終生不受孕，沒有孩子。不要難過，因為妳要知道王要的子嗣純正，不可能出自漢人血脈。

所以我連生子工具都談不上？她在夢中自嘲。

這是幸運的，凡有子嗣必有爭奪，妳高坐蓮位，不要走下神壇。妳的婚姻本就是一場政治聯姻，妳不要對愛情有幻想，妳要知道，妳是為佛而去高原，不是為了王，更不是為了愛情，不是為了有孩子。

如果我想要有愛情有孩子呢？

妳無法改寫歷史，妳是誰已命中注定，無法更改。

沉默片晌。

誰有子嗣不重要，重要是誰改寫歷史。妳就是那個高原黑天鵝，命中注定改變高原的神壇，子嗣的事有吐蕃女王來承擔。

吐蕃女王？

是的，請聽我說妳的未來。

妳的王松贊干布的唯一一子貢松貢贊在十八歲時竟就先妳的王一步而走了，貢松貢贊是王的芒妃所出，芒妃是唯一王的正統血脈之妻，高原王室所出。王的其他妃子如妳，子宮空蕩蕩的，所以妳不是唯一寂寞的人。但有孩子也注定孤獨，這是強盛卻早衰的王朝，唯一之子過世，於是妳的王只能把王位傳給尚年幼的孫子芒松芒贊。王和其他王妃都過世了，僅妳獨活時，這芒贊卻又在三十歲過世了。就在這時，妳的孫媳婦赤瑪倫我那時候才剛懷上了未來的王都松芒波杰，遺腹子波杰太年幼，於是我赤瑪倫為了國族血脈只好代為攝政，那時妳的祿東贊大相還活著，且祿東贊的家族勢力十分龐大。只因這祿東贊有跟松贊干布立誓：只要我祿東贊活著的一天，我祿東贊家族都不會掠奪王位，我可以保王留下的江山不被吞沒。

祿東贊，她在夢中聽著陌生女子的發自太空星塵般的聲音，想著老去的自己與老去的祿東贊會是什麼模樣？王與王妃都走了，所以她注定往後會當寡婦？

這高原寡婦很多，寡婦聯盟由妳發起，夢中傳來的虛空聲音帶著些嘲弄感，但仔細聽又不是嘲弄，彷彿是先知對於愚昧者的不耐煩而已。夢中她還是少女，她看不見未來自己的睿智之臉與滄桑的高原生活。

我後來在高原做什麼呢？

妳就是日日教高原人讀佛經，日伴人夜伴佛，依然和桂兒守著布達拉宮，等著馬玄智使者來到妳的寢宮，直到長安的雲遊僧離世為止，妳不盼望什麼，寡婦生活就像回到妳的長安少女生活一般，只是場景從平原代換成高原。但妳的這個孫媳婦赤瑪倫我可就不一樣，我這個攝政女王隨時都有生命危險，於是我這個吐蕃女王每天就盼啊盼的，無非就是盼望孩子快點長大好交棒給他。哪裡知道妳的孫子芒波杰在二十九歲左右也過世了，於是我赤瑪倫只好又再次攝政，而那個時候我的孫子犀德祖贊還不到六歲。

馬玄智？她跟著念著這個人的名字，不知他是誰？

赤瑪倫沒等她發出疑問就不禁感嘆地說，偉大的女神啊，您說為何吐蕃王朝的命運總是丟給一個女人來承擔呢？先是您，後是我，一個女人撐起整個王朝，為何命中注定男子早衰，要一個女人撐起整座高原生死。

她忽然在夢中對赤瑪倫開口說話，聽見自己吐出的聲音如異己，很陌生，很蒼老，像是自己老去的聲音。

她跟這眼前既陌生又熟悉的女人說著，相信我史官會記妳一筆的，妳將來會留在史冊的。

赤瑪倫聽了赫然大笑說，留名的是女神您，我這個吐蕃女王未來將輔佐王的三代，但卻落得沒沒無名罷了。

她默默地聽著，知道自己這時候若跟赤瑪倫說佛法只問本心不問未來留不留名的事，這對赤瑪倫絕對是聽不進去的。

夢中她見到吐蕃和長安的狼煙在王過世之後再次燃起，而自己已無能為力，原來女神只能低眉垂目。赤瑪倫則怒目金剛，赤瑪倫展現魄力，絕不手軟，這和她迥異。

她謹言慎行，她總是瞻前顧後，因為佛經總是要甲木薩先明因，才知果，因地不真，將危及未來。

後來赤瑪倫任命祿東贊次子欽陵贊為大相，在甲木薩三十歲時，欽陵對大唐態度總是堅持自己的強硬立場，那個時候的大唐也是女人當政，武則天最後將疏勒、于闐、龜茲、焉耆都納入了甲木薩的高原版圖。甲木薩沒有為此高興，因為這是危險的，一個國家要得太多的時候，就是警訊。

赤瑪倫，妳絕對是真正的吐蕃女王，這妳要記下了，我會將妳赤瑪倫的名字流傳下去。

她喊著赤瑪倫，妳聽好了，我會記妳一筆。

就在這時，她醒轉，夢中的名字她記得了。

泊驛旅棧她問祿東贊誰是赤瑪倫？

祿東贊以為公主還在夢遊。

夢中的聲音響起。

甲木薩是誰？

是您，漢地來的女神。

大相有朝一日會取代松贊干布王嗎？

我保證永遠不會，親愛的貝瑪公主。

如何保證未來？

憑我父親賜我的名字祿東贊。

18 從此別去

行旅不積糧，取給於道路。漫漫長夜，別去長安，從此西行。

沿途有吐蕃驛站和藏王預先安排的行館，而等待迎親隊伍的是無盡的山川異色。地理轉換，她逐漸卸下了繁瑣衣飾，換上輕便外出服以適應接下來的長途跋涉，艱難的氣候與險峻不明的山林野地路況。

隆冬天寒，晝短夜長，路結霜，行旅難。她在長安城裡度過十幾秋，從不知長安外的風土是如此惡山惡水。然而比起融雪之時，下雪是更易行走些。大雪茫茫飄落，白白靄靄中吐的氣瞬間成霜。和親隊伍有時候得趕路，以免拖沓時間。遠離繁華長安，鄉鎮村莊的妙好人，讓他們入屋躲避風雪，她也見識到長安之外的風情景物。

妙好人，她學著佛典稱信佛的善男信女們。

妙好人，甚妙，甚好。

當年玄奘大師的西行之路，她覆轍旅路。她是此路第一女人，而第一人多是受苦者，被誤解者，探勘者，開創者。

播種卻未必等得及收割的人。

離開長安，最讓她遺憾的是見不到雲遊僧。雲遊僧離開長安時，她年紀尚小，智慧未開。她離開長安，雲遊僧西行卻尚未歸來。

她當時自是不知她抵達高原後的第三年，大師即抵返長安。如果她可以未卜先知，也許她會想拒絕這樁婚事，一心想要等大師回來，好向他請益佛學問題。但她三年後即使透過報信者得知長安訊息，她又何能拒絕婚事，拒絕天注定的命運。

所幸有佛的豪華嫁妝，大力士們推的馬車上有釋迦牟尼佛十二歲等身像，還有許多經書。那時運送至高原的經書有金剛般若波羅蜜經、阿彌陀經、坐禪三昧經、法華經、摩訶般若波羅蜜經、維摩詰經、大智度論、中論、大乘大義章，注維摩詰經。佛經是她最珍貴的寶物，是帶來高原的心物。

旅驛途中走走停停，夜泊鄉野驛棧，一路陪伴她的是桂兒，還有看不見的佛或者山鬼，金剛經可鎮魔幻影，她總是在佛偈中試圖入眠。入眠前卻難眠，自問如果一切終成夢幻泡影，這鳩摩羅什尊者譯筆下的世界注定成住壞空，那麼在人世的一切作為又所為何來？

沒有答案。

隆冬雨雪霏霏，日凍風寒，雪降成霜，冰牢霜固的天氣猶然，她問桂兒我們走出長安的日子過了多久了？

桂兒笑說日子已經難以算數，只知公主點了好幾盒香了。一粒香丸燒兩個時辰，桂兒邊代換著時間，邊用手指比算著。最後頹然道，總之就是好久了，邊說著邊望著輦車外的雪，雪仍下著呢。

高原冷，雪可以下到初夏吧？高原氣候有四季流轉嗎？

以後雪就是我們的好朋友了，祿東贊說過吐蕃國土入冬可是雪域呢。

靜靜飄落的雪是好朋友，聽起來孤單，荒靜。她沉默地想著，彷佛看見未來的生活。

停歇古城咸陽，車隊歇息，趁停歇換裝保暖衣物，往後月餘將更冷。眼前隆冬雪色無邊，晝短夜長，關外小鎮自無皇宮四周繁華，因天可汗下令的安排，入境之地仍有幾處富庶之景，讓他們可避風雪，補水補糧。

她從沒離開皇宮生活過，一路對風情與景物充滿好奇，這種好奇救了她的心，不讓心耽溺擱淺在飛奔的心念上。古城風景之東是她熟悉的家鄉風土，農田豐美，溪水豐沛，草原遼闊，逐水草的牧羊人營帳錯落。

這景她起先覺得陌生，心且有點慌，有那麼一刻她突然發現自己在心亂之時，熟悉的佛經文字竟頓時一個字也想不起來。她開始想著佛像時，經文才又浮現。佛像等同經書，佛像即是佛在，佛境是勾招。她想著當年佛在世時，是如何被塑像？天竺獻給天可汗，天可汗再將唯一佛在世見過的塑像當作她的嫁妝，史上最珍貴的嫁妝。天竺使者說，這世上由釋迦牟尼佛親自塑建的佛像極其珍貴，八歲等身佛將由尺尊公主帶入吐蕃，十二歲等身佛在她的車輦上，三十五歲降魔成道像留在天竺佛證悟的菩提樹正覺寺。此佛日後將成覺沃佛，佛和她從此都將有了新天新地與新名。

佛的十二歲等身像來到長安，全因戰亂。天竺摩揭陀國受到異教徒侵略，國王達摩婆羅向當時的南北朝後秦皇帝姚興求救。在姚興出兵協助下，異教徒被打敗，天竺為了感謝此恩德，於是達摩婆羅王順水人情答應了遣高僧法顯赴天竺求迎三寶之請，把佛的十二歲等身像，以及一尊珍貴的旃檀佛像和一批經典，作為回贈，用船將這些寶物送至長安。改朝換代，十二歲等身像來到天可汗的宮殿，接著聖像又將遠行至雪域。佛像看似無言卻又千言萬語，集世界所有，超越醫藥、建築、曆算、藝文、農耕、工藝。

當她在長安初見等身佛像時，整個人像是被佛光鎮住了，難以移開目光。金身佛像頭戴寶冠，滿月面容，雙眉間放白毫，看到佛也是鳳眼時，她笑了。天可汗也笑了，佛和我們長得很像啊。天竺使者說，這不是鳳眼，這是因為佛的眼神慈悲垂望眾生苦海無邊，因為低眉不忍視，只開一縫覷紅塵，這一縫讓你們以為佛眼是鳳眼。宮殿大臣們聽了使者的解釋都微笑起來，紛紛說慈悲垂目真是相好莊嚴，就和皇上一樣。但很多老臣瞬間又閉上嘴，可能想這皇上坐上龍椅手中可是沾滿了血腥。

真正難行的慈悲是忿怒。被天可汗召見的她當時竟這樣說著，瞬間緩解了一幫老臣的媚俗讚詞的尷尬。天可汗聽了卻十分驚訝此詞竟出自一個即將遠嫁高原的偏房少女公主。

妳說來聽聽，為何真正難行的慈悲是忿怒？說得滿意，這佛像就是妳的嫁妝了。

她當時一聽有佛像當嫁妝，眼睛如星辰雪亮起來，認真說著比如我們要結束一個亂世勢必會引起多方殺戮，但這是為了往後的盛世，佛陀時代也有過這種忿怒埋藏著慈悲之舉，殺了一個強盜，殺一人而救百人。又比如我們一直慈悲對待某些行為誤謬者，但慈悲卻生禍害，慈悲反而被利用，於是這種時候就必須將慈悲垂目轉成怒目金剛，以警惕想要提點的人。

但忿怒是兩面刃，必須時時返回初心檢視。她的阿耶江夏王在旁替她捏把冷汗，接著補充說道。

從此，她不僅有了十二歲等身佛陪同遠嫁他方。往後長安所有的寺廟也在大雄寶殿前安置狀似忿怒的護法金剛，慈目低垂與怒目金剛是一體兩面。大雄寶殿，成佛前先要有人的英雄氣概。

她和桂兒在車程中說著被天可汗召見時的一些軼事，桂兒沒聽過的佛故事。

如果沒有佛像，我們大概很難想像佛的存在，桂兒突然開智慧似的說著。這提醒了她為免於人們遺忘而造成的瞬間心慌感，於是她也開始在某些駐足長的休息驛站召喚隨行工匠藝師們石刻佛像，透過她口述關於一些聽來的佛經故事，由他們想像刻劃而出，且刻好的佛像就地停留，只為了讓後來者能觀佛。就這樣，一路停歇時分，佛像就端然現前，和親之路風沙滾滾，雕刻出來的佛彷佛開天眼，有了生命，佛佇立荒原，送走和親團，在未來時光中等待有緣人來識佛禮佛。從此曠野沙塵，人路行過，踏出一條千佛路。

19 漫長和親之路

隴山位在陝西跟甘肅的邊界，全長百里，自此是平原跟高原的分界點，劃開農作物與氣候的界線，隴山腳下的小村莊，燈火通明，男女老少來見公主，突然那麼多人來行禮於她，十幾歲的少女也得裝出一副老成模樣。

一路走走停停，有時酷寒有時是路況差。伙夫們添柴火煮了餃子，照料馬匹的當差也好生伺候著她的坐騎。離開陝西長安，接著是長途跋涉，攀行隴山，高原界山，曲折險峻。行巡守番須口，王孟塞雞頭道，牛邯軍瓦亭，抵達隴道要口。翻越隴山，陝甘邊境行路百里。

抵隴山山腳下駐錫旅棧時，山民聽聞大唐公主和親隊伍來到，一時山下燈火通明，老老少少擎著燈火走在闇黑山徑，想要一睹公主丰采。泰半什麼也沒看見，倒是山民第一次看見長安來的馬車，那陣仗使很多人回到茅屋時，夜晚作夢都夢見都城燈火。

有一個年輕人在那個時候請求一路跟隨公主到高原。

這個深鎖內山的年輕人看起來像個不世出的書生，他說自願一路當苦力，只求能離開深山。有人去問了公主，公主從布簾外看到這個年輕人，覺得這年輕人看起來跟自己應該年紀也差不多吧，渴望去看世界的心強烈，她明白求知若渴的心，因為她也是這樣的人，當別的女孩在忙著跳舞交際或者編織刺繡女紅時，她總是沉浸在書本中，尤其是佛經，一路上念誦著佛經，雖不明白意思，但覺得內心一片澄澈。

這個年輕人難道也是天注定一路跟隨她來到高原的？（沒有人知道那時際遇已然埋下伏筆，很多年後，當年輕人因為一場木雕刻寮房的火災而失去雙目時，年輕人轉成了高原說書第一人。）

那夜，她讀到一個神啟。

卑摩羅叉當年長途跋涉來到長安，只因為聽說了鳩摩羅什尊者已然來到後秦的長安，正展開著譯經弘法的事業；卑摩羅叉不僅渴欲重逢大師，更希望能學習一直沒有被傳授的戒論。師徒兩人在終於會面的那一天，鳩摩羅什以師禮相待，卑摩羅叉感動至淚流滿面。算來當年大師自龜茲被呂光滅國竟已和故里人時隔了二十四年，闊別經年，他們在三千里外的長安城再次重逢。一心一意完成一期生命的懸念，讓她頓覺自己對長安對雲遊僧的懸念又算得了什麼，而剛加入車隊的年輕人的懸念又是什麼？她恍惚一念，沉沉睡去。

車隊續行，經天水時，她正覆轍曾經走上天水甘肅向西求法的雲遊僧之路，往昔在長安花園，她的阿耶經常說起這位出家法師，使她也覺得這位不曾謀面的法師在不斷被敘述下，彷彿和自己是舊識，就像是沒有謀面的私塾師父。

他們一群人翻山越嶺，休養了幾天，就急忙趕在冰雪融化前抵達靈巖寺，如此以順利渡過險峻關口。一路上她見到大小石雕佛像的偉大壯闊，打自十六國起，來到富庶大唐，不斷修繕的佛像依然挺立山林。渡過黃河，暫歇靈巖寺，在這座寺廟裡她想了很多關於佛的問題，她突然明白犧牲個人的愛情卻可能在漠地高原種下佛陀的種子，種子就是核心核仁。犧牲是必要的，她在每個長途跋涉的夜晚都這樣告訴自己。一路走走停停，沿途有很多的休息站。這一路上，她不知道未來將流傳著她的傳說，但知道路已經開拔了，她的夫君在等待她，她沒有回頭路，佛也沒有回頭路。

青海玉樹古道，長安成為昨日夢土。

祿東贊在歇息時說，我來唱歌給公主聽吧。

世上最珍奇的天神，請您細聽我的歌，我們吐蕃的土地，吉祥又珍貴，王宮主人翁名字叫做松贊干布。

她第一次聽見松贊干布從祿東贊的嘴巴吐出，此新名將成為她的愛情封印。

善良慈悲的高原繁衍各種樹木，五穀豐收一切繁榮，有金礦銀礦銅礦，有各種珊瑚瑪瑙珍寶，牧羊人生息繁衍，吐蕃安樂，等待甲木薩啊。

接著她聽見祿東贊吐出她的新名甲木薩。

家鄉家鄉，花雨繽紛的春天已經來到了，草原的黃花，夏日草長迷戀著風，微涼的秋天等著妳，甲木薩。

歌聲伴隨山谷的風，颯颯獵獵的風撕裂著祿東贊那高亢的嗓音，連日的疾馳使本來感覺疲憊的她在歌聲中得到了奇異的安慰。她的髮絲長久沒梳洗都黏成塊狀了，只要掀開簾子就能聞到輦車夫身上的汗水體垢和馬匹的獸味。連毛色原本美麗光澤的馬匹看起來都像是瞬間老了，和她一樣，她感覺自己突然從十六歲變成一個六十歲的老婦人似的。

只有佛像不老，永遠的十二歲。

直到抵達日月山，她才逐漸從昏幽的漫漫時光中回魂，她發現祿東贊的蒼涼笙歌頗能催眠，但催眠者不知何時已奔馳隊伍前方。

距離，才能保有想像。

日東的良田阡陌，蘊含一派恬靜風光；西側草原遼闊，牛羊成群，一幅塞外的景色。兩側風光反轉，看得她心胸頓開。日出月落，馬蹄沓沓駝鈴悠悠，商隊絡繹往來孤影連天，遠望一座黃土夯築的關城聳立，那時她還沒有機會欣逢唐詩盛世描繪大漠氣勢的詩歌榮景，她只能感受苦寒礫漠的孤寒。

除了風與沙，天地就只有他們這個龐大的和親隊伍。白天時而高溫乾燥，路上乾屍的空洞雙眼白骨望著她，四處眼茫茫，陽光曬得她的瞳孔縮小，風沙刺目，只能躲在輦車裡。直到耳邊的風聲歇息，她才掀開布簾，望著地貌時而壯麗時而雄渾，夜幕降臨，她在帳外聽著嘶鳴的風與尖厲的石翻滾的聲浪，如野獸出籠，魔鬼出巡。

紅、黃、綠、黑、白米粒狀沙粒堆積而成的馬鳴山，沙粒如海，遠看連綿起伏，砂石彼此共振摩擦，恍若耳語。一路上的紅色礫石、砂岩和泥岩風光，詭譎的懸崖、丹青和紅褐在陽光下交織成光海，山地丘陵色彩斑斕，和長安城判若兩個世界，她既興奮又感傷。聽說阿娘暗地哭了好幾天，女兒離開阿娘，讓阿娘擔憂不已，阿娘是一個既能騎馬又能織繡的女子，鼓勵女兒追求自我天地，卻又不能抗拒天可汗的聖旨。反倒她安慰阿娘說，自己很想到塞外高原過新的生活。她想起阿娘時，車隊已經快到柏海了。不知不覺，車隊已經帶她走遍了關內關外的土地，她的足跡行過，又被風沙掩埋。關外浩渺、蠻荒、無涯，白天酷熱晚上酷寒，經常是生機處處，轉眼卻又一片荒瘠。她看著車內擺放的長安柳樹，彷彿很安然地冬眠著，冬季之後，春天將來，何況她的未來夫君早已從吐蕃出發，想來王距離要成為她的夫君，已然不遠。

20 自此相逢在夢中

我們離開長安經過多少地方了？她看著天頂雲集的烏雲與四周的漠地陌異之景，她問著帳外策馬前來的祿東贊。

我們從長安出發，沿著渭水北岸越過陝甘隴山抵達秦州，再溯渭水西上，越過鳥鼠山抵臨州，從臨洮西北行，經河州，渡黃河，現下我們正進入青海境內；再經龍支城，西北行至青海鄯州。祿東贊彷彿一張地圖，熟門熟路地吐出字詞。

我那個嫁去吐谷渾的弘化公主姊姊應該已經在驛站等我了吧。

是的，報信使者傳來消息，長安弘化公主已抵達邊界的驛站。

她聽了好開心，迫不及待要見的人竟不是未來的夫君，而是她的童少友伴，年齡相近的小堂姊弘化公主。

車隊終於抵達吐谷渾。

兩姊妹見面百感交集，分手時是少女，兩人轉瞬成少婦。

比她早一年蛻變成少婦的弘化，陪伴不久也將成為少婦的堂妹文成。她們那時還不知道日後彼此會因為夫君而成為彼此廝殺征戰的敵對國。

即將成為異族之妻，這異國男子如何？她問著堂姊。

該如何說？弘化公主笑回如何二字。反正和漢族不同，和我們的阿耶兄長不同，長安人細緻，邊族人豪邁，不囉嗦。其實人好適應，地理氣候我卻適應良久，高原人有著鐵打的肺，我們卻沒有。所以如果妳冬天十分寒冷，可以用薔薇香薰取暖，她當初送給弘化公主的物品，她看見堂姊還在使用著，內心安慰。她想應該讓堂姊回味一下久違的長安生活。於是她差人從輦車裡面取出一路從長安帶來的故里物品送到行館。鋪上唐式地毯，取出食物，擺上杯盤，她們席地盤腿而坐。那是她們以前在長安花園最常一起做的事，將茶放在火上煮，煮茶喝茶，茶解多少心中事，唯獨不解為何她們會在異鄉相遇，且彼此的命運是走上和親之路，嫁給一個不認識的異族男子，異族的王。

弘化還沒等水滾就迫不及待打開鹽罐，指尖沾鹽，將鹽放在舌尖，閉上眼睛像是在回味著什麼似的微笑神情，彷彿蜂蜜吃到糖。昂貴的鹽，在吐谷渾的思念。等到茶水湧動的時候，倒出茶水，擺上茶點，跟隨來的廚師很高興地哼起歌來，擀著麵食製餅，餛飩糕點餅酥。只可惜沒有水果，那些來往長安城的商人帶來的異國水果，在夜晚都讓她們流口水，以前不惜吃，於今夢裡卻流涎。

蘋果葡萄石榴鴨梨香蕉甘蔗西瓜無花果黃瓜核桃桃子杏子李子椰棗，以及各種果乾。寺院供齋食物飄香與裊裊香塵彷彿閉上眼就可以聞到。長安城裡的煙火在她們喝茶的時候飛到了虛空似的，後來她們才發現是帳外有人在放煙火，迎接王的喜事即將到來。

唐風胡宴總是狂放又迷幻，長安人喜歡夜宴，甚至說只有嬰兒少年和弱者才會早早上床睡覺。晚宴之後的續攤夜生活，代表著溫暖飽滿黑暗甜蜜，連殺人放火的流血事件也都是在晚上進行的華麗陰謀，殘忍的血色。

從百姓到天子的味道，曲江的水換成倒淌河的淚。春風無限恨，雲想衣裳花想容，昔日宮廷夜宴她們還小未能參加，只能聽父執輩和母姨們歸返時訴說著通宵達旦徹夜飲酒的鬧事。在長安夜晚經常可以見到女子出入夜宴酒會，年輕貌美的女人們搭起輕盈飄揚的絲巾，穿著袒胸霓裳，夜席之間，成雙成對，半酣半醉，一曲江水看盡夜宴眾生顛倒妄想。她們當年因為身分也因為年紀而無緣經歷這種市井的繁華喧囂，自也看不到繁華背後的凋零。這是一個狂放又收攝的朝代，一邊夜宴嬉遊，一邊譯經院忙著吐出漢文世界首聞的佛言佛語。

現在她們也還年少，生命卻已轉走向另一邊。夜深人靜不再屬於自己一個人，她們這一夜彷彿是告別青春的儀式，靜靜的看著帳外煙火，看著煙塵融入虛空，彷彿煙塵正在寫著無言訣別。

21 香塵轉客塵

胡人帶來那些外國的香料，龍腦香安息香瀰漫整個紗帳。她點起了香，取出霓裳，她也想體會那樣的夜宴。紹興的絲綢如千金，燭火下一片閃亮耀眼，金絲銀線猶如流星。

直把草原帳篷遙想成長安宮殿樓台。

等待迎娶的前夜姊妹最後相聚，她裝作若無其事地問起堂姊關於一年前走向吐谷渾諾曷缽王的那一夜的心情。弘化掩著嘴笑說糊里糊塗的，什麼都記不清楚，就只記得了疼痛。

她聽著眼睛瞪得大大地重複說著疼痛？

乳娘沒跟妳說起要注意的事項嗎？

有給我一套宮廷畫師畫的圖，我還沒打開看。

圖只是姿勢，可沒提起感受。弘化笑說著，想要繼續說時，江夏王卻在外面喚著她們要一起坐輦車看看四周風光。

總之會痛，且很痛，但過了就好了，妳別抗拒。弘化附耳說，把她笑得回到十幾歲的女孩模樣。

隔日她取出幾塊商旅隊帶來的波斯乳脂香皂贈予堂姊，在荒漠最需要滋養乾燥肌膚之物。

妳留著，在高原更需要，我這裡其實常有長安經過的商旅會送給我和君王禮物的。

那妳留一塊好了，代表我的相思。

那我就不洗它了，洗了相思就沒了。弘化公主聞著皂香說著（當時不知際遇無常，這香皂後來不是洗掉的，而是被吐蕃王滅國時一路逃難掉的）。

風霜與眼淚是洗不掉的，她當時這般回說，彷彿有所感悟。

22 初見贊普

風爽颯烈烈。

釋迦牟尼佛像，歷史曆算書醫藥書四書五經，萬匹綢緞和工匠藝師農耕工程技師與樂隊，浩浩蕩蕩風塵抵達柏海。頂風冒雪的艱苦跋涉終於結束，來到春暖花開，他們一行到了黃河的發源地河源，水草茂盛，牛羊成群，不再是之前沿途風沙迷茫的荒涼景象。祿東贊吟唱著，謝謝雍措赤雪嘉姆，謝謝碧玉湖赤雪女王，謝謝妳們一路眷顧著。她聽了覺得歌詞甚美與歌聲甚蒼涼。

她聽聞未來的夫君早已先行來到了，準備著迎親事宜。松贊干布，她念著這個奇異的詞。心胸深邃的松贊，君王正當壯年。松贊想娶唐朝公主為妻的七年宿願終於得以完成，她的君王自是高興異常，只是這種興奮應該帶著征服的心情，彷彿娶的只要是公主就可以了。松贊干布率軍遠行至柏海迎候她的抵達，就在離黃河源頭不遠的扎陵湖和鄂陵湖畔，她的王在她漫漫的旅途時已興建了一座柏海行館來等候這樁和親。

柏海位於吐谷渾和吐蕃的邊界，青海扎陵湖，她的王帶著禁衛軍早已在此等候。

從隆冬行至春天，春風吹拂的草原如毯，帶著溫柔的野性。青草上四處有紮下的營帳，旌旗拉開，旗幟飄飛，起風，風起。

他們認為是神佛來到了此地，吉祥好兆。

他們也重視時辰，待吉時良辰一到，松贊干布才跨出御帳來到了行館，行館環繞百花燦爛。行館歌舞齊鳴，紅毯開展，尚書大人江夏王李道宗領著她走向松贊干布的面前，她望著她的王在紅毯一端微笑著，看起來挺拔俊俏，但殺氣難掩。她緩步移去，內心帶著些忐忑，她的目光尋找著佛。佛像仍佇立輦車上，佛眼慈悲望著她，頓時她安了心。

佛在，不怕。

松贊干布看到眼前從紅毯走來的大唐新妻，皮膚映著初陽如雪，神色優雅。長年馳騁高原的贊普見到中土來的金枝玉葉公主，身著華美盛服，氣度端莊雍容，內斂靜謐，彷彿看不透似的帶著一種明亮與暗黑交織的色澤，與高原面目深邃皮膚黝黑但個性質樸的女子完全迥異。她乍見一路動員想像的贊普出現在眼前時，一張被高原烈日狂風塑造得粗獷如山岩，配上他健碩身材和眉宇間流露的豪爽颯氣，倒也英姿軒昂挺拔。

這一見她從原本的忐忑有了些安心。安心？是因沒嫁到醜郎君的安心嗎？後來她回憶起自己和贊普對望這一瞬目剎那，也曾這麼自問著。顏值根本不值，她在意的應是那種氣概，至少她見到的贊普雙目所射來的目光是喜歡她的，她不清楚喜歡和愛是不同的這種差異，也許她終生都將不懂，也不想懂，佛法已夠她忙一生而似懂非懂。

兩人依禮節，互贈孔雀羽毛和柳葉枝條，孔雀羽毛象徵來自佛國天竺的璀璨，珍稀之物。柳葉枝條是她自己在長安城的自家花園折下，一路供養在淨水的精緻寶瓶裡，李府觀音案上的楊枝淨水轉為少女對愛情的供養，她一路小心翼翼，極其呵護獻給她的夫君。

柳葉依然青綠，青脆如昔。

婚禮按唐禮制，她其實好奇吐蕃婚禮，但阿耶說當然是按唐禮，吐蕃哪有什麼禮制，但旋即發現自己的口吻充滿不削，這豈不傷害到女兒，於是又改口說，柏海辦婚宴按唐禮是贊普的意思，贊普仰慕唐朝文化。

松贊干布換穿唐朝絲綢衣服，在山光水色之下顯得霸氣又俊美。她第一次見了吐蕃王，國王贊普，她喜歡英雄，她想贊普是個英雄。

松贊干布一見到江夏王李道宗即磕頭拜了下去，行了子婿大禮，頓時歌舞狂慶，大賀王成婚。贊普舉杯誓說我族我父，從未有通婚上國的先例，我今得以大唐公主為妻，實為有幸，我要為公主修築一座華麗宮殿，以留示後代。

群賢喜宴，為她加冕，自此她從少女轉少婦。

酒氣繚繞，肉香撲鼻，婚宴喜色渲染天地，青山為證，她看著帳篷外的等身佛，月光柔和地迤邐，佛放光，她感受到祝福，即使這是如夢如霧般的祝福。

在月光的青海，她告訴自己要記得這一夜，她和等身佛安然抵達，佛見證了她的婚宴，見證昇華與沉淪。在抵達柏海前，她曾跟祿東贊說希望他給贊普的飛鴿傳書裡能提及婚宴不殺生，不飲酒。祿東贊聽了微笑答應。贊普收到信簡只是哈哈大笑地擱置一旁，還對群臣說，這唐公主不理解我們的文化，不聽她。贊普才是主子，她注定站下風，即使有等身佛罩著她。

初夜，行館喜幛映照她的臉，十幾歲的臉龐已轉成熟，彷彿被這一路風霜給催發熟了。

初次聞著高原男子的氣味，帶著山岩雲石漠礫的粗獷，自然原始沉味。贊普貼著她的身體，附耳說妳的身上好香，薰得長安整座城的暖風都襲來了。她的香氣，讓贊普暈著，天地旋轉。寬衣解帶，贊普帶引她抵達身體的陌生之地，愛原來是在甜美中參雜著苦澀，痛感如針刺襲來，在夜黑風高的帳篷行館，她悄悄地落下了淚，難以解析流淚的成分，像是高原的湖。吐蕃稱湖木措，一路行經許多湖，她聽著桂兒天真地學著說木措木措，好多木措。錯錯錯，她聽著彷彿是一錯再錯，不禁失笑起來。

23 異語陌地

異族夫婦如何言語？

額啊阿佳拉，切讓戲覺拉。我是妻子，你是夫君。

她學會寫的第一個字詞是未來將成為她的新故里新國土的吐蕃བོད་ཡུལ་པོ།。

公主現在說寫的文字都是妳即將見到的王派遣十六名聰穎之士前往天竺學習得來的新字，創字者如巫，都是天賦異稟。其中的吞彌．桑布扎，以梵文為藍本加上我們原有的一些文字融合成妳現在讀寫的文字。

於是她在路上向祿東贊學了不少異語，舌尖吞吐，嘴形彎繞，說得拗口。贊普，國王。闊讓，他。普，男孩。普姆，女孩。扎西德勒，吉祥如意。吐吉其，謝謝。嘎地，辛苦了。敏度，沒有。估索德波，你好。羅布，寶貝。次仁，長壽。德吉，幸福。平措，圓滿。出家人，苦修啦。人中之寶，仁波切。上師，喇嘛。

有些字詞她不太可能用到的，祿東贊說比如咕嘰咕嘰，求你了。卡里沛，慢走。廣達，對不起。公主高高在上，不用這些字詞。

但食物的名字要記得些，達雪，奶酪。羌，青稞酒。擦下，牛肉。魯下，羊肉。

交換身體前先交換字詞，有了字詞才能交換記憶。

那時財神臧巴拉還沒來到這座高原。但她知道財神很快就會來到這裡，她帶來的豐饒種子如高原未來的集體夢田，植栽溫飽與希望，各種農耕工藝知識與技術就是財神。但財神也給予土地考驗，冰風暴雪落霜，災難也是這座高原的貴客。

她還沒見過，但在夢裡已夢過，這雪，這風。

在這又異質又美麗之地，度過沒有花沒有燭，只有夜的初夜，紗帳就是洞房。和王的夜與夜，曾到長安學習漢文的王用著一種奇異的漢文腔調吐出非愛情之語，而是帶著炫耀似的口吻對她經常說起自己祖先的傳說與自己的功績。我的祖先是在世紀前之初在吐蕃山南雅隆河谷出現了一位相貌不凡但語言卻無法溝通的幼兒。因此當地人十分好奇，就問這小孩打哪來，這幼童竟用手指天。當時幾位苯教領袖就認為這幼兒來自天上，將他背回部落，認為是天降國王來拯救吐蕃。這位幼兒就是我們的第一位贊普，也是我的先祖聶赤贊布。我的阿巴拉（父親）贊普朗日論贊征服鄰近部落，森波、藏蕃、尼雅尼達布，但我的父王卻被謀殺，於是我少年繼位，平定了各地叛亂才有今日的安定。

他拉開簾帳，帶她眺望遠方，雄心壯志地說妳極目所及都是我吐蕃的國土。

她聽著她的王吐出以血換來的征服之地，青海玉樹松波、西部的蘇毗、謙多、東女國、甘孜一帶附國、理塘，我建都邏些，我將在紅山上建一座公主的皇宮，到時候公主就可以發揮妳的慈悲心與想像力了。聽到最後一句，她覺得王的征服是不得已的，就像天可汗？能吐出慈悲心與想像力，王至少知道她喜歡佛法，至少對自己並不陌生。那夜的星辰極透亮，那夜的原野充滿著神秘的騷動能量。她和王說了許多話，兩人有時比手畫腳，她感覺自己的舌尖鈍化了，但未來將非常異國情調。

玉樹景色優美，氣候宜人，經過長途跋涉，那初夜彷彿行禮如儀，因為她在疼痛之後很快就因缺氧入眠，鼻子先醒來，聞到行館外的肉香蒸煮的味道，然後她才睜眼，身旁的人已然離去，帳外映著幾道身影，她認出有一身影是桂兒，她揚聲呼喚桂兒，桂兒拉開帳幕朝主子發出銀亮笑聲。

這麼開心啊，她起身穿上桂兒準備的衣服，華麗絲綢唐服已然換上多彩的高原毛絨服飾，只有高原衣服才懂這冷，抵抗這冷。

贊普不一起用餐？她覺得納悶。

他早已吃過呢，我看他在帳外大口吃肉大口喝酒，很是漢子。

她笑著聽桂兒所言，盡是稱讚之語。

就跟他說不吃肉不喝酒，她搖頭說著。

這地方沒酒沒肉大概他們要餓死了，桂兒說著遞給她一碗湯，她聞到羊肉腥羶味，勉強吃了幾口，知道往後這氣味是注定沾染一身了。

之後她和王在這座山谷住了多日，那時候她才漸漸體會贊普的豪爽與熱情，那是一種帶著霸氣的擁有她，雖然她非常不習慣，但一切也懵懵懂懂。

長安城母姨們身穿的雲霓薄紗就像高原短暫的春色，她帶來的種子等待落土發芽，風傳媒，粉傳媒，等待交配，就像她。她當時不知道自己是一株無果之花，早已遺忘之前在旅途夢見吐蕃女王的預言：她的子宮空蕩蕩。滯留青海，於閒暇時，她拿出穀物種子和菜籽給當地農民們，要農耕隊教玉樹村民種植蔬果的方法，讓工匠教當地人製陶、研磨與釀酒技術，日子過得飛快，她的王看在眼裡，日日笑逐顏開，知悉他的這筆與唐的政治婚盟簡直太值得了，彷彿他有妻子，高原則有了神仙，子民有了食神。一個十幾歲的公主就可以帶來整個唐朝的文化，這使她的王明白戰爭輸贏的最終之柢是在文化，她擄獲王的尊崇，但婚姻只有尊崇是不夠的，愛情她不懂，在冷寒時添加柴薪只是本能的需索，而她的王就是她的愛情柴薪。她打開長安點香盒，取出香丸，點燃著香，沉香屑瀰漫帳內，安著她的心。

譬如燒香，雖人聞香，香之燼矣！危身之火，而在其後。漢朝首部東傳的佛說四十二章經，經者真理，經者如天竺串編為紀的經緯，也像土壤裡的胚芽，是一切的根。點香時，總會浮現這句如警語般的妙句。

聞香時，就先看到香燼，佛會不會太不解風情了，桂兒瞋笑說著。

佛哪裡需要解風情。

不解風情怎麼度人，還是要從人心下手啊。桂兒狀似輕言，卻打中了她的心緒。桂兒有慧根。為此，她念誦了整本四十二章經給桂兒聽。

我懂了，點香時就好好聞香，聞過之後就過了，不要癡迷。香不點不成香，點了又化為空燼。桂兒點頭說著。

今天是妳給我開示呢，香燼之後得預先看到背後的危身之火。

香燼之後為何還有危身之火？桂兒遞給她茶，極其珍貴的舀了幾顆珍貴無比的鹽粒在琥珀色的茶湯上，桂兒是煮茶高手，有了桂兒，她覺得自己的長安仍在眼前開著繁華。

想來自己還是著迷聲色，她嘆了口氣又說，桂兒妳來看，剛剛燒盡的灰燼中心是最燙的，這時候丟進任何易燃物都會起大火。她說著丟了一小張紙團，果然就燃起了星星之火。

佛好有智慧，但佛就是不喜歡讓我們留在這世上似的，總說一切夢幻成空。桂兒又笑說著，然後幫她梳頭盥洗換裝，陽光美日，剛剛贊普傳訊要一起騎馬，看看青海風光，因贊普即將先行離去了。新婚乍別，等待和她同行的仍是風中佇立在輦車上的等身佛。

她問自己是否眷戀？沒有答案。可惜她身後歷經千辛萬苦來到中土的楞嚴經還沒問世，由房融潤筆的傳奇血漬經她還未能遇上，如果她能遇到此經，或可解愛情這場因果。她雖有金剛經，但一切夢幻泡影，對她太空曠了。要免於這種空曠感就要勞動，於是她沿途要隨從工匠農夫們教導沿途在地百姓如何播種作物。

短暫的停留讓玉樹村民重新有了生活的新滋味，她自此要離開這座愛情初夜地，爐香乍熱就滅去的愛情，永不再回返的初夜之地，她隨著車隊將繼續往邏些出發。玉樹村民目送公主離去，有人提議保留了公主和贊普住過的帳房行館，並把她的兩足和相貌都刻在石頭上，以想念她的好，感激她從長安帶來的繁華文明。有人深情望著石頭時竟情不自禁地朝石刻公主的雕像膜拜，日後，這裡竟開出一座公主廟。

拔營時，安置佛像的拉車突然失去重心而翻車，車陷沙地，一時無法安置到輦車上。一車的經書也陷落在沙地深處，動彈不得。佛像跌落，而佛像太重，一時之間任大力士們齊力使力，這洪荒蠻力卻無法將佛像搬上四輪輦車，且愈使力陷得愈深。十二歲等身像有如是從神變圖走下來的佛陀，趺坐荒漠，如閉關打坐，如亙古踽踽於途的孤獨行者。

佛不走了嗎？

佛要走就會走，智多星祿東贊說之後天氣會變糟，因此決定先把載著佛像的車輦留在沙地，他命人先用四根柱子固定，然後用白絲綢將佛眼蓋住，彷佛連佛也得讓眼睛休息。然後指揮車隊，重新人員配置，留下吐蕃部分兵力與長安大力士們日後合力抬佛。接著他讓公主的輦車先行上路，她透過布幔望著沙地上的等身佛，四野茫茫，突然覺得孤單，那佛像在沙地曠野的不動如山模樣，很像一則預言，浮映著她日後在高原的孤影寫照。但佛不動如山，她卻大動如風。

大力士們對依依不捨的公主揚聲誓言定然會將佛一路護送到高原，送回公主身邊，請公主放心。但說的同時，大力士群裡有人不免悄悄嘀咕，怪了，這公主不會不捨得她的王離開，卻捨不得離開她的佛。

她的佛要進入充滿原始苯教之地，也許也要有時間的緩衝吧，不是基於畏懼而是基於尊重，祿東贊說她帶上高原的佛像與佛經對吐蕃是一項新信仰的新經驗，需要時間。

她那時才知道吐蕃信仰的是一種苯教，桂兒還曾快人快語地回說笨教，信了不就變笨了。祿東贊說不笨不笨，很聰明的，苯教崇拜天地日月星辰雷電山川，一種萬物有靈論，融入時間長河，逐漸形成富含經文和教規禮儀的人本宗教。苯教雜而繁多，有魔苯、贊苯、沐浴苯、招財苯、占卦苯、龍苯、神鬼苯、曆算苯……祿東贊還沒說完，桂兒在旁邊聽了敲著額頭說，我聽了都笨了。

出發後，她聞到木香，前方原野幾個帳篷外正四處焚燒著穀物材薪，是祿東贊之前說的教徒祭祀神靈的煨桑儀式，以煙入道，供養天地神鬼，甚有人味，她亦覺得好。

只是不知為何她突然覺得以空性解脫為教義的佛好寂寞，或許是因為佛像陷在流沙身影孤立，離車隊愈來愈遠。

24 烈熱與酷寒

西出陽關無故人，這詞還沒來到公主西行荒漠的年代，但她已經感覺舉目無故人了，繁華都城長安自此在夢中。

翻越巴顏喀拉山，一路往高原前去，此長征才真正開始，扎扎實實的三千公里雲和月。在青海，她已經撫觸過高原男人的體溫與皮膚觸感，但那時感覺篤定，因為有等身佛，等身佛滯留原地，而往後陌生之地卻不得而知。她閉目想著高原的山有多高，河床有多寬，高原的風吹拂上肌膚是什麼感覺？土地上長的植物是何等品種？房子蓋成什麼樣子？犛牛羊群的原野究是如何之風光？傳說中的雪豹我見得到嗎？我可以養一隻獒犬嗎？吐蕃女人漂亮嗎？贊普的其他王妃好相處嗎？

她想著，休息時連番問著祿東贊，祿東贊聽了笑呵呵，心想這公主畢竟年輕，最後還是問到了女人漂不漂亮的問題上。祿東贊說公主，哦，應該稱公主為甲木薩了，妳的問題必須要用妳的一生自己去經歷去體驗才能回答。

那你可以回答為什麼離開青海時我聽到許多人朝我喊著甲木薩，連你都開始這樣稱我了。

那是當地人感謝妳停留期間教他們耕種工藝雕刻等等，當有人見到植物發芽時不禁朝妳喊著རྒྱ་མོ་བཟའ་，甲是漢，木是女，薩為神，他們稱公主是漢地來的女神，祿東贊再次發出甲木薩的音節。

她再次有了新名，從雁兒到文成，再到甲木薩。

那麼佛的新名呢？

覺沃。

覺臥，她想成是臥佛，佛入滅之姿。

25 日月寶鏡

先前的路程末段，車隊經過鄯城、臨蕃城至綏戎城；沿著羌水經石堡城，翻過赤嶺，涉尉遲川，至莫離驛；再經大非川吉草原、那錄驛、暖泉、烈謨海、過海之後越紫山，渡犛牛河，經玉樹，過當拉山到藏北那曲；經羊八井就要抵達都城邏些了。祿東贊在休息的帳外草原畫著路線地名給她看，她笑聽著，臉上一副茫然。對沒有地理概念的人來說，這些地名就像未知的高原異語與異邦人。

翻過赤嶺，日月分離。日出月隱，月見日藏。日月山似乎是個隱喻，從此她也只能將住著唯一親人弘化姊姊的吐谷渾拋之腦後。

道阻路長，相思不得，千江萬水，不得相思。

翻過界山之後，滿眼是山頂砂土赤紅的奇特與綠色油油的差異風光。外流河與內陸河的分水嶺，農牧的分界線。打開草原門戶，她見到初春即將冒出的綠草與牛羊滿坡上的帳篷點點，轉個彎之後，人生自此要進入高原，轉成蒼涼的粗獷。

在赤嶺山上摔碎了天可汗君父送她的那只日月寶鏡，當初說只要打開鏡子就可以看到長安城與阿娘，但她打開寶鏡時卻見到不知何時鏡子竟被換成了石頭，她以為這是天可汗的安排，目的是希望自己能夠斷絕回返家鄉的念頭。悲傷使她瞬間將石頭丟出，石頭這一丟，卻轉眼幻化成一面碎裂的日月寶鏡。隨行文士記錄這一刻寫下：紅顏相思碎寶鏡，山河日月斷聚首。

從此赤嶺成了日月山。

離開赤嶺，前方不遠就是尉遲川。西高東低，水向東流，這是一般的地理常識。但是眼前這條小河卻一反常態自東向西流淌，小河名稱倒淌也就由此而來。這條河水自她行經之後傳說從此倒淌，倒淌的河流，永遠回不到源頭。

離開赤嶺繼續西行時，從馬背上回頭向東遙望自己故鄉的時候，發現舊時景已被山色阻隔，不禁流下了悲傷的淚水，歎息一聲，揮淚西進，任性誓言再也不回。她的眼淚簌簌流進河水時，就在那時原本東流的河水突然到她眼前轉向西流。眼淚匯聚在這條河流，河水因而都倒淌。跟在公主馬車後面的藝匠，瞥見公主流下淚水，竟幻化成了一條小河。隨行藝匠又寫：河水倒淌為相思，相思自此也西流。

傳說流言不斷覆蓋，就這樣流傳了下來。但她的眼淚是真的，沒有人可以離家三千里而不流淚，除了雲遊僧。看在祿東贊眼裡，少女的眼淚是迷人的，心細的中年男人歷經過風霜，感知這種離家骨肉分之苦。祿東贊一路上在休息的驛站總跟她聊著高原種種，和她交換語言，讓她耳朵先住進了高原的聲音，母音與子音幻化成美麗的舌音。

越紫山，紫色紅砂灰藍成視覺的美景，她很快就著迷眼前的山色，忘了相思。馬車隊伍一路繼續往高原路線行去。她想高原人用吐蕃話讀佛經會是什麼腔調何等光景？想著想著，她發現念經可以讓時間加快，時光悠緩但不難熬了。

經玉樹進入高原，和親之路終於抵達沒有愛情的盡頭，高原在望。

愛邏些

26 遇見尺尊公主

四月十五日，甲木薩終於抵達邏些，漫長長征之後。邏（惹）平聲，些（薩）去聲，她學著國都的發音，發現自己之前和桂兒都念錯了。

抵達邏些，兩岸夾道擠著人，爭相看著一路從青海如咒語般傳音而來的甲木薩，漢族來的仙女，女神。

紅臉人朝她笑著，彷彿要吃下她的紅臉如高原落日，前後簇擁在她的眼前。瞬間，她被紅孩兒淹沒，並不恐懼但卻覺得奇特，為何高原人要塗滿紅漆？讓她想到長安供佛的金線紅漆盤。

很像糖土混合的漆料，用來保護高原脆弱的臉，久了就變成一種驅魔辟邪的訛傳，深怕會帶來任何的不吉祥。她親自去嘗試將紅漆塗在臉上卻很不舒服，且還引來了蟲子，不衛生且也未必真的都保護到皮膚，赭面仍然會因為冰霜凍傷而導致傷口的惡化。他們說如果沒有赭面，妖魔鬼怪會趁機而入。她說只要一心向佛，妖魔鬼怪自然退去。高原人第一次聽到佛字，覺得很有意思。祿東贊在旁翻譯著，並幫著說廢除這項習俗才是對的，也認為驅邪辟魔要靠佛法，不洗臉反而不乾淨。贊普於是下令廢除這項習俗。從抗拒不習慣到慢慢發覺不塗面的好處，每個人自此保有自己的本來面目，高原人日漸歡喜，感激著甲木薩。

甲木薩，聲浪如雲海穿梭，雪山頂上有如雲的雪獅，雪山母獅的白乳十分珍稀，若取得只能供佛。

她想定要長安來的工藝師日後描繪佛旁蹲立著坐騎雪獅。

她聽隨從說另一名從尼婆羅嫁往吐蕃的尺尊公主比她還慢啟程，但卻早已抵達邏些了。她突然明白是距離決定了身分先後，尺尊抵達邏些，比她還早成親，成了妃。

她也聽見一路上有人叫換尺尊公主為拜木薩，從此她這個甲木薩和拜木薩就是難姊難妹了，但對方是否把自己當姊妹呢？又何況兩人語言怎麼溝通呢？

尼婆羅國來的尺尊公主帶來了奇珍異獸，當地的犛牛、命命鳥、赤銅錢也隨之來到高原。她聽著覺得有意思，想這命命鳥名字真獨特。問祿東贊，他說命命鳥也稱共命鳥，拜木薩公主獻上命命鳥時，對贊普說，盼與夫君共命一起，生死與共。贊普聽了大為感動，愛她甚多。她聽了心裡一驚，想到這種為愛而生為愛而死的情懷竟是讓她感到畏怖而不是感動。那時在天願為比翼鳥的詞彙還沒誕生，否則她應該會想到這句詩。

這拜木薩公主也太會說話了，公主您遇見贊普時說了什麼？桂兒俏皮地在旁邊問。

甲木薩笑笑，她說見了贊普只是一直盯著他看，獻上長安孔雀羽毛時，低聲說了祈福贊普佛光普照，吐蕃永無戰爭。拜木薩後來聽了心想這甲木薩也太天真了，她的愛也太遼闊了。

命命鳥長什麼樣子？我見到拜木薩公主一定要她給我好生瞧瞧。

祿東贊說，我見了，但並沒有阿彌陀經裡所稱的雪山神鳥具有一身兩頭。有點像是鷓鴣鳥。在佛陀時代梵文稱婆耆婆鳥，勤於綴網勞蛛，十分敏明，聽說只要親耳聽聞此鳥妙音就會啟發些覺悟。

她想那拜木薩公主日日聽聞命命鳥的妙音，想必也是十分聰慧，但如果聰慧，為何還會發出希望自己想和君王生死與共？她雖不懂愛情，但對於拜木薩見了贊普說盼生死與共的字句時，她不解，但瞬間察覺到自己竟有點吃醋時，不免有點心跳加速，像是對佛的背叛似的。

祿東贊當時在旅途昏暗中並未見到公主的神色異樣。

很多年後，她才明白際遇早已寫下，拜木薩公主果然和贊普生死一起。

很多年後，她才讀到信使馬玄智帶來的雲遊僧之大唐西域記，雲遊僧寫拜木薩的國度：「信義輕薄，無學藝。有工巧。形貌醜弊。邪正兼信。伽藍天祠。接堵連隅。僧徒二千餘人。大小二乘。兼功綜習。外道異學。其數不詳。贊普剎帝利。栗呫婆種也。志學清高。純信佛法。贊普光胄王，碩學聰叡。自製聲明論。重學敬德。遐邇著聞。都城東南有小水池。以人火投之。水即焰起。更投餘物。」

就在贊普威震青藏高原之年，雄心燎原，贊普派了祿東贊率領百餘人出使尼婆羅，向光胄王獻上五枚金幣和鑲嵌有寶石的琉璃頭盔作為聘禮，希望迎娶尼婆羅公主。光胄王最初看不起吐蕃，對使者十分傲慢。光胄王竟以吐蕃是蠻荒且不信佛法之地，因而拒絕了這樁請婚。祿東贊聽了心想這光胄王太自不量力了，於是取出事先備好的書信，威脅光胄王說若不答應，吐蕃贊普將派五萬大軍毀滅尼婆羅，先殺王，再強娶公主。

她聽著祿東贊毫不遮掩的說詞，嘴裡不免重複地喃喃說著先殺王，再強娶公主。心想我們這些公主不都是被強娶來到高原的，只是最後我們都希望能愛上這裡。

贊普派軍隊壓境，兵臨城下，光胄王只好被迫同意將他的女兒尺尊公主嫁到吐蕃，尺尊公主的嫁妝和公主您一樣也有珍稀異常的等身佛，但等身佛年紀更小，是釋迦牟尼佛八歲的等身雕刻像，還帶來不動明佛佛像與多卷佛經等。

她聽了喃喃說著，我和拜木薩兩人的嫁妝可真奇特，佛竟是我們的嫁妝。當她聽到拜木薩公主也帶了等身佛來到高原，這讓她十分興奮，也瞬間對拜木薩自然本能而生的醋意瞬間減低。

但怎麼說這拜木薩都比她這個大唐來的公主還早被吐蕃贊普娶到高原，地理位置占便宜，使得拜木薩成妃比她早，甲木薩成了贊普最後娶進來的妃子，雖地位並未因此降低，但畢竟抵達有先後，年輕少女又未經世事，因而起初在她的心裡恆覺自己是後來者。

桂兒也怨都城長安遠，路途迢迢，使公主竟位居末妃。

只好安慰自己後來居上，她點燃旃檀香供佛，祈福長安家人健康，長安夢遠，贊普近了又遠了，抵達都城，意味著從今往後她跟祿東贊見面都只能在贊普的眼皮下了，彼此必須行禮如儀了。

在缺氧之地，她昏昏欲眠，想著自己往後只有佛，只有桂兒，還有懸念的雲遊僧了。

她要為佛安置一處宮殿，闔上眼時她看見沙漠中佇立流沙的佛，在大力士們的使命使力拉抬下終於上路之景。

幾日之後，她聽見大力士們的統領來報，大力士們齊心將佛像從沙漠流沙中終於推離。

佛已上路。

27 點火即吹

有一度另一個象雄李特曼公主曾企圖拉攏甲木薩，但她無意靠近誰，在這座高原，空曠到上下無邊，心太小的人無法住下來。

她只靠近佛。

何況她們注定都當不了后的，贊普有五妃，因子而貴的芒妃墀嘉為贊普生下唯一的繼承人貢松貢贊。她是其中的一個妃，表面懾於唐威，成了正室，且贊普娶她是因渴慕唐風。她雖知悉而難過，但很快就平復心情，阿娘早說過在唐都皇宮裡，妃子就像茶杯，她們喝茶時常這般自嘲。她也自嘲高原的妃子就像油燈，必須練習點火即吹。

她到底是怎麼被選為和親人選？她聽見有人在竊竊私語。她是公主，但沒有公主病，沒有人可以想像她這樣的弱女子可以穿越千山萬水，一路平安抵達缺氧的高原。公主遠嫁他鄉，公主的訓練通達經史佛經占卜堪輿風水，且她舉止優雅端莊。（那時她還沒有這麼端莊，她仍是少女身體所催發成的渴望，開滿罪孽之花的景象還沒在眼前開成地獄經變圖，地藏王菩薩本願功德經還沒來到她的眼皮，但她對於愛欲仍感到恐慌。高原讓她頭痛，感覺愈來愈劇烈，連血液緩慢流速的聲音都聽得見，心臟敲打如鼓。）

甲木薩，她的新名字，漢地來的女神，仙女，她真心歡喜新名。有個在歡迎列隊裡迎接她的某個女孩突然朝她喊著貝瑪公主。如血管爆裂似的高原紅酡臉。她是甲木薩，又有新名疊加，貝瑪是蓮花，雁兒與文成，都是長安的，都是過去的。

那時高原人還沒看過佛像，也沒看過蓮花，但佛與蓮花卻如長在他們的夢裡，蓮花種子與長安土，一起從長安移植至高原，和著故里的土壤，蓮花落地生根。

她的衣服繡著蓮花，女孩如有千里眼，看見了她的衣裳，喊她貝瑪公主，貝瑪，蓮花。

日後她畫的佛安坐蓮花座上，逐漸地蓮花像是佛國的烏巴拉花，也似是高原的桑格花，蓮花從人間獨地開出淨土，桑格花則變形成愛情花語，長在高原戀人的目光裡。

多年後，遊走長安與高原的使者馬玄智帶來西域的狼毒花，長安造紙工藝師將狼毒花萃取，百毒不侵，百蟲不噬，千年不壞。發現此花的毒性，將毒轉智，甲木薩命文官印經其上，從此流傳於世。

28 直把異鄉當故鄉

長安流行的胭脂妝，在兩頰上繪抹一朵花瓣，或在兩眉間，亮眼如花。

長安時尚隨她入了高原女人的臉，勾住男人的目光。漢地流行事物帶動吐蕃王公貴族從毛皮織布轉為穿起絲綢衣飾。跟隨公主一路前來的長安職人紡織刺繡工匠們原以為來高原無伸展功力之地，卻不想比以往更忙碌異常，長安織工為貴族們織衣繡衣，四季如新。絲綢與刺繡藝術讓邏些城也逐漸變得精緻優雅，高原氣勢不減，但多了點溫柔。

絲綢讓貴族喜歡上唐風，絲綢昂貴，偷渡商旅將蠶卵藏於髮絲，絲綢之路的商旅隊絡繹於途。松贊干布自己也脫下氈裘，換上紈綺，從遠慕唐風到近染唐風。那些從長安歸來的吐蕃貴族子弟們聽公主說著長安語，覺得親切。

長安農耕隊教高原人學習從放牧轉為農牧，播種耕田挖水源，牧民嘗試在旱地種下漢地植物，唐朝鐵匠木匠陶瓷匠也成了當地新興職人，供佛之香檀香沉香開始注入高原的獨特木香，香氣撲鼻，茶香入腦，高原人從此有了新的嗅覺。跑茶馬幫四起，茶葉茶磚也受到了高原人的喜愛，古道成茶路，商人動腦筋搭起長安和高原之間的錢潮物資流動，他們善於交換，牛馬羊就像可數的銅錢，交換長安新時尚，從此佛像在高原繁衍成複雜的曼羅陀宇宙。

高原的唐人頓時就像長安的胡人，進入熔爐混血時代，高原風瀰漫唐風，唐風也浸潤高原風。

唐朝佛教盛行時，吐蕃曠地雖大卻無佛，邏些都城在遼闊的蒼穹下顯得如此寂寥，高原如荒原。直到甲木薩來了，帶來佛訊，原來每個人都能成佛，但後半句沒吐出：每個人也都能成魔。

她從每個人都能成佛成魔的夢境中張開眼睛，不知何時只剩她一個人，她恍惚走到外面看著荒原外的大小營帳，高原中坐落著石砌碉房，熊熊火光正炊煮著青稞，星子閃爍天邊。

不知何時，桂兒離開了，她打起盹來。風送來草木初長嫩芽的氣息，她聞到初春拂來。初初抵達高原已是春天，遠方岡波仁齊山終年雪色如斯。祿東贊曾告訴她，岡是雪的意思，雪寶山在前方目視如宇宙巨大。

她看見高原的房子和長安完全不同，高原人敬畏天地，且把最好的房間給了牲畜住，因為牲畜餵飽很多人。同時把最高的地方給神仙住，因為神仙會看顧人。人很謙卑，願住最低之處。那時他們還不認識佛，不認識因果不懂轉世，沒有活佛沒有眾生沒有經典，一切萬物之神之靈就是自然界的無形力量。

直到甲木薩來了。

突然高原人有了佛，佛帶來如是因如是果。

於是有苦集滅道，有成住壞空。有人相信，有人不信，有人因明白而高興，有人因明白更痛苦，因為有時知道比不知道痛苦。痛苦者問甲木薩，知道一切都轉眼成空，那麼快樂時好像也快樂不起來。甲木薩說，不知道還是要受苦，知道可以提前預防。要是沒有轉眼成空，那麼以前那些艱難跋涉如何成了過去？要快樂駐足要痛苦速離，這好像也是一種媚俗。媚佛。

面向春風，心裡想著冬日，時間不復返，快樂會來，痛苦也會過去。如果沒有無常，四季沒有變化，分離也不再相聚，每一個未來也不會被期盼。

她等待著等身佛安然抵達這異城。

她的心侶，法侶是佛。佛像不開口，卻千言萬語，在如是我聞的每一本經書裡，陪她度過缺氧的每一夜。抵達高原，白晝她有時見到贊普，但黑夜她總是不見贊普，拜木薩如死神召喚贊普的性愛，生死與之的拜木薩，她沒有這種渴欲。

或許因為這條路走得太長行得太久，以至於她到了高原就彷彿完成了一切。

夢裡花落，翻山越嶺，長途跋涉成了她的隱喻，包括愛情。過了柏海的初夜之後，她彷彿看見抵達高原的她也將活成一尊等身佛，她的等身停留在十八歲。她的春天在這個年紀敲下，也在這個年紀結束。

高原空氣冷冽，極目眺望成了她的習慣，攬淨遠藍天於胸壑，這片風光足以療癒縫合所有的孤獨傷口。這是她看過最藍最高最遼闊的天空，她想這是佛經描述的宇宙嗎？是羅什尊者說的世界非世界嗎？綿綿的雪山下大小營帳外有食器在炊煮著，夜黑中生起的火光，在明月的下閃爍。

她經常在高原的宮殿裡，遇到車裝，駝載，馬運，驢馱走上絲綢之路的商旅隊，沿著戈壁沙漠的邊緣穿越大唐的西北邊疆。從玉門關向西，有兩條道路可供行人選擇，但無論走哪一條路都令人望而生畏，經過流沙、戈壁和荒漠，忍受極度的寒冷或酷熱。連等身佛都身陷流沙，重中之重。

佛也成了進貢品？

她憶起約莫十歲時，聽聞阿耶說起那來自絲綢之路的粟特國使臣由撒馬爾罕往返長安的事蹟，那時粟特人的足跡遍布絲綢之路所能行經的一切之地，嘗試將空白之地踏上足跡，從東海之畔的揚州再到沐浴在地中海陽光下的拜占庭，異族嚮往著大唐，紛紛朝貢天可汗。阿耶形容那些奇珍異獸時彷彿召喚整個世界來到她的眼前。都城如動物園，駱駝大象犀牛孔雀鸚鵡命命鳥，就是那時候她就聽過命命鳥這種奇特的物種了，最初出現在佛經的命命鳥，雙頭鳥，共命一體。

阿耶逝說著威鎮四海的天可汗宮殿上百官所見的奇幻魔術動物園之景，夜夜宮廷舞獸，西域馬可以口銜酒杯向天可汗敬酒，跳著搖搖晃晃的醉舞。外來異物異族示範如何在雨林捕捉犀牛，在犀牛出沒之地，埋下木樁，倚木樁休息的犀牛因笨重折斷木樁時就會頓然倒下無法翻身再起，獵人輕而易舉就獵到了。善於打獵圍獵的天可汗聽了目光發亮。

在天可汗的眼皮下，她可能也是某種奇異美麗的異種動物，沒有人可以理解為何天可汗對於進貢的大象犀牛情有獨鍾，卻對獅子老虎未必鍾愛。阿耶說某日康國獻貢瑞獸獅子，撒馬爾罕千里迢迢送來獅子，就像她長途跋涉被送到高原一般？奇異獸進貢，天可汗一高興就代換成絲綢布匹瓷器鐵物回贈使者，而她獲得的回贈是一個夫君。據說道長路遠的獅子有的竟遠走多年，少小獅子抵達長安轉瞬已老成。

她抵達高原也已風霜。

蝴蝶愛她，天可汗欽點她。她就像外來的奇異物種，被送到沒有任何漢土女人來到的地方，氧氣只有長安城百分之三十的高原。

她記得知道自己被賜名文成時，天可汗派來了武功大內高手侍衛到李府花園來教她如何呼吸，周圍環繞著幾個也將跟隨到高原的侍女們，上高原前得先鍛鍊肺，才能在稀薄的缺氧空氣裡活下來。武士拓羯是微胖的人，不僅教她如何腿上綁鐵鉛以鍛鍊腿力，還教她跳舞，她看了覺得甚是喜愛，模樣可愛，拓羯胖胖如雲朵。往後她在高原看天上的積層雲時偶爾會想起長安城裡跳舞的武士女孃們，想著長安自己房間外的庭院到了初夏螢火蟲閃爍的微光，直到階下落葉在秋天旋轉如胡人舞，深邃的臉龐裡彷彿凹陷著整座城市。

春末初夏長安少女追螢，流光如星，高原無螢光，但有星光入夜，佛光入眠。

她的生命遠離纏綿，遠離薄紗，開始用棉布織品，羊毛氈衣，以抵擋寒冷。在夏與冬兩季的高原裡，朝著佛國往淨土的心裡去，焚香禮佛，高原的煙塵直竄上天，她把相思給了長安，把祝福給了天地。

她的奇珍異獸栩栩如生。

供佛香爐是她從長安精挑細選的，迦葉佛的香爐最美，十六獅子白象的二獸頭上扛起了一朵綻開蓮花為爐心，另有獅子蹭踞於後，頂上有九龍繞承金華，華內有金台盛著香料。日夜供佛的香料餘燼總是繞梁。還有一件銅香薰，球形爐身，爐蓋呈圓錐狀，底座為喇叭形。

她贈夫君一具長安銅香爐，底座是覆蓮形，中間設計有小柱與香斗通連，柱柄柄頭有一鎏金獅獸，獅子吼即佛語震耳。

手爐是她經常使用的焚香器皿，她將佛像也溶入焚香器，繪製佛像開始出現侍女天女手持手爐和博山爐香器皿。

贊普對她讀書的樣子最喜歡，一個小木架上擱著卷軸書。如天書般的漢字，問公主如何讀？從左至右，她拉動卷軸示範，贊普覺得甚妙。但甲木薩覺得吐蕃文字更如跳舞人。

在漫長的高原時間，她供佛，畫佛，夫君逐漸遠翳她床，終至愛別離。

青燈少佛（古佛不老）在設色絹本上勾勒著引路的菩薩經變圖，菩薩們有手持藏地烏巴拉花，也有手持銅手爐香器。羅漢畫及禮佛圖，她將唐風偷渡到繪畫佛像的藝術裡，佛菩薩的手從此很忙碌，持長柄的手爐與香器皿裊裊上升著脫俗的煙塵。

佛菩薩人間化，她首開曼陀羅宇宙繪製佛像的佛國全景圖概念，佛的心子聖眾如星海如銀河。

暮色降下，她取出乾燥的草木植物、樹脂類的龍腦香、蘇合香融合了高原的艾草香，放置薰爐上薰衣，點燃樹脂香品，徐徐薰燒。她憶起唐宮中凡有行巡，即以龍腦、鬱金布地。整個京城香氣四溢，工匠打造各種香具，足香薰、薰球汗長柄手爐是她最喜愛的，鑲金與鎏金銀器使得暗黑的房間在月光中更顯得亮亮閃閃。有時用香球有時點線香，以線香納香作斗，納香屑於爐中，焚於月下，滿庭香氣臨風飄散。

那個祿東贊在天可汗的考試中，於眾多女生裡面認出她的香氣是因為蝴蝶替祿東贊引路。她身上的香氣仍在，但故里蝴蝶早已遠去。

被褥薰香如冷宮，只剩她一人孤獨地裹著香氣入眠了。

只是當初她沒料到她臥枕孤獨寒宮將會歷經近四十載，即使她的君王贊普還活著時，轉眼已成靜態標本似的愛情。

她是孤獨的，也是不孤獨的。

因為這個孤獨才帶引她寫信給雲遊僧，認識了佛，從此或可不孤獨。

我入，入我，她的生滅牽動等身佛的存亡，佛的生滅也牽動她在高原的生滅。佛生她上坐蓮花位，佛滅她又走下蓮花座。佛生，她的大昭寺就是神殿，佛滅她的大昭寺變成屠宰場。

拜木薩的命命鳥是贊普，原來她也有命命鳥，她的命命鳥是等身佛。

天地未老，冬雪隆隆，她已與君絕。贊普，這君長這國王眼中的她是什麼樣子？她一直沒有問過，多年後，她曾忽然想起離世多年的贊普，有那麼一刻，她忘了佛。直到聽見桂兒敲起晨鐘才又想起佛。

她警醒自己若懸念未了，將會阻礙日後抵達佛國淨土。於是她的高原生活費盡心思都在完成未竟的懸念。

29　布達拉宮

她跟贊普說我們必須在這塊土地的上方蓋一座宮殿，占卜之後，她這樣說，口氣平穩，但態度堅定。

一時之間，高原老鬼厲鬼精靈與非人聽了她的說詞後，在三十三天紛紛互相走告，這漢地來的仙女，女神要將我們自此封印，不見天日了。

頓時她感受到這城的地底湧動著一股黑暗力量，汩汩串流。

པ་ཏ་ལ！

她聽見身旁的贊普這樣吐出一個新詞的發音布達拉。她記下པ་ཏ་ལ的發音，她當時聽了不知道意思，但想這詞一定非常神聖。看到她的疑惑，祿東贊悄悄低聲告訴她，贊普發出這個詞的意思是說這裡將是佛的駐錫地。

她點頭，頓時明白贊普吐出的詞，布達拉聽起來倒像是觀音駐錫的普陀山。

她把佛一路帶到高原，在之前也有信仰的贊普的規劃下將興建宮殿安置佛，佛將入境隨俗生根。風水，吐蕃說薩盧。

不只她自己卜卦，她也要跟隨她來的長安方丈術士道長們一起卜卦。她告訴贊普，卦象解必須以羊馱高原的土，將土倒進湖泊，才能終止古老魔女駐足於此的心臟跳動，制止災難。

贊普同意後，工匠藝匠農夫織工軍人伙夫也隨她一起來探勘這個地方。

這是一座荒涼之地，和長安像是兩個世界，長安夢華日遠。且她的身邊多了許多和她來自不同國家的嬪妃，這讓她覺得太奇異了，她們幾個女子竟命運相同，遠嫁吐蕃。長安地處遙遠，一路奔波，她是最後抵達的公主。王稱贊普，贊普之妻稱贊蒙，她列隊其中。（日後她的雕像往往大過於尺尊，且吐蕃人民的塑像裡她都是在贊普旁邊）何況一比起聘禮，她就光彩熠熠，大唐威赫，而尺尊公主卻是贊普用五枚金幣和一只鑲有寶石的琉璃頭盔就從尼婆羅迎娶至此。

甲木薩拜木薩，名稱如姊妹花，實則如陌路花。

她一直沒有懷孕，尺尊也沒有懷孕。在這件事上她們兩個打平。她們不知道松贊的想法是血脈不外流，她們倆都是外族，她們是屬於政治的，但也因此保留了自己的子宮。

吐蕃王族血脈的公主才能延續贊普之位，在缺乏子嗣的妃位上，實則她們是個妾罷了。她們是日久才惺惺相惜的，但她知道再怎麼惺惺相惜，拜木薩還是和君王親近（王隨拜木薩染疫而去，兩頭一體，一榮俱榮，一死皆死，生死與共。不若她守寡三十年，守著風雪守著佛）。

她和拜木薩聊起長安生活，說起長安女子的爽颯，元宵節是燈火通明的歡樂不夜城。阿耶轉述的天可汗宮殿那些奇珍異獸的異國風情，為了增加述說的奇幻，她把山海經讀過的神獸也說來和拜木薩那從未聽聞與抵達的國家競比。

白澤、夔、鳳凰、麒麟、檮杌、獬豸、犼、重明鳥、畢方、饕餮、朏朏、諸犍、天狗、九尾狐、蠱雕、蠃魚、朱慶、狍鴞，有的字詞她講起來也十分拗口，但這正符合奇珍異獸該有的怪異之名，就像她現下是甲木薩，也是奇異。

說著邊想起祿東贊一路上和她說過的這拜木薩公主帶給贊普的命命鳥神奇模樣與愛情生死故事，於是她續對拜木薩說，命命鳥也曾來到長安，獻給天可汗。但我阿耶說，當時天可汗並沒有覺得命命鳥有多麼奇特，因為長安宮殿有鳳凰。

拜木薩重複跟甲木薩喃喃自語著鳳凰鳳凰。

傳說這鳳凰是鳥中之王，雄為鳳，雌為凰。長相是雞的頭，蛇的脖頸，燕子的下頷，烏龜的背，魚的尾巴，羽毛五彩顏色，高有六尺左右。集五種奇珍於一身，鳳凰古來就是吉祥鳥。

好恐怖的怪獸，但鳳凰這個詞真美，桂兒在旁邊忍不住插話，拜木薩看桂兒做出恐怖表情也被逗笑。

命命鳥與鳳凰競比，長安顯然給了這些未滿二十歲的女人們更多的華麗想像。

她們玩著真心話大冒險，每點一炷香，看此七吋香灰落到距離誰的茶杯近就由那人先起頭說自己家鄉的事物，以此解憂，以此換帖，好似如此就能移形換位召喚故鄉前來。高原太陽不若長安可時時見，長安是太陽起來，作坊開張，太陽落下，準備宵禁。日晷水刻香塵花落都是時間，或有雜戶音聲，人擊鼓敲板。高原以風知時移，風起風落，晝夜輪轉。但經常天黑得快，時間成為停格的寂寞。

甲木薩帶來了製香工藝職人，香丸香柱香盤吸引王公貴族的喜愛。甲木薩特製一種七吋香，一炷香一刻鐘燃盡，適合夜晚入睡前對佛傾心時光，也適合一群人在她的宮殿裡轉換說故事人。

拜木薩說起尼婆羅塔庫里王朝的生活，她的父皇也是偉大的天可汗，拜木薩的父王光胄王位處偏疆小國，有個名字叫氂輸伐摩。

她聽了甚覺奇異，氂輸伐摩，原來拜木薩和君王是天注定的契合，連名字都是相近的奇異音詞。拜木薩說起父王眼裡盛滿驕傲，說起父王本來是拒絕的，但贊普說我派五萬人前來殺死你，劫回公主，摧毀你的城池。吐蕃神變大軍果然抵達，我父王這時也怕了，為了和平，就只好讓我嫁到這裡了。佛像金銀器皿就是我的嫁妝，我是將佛像帶進沒有佛之地的第一人。

桂兒聽了心想我們公主本來是帶等身佛入吐蕃的第一人，無奈長安路遠。口氣不小，但聽來有意思，之前祿東贊也說過拜木薩的和親因由，光胄王為了和平嫁女，有想到保護無辜百姓的生命，這讓她覺得敬佩。

因為這一點讓她跟拜木薩親近了起來，她們不僅有共同的夫君，還有共同的信仰，共同的佛。分屬觀音菩薩的左眼淚右眼淚，觀音菩薩的眼淚化身成她們，但她們的眼淚化身成什麼呢？什麼也沒有，她想。（很多年後，她在拜木薩肉身荼毘的喪葬現場流下眼淚，隔年在松贊君王，在這個名字原是意為心胸開闊的人的葬禮上，她卻沒有流下眼淚。她只看著高原的神鷹飛過，罩下的烏雲如此美奂，像是一場高原的白日夢症。）

30 羅剎女

她們這群妃子一起陪著贊普去查看地形，登上瑪布日山，由她這個漢地來的女神親自卜卦。她放眼看著所在地，周圍一片沼澤，沼澤中心有一湖泊，置於邏些城中有如一巨大的魔女仰天而臥。凶神惡煞的地形，身上一絲不掛的荒蕪，毛猴似的手腳張揚，髮絲垂到雙肩。她看著她的君王，羅剎女和猴子生下的族人，魔鬼秉性猶存，要蓋觀音菩薩道場鎮住，她隨口就說了觀音來自漢地普陀山，王就說那就叫普陀珞珈，她念著如歌音節。祿東贊解釋這個字的意思很春天，小白花樹。普陀珞珈，佛的聖地，她的聖地，從此轉音為布達拉宮。

她說在羅剎女的心臟處蓋一座寺宇和畫一幅鎮魔圖即可降魔，封印羅剎女在此的雙臉三眼五手六足，且必須用山羊馱土填湖才能建寺。邏些，意為山羊填土。

當時她看著高原最古老的地形圖，彷彿看到高原原始被封印的歷程，一個狀似魔女身體的疆土，被蓋了無數的廟，鎮住肩、臀、肘、膝、手、腳，鎮肢寺鎮節寺鎮掌寺，十二不移金剛橛，十二不移金剛釘，馴服女子的野性。而建議的人是甲木薩，她以八十五行曆算觀察法看到了像羅剎女的地形。

於是，興建宮殿由羊馱著土，填了原來的沼澤地，自此封印了住在那裡不知已有多少劫的羅剎女與鬼王鬼子，羅剎女在土壤填入被封印前，狠狠地瞪著這個年輕女子，在土堆覆蓋時，羅剎女誓言要甲木薩永遠不幸福，永遠沒有子嗣，沒有愛情，孤寡一生。

姜森嫫，羅剎女被封印。

她聽到有人說著姜森嫫，原來羅剎女叫姜森嫫。

往後她在普陀珞珈或者大昭寺等聖地，經常暈眩，但贊普卻說妳這只是高原症。

被封印羅剎女如惡夢現身，她在床畔放置金剛經才解去鬼擾。殊不知自己也被羅剎女施了誓咒，彼時她還沒有從雲遊僧那裡學到什麼是菩提心，如何開展菩提心？不是斥絕作害障類，也不是砍伐作害障類，而是要讓作害障類也悉皆飽足。但當時她不懂如何「殺活同時」的菩提心。

當時在贊普的同意與命令下，她和拜木薩各派一批從故鄉跟隨來的工匠藝師一起共同興建寺院與宮殿，於是興建過程就好像兩個女人娘家後台的大競賽。

結果是她輸了，贊普才是決定者，大昭寺幅員廣給了八歲等身佛像入住，小昭寺地方窄卻給了十二歲等身佛像入住，佛大住小寺，佛小住大寺，怎麼說都是因人廢佛。

大昭，ཇོ་ཁང་，覺地，祿東贊跟她說這是「釋迦牟尼的佛堂」的意思，聽得她好歡喜，幻想著長安來的佛進駐的樣子。大昭寺的吐蕃文字像飛鷹，神鳥護持，金翅鳥與神鷹在天空盤旋。但長安來的佛卻不屬於大昭寺，聽得她連嘆幾聲，因自己不如拜木薩被王寵愛，而讓佛受委屈了。

佛哪有分別心，這都是妳自己妄想的，祿東贊聽了笑笑回說著。公主不是教過我，應無所住而生其心。

高原缺氧，空氣遲滯，心跳斷拍，讓她易意念紛飛。

佛進駐小昭寺，她在佛殿供燈時，突然想起被封印在布達拉宮地底下的羅剎女。很多年後，她和雲遊僧通信時才理解菩提心，她懺罪，懊惱不該將羅剎女封印底下，應以慈悲心將羅剎轉為護法，轉為道用。但宮殿已成，拆除宮殿已然不可能，只好繼續封印，但她每日誦經供香迴向給羅剎女，羅剎女是否願意冤消釋解這就不是她的事了（多年後她得了天花與死前的譫妄症，連佛都擋不住這來自羅剎女最後一擊的怒火）。

這宮殿由白瑪草牆草坯牛糞牆，殿內有一千多間房屋，裡面有間狹小低矮的典加竹普，典加竹普也就是觀音，供奉觀音菩薩的佛壇高約尺多。宮殿裡還有一間房是她和贊普的房間。甲木薩不高，贊普也不高，小小的卻冷颼颼。房間空蕩蕩，多半只有她和桂兒，以及描述宇宙無邊的佛經。

多年後，雲遊僧信簡寫道，這羅剎女並非只是女性，女或母，在高原的神像裡，女性都是一種如中土陰陽的陰，一種和太陽相對的月亮表法。羅剎也可能是男的，可惡可善。但大部分都是以暴惡鬼來威嚇恫嚇人，醜陋專啖於人的凶惡鬼，經佛收伏後，從謗佛到護佛，誓願生生世世成為佛的護法。當年長安占卜士形容這地形如羅剎，其實這只是一種譬喻，因為當時盛行的苯教常有羅剎夜叉無形干擾，苯教認為萬物皆有靈識，在公主抵達高原之前，高原苯教已盛行千年，公主本是外來者，佛也是外來佛，入境隨俗，人佛皆需。

雲遊僧信簡，讓她忽然心開意解，明白容納萬物的智慧。

31 小昭寺

高原晨光如長安日常，醒轉即梳洗穿戴，打扮不是為了見贊普，而是為了禮佛的莊重。

在高原自此她就不敷鉛粉了，並非洗盡鉛華，而是高原沒有這鉛粉，何況她和其他女子站在一起，簡直如雪山之白。抹胭脂也少了，流的汗再也不會是紅色的。唯獨還有畫黛眉。青黛眉，青黛眉細長，色淡優雅。

梳洗，整裝，畫眉，才去禮佛。

天可汗賜的佛住在小昭寺，據說長安使者並無將此訊息傳給天可汗，否則以天可汗的氣勢定會說怎麼可以讓大佛住小寺。不過她知道大家都誤會贊普了，其實是佛自己選地方的。歷經風霜的佛，在抵達邏些路上發生了怪事，突然陷入荒草堆裡的泥濘之中，這回不似上回的陷入流沙尚可借力使力耗時移動，這回是任大力士們怎麼搬都文風不動。後來她請長安術士卜卦，說佛不走了。她想彷彿等身佛像也長出了超凡意志，定要留在此地，就這樣，她提議贊普在此蓋寺，因已有大昭寺，故蓋了小昭寺。

大昭寺原不屬於她的佛。(歷史陰錯陽差，她的後代繼承者金城公主為了讓長安佛長居久安而偷偷動了手腳，將大小昭寺佛像對調。且自此她的塑像也進駐大昭寺了，大殿兩側配殿三雕像松贊、祿東贊和她的塑像，所愛都在兩側，供人膜拜。只是他們的臉上被膜拜者布施了太多的金箔，每天像塗了一層又一層厚厚的金粉，一臉金皮金身閃亮著整座黑暗的寺宇，時間終於幫她打了一場勝戰。)

最初大昭寺安放拜木薩從尼婆羅帶來的八歲佛陀等身像，八歲的佛，還是個孩子，就像她在長安讀書學習的年紀，她看著拜木薩從祖國帶來的佛像，甚覺美麗，拜木薩的國家竟有這樣的工藝，這讓一直以長安為傲的自己感到有點羞赧。大昭寺鎮住了羅剎女的心臟，被封印的羅剎女無法翻身，在地底怒吼的聲音，她半夜都還聽得到，有時驚嚇過來，一口氣要張大，才能吸到氧。王留在她的房間時間不長，從夢中尖叫醒過來時，桂兒會飛奔過來。直到她的小昭寺蓋好之後，長安來的大力士們將深陷沙地的佛也運到了高原，門向內地開的小昭寺有了天可汗御賜的金身佛像，小昭寺雖小卻光耀天地，惡夢退散。

就像她在吐蕃人的眼裡是那般雪白凝脂雍容華貴體態豐腴腰擺渾圓。(但幾年後，她就又瘦又乾了，目睹她變化的長安使者馬玄智曾大吃一驚公主的變化，尤其在雲遊僧辭世之後。)

佛有了新名「覺臥」，至尊、至貴、至聖。

梵文ཇོ་བོ，佛字，第一次在東漢譯出，從此流傳。佛，弗人，不再當人。

讓她在吐蕃曠野流浪的心有了依怙主，從天竺一路輾轉來到高原的佛成了無上稀有，唯一的佛體神像，殊勝如佛再世。

文殊菩薩請釋迦牟尼佛造佛之法、報、化三身，以使眾生斷疑除惑、積聚福德資糧，有所依靠。佛含笑應之。瞬間由佛的笑靨，放射出三道光明。一道光芒射向十八羅漢之一地羅羅尊者，由尊者予帝青寶石、碧玉、水晶和金銀珠玉等天界與凡間之無數珍寶，交由神匠工巧天毘首羯摩以此造立了一個瓶狀寶塔，以示佛的法身面向四面八方，一如蒼穹之廣大。此塔色澤湛藍，光采奪目，功德妙勝，只要圍繞它行走七晝夜，即可獲得殊勝悉地果位。此稱作無觸聖塔的法身之塔，後來被空行佛母迎請到空行佛土，以作為那裡的非人積聚資糧之所依，凡人無緣得見。佛的第二道光芒射向大梵天，由大梵天布下施予數不勝數的奇珍異寶。工巧天用這些造像材料，熔煉造立了一尊高約八十由旬淺藍色的圓滿報身佛像。此像的殊勝功德是只要向它供奉禱祝，它能使眾生在十二日之內抵達廣果天，這尊被世人稱之為「調伏外道像」的佛像，居於南方大海中，為世間顯達諸神積聚資糧之所依，凡人不得而見。佛的第三道光芒，射向彌勒菩薩和帝釋天。由帝釋天做施主，彌勒慈尊奉獻造像的寶物有子母綠、紅蓮寶石、三種煉寶石等五種天神之寶與珊瑚、珍珠、青金石等凡人之寶，以及介於神寶與人寶之間的五十五種玉石，以塑造佛的化身之像。要塑造佛的化身之像，那他的身高應是多少呢？色界眾神說應是人的三十六肘，欲界眾神說應為人的十六肘，而波斯匿王等人則說佛祖的身高與其弟子阿難不相上下。

很多年後，在贊普駕崩後，她曾要祿東贊請史官隨侍記錄松贊干布遺訓，此遺訓是贊普夢見等身佛的故事由來所口述而出的紀錄，多年後她閱讀吐蕃文字也如母語了，她念著文字給桂兒聽，並要桂兒藏在釋迦牟尼佛殿前的寶瓶柱裡，等待日後有緣人取出。彷彿預知佛滅，預先伏藏，以示後人。（她當時當然無法知道這寶瓶一藏就是幾百年，直到十一世紀阿底峽尊者才取出這個寶瓶，從此世人解謎等身佛由來，原來是佛在世的造像，八歲十二歲三十五歲，分別象徵法報化三身。）

她膜拜著柱子，就像拜佛一般。

由旬有多大啊？桂兒邊暗藏寶瓶在柱子裡邊發出疑問，長安工匠在旁陪同，早已先將柱子挖出一個藏經洞穴，接著再封存起來。

她笑著回答桂兒說之前雲遊僧來信曾解由旬是天竺長度單位，一由旬約等於四十里，我對數字最不行了，聽到數字也是頭痛，總之就是很大很大很長很長。桂兒心想這公主有回答也等於沒回答。

32 唐柳悠悠

十二歲等身佛住小昭寺，八歲等身佛卻住大昭寺，這是不是贊普喜歡拜木薩更多於甲木薩？

她聽到有人議論著，長安來的工匠拜了佛之後卻非議起來。她跟故里人說你的眼睛看到偏心就會是偏心，你看到是什麼就是你的心的反射，她說出口後，連自己都驚訝了。她以佛言佛語訓人，說得連自己都不好意思起來，其實那時的自己連心長什麼樣子都不知道呢。她往廟門走，栽插了一株長安柳樹，高原有了唐柳，可以安慰她的樹，看著柳樹就彷彿吹著了長安來的風。

她將皮裘與絲質唐裝混搭，漢語與吐蕃語混著講，她過著文化混血熔爐生活，這對她並不難，長安城裡到處是漢風混搭胡風，新天新地很快就會轉成舊世界。

她的君王從贊普轉成天可汗的駙馬都尉、西海郡王。贊普喜愛天文、曆法，創了藏曆，派遣貴族子弟至長安學習詩書禮儀。她的漢文則吹起了異國情調，每次她用書法寫中文字給王和他的妃子們時，她都覺得自己像是長安街頭的賣藝人。

那時新的文字才抵達高原不久，至天竺學習取梵文字的大臣創下各種跳舞的文字，她的舌頭必須練習新的捲動方式才能說出月亮太陽星星，她用中文記下發音，一邊念著達娃、尼瑪、甘瑪。金剛稱多傑，連金剛經都有了新字詞。

她仍喜歡稱金剛，如鑽石般的金剛，永遠不壞。就像她仍私下喜歡雁兒之名，雁兒南飛，夢裡長安。

青海一路跟來的年輕人被她安置在宮中附設的雕刻佛像工作室和長安工匠師習藝，被她取名多傑，盼他心如金剛，他曾對說公主的貝瑪是香的，蓮花與甲木薩是神聖的，但雁兒是臭的。

聽了她莞爾不已，鳥禽雁兒這個詞彙竟是臭的，她笑說蓮花下面也是臭的啊，汙泥遍地，卻出汙泥而不染。汙泥就是我們的紅塵。

多傑和其他人聽了都停下了雕刻佛像的動作，彷彿受到感召。

高原嗅覺如風靈敏，連字詞都可以聞出氣味。

原來造字者贊普的愛臣吞米桑布札被王派往印度七年，總共學會了三百多種文字。學成之後回到邏些，三十四個字母的藏文從此新生，長出和梵文融合的血肉。藏文從此離漢文愈來愈遠，就和佛教一般，都是更靠近印度。藏人很容易就喜歡上佛法。在地人常背著她說漢語裡面有屎臭味，吞米桑布札帶回的字詞有檀香味。神奇的子民，可以用嗅覺聞出字詞的氣味。

33 聽風的歌

嗅覺可以聞到字詞的氣味，也可以用聽覺感受時間的高原。

每一種風起的聲音都吹出不同的日子，不同的季節。高低旋律快慢都和季節溫度有關。

她學會了在高原聽風的歌，注意日蝕月蝕，她知道太陽在高原總是死而復生，去而復返。就像高原神鷹，沒有人見過神鷹的死亡。她在夢中得到神鷹啟示，將邏些四周的山分別以妙蓮、寶傘、右施海螺、金剛、勝利幢、寶瓶、金魚等八寶命名，這些山名自此有了佛的八吉祥護佑。命名可以傳播佛法，她知道命名可以流傳，她為新天新地命名時，猶如在為孩子取名的慎重。她擬想著鳩摩羅什尊者在翻譯金剛經時是什麼樣的心情，那樣優美又那樣莊嚴。

長安城一路迢迢千里運來的五穀種子及菜籽在春夏時節正是播種季節，她命農人工匠們出城，教在地人種植的方法。灌溉、施肥、除草，等到了收穫的季節，植物就像高原壯碩的莊稼人，瘋狂生產，高原從遊牧人轉為耕牧農織並重的多樣性生物世界。

蠶被她的農耕隊帶來高原，桑樹艱難地吐出新芽，一旦適應新土新風，也就狂落如雪。就在某個高原下了第一場久違的春雨，當第一隻蠶吐絲發出如蟻敲地的窸窣蹙響，引發了群蠶吐絲之後，高原人用那粗獷豪邁的眼神望向蠕動的蠶寶寶，漢子們的眼神都如霜融，他們盯著有如孵化如毛筆頭般細小的蠶寶寶時。這些如毛的蠶，很多人看著，就像看見母羊生出小羊般地落淚了，他們覺得長安來的東西都太神奇了。去過長安東西市的人都喃喃自語著我們的城也有溫柔的一天。

蠶吐絲作繭自縛，新天新地新字新詞，王公貴族們看著蠶寶寶作夢。他們數著幼蟲的足數量，胸部三對，腹部也有足，像是一尾小地龍。她教高原人認識蠶絲的珍貴，短纖蠶絲、柞蠶絲、長纖維蠶絲的不同。高原人則教她羊身上不同部位的毛，羊皮羊毛羊絨。有些沒有被揀去的繭在雷聲過後，開始破殼，冒出白色鱗翅的成蟲羽化脫殼時，這些鱗翅目蠶蛾科的昆蟲把高原人最強硬的心都融化了。

蛾撞向酥油燈，不懂事的孩子玩著點燈滅燈遊戲，看著蛾撞進油燈裡，被煮成蛾油湯。她有時會滅去燈火，四周昏暗，蛾不撲火，蛾貼牆如佛像般靜置。桂兒摸黑說著公主，這是蛾的本性，滅去燈火，牠們還是會撲向其他的火光。她聽了在暗中誦著心經，輕輕低語蛾撲不撲火那是蛾自己的功課，我們的功課是把誘因減輕，且見死要救。

桂兒第一次聽到蛾也有功課，笑了，她的功課是服侍公主，公主的功課是念經念佛，好在蛾出現高原僅僅一兩夜，甚至極是少見。

公主真是善心，桂兒說。但私心卻想如果蛾變成是贊普的女人，不知公主是否善心依然？但繼而又想公主可是贊普唯一的贊蒙，唯一的正室，大唐繁華的金枝玉葉，何況有佛，公主眼皮下沒有其他妃子，應該是別的妃子忌妒公主才是。

34 桑蠶與狼毒花

養桑蠶自此生根高原。

那些將蠶卵藏在如蜂窩般的粗黑髮絲裡的胡商旅隊們，編織起一絲一縷的絲綢之路。美酒夜光杯都比不上絲綢的璀璨，蠶寶寶異夢，等待羽化吐絲，裹上人的肌膚。

絲織品光澤細柔，染色之後濃豔。莊稼漢種植長安來的玉米、土豆、蠶豆、油菜種籽也開始像她一樣，學習適應高原極端氣候，風吹雨打四季輪迴，都漸漸長出果實了。小麥經過時光烘焙，不斷變種，最後長成了在地人喜歡的青稞，長出了烈性。花也開出了毒，代代啟動防護系統，蘊含劇毒，人畜不碰，百蟲不吃，植物輾成紙，化為印經功德主。

她於是明白原來必要的時候最劇毒的反而是最慈悲的，最烈才是最溫柔的。當她看見有人隨意放置佛像或者即使是把經書夾在腋下或者放在腿上她都會出現少見的斥責，往往那些被她斥責的人會十分驚嚇而從此記住了這個訓斥。忿怒的底層是慈悲，為了讓頑冥者醒悟的一種扮黑臉，本心不動，就像青稞就像狼毒花。

毒性轉佛性，狼性只為經典狠，和時間比狠，和百足之蟲比毒。葉貝經，葉葉流傳，藏經閣之寶。

在她心志脆弱時就想想夙昔的鳩摩羅什，被迫破戒娶妻妾，只為能繼續翻譯經典。那麼她的遙遠和親是否也可以寬慰一切為了佛法這樣的高遠說詞，她自覺沒有這麼清明，但慢慢的喜愛上高原之後，她也不想離去了。那些原先反對她帶來佛像佛經的苯教教徒也逐漸從起初對佛的跪地膜拜到願意親近佛經所敘述的一切，不只是以燃燒的煙供天供地，也會跟著她點燃一炷香，學著合掌祈願，靜坐。靜坐起初對這剽悍的民族簡直比要他們去戰場殺人還困難，坐久如岩盤，日久成了高原風景。

人們經常圍觀商旅隊從長安出發抵達的車輿、馬、騾、駱駝，而她則常看著犛牛和神鷹，還有兇猛異常忠心耿耿的獒犬，雪山獅子，蒼猊犬。包裹著金色毛的犬，性格頑固冷漠機制頑強，很像她的王。必須拴繫的犬，藏獒的意思說明了一切。贊普賜了她一隻獒犬，獒犬認定了她這個主，連松贊王都敢偷襲。

她後來看到去大唐學習歸來邏些的吐蕃貴族弟子帶給她一解相思的佛陀本生傳，佛陀未成佛前也幾世流轉，當飛禽走獸，當忍辱仙人。本生傳寫道背叛的人之後都變成忠心耿耿的狗，這讓她頗玩味著背叛的下場，這蘊含著懲罰的輪迴似乎是以人為中心，狗知道這個下場嗎？她讀過老莊，莊子的子非魚，焉知魚之樂跑到了腦海，參雜著佛家思維。高原沒有佛學老師，於她很可惜，她在高原找不到可以教她讀佛經奧義者，這時她就開始遺憾遇不到雲遊僧。

在高原最可以請教問題的是祿東贊，但這頭大象（她偶爾暱稱大相為大象）雖然聰智，卻是極為世俗的，且忙碌異常，對權力也緊咬不放。她不懂權力，只知因果其實才是最有權力的，無法更改的。

他鄉日久，複製母城，長安已成邏些，長安來的樂師們為王和公主演奏唐宮音樂，音樂舒緩優美，使高原人有了流水曲觴的首次新鮮柔美之感，如聞仙音。贊普對樂師和音樂讚嘆之餘，選了批資質聰慧的少男少女跟隨樂師學習，中原音樂傳遍高原，山歌的野性逐漸融進了被馴服過的柔軟。

文士們也開始工作，幫助甲木薩整理吐蕃相關文獻與長安抵達的佛典，學習藏文，教高原人漢字，互換文句如愛情般的獻出彼此的時間。隨侍文士們陸續記錄贊普與大臣們的重要談話（原本要記錄贊普與公主對話但卻發現兩人見面少得可憐），樂師將高原音樂帶出了野性，將中原音樂注入了異族情調。逐漸地，高原的政治也走出原始性，秩序與邏輯，因果與輪迴觀注入。贊普並命大臣與貴族子弟拜長安文士們為師，質優者赴中原取經，學習大唐文化，將公主從長安帶來的詩書禮樂藥譜與佛經陸續翻譯成吐蕃文字。

一場婚姻，竟綿延如雪山，文化長出根柢。

但有流言高原血性都被這長安公主洗去了，她望著高原血色的黃昏之景聽著高原人念誦佛經，覺得甚美。這是她刻意擇選智慧根器高的長安文士藝匠們，將之訓練成佛學的種子隊，要他們以吐蕃文和漢文讀經，兩種語言使之並用，學習說佛經故事。

故事是最有力量的，把佛的故事說出去，像在長安街上到處可見的說書人一般。

來到高原的藝匠裡面最好的說書人就是盲眼人，就是那個從青海跟隨她來到邏些的年輕人多傑，金剛。多傑的耳力記憶力都是上上等，一開始他當然不是盲眼的，是因為來到邏些之後，被一場倒坍的火爐所揚起的火焰頓時燒傷了臉，為了鎔鑄佛像，成了盲眼人。盲眼人跟她說自己不是多傑，金剛不壞，但他卻壞了。壞了眼，殘了手。她聽了流下眼淚，想當初是否不該讓多傑從青海一路跋涉跟來，迎接他的命運竟是如此殘酷，但迎接我的命運又將如何？

也許我注定要成為別的角色？他安慰公主說，我盲眼再不能鑄佛，我殘手再不能雕佛，但我的嘴巴依然可以述說佛法，可以講述故事。

自此彷佛少了視覺的勾動誘引，他的耳朵與嘴巴都變得更專注。於是盲眼人成了高原第一個四處流傳佛陀本生故事的說書人。甲木薩的佛法傳播種子最後形成了說書口述傳統與護法團體，佛子們列隊，佛心慈悲收容殘缺者，流浪說書人，高原廢藝齋。

盲眼人說書，聾啞者印經，瘸腿者不能拜佛但能刻佛。她憶起長安東西市那些擺攤者，守著小小的方寸就這樣度過一生，如果他們都能學佛該多好，整座皇宮王位都可拋的青年佛，流浪說法四十載，不守任何方寸，方寸都是世界。

她聽見盲眼人總是從佛陀還是悉達多王子夜奔離宮的那個關鍵時間點說起故事，微笑聽著，聽到盲眼人吐出世界之詞，她跟著念了聲「世界又名非世界」，善哉羅什尊者的曼妙譯詞。

盲眼人接著不久就有了徒弟，第二個盲眼人是終日在暗處刺繡佛像蓮花雪獅菩提樹的女紅，長安女紅來到高原密室，織毯之外也繡佛。她把想像化為精細的工筆，那些金絲銀線還有燭火微光把她們那原本明澈的眼睛日久烘成了蜜蠟，一片雲翳裡彷佛住了幾隻小黑蟲。

眼裡的小黑蟲逐漸遮蔽光線，盲眼女知道退役時日已到，入廢藝齋，也改當說書人，廢藝說書團。說書加油添醋自是不少，從此開衍成佛國的奇花異草，佛從單純的覺悟者化為華麗的佛宇宙圖，頭燃火焰腳踩髑髏的佛，長出千目千手千眼的神變經變圖。

不可見的世界化為可見的摹擬視觀。

把佛經安置存放在山湖岩洞的伏藏師當時還沒來到高原，甲木薩深怕佛法中斷，於是她一個種子一個種子地灌溉著高原荒土，不知若非佛法根器的有緣人她教了也是白教（以至於後來在她身後還發生佛滅），她不知佛經可以事先伏藏在山洞密穴以待日後有緣人的到來。山靈海神懂得佛，人心多變，隨情緒愛或不愛佛，有利時愛，不利時離，脆弱玻璃心。當時她期盼心眼未能學習辨識漢字的吐蕃子民，至少可以先聽聞佛經故事（但她未曉故事是最有感染力但也是最危險的，故事的切片與入口可以被時光調度，改易情節添染色彩），但無論往後時光幻化，她成了將佛經故事以口耳相傳說書的第一人（影響所及是高原日後保有口耳相傳的說書傳統，是為噶舉派源頭）。

高原知識流傳依賴歌謠，依賴口耳相傳，山歌以吟唱流傳，佛法以說書或道歌傳唱，如模印模。

她在宮殿窗外聽著沿著雪域小路有人在傳唱著佛名聖號咒語的聲音，迴盪在高原沁冷的空氣中。盲眼人的說書已逐漸結了佛果。

草原上有人在述說著西元前五六三年，天竺古國釋迦國誕生的悉達多，悉達多，即夢想成真，一如漢名蘊藏意義。這位悉達多有父有母、有錢有勢且還是有妻有子的人，不同的是一旦讓他看到眾生苦難，他就再也不會眷戀皇宮了。他見到生老病死交迫著人的一生，尼連禪河畔苦行六年，菩提樹下睹明星而悟道，演說成住壞空，苦寂滅道，度五比丘，至此佛教成。

盲眼說書人曾問她為何佛要放棄苦行？又為何能睹明星即悟道？高原人離天空近，日日睹星也沒開悟。

她也想過這個問題，她每天也抬頭看天上明亮的星子，但怎麼看卻都沒有悟出什麼道理來？因為沒有想出什麼好答案可以解疑，因此她就對他說，以我們有限的智慧想破頭也想不出答案的，就是一心相信，相信就會有力量。盲眼說書人繼續不懂，但基於尊敬也把她說的話當作咒語似的記誦傳唱著。

她想總之，佛是過來人，人是未來佛。

後來她寫信請益雲遊僧，雲遊僧給了答案。說我們睹明星是想星辰很美，幻想星辰情思，就像觀月亮而有了嫦娥奔月的故事。但悟道者睹明星是看到星辰的一閃一滅就像是人的生生死死，死死生生，一期無常。

35 盲眼說書人

有一天這顆一心一意的完整心卻破裂了。

盲眼說書人和甲木薩說起自己曾遇到的愛情難關，說故事可以讓語文突飛猛進。故事就是媒介，同理疊合。

他的前情人回頭找他。他雖看不見，但仍能感覺觸覺前情人的美。但他學了佛之後不想再受到傷害，他知道前情人只是一時寂寞，但他也寂寞，還年輕的身體裡面有著一盆火，眼盲心仍忙。

這日他來到讀經班課堂，向台上讀經畢的甲木薩說出他的煩惱，疑惑自己已然眼不見色，卻仍無法色空一切？

昔漢孝明皇帝夜夢見神人，身體有金色，項有日光，飛在殿前，意中欣然，甚悅之。明日問群臣：「此為何神也？」有通人傅毅曰：「臣聞天竺有得道者，號曰佛，輕舉能飛，殆將其神也。」於是上悟，即遣使者張騫、羽林中郎將秦景博士弟子王遵等十二人，至大月支國寫取佛經四十二章。在第十四石函中登起立塔寺，於是道法流布，處處修立佛寺。遠人伏化願為臣妾者，不可稱數，國內清寧，含識之類蒙恩受賴于今不絕也。

最早傳入中土後漢的佛說四十二章經為西域沙門迦葉摩騰、竺法蘭譯，經文序寫翻譯因緣，佛經被她帶到高原，故事她幾乎都會背了，少女時代不知忍色忍欲難，直到自己走入了婚姻，走入了王的妃子群色花叢之中，才有了些明白。

她念誦了經文給盲眼說書人聽，這本在漢土最初問世的佛典多次提及色欲，震聾啟聵宣說欲為輪迴之本：愛欲於人，猶如執炬逆風而行，必有燒手之患。有人患婬不止，欲自斷陰。佛謂之曰：若斷其陰，不如斷心。邪心不止，斷陰何益？佛為說偈：欲生於汝意，意以思想生，二心各寂靜，非色亦非行。佛言：此偈是迦葉佛說。佛言：人從愛欲生憂，從憂生怖。若離於愛，何憂何怖？

她對盲眼說書人一口氣說了好多次的「佛言」，盲眼說書人沒聽懂，但知刺目如盲亦是無用，奔騰的心流不止。一直喃喃重複說著若斷其陰不如斷心若斷其陰不如斷心，原來原來，他敲擊著額頭明白心念不止，就是瞎掉了也沒用，欲望一樣沸騰。如何解決？她續誦經文「佛言慎勿視女色，亦莫共言語。若與語者，正心思念：我為沙門，處於濁世，當如蓮華，不為泥汙。想起老者如母，長者如姐，少者如妹，稚子如子，生度脫心。熄滅惡念。」簡單說就是能否把你的前情人觀想成是自己的阿娘或姊妹，如此即可離欲。

盲眼人微笑說很難很難，離欲可否漸離？時間摧枯拉朽我們的欲望韌度？

她笑著想果然是有慧根，她回說你這樣說真是非常誠實，如此我們至少不自欺欺人，不欺暗室。至於離欲？你提及時間，但雲遊僧告誡我們時間不等人，靜待時間到來而沒有頓超作為也是危險的。

明天的太陽先升起還是無常先到來？她問。

讀經班眾人面面相覷，眼裡閃爍著一絲絲的悟性火光。

36 高原的一千零一夜

冬季安靜的大地，如佛在沉思經文，蟲蛹深眠，靜謐似幻。季節群鳥南遷，飛去春暖花開築巢，只有她往雪域行。離別長安，一路上的暴雨，沙丘的風，塑造岩石的線條，蝕刻深林的年輪，唯佛經安心，於是將飄上頸項的沙粒當作項鍊，將雨想成一條人生河流，有如尋覓海的龍宮，淬鍊她那一旦出發就不再回頭的心。傳說她落淚的湖水從此人們只消去眺望就可以看見自己的前世。

落滿塵埃的記憶像是前世今生了，彷彿自己已是高原之巫，雪山空行，江河勇父，生滅的身體，不滅的靈魂。她想起首次在長安佛寺聽聞佛說靈魂不滅時，感到那股綿綿不絕的震慄。

離苦予樂，苦及苦因都要拔除。

多年後，雲遊僧譯的藥師咒終於抵達她的眼皮下。

雲遊僧信裡說，藥師經尚在翻譯校正，貧僧先寄上咒語以解公主因高原寒氣而經常患頭疾之苦，末學雖研究唯識般若，但明白身是心之器，故對於咒語的加持，也就是羅陀尼真言，佛的心滴心髓也莫敢廢忘。公主讀誦可先不解其意，就是一心讀誦「那謨薄伽筏帝鞞殺社　窶嚕薜琉璃　缽剌婆喝囉闍也　怛陀揭多耶　阿羅訶帝三藐三勃陀耶　怛姪他　唵　鞞殺逝　鞞殺逝　鞞殺社　三沒揭帝娑訶」。當可病苦皆除，受安隱樂。

鞞殺逝　鞞殺逝　鞞殺社，藥師佛藥師佛藥師佛，三聲吶喊，福增無量，滅罪河沙。得此咒後，她總是如流水般地反覆念誦著，如說天語，喃喃自語亦如囈語。宮殿響著她的日唱夜誦聲，如餵養一座動物花園般的密語流洩空氣中。有一次贊普乍然來到，在門口嚇了一大跳，贊普見公主身上多了兩隻手，一雙手在捧經讀，還多出一雙手在梳頭髮。差點贊普就要暈嚇過去了，贊普深呼吸，定神再看，四臂公主又消失了。

高原開始有人傳唱甲木薩是四臂觀音，四臂為慈悲喜捨。

咒語為梵語陀羅尼，漢語譯為總持，總一切法，持無量義。咒這個字似乎讓不少人誤解，巫師祭拜神鬼的祝詞是一種，咒語是祈語，咒語可通天地之氣，積山河之音。她問過阿耶，阿耶又問長安住持。佛經翻譯師就繼承了原來中土的用字。

持咒的氣音搭著呼哧呼哧，風拍擊萬物聲響，赤紅的爐火正燒著暖。山女在夜裡奔跑，揚起霜花，劃開細如髮絲的月光，夜奔者如一道道閃電似的滑過她的耳膜，她想是否天太冷了，奔跑可以驅寒。她要桂兒取出羊毛氈，明天拿去市集發送。

高原新年一過，雪霜緩緩成河，森林有了點甦醒的騷動，她和桂兒就開始想念長安上元節。燈謎長廊不夜城，猜燈謎，掛燈籠、燈輪燈樹高懸，滿城煙花燦樹，如巫女飛天，如夢粱一晃。她們聊著，想著長安美食，熱鬧城內的一百零八坊，東西市的商肆街裡，她們被阿耶允許出遊，混在市內，看著滿滿貨物貨財，她的眼睛轉著四方珍奇，積集各地奇貨的攤位。那時她對吐蕃來的瑪瑙綠松石就覺得美麗親切，如山楂雪色的瑪瑙，染甜了少女的心，如藍色星空的綠松石，此刻她的身上就配戴著。把白雪想成長安坊的糖霜，正嚥著口水想著長安糕餅，舌尖唾液分泌時，守衛來報，馬玄智求見。

這個名字如同長安，一座移動的城。

馬玄智這回帶來了雲遊僧翻譯的經書，書籍且有大唐西域記，給天可汗的政治報告書。她讀了雲遊僧翻譯的佛陀十大弟子的故事，說了其中阿難的故事給盲眼說書人與桂兒聽。

在阿難的舍利塔及佛入滅後經典結集的遺跡旁有一座寺名愛瑪巴莉卡女居士寺，女居士寺有個動人的故事。傳說愛瑪巴莉卡女居士原本是一位長得美麗無比的妓女，靠著姿色賺了不少錢，在某因緣下皈依了佛陀後自此過著居士清規生活，並每日供養僧眾，供養係以戒臘為序。其中有位僧人尚未輪到他卻心已難耐想見著名美女的騷動，待好不容易輪到他時，晚上便難以入眠，一早即速速穿上乾淨袈裟往女居士家去。到了她家，到處問人美女居士在哪，那日僧人不巧遇上愛瑪巴莉卡生病，病容奄奄。未久女居士過世，佛陀交代暫時先不處理遺體，將其遺體放在房間內，並要人打鼓通知僧眾可以免費和其同房了。

原來動了欲念的僧人見了她的死狀，自是再也不願意和其同房了。佛陀便在當下為僧眾講無常經。肉體死了，僵了，貪欲就無所住了，人因著相而忘了無常本質。那美女居士死後，眾人不再趨之若鶩，念頭都跟著腐朽了。

想到屍體腐朽，愛欲都消失了。

那時還沒有所謂的白骨觀，但她這樣一說，盲眼說書人好像有那麼點懂了，之前為愛所苦好像也有了療癒之效。雲遊僧信簡提及愛別離苦只因我執太深，從此要與無我為妻。盲眼人聽了微笑，娶無我為妻，嫁無常為夫。從此，兩不眷戀，永無傷懷。

當然這是一種理想座標，可能近在眼前也可能遠在天邊。她聽著也微笑，知悉愛是隱藏著難以言說的苦，比如贊普的疏離，提早按下熄燈號的愛情，還有高原雪域的風涼使她患了頭痛與關節痛，有時稍微一動都聽得骨頭的喀喀脆響。

彷彿一整個愛情一整座城都是她的另類白骨觀修。

雲遊僧再次來信回覆她關於盲眼說書人的愛欲問題。雲遊僧說破我執與欲望的經書即是金剛經四句偈，「諸和合所為，如星翳燈幻，露泡夢電雲，應作如是觀。」

新的四句偈，但她已熟知「一切有為法，如夢幻泡影，如露亦如電，應作如是觀」，故金剛經舊譯仍在她的腦門中。

雲遊僧對經文慎重，只先捎信簡附上咒語與偈語給公主，以解公主或高原人之需。因唐太宗有另旨，要雲遊僧先譯未翻的，因而翻譯金剛經是一直到唐太宗生病了才有了新譯本，金剛經是在貞觀二十二年，六四八年才有雲遊僧版本，六五〇年大師翻譯藥師琉璃光本願功德經才問世，透過馬玄智抵達了高原。

她的嫁妝裡最先運來高原的藥師經有帛尸梨蜜多羅譯本佛說灌頂拔除過罪生死得度經，達摩笈多譯本佛說藥師如來本願經。此二經讀來她都感覺艱澀。直到多年後雲遊僧譯本藥師琉璃光如來本願功德經，十二藥師如來弘願，語詞順暢，簡明清晰，直衝舌尖，藍色琉璃光四射，破高原千年之暗，念誦如瞬間拔除一切苦痛病厄。雲遊僧譯之藥師經與鳩摩羅什尊者譯之阿彌陀經併讀，高原的寂寥轉為豐美，入世與出世兼備，極樂盡頭與度彼岸的資糧。她的斷裂在長安縫合，在先後譯者中接軌。

每一回她收到雲遊僧書簡，總因文字描述神往，入眠。缺氧的空氣都被佛光灌滿，夢裡星辰璀璨。

37 高原新年

四處腥羶，羊牛在新年日日成了盤中飧。沾滿血腥的肉串皮毛掛滿佛的脖子，經書被當門口的腳踏墊，有人在佛像旁尿尿，她尖叫，驚醒，才發現是夢。宮外的天色猶暗，燭火已熄。夢中佛滅，大小昭寺淪為屠宰場，掛滿血肉碎片。佛經變成腳踏墊，佛像下有人以汙塗佛。

於是她今天對盲眼說書人說了一個屠夫的故事。

關於金剛旃陀羅。旃陀羅日殺千羊，販肉自活，經過寺中，拾得一紙，有三千佛名，隨奉歸家供養。當日媳生一肉卵，破有八童子，及長形狀醜陋，揚眉怒目，揮拳掉臂，見者莫不恐懼，大為殃禍，後又生一卵，自謂先所生，既為人害今必不祥，將棄之。空中叱曰，當善護，勿輕毀。迨卵破得四女，顏貌端嚴，人所喜見。雖不讀書，亦能識字，出語成文，受持齋戒，誦金剛經，禮金剛懺，一心好善，八兄感而改惡，從善其父亦修，兄為八金剛，妹為四菩薩。

盲眼說書人聽著，聞到整座高原新年的肉宴狂歡，他明白甲木薩說這個故事的背後意義，讓屠夫放下屠刀。但能否立地成佛？盲眼說書人繼而一想。甲木薩看到他的眼皮抽動了一下，知道他的疑惑。不用管聽者能與不能的問題，你只管說書去，聽者之心，誰能斷奪。說起之前馬玄智也曾說起的事，說是長安有一個曾以殺生為業的屠夫想買份度牒出家以贖罪，得交三萬錢。之前也有敦煌劊子手也想贖罪，去了官府想買份度牒，必須用一頭牛加一頭驢才能換到一張出家許可證明，有這張核可證明寺院住持才能替你剃度受戒，寺院不是逃避所，所以要有些門檻難度，考驗出家之心，只是後來這度牒被私心圖利濫用，竟變得如此昂貴。其實一顆真心就是贖罪之本。在長安時，阿耶經常帶她去寺院，度牒、傳戒、清規、課誦、國師、俗講、浴佛、行像、讚唄、水陸法會、懺法、盂蘭盆會、焰口，她從小耳濡目染，只是彼時不知無錢者連度牒都取不得。

盲眼說書人嘆說好貴的贖罪費用，但不贖罪屠夫難安心，全家修行，屠夫轉妙好人。

在長安出家是門職業，但屠夫問不能自己剃度嗎？寺院剃度師回答私度被發現是要被重罰的，且仍得還俗。

佛認可，人卻不認可，定要弄張牒證明，桂兒在旁插話，大家聽了都微笑稱是。

度牒上面不知內容寫什麼？盲眼說書人好奇問。

馬玄智在旁聽了大家的好奇，才說起自己靠關係早弄了張度牒，隨身帶著，為了日後有備無患，哪天戰亂狼煙又起時，可以遁入空門。她聽著笑說你這是哪門空門，還不是為了度牒在盛世可免稅可出入權貴之家還可轉賣，逢亂世還可入寺避世，有選擇有退路，都不是一心一意。馬玄智聽了朗朗大笑，胡人狂氣倒有幾分狂僧感，日久當報信者，往來雲遊僧寺院，也長了不少慧根。

所以你有受戒？她問馬玄智。

馬玄智說沒有，但有聽到戒師說起幾個戒律，覺得有意思，比如打坐不能在同一棵樹下超過三天，連在野外之地打坐處都不能執著，有舒適念頭升起就離位，還有不能乞討時還挑家揀戶的，必須依次乞討，就是施主給餿水也只得吃，一天只能乞討不超過七戶，乞討多的不能留到隔日。我這麼愛行旅又愛美食，看來度牒只能避世用。

大家聽了笑，馬大哥忘了說還愛女人，桂兒調皮地說著，馬玄智聽了深情地望著公主，旋即一瞬即滅去瞳孔裡的火光，沒有人察覺，但甲木薩有點感覺星星之火掃過她的眼眸之感，但她也一瞬即滅，點火即吹，不讓念頭再閃過。

馬玄智遞給公主一個隨身小掛飾銅盒，公主要桂兒打開銅盒，取出一度牒，朗讀內容給大家聽聽。桂兒打開銅盒，取出寫在綾素卷軸上的度牒。

敕　長安國都祠部牒

男　馬玄智

年　三十九。

善商行旅，聞佛聲而五體投地，五感俱歡，長慕幽宗，聽梵響而欲漏盡空，六情俱忘，如蜂想蜜，想斷生死而思慕空門。

今為國薦福，廣會齋僧，既投誠出家，任從剃度削髮者，故牒。

使檢校司空兼御史大夫　李示

聽了桂兒所念內文，大家紛紛望向不斷搔頭掐耳的馬玄智，笑說如蜂想蜜，他想的應該是財富吧。此後，盲眼說書人新年在街道市場說著旃陀羅與屠夫贖罪買度牒的故事，周邊吊著四處被剖開的牛羊血，血滴映著白雪。屠夫妙好人，深具啟發性，如高原的新聊齋。

長安舊曆已昏黃，過著吐蕃高原曆年。

甲木薩公主抵達的高原是貴族統領的奴隸制社會，在分裂的兩端，佛的眾生平等思想簡直如高山雪色難以融化貴族的心，一旦平等就意味著失去特權優勢，所以甲木薩宣說的如是我聞，只有低階痛苦者才特別想聽聞。也因此她會找傷殘者成為佛的代言人，廢藝齋的佛法故事說書人，因聲調迷人身世動人，特別能激起感同身受的觸發之心。彷彿唯佛一字，可解斯苦。傷殘者在說佛法故事前，也會激昂地叩問為何是我？何以我要承受此苦此痛？如是因如是果，他們如歌如泣，將自己放置難以解析的因果放大鏡之中，很多人聽了都落淚了。

至於貴族階層，甲木薩在特殊節日，讓長安樂師將佛經故事編進歌舞曲目，讓貴族階層至少可以藉此聽聞。況她冥思聽歌跳舞就是跨越邊界的最好方式，娛樂使之鬆動的心，可以住進一尊佛，躲藏一句佛號，銘刻一個佛名。

跳舞的魯體民歌和苯教搖鼓作聲的巫舞經常隨風飄盪耳際，伴隨著王宮裡的大唐禮樂，一時之間，吐蕃與大唐時空並置，邏些與長安混同一體，不願黃粱夢醒的時刻。帶來高原的長安樂師彈奏漢族樂舞，高原樂師拍擊如雪山隆隆般的敲打樂響與拉拔的高亢聲腔。旋律悠揚與聲腔陣陣，如一場對話。長安樂師與高原樂師各自注入了自身的歌樂風格。善善摩尼，摩尼即佛，釋迦牟尼的牟尼轉音為摩尼，口音雜沓但都虔心唱誦如祈禱文，她聽著善善摩尼歌舞曲目感到心喜，她灌注高原的佛種佛樂已然開花，讓她聽起來又熟悉又陌生，就像她對自己於今的感受一般，自嫁來此地，感覺血液也混入了高原的風山巔的雲，風總是搧來煙塵的城，這城獸氣與神性一體，塵埃處就是無染地。高原因她從長安攜來種子才蓮花遍地，而塵埃汙泥從來不缺。

還新婚時，贊普精挑細選了六名高原美女，為她這個甲木薩公主獻上歌藝歌舞時，她的腦海卻遙想了故里，粉胸半掩凝暗雪，胸前如雪臉如花，和高原美女的褐色肌膚是如此地不同，她的皮膚介於這兩個顏色之間，曬黑總是快速轉白。紗衣下她的肌膚由豐腴、白皙的雍容華貴也逐漸風乾轉瘦如枯木，卸下紗衣，裹上保暖的布質與皮裘，她逐漸抓到一點點鳩摩羅什所譯的「不著四相」的味道了。

長安穿著薄紗蔽體，將明衣外穿，配以披帛的豐腴濃麗的軀殼，早已被她收納起來了。時日愈久，長安愈遠。隨著離宴的親眷日多，故城懸念也趨少。不見長安使人愁，她聽見虛空中來自未來的詩人寫下的字句。不見長安她並不愁，不見佛才讓她愁。但長安若有愁，是愁耶娘臨終逝去，而她卻滯留遠方不歸。

阿娘離去，長安路斷。

如何再相見？童少故城，那河洛鄉音詩語伴著雪聲靜落夢裡。東皋薄暮望，徙倚欲何依。樹樹皆秋色，山山唯落暉。牧人驅犢返，獵馬帶禽歸。相顧無相識，長歌懷采薇。夢中，她恍然聽見有人和她對唱著：豈知人事靜，不覺鳥聲喧。接著她看見未來的遠方有個後代在她的宮殿敲響了佛音，一個和她同名的女孩李雁兒將來到她的大小昭寺，寫下一個女孩駐足高原的導覽手記。

在高原冷宮，這麼一個高處之地，她聽不到人的聲音，眠而未眠，醒而未醒，鳥鳴聲也聽不到。但夢中卻歷歷在耳，未來的未來，宮殿寺院目睹千年興衰，時孤獨時喧囂。

藏經閣筆記

38 大力士們

護送佛像的大力士們，在高原如植物種子落地生根，後代繁衍。有名大力士娶了吐蕃女人，結婚生了章巴夾列，取名的意思是來自中原的修行人。他的名字夾列是中原意。大力士向甲木薩說，我這孩子章巴夾列的娘芒札在懷他的時候夢見一位英俊的水晶王子，左手有著一絲清涼的月光，右手握著一朵白蓮。

胎內連綿不絕的法鼓聲。

水晶王子出生時可不是水晶王子，他出生時就像一張人皮包裹著的肉團一般，一點也不像人。孩子的娘見狀嚇壞了，羞愧這嬰兒怪物的娘當時竟有棄嬰之想，把嬰兒放置某處後回到娘家，忐忑地和她的家人說著此奇怪現象。家人聽了半信半疑，決定再去看看嬰兒究竟是佛是魔？結果他們遠遠地就看見禿鷹盤旋，像是要把嬰兒肉團吃掉。但當他們靠近時才發現禿鷹竟只是把包裹嬰兒的那張人皮吃掉而已，裂開處迸出一個俊美清秀的嬰兒，笑臉迎人。

甲木薩聽了微笑，真是佛的好孩子呢。雲遊僧曾經來信說，禿鷹在天竺即是佛教護法，信仰來到高原之後，甲木薩把禿鷹當成是荼吉尼的化身，荼吉尼也就是空行母之意，空行母佛的護法神，在空中能行走。

是嬰兒自己用雙腳踢掉裹住的那層肉皮。嬰兒這一踢不僅穿越皮層，且還在岩石上留下足印。

帶我去看，桂兒聽了看著窗外飛雲，想著在天空能行走的荼吉尼，覺得真是不可思議。

大力士又跟甲木薩說，當時九龍從地冒出來瞬間飛升上天的奇景，天降花雨。所以我的吐蕃娘子就取名竹巴，音譯漢語就是龍的意思。

甲木薩聽了想這孩子可真是龍之子，決定在這孩子的出生地蓋座寺院，名為天龍寺。甲木薩語畢，突然整座宮殿放光，虛空飛過銀河般的流星。

大力士們，當年將佛從長安一路抬到高原，功績非凡，於是產下佛子，佛的心子，繁花似錦的未來僧團。

佛子佛女，她的阿娘也曾說自己誕生了個佛女。

偶爾有人叫她文成公主或者小名雁兒時，她冷不防會嚇一跳，像是走神似的詫異恍惚。天未亮前，雁兒雁兒，有人在她的耳畔呢喃，醒眼，空無一人。窗外飛來一隻神鷹盯著她瞧。

長安使者馬玄智抵達的那天下午，她看見馬玄智的臉上特別陰鬱，彷彿罩了層黑紗，她想定然是壞消息來了。宮廷正奏著大唐禮樂，壞消息是死訊，阿娘離世。她聽著想著，原來阿娘的靈在夜的夢中飛來報信了，夢裡她見到自己在長安的花園吃著糕餅，撒嬌地倚著阿娘說還要再吃，阿娘笑說以後阿娘只做供給佛吃的餅，但供佛吃的餅還不是給妳吃了，她就在這句話中醒來。

但她沒有想到這是阿娘的告別。

她的心頓時揪扭在一起，沒有機會報答耶娘恩情，這是她的高原之憾。從此她在房間立了一座小小的壇城，長安藝師看過她的耶娘，費時幾日送來了為公主繪製耶娘的肖像。她日日點燈，焚香，禮拜。

有時她會到宮外走走，吹吹高原的風，想想長安。

少女時代，還未老的阿耶和阿娘也喜歡馳騁郊區，四處冶遊，這是女人長腳的年代，加上長安文人遊歷成風，世界寬闊，只是時間有限，良辰美景催人老。

長安國都車騎風行，然乘車輦者只有天子皇后或皇宮之屬才可。富有之士多騎馬，馬匹昂貴，一匹馬是六口子人家的生活所需。一路上，設有驛站讓旅行者離家壯遊，傷別離讓詩人詩興大發，賦別曲演繹了無數的送別鄉愁。她少女時代曾嚮往這種壯遊，豈知自己不僅長腳，且腳很長，長到國境之外，山巔水湄，壯遊長征，此去無故人。一旦穿越衛城出了咸陽，就踏上絲綢之路，經過天可汗收服的領地國，穿過沙漠，來到玉門關。

那時詩人還未吐出西出陽關無故人這種傷感的詩句，但是她在高原有一天的傍晚躺著休息時，在缺氧的幻覺中，卻看到屋頂出現了一幅圖，畫面是一個女人站在大殿拜佛，女子拜著拜著就哭出來了。她直直觀看，不知時移，屋頂幻象才消失。苦楚茫茫升起，感覺自己一生竟至一直拜一直拜卻最終仍不得其解的習法困頓。傳說仍是傳說，那些能在夜半時分獲得神人相告相助的夢境不曾入夢，在她漫長的四十載高原生活，占了三十年寡居的生活，這高原神界佛國在她的開墾下卻十分空曠，連她都不曾想自己和松贊干布過世後會被升格成菩薩，被膜拜（當然也被佛滅者踐踏過），種種都是她當時看不到的未來，她沒有天眼通，不論是神格或畜格，人格複雜，使她千年來命運轉化。

彼時她的夢經常靜悄悄的，她想是否高原氧氣太稀薄，她的夢境無法在夜眠的低沉換氣中召喚她？

那時的高原還蠻荒，一片荒涼中法幢初立，就那麼幾尊她從長安運來的等身佛與長安工藝師打造的佛像，和長安街上隨處就可遇到佛像截然不同。幾本經書孤獨伴著搖曳的燭火，醒夢一如的修法功夫也還沒來到高原，以神力聞名的蓮花生大士離她當時的高原還很遙遠，想要來聖地投胎轉世的大成就者都還在輪迴的路上趕路。她想自己尚未和佛法盛世遭逢，卻要老去了。最初她有的只是鳩摩羅什尊者的空性之法，空是什麼？知大千皆是心識所變化，一切有為法皆將成夢幻泡影，一切的痕跡連影子都將被抹除，空性之空，毫無邊際，無師可教她，只能寫信給遠在長安的雲遊僧。

如有空性，為何感受如此真實？為何自己還是無法安心？為何還是常覺得有所疑惑且心苦？

當她在高原聽聞雲遊僧新譯藥師經，心經，旋即寫信希望使者馬玄智能帶手抄經本給她，她亟欲渴讀。畢竟金剛經她已然耳熟能詳，而達摩故事初聽，斷臂求法驚心。她反覆在這故事裡浸淫著，想像著，覺得不可思議。這達摩見了梁武帝，梁武帝關心的只是問在這片江山裡蓋了這麼多的廟宇功德有多少？達摩回說一點功德也沒有。他發現中土學佛之士都在求功德，一葦度江，面壁只為等真正的求法弟子前來。九年光陰，中土竟無一人和他相應。達摩在石洞裡面壁，入定，直到神光來了才出定，達摩離開石洞時，他入定經年面對的石頭表面竟留下了他的壁身影，石影如水墨。

神光求法，達摩說求法可以，除非天降紅血。神光斷臂，血染白雪。

馬玄智這回帶來了雲遊僧新譯佛經，還附贈一個他也是從雲遊僧的講經堂所聽到的達摩故事，她頓時聽得心驚膽跳，盲眼人在旁聽著也覺得這故事甚妙，他要改編成故事，說書以流傳。馬玄智這回帶來的消息是跟他自己有關，說起自己日久當報信者，也愛上了佛，已成了雲遊僧譯經院的學生，這回特別高興，不再是個商人，往後天涯也列隊佛子了。

我記得你以前是不信佛的，馬玄智笑笑說每個人都有以前。她點頭笑著，故裝老成地問著馬玄智在寺院有特別的法名嗎？

報告公主，在一片正經莊嚴的法名群生裡，大師說我的名字本身已帶法義，玄智很好，已是天注定的法名，智慧即般若，般若廣玄，玄智甚好。講經堂有個同學原來是在長安雜耍搞跳樑的，是我的兒時同伴，也邀他入堂聽經。

她問這跳樑的後來怎麼了？

真是氣煞我了，這跳樑同學跟著寺院法師學禪，竟大膽把佛像當底坐，把木刻佛像給拿去燒，被罵還回嘴說你們沒有空性還不讓人有空性，這金剛經不是寫要破相。哪裡知道這跳樑同學罵完的某天晚上卻被雷擊，好在他人在廟裡，但仍被雷擊倒下的樹打中，於是就瘸了腿，連拜佛都不能了，跳樑不再跳了，還真是破相。馬玄智說著，無限唏噓。

大師怎麼說？她好奇著。

大師說沒有道行者，學表面，很危險。什麼人可以坐佛燒佛，只有開悟者可以，但開悟不開悟不是嘴巴說說，要有功力，不然一不小心就成為狂僧。她點頭稱是。馬玄智又說之後他看見這譯經院與講堂裡大家都老實讀經抄經寫經，大家都知道自己是什麼料了。老實修行一路，留給真心的笨人。

這馬玄智後來成為她的傳法得力助手，馬玄智每回來到吐蕃就會停留一段時間，彷彿是長安寺院的直播者，他第一手轉述雲遊僧西行經歷與譯經原文。馬玄智在擔任長安報信者的工作日久，因不斷轉述佛訊，也逐漸從商人蛻變成一個修行者的模樣了，為此滯留高原時間增長，商旅時日漸短。

她羨慕馬玄智可以親見雲遊僧，心中的大師，她曾問馬玄智，大師長得如何？說話腔調如何？馬玄智笑說和公主您心中所想一樣。

你怎麼知道我所想？

有智慧的人都深藏不露，以心印心。

她笑著想這馬玄智真是會說話，很討人歡喜，對佛法在高原的傳播有如風一般。更是長安故土的種子，讓她的心在荒原裡依然可以開出方寸佛果。

她就著酥油燈燭火，寫藏經閣筆記，筆記融入對雲遊僧的叩問與對生活的所思所感。雲遊僧教她寫畢一頁就將之埋藏在布達拉宮寢宮讀經室的土夯牆縫隙裡，伏藏起來，等待日後有緣人取出。

藏經閣筆記

尊敬的雲遊僧：

回憶變得虛無，回憶總是點燃一個故事又將它熄滅，陷在過去是無意義的，但每個剎那都會變成過去，所謂的當下其實已經好幾個念頭滑過了。

我每天在入睡前會將杯子倒蓋，冥思也許我明天就用不到了，隔天醒來再把杯子放正。日日提醒「時間」不待人，「我」不再需要任何東西。一個住在高原某山洞的修行者，每回當他要進出山洞時，身上的袍子都會被樹叢勾到。他常想要把樹叢砍掉，但每一想起就又瞬間萌生起死亡的念頭，「誰曉得我什麼時候會死？去除這帶刺樹叢的時間還不如拿來禪修。」反觀，我們一天浪費在多少去除樹叢之刺的事，是多如寒毛啊。

您說，從今天起就開始我們的旅程吧，這趟我們無法逃避的旅程是我們每天都在踏上的一條路。

在這條路上，您問我準備了什麼？到佛國淨土的資糧盤纏夠嗎？到彼岸的交通工具對嗎？

「一個證悟者把凡夫俗子熱中的事務視若夢境，如同一個老人觀看孩子嬉戲般地看待它們。」

知道生也就是知道死，生死本同源，死是生的一部分，每天都在邁向死的這條旅路，這世間還有什麼可以眷戀的？於是我反思，如果我還有明天，如果生命重新來過，我會怎麼做？在此虛幻裡，如何活出真實？

39 幾度夢回雲遊僧

她四十歲那年，她在高原的冷風吹拂中，還沒等到馬玄智長途跋涉報信前來，她就從路過的商旅隊的口中聽聞到雲遊僧圓寂了，去當菩薩了。

她這一生確定無法親睹大師一面了，這使得她十分傷懷。

法尚應捨何況非法，佛說法四十年，說無一法可得。

拆骨刺血，以清飢餓，布髮掩泥，利佛行走，投身懸崖，餵飼虎口，為法忘軀，她檢視自己可作多少？只剩下一頭孤燈下的長髮，可以鋪地，讓佛行過。但佛在哪？

此地無盛夏，空山聽鳥鳴。

冥想著萬籟俱寂，入定之後，達摩如枯枝，連飛鳥都在達摩的肩膀上築起巢穴來了。上工坐禪，睏眠睡去，練身打拳，飢餓吃飯。這就是法，這一夜雲遊僧終於來了，在夢中開口，她聽得大師口音有著深深的鄉愁。千年神氣在，何用著丹青。這一夢，讓她的心得到了安逸，因而有苦也皆滅除了。

原來原來，甲木薩把盲眼說書人叫來和宮女侍衛們一起聽故事。

釋迦牟尼佛在世時，弟子梵志捧花欲供養。佛陀說：放下吧。弟子以為是放下手上的花，他先把右手的花放下。佛陀仍續說：「你還是要放下。」弟子再把左邊手的花放下。佛陀仍說：「你還是要放下。」這時候他才明白要放下不是手上的，而是放下你該放下的，後來梵志便證得了阿羅漢。

盲眼說書人聽著對佛法信仰至心至深的甲木薩公主說著這個故事時，他不禁思索著，且喃喃自語地反覆重複地說。把花放下，微笑？就開悟？

她聽了微笑說，對，就是放下，放下再放下。

放下不容易，先將心懺，否則如何放？雲遊僧離世後，彷彿靈魂不受軀殼自限，無患有身之苦，無身無苦，於是她經常聽見雲遊僧傳給她的心音。

甲木薩點上油燈，靜對古佛，心生懺意，無緣愛情下的無緣子女漂流。

馬玄智帶來的故事來到眼前：「梁武帝夜見已逝皇后郗氏現形說，妾因生前愛爭寵，常懷瞋心嫉妒，性情又慘毒，損物害己，死後墮入蛇身。現在無飲食，無洞穴可棲身，每片鱗甲又有上千蟻蟲嗤咬，真是痛苦劇烈。深感皇帝過往對妾厚愛，膽敢顯這醜陋之身，盼皇上憐憫，妄求些功德，以脫蟒蛇之苦。」蛇說畢之後消失虛空。武帝將這情形告知國師寶誌公，禪師對梁武帝說：「必須要禮佛懺悔，才能洗滌罪業。」武帝依照懺本為皇后禮拜懺悔。某日，他突然聞到異香遍滿，久久不散。抬起頭來，一個天人，容儀端麗，說著：「我是蟒蛇後身，承蒙皇帝迴向我功德，現已超生忉利天，特來謝恩。」言畢也消失虛空。

毒后變蟒蛇，再轉成天人，於大殿謝恩的寶懺故事，長安城裡有的寺院每到新年也由出家僧帶引眾人禮拜梁皇寶懺。長安耶娘讓她在佛前端著十供養供品一一獻上，提醒自己日後切莫因嫉妒或瞋心妄念使歹毒，雖然她的王最終沒讓她有機會展現嫉妒瞋心，因為他們都早她一步地走了。王與其他妃子都得由她來為他們修懺悔法了，為她的王沾滿著戰爭血腥懺罪，為其他妃子修墮子嫉妒殺生之苦業。但誰來為她修呢？

王的戰爭跟自己有什麼關係，她想自己也不過是王的戰利品。那時她根本還不認識吐蕃男人，轉眼命運就把這個男人帶到了她的床邊。

若大唐不嫁公主，當即進攻內地。王當年豪氣萬千，她就憑著這股氣勢被帶來高原的。一心一意要娶到唐朝公主的王，任何唐朝公主都可以是她，王在意的是身分。

關於她的王，起初泰半都是依賴祿東贊告訴她的，那時候什麼都還沒開始，她可以半途逃跑？她曾這樣想過嗎？當時一切都還沒有傳說。

直到她在夢中見了已天人永隔的王，王才有時間跟她見面了，即使中間隔著佛。

王離開了她，才在她的心活了過來。

王離開了她，她才開始想念王，並為王獻燈供佛祈福。

40 山族神話

我的祖先原來是由獼猴變人，我族的傳說，傳說不是要你信的，是要你去感受的。族人起源於雅隆河谷的沼澤地，當地流傳著獼猴變人的神話傳說。神話是這樣說的菩薩化成的獼猴和度母菩薩化身成的閻羅剎女魔魔鬼，生下的六隻獼猴子慢慢還原成長了人。

我在少年時就當上贊普，傳承了阿巴拉朗日論贊的王位，是吐蕃王朝第三十三位贊普。我的阿巴拉是被反叛者毒死，象雄、蘇毗、塔波、工布、尼洋波等公開叛變。我即位初期，吐蕃的局勢動盪，到處都有反叛者，一片混亂，新生的吐蕃政權受到了嚴重挑戰。我的阿巴拉建構的歷史不容倒退，於是當年我不過年僅十三歲卻也只好在危難中登上贊普國王寶座，寶坐險險欲落中，也只能肩負起歷史的重任。使得紛亂的局面得以控制，逐漸趨向和平，新生的吐蕃王國免於走向屠殺殘殺的夭折厄運。為了穩固自己的寶座，加強鞏固君臣間的關係，維護王權的絕對地位，殘酷鎮壓反上獲罪之人，我的手上沾滿了鮮血。

她突然從贊普的夢境中醒轉，贊普在夢中向她道歉，抱歉自己的自私，為了國族，硬是把她從長安城強取豪奪過來。

她聽了笑，強取豪奪，自己好像是金山銀山。

騎馬射箭擊劍武藝詩歌，都在她的行囊。

稱臣駙馬，或納貢請封，她的君王臣服於她的長安天可汗，她的高原也臣服於她帶來的新文明，而她則臣服於佛的兩足尊。雪域高原的邏些贊普是不得到絕不罷休的王，漫長的求婚，從西元六三四年開始第一次受挫之後，娶一個長安來的大唐公主就沒斷過念。他兩次派能言善辯聰明機智的大相祿東贊出使長安向唐皇求親，最聰明的臣子祿東贊來長安時，她聽阿耶回家時說起見了這個人之後將過目難忘。（臣最怕機智過於王，祿東贊卻毫不遮掩。遮掩就無法爬到大相的位置，但遮掩也可能帶來猜疑的殺機。活得比贊普久，如此可安然度過殺機。）

阿耶說起皇上要親考題目，看誰可以得到她？阿耶說時憂心忡忡，彷彿這場考試會要了女兒的命而不是給女兒幸福。

她問著關於太宗考試的這些難題，她的阿耶說妳確實應該要知道自己是如何因為這些難題被誰解開因而嫁給了誰，於是她的阿耶說第一道難題是太宗命人抬上來一根頭尾兩端削得一般粗細的樹幹，從外表來看，一點也分不出兩端有甚麼不同，太宗卻要各國君主和使臣分辨出樹幹的上端和下端。

祿東贊請皇宮裡的衛士們幫忙把樹幹抬到花園，接著放進大水池，木頭半浮半沉在水面上，一端吃水深，一端吃水淺。祿東贊指著吃水深的那一端對太宗說，皇上，這頭是樹幹的下端，另一頭是樹幹的上端。她想真是厲害，她長年觀察植物，也知道樹幹下端的材質會比較緊，因而比較重，重的一端會沉進水裡多一些；上端材質比較鬆一些，因而較輕，吃水自然少一點。阿耶聽了她的說詞，很驚訝女兒的聰慧。

她應該是那時候喜歡上這個男人的，王不知道，也不用知道，喜歡是很唯心的。當她用唯心當藉口時，她發現自己喜歡佛法是否也只是一種安慰而非真正的明心見性。

41 死亡的年份

拜木薩去世於西元六四九年，那一年長安的天可汗也去世。她的君王也跟著走了。

天可汗和王最後一次聯手合作的殲敵行動發生在六四七年，殺得一個城血流成河，沾染著血踩著骷髏頭上位的皇權。

身毒，天竺，她那未曾謀面的佛學偶像雲遊僧正將天竺正音為印度，從此天竺轉稱印度。大唐王玄策戰敗時來到吐蕃求贊普出兵，他一人滅了一國，依賴的是贊普的兵。

往事已遠。

大家都走了。

剩她這個未亡人和祿東贊接見遙遠來的長安使者，使者受不住這冷凍高原，以為公主會想回長安，不知她這幾年已成高原人，她愛冷，雪才是風景，寒不是問題，缺氧進入氮醉，一點點空氣就可以餵養她的一片小肺。

使者如青鳥，報信人也老了。

高宗李治繼位後，遣使入蕃告哀，以松贊干布為駙馬都尉，封西海郡王。松贊干布欣然接受了唐朝的官爵封號，並致書司徒長孫無忌等人說：「天子初即位，若臣下有不忠者，當發兵赴國征討。」同時，還獻金銀珠寶十五種，請求置於唐太宗靈柩之前，表示深切哀悼和懷念之情。唐高宗並刻了他的石像列在唐太宗的昭陵前，以示褒獎。

她還來不及感傷可汗薨，因為她的贊普不久竟也隨拜木薩離世了，這一年連走了三個她生命中至要（不是至愛）的人。高宗遣使者弔祭，並接她回到故土，她卻不想再走一次唐蕃古道了，何況她早愛上高原。

在高原的日子很快就要超越在長安的日子了。

42 憾在瘟疫蔓延時

拜木薩感染了瘟疫後傳染給了王，不久王便在彭域འཕན་ཡུལ་的色莫崗ཟལ་མོ་སྒང་，逝世。瀰漫艾草氣味的房間，染疫死者要立即掩埋，即使貴為國王與王妃，贊普與贊蒙。

房間有未完成的愛或者是性？王的征戰地圖成了破碎的夢土，王那麼強壯勇猛，染疫之後彷彿瞬間成了枯骨。

被封印的羅剎女發威，魔鬼群舞，高原的佛都靜默，或者流淚。

王忙著活，忘了死。她忙著拜佛，忘了王，王也忘了她。

時間走過，只是讓她從公主變王妃，從凡人變女神，但她覺得自己還是長安那個李雁兒。時間沒有改變什麼，除了死亡與消失。

微微的艾草，她點燃，彷彿為了驅除死氣。

政治把她帶來這裡，她卻對政治冷感。王妃不愛權力，只愛佛。

但什麼是愛？

我永遠的忠誠，一如我恆久不渝的愛。她彷彿聽見尺尊公主拜木薩在虛空中發出死而後已的愛之聲音。

她不喜歡這種因愛而死的執著懸念，因而她喜歡另一個說法，有傳說她的王是被一直仇視佛教的苯教教徒給暗殺而死的。故她建議先不發喪，向唐朝隱瞞了王的死訊，次年才舉行公開祭祀，喪禮儀式隆重，有結合漢族和藏地的氛圍。在瓊結的吐蕃歷代贊普王陵之間為松贊干布建起了一座很高大的墳墓，稱之為「木日木波」མུ་རི་མུག་པོ。

她念著馬玄智帶來的長安弔唁文，彷彿那一刻才認識了她的夫君：「松贊干布生於六一六年，薨於六五〇年。於六二九年登基，是吐蕃王朝的創立者，繼位後平定貴族叛亂，兼併青藏高原諸部落。是藏族歷史上的一代英主。其為人慷慨才雄，常驅野馬、犛牛，弛刺之以為樂。」儼然是位少年老成、智勇雙全的領袖人物。「即位不久，鎮壓反叛者，盡行斬滅，令其絕嗣。」

她感覺自己好像從來沒有認識過王，慈悲與殺氣並置一臉的王；雙面贊普。絕嗣他者也絕嗣自脈的王。

43 祿東贊

大相誓言自今爾後，爾兄弟子侄於悉贊普駕前忠貞不二，不陽奉陰違，永遠永遠，世世代代，無論何年何月，絕不對義策之子無罪而責譴，絕不聽信奸人離間，即或聽到離間之詞亦允許爾等辯論；以申訴原委，絕不因而譴責。臣子義策父兄子侄說，我等對王，絕不變心，永遠永遠，贊普之子孫對我等無論怎樣，我等絕不變心，絕不為他人所引誘；絕不投靠其他人；絕不與變心之人沆瀣一氣；絕不在食物中安放和攙和毒液；絕不對贊普做任何壞事。若我之兄、母、弟及子孫之中有任何一人產生異心時，立即向贊普坦露其有異心，絕不跟產生異心之兄弟為伍；其他人若對贊普心懷二志，我定將此事坦露；對任何並無過失之人，絕不挑撥離間；絕不嫉妒憎怨；若被任命充當長官，對於一切民庶絕不有所偏私，決然勤謹奉行贊普之詔令，永不忘渝，此誓。

贊普與大相的誓約，各有盤算的誓言。

忠誠，絕對的要求。君臣如是，夫婦如是，但誓言如風，變化不堅，蠢蠢欲動。

誓言不包括她，即使贊普要奔赴死神之前都只想到吐蕃的未來。

沒有人提到她，她只是一個未亡人，尚未死之人。

一個不會背叛也沒有時間背叛的人，佛讓她忙。

她在夫君的墳塋上，用沙子寫著སྲོང་བཙན་སྒམ་པོ་。

她最初認識吐蕃文的一個名詞，松贊干布，依然只是一個靜態的詞，且現在更是靜態，死境的死靜。但曾經這名字在長安少女心的幻想裡像是一條流動的河流，心思深邃的河流進入乾涸期。

她學高原發音最初起源於這個「贊」字，這是一個到處都是「贊」的國度，「讚」個不停。贊普、朗日論贊、松贊干布、棄宗弄贊、器宋弄贊、不弗弄贊、祿東贊、貢松貢贊、芒松芒贊。她的王，三妻四妾是正常的，喜歡良妻美眷。她想起長安聽過喜歡佛法的阿耶對阿娘很專一，阿耶曾說過一個從寺院聽來的故事。

故事是佛陀有一天帶著和妻子難分難捨的阿難陀去看天上仙女，自此神魂顛倒的阿難陀忘了美眷，斷了對人間愛欲的眷戀。當時聽阿耶這樣說的一群女眷們彼此咬耳朵說，怎沒有帶妻子去看天上的美男，這樣我們就不會為特定的對象受苦了。

聽這個故事時，她不過幼年，卻印象深刻，緣於當時在花園裡的那種幽微氛圍，女眷們吃著瓜果喝著茶，鶯鶯燕燕環繞著花園的燈火熠熠與香塵裊裊，一種似真似夢。

遙想這個後來成為她夫君的王，王登基時，她才三四歲，還在學認字，就愛上了佛字。人弗，是佛。私塾先生這樣教她，弗者，不也。從人成佛，不再是人，已成佛。弗也是用繩索把中間兩根不平直之物束縛起來，使之平直，隱喻修正錯誤。私塾先生說這字是音譯，若字要與本義相關，意思大抵如此。人矯正錯誤，就可成覺悟成佛，她聽進心裡了。但佛又與佛通，佛是看不清楚，她又想佛是看不清的，她這一生可從來沒看過佛。

尊敬的雲遊僧：

如您來信所示，心亂時要調整呼吸，觀想意識來去，不妨靜坐下來。

於是我打坐，日久卻也坐成了一粒高原石頭般頑固，或者空念空久了成了枯木。枯木岩前岔路多，行人到此盡蹉跎。見聞不惑，心觸客邪而不能動。如無通過己之實修實證，所有皆是效仿或挪用，想效仿挪用前人經驗者何其多。

讀了羅什尊者的故事，建元二十年，西元三八四年，呂光俘獲羅什，因呂光的脅迫，被迫娶龜茲王女阿竭耶末帝，並賜醇酒，淫、酒雙戒俱捨。呂光部隊回程途中，鳩摩羅什預測將有山洪，呂光不以為然，後因確有山洪而懼怕鳩摩羅什，不久前秦滅亡，呂光上位稱涼王。此後十八年間，鳩摩羅什被呂光、呂纂軟禁在涼州。有出家弟子看鳩摩羅什娶妻甚多，也跟著想學。鳩摩羅什也不訓斥，只拿出一盤針說，如果你們可以和我一樣把這些針都吞進肚子裡且還能再從嘴巴一一吐出來，那你們也可以嬪妃環繞。

為何金剛經寫若以色求我，以音聲求我，是人行邪道，不能見如來。

但觀音法門又說，聞聲救苦，隨處應化。

佛陀最初也是為了度那五個人，自此有了佛教史上最早的五比丘。

佛教為何用「度」這個字，常說度人？此字甚妙。

苦海化作度人舟，您說度有轉化的意思，也像是從此岸度到彼岸。我這入門的學習生何時才能親睹法師容顏？聆聽大師法語？

您寫在印度龍樹菩薩的出生地旅行時，聽聞關於龍樹菩薩的故事。龍樹在晚年曾製出一種長壽藥，服用過百年後竟不見衰老，因此國王也要到了長壽丸。如此之下年過半百的太子就急了，他對阿娘說：「父王不走，這樣下去，我到哪一年才能接位呢？」母后就告訴孩子：「佛教主張諸行無常，諸法無我，一切都可捨，連生命也可施捨出去。如今人們都尊稱龍樹是一位成就大菩薩，不如你就去求他施捨給你吧。」太子聽了就來到了龍樹跟前，跪下求道：「龍樹菩薩，我不幸得了怪病，非人腦不能醫治，我到哪裡去覓人頭啊，只有求菩薩施捨了。」菩薩不能拒絕要求，何況龍樹知道他與王子的宿世因緣，他說：「我可以滿足你的要求，但你不讓你的父王長壽，這樣你也得負不孝之罪！」王子不語，僅是叩頭。龍樹這時隨手取了一根吉祥草，在上面吹口氣，吉祥草竟就化作利劍，他自刎，流下的卻是證悟的白血。國王聽到此事後，感到十分哀傷，又因自此缺了可以為他合藥之人，不久也就往生了。

我讀著故事，嘴巴張得大大的，一口茶在嘴中久久才吞下似的想，這故事更偉大啊，因為是自動施捨的。在高原我彷彿失語者每天要表達訊息是如此困難，必須解讀聲音表情，如情報人員熟悉各種暗號。轉譯者翻譯者通譯官如何擇字挑文創詞？

鳩摩羅什何以能將佛經解碼得如此優美？

「一切有為法，如夢幻泡影，如露亦如電，應作如是觀。」

同文您譯「諸和合所為，如星翳燈幻，露泡夢電雲，應作如是觀。」卻因拗口而沒廣傳，是否我的書寫也會面臨這樣的考驗？文字傳世之語朗朗上口，光這一關，我就敗陣。比如唱誦梵唄，凝神如海潮音的反覆唱誦，一旦停頓思考意義，就中斷了相續的音波。

這世間被佛家稱為大幻境，「知幻即離，不作方便。離幻即覺，亦無漸次。」顯教四處其實充滿著釋迦牟尼佛的「密意」。只要對眾生有益的都是妙法，何來顯密之分。打破幻境的唯一方法是覺知，察覺微細的煩惱。

「煩惱無邊誓願斷」難斷，只能轉，煩惱無邊誓願轉。所有的經典都在「斷欲斷念」，您寫唯獨般若部的（理趣經）經典是在家人必讀之經，因為此經典正是對於如何毫無遮掩地利用貪嗔癡來修行至菩薩地所做的一部大開示。所以其實不是去迴避貪嗔癡的存在，恰恰相反的是，看住那個存在，運用那個存在來「藉假修真」。

如果沒有執著過，又如何去了解什麼是執著。沒有愛過的人，怎知愛別離之苦。避隱山林者，如何知滾滾紅塵中人之煩惱苦痛？佛法如果都在名相打轉而無法融入生活，或者只求個人修行，那是無益於當今眾生的。所以幻境無錯，是要人利用這人間假境來修真心一如。為何釋迦牟尼佛說要在人道成佛？而祂所示現的故事就是祂在未開悟前也是一個歷經結婚生子的人，然後才從懵懂無知到明心見性。貪嗔癡慢疑也可以化為推波助瀾我們到開悟的彼岸動力。所以五毒也可以是五蘊，應該視一切的逆境為增上緣，這才是積極的生活。所以有人錯覺佛家說幻談空，其實不是消極的什麼都沒有，相反地是在「擁有裡而不被那個擁有束縛。」所以這樣說來愛情與別離，或者財富與平淡，都不是問題，凡夫各取所好。若能對境練心，那麼一切的發生都是好的。日久他鄉成故鄉，透過您的書寫，於是我明白了這命定的發生。這高原人生行旅將成為永恆的印記與歷史傳說。

44 商旅隊報信者馬玄智

浮圖，佛，字詞大量轉譯的年代，譯經師如火炬照亮暗夜。但愛情的轉譯就像是轉介，文化之外是無盡的孤獨之夜所串起的燭火微光，不為人知的淚水。

甲木薩是音譯，松贊干布是音譯，干布也可以寫成幹部，她想著自己都笑了。

佛也是音譯，義譯是悟道者覺悟者，從此具有福慧兩足尊。那時她還小聽到福慧兩足尊這個詞時，就在臥榻席上坐著低頭望向自己的兩個腳掌，不僅沒看到尊貴，只聞到腳氣的味道，混著布料咬著連日來的潮濕雨和槐柳的草葉香。

在高原她聽說長安於今已是譯經大盛，千人大譯場，譯經院落成，洛陽也佛寺大興。而她帶來高原的等身佛在長安工藝匠師的雕刻下也繁衍了。商旅隊帶來石窟的訊息，有錢人請雕刻師雕刻佛像供佛，商旅說著新出土的佛像，流傳佛言佛語佛事。洛陽附近的龍門石窟、甘肅的敦煌莫高窟、山西的雲岡石窟，幫助她認識原本能靠想像或者依賴傳說的佛，佛這麼親切，原本在她的想像裡，佛就像她看著長安的鄰人般，她現在看到佛的雕像，感到佛和高原人的長相更接近，濃眉大眼，深邃莊嚴，佛來自天竺，自然鼻高眼窩深，她的等身佛是一切佛像的基礎，匯入工藝師的想像，逐漸佛有了不同的樣子。

她奇怪著為何自北魏以來就有在石窟雕刻佛像的傳統，為什麼要將佛雕刻在石窟裡？

馬玄智就自己在商旅隊中所聽到的說法對她說，這是佛陀時代在印度流傳下來的生活習慣，緣於印度雨季很長，結夏安居成了佛陀立下的僧人安居方式，一方面避開漫長雨季，一方面安居之後，因暫停沿路托缽而不會踩到夏日大舉出坑的螞蟻昆蟲。但佛陀講經居所小，無法停駐太多僧人，因此這段時間許多僧人會自我尋覓出處，泰半都是去找個天然的山洞或石窟躲雨與閉關，進行為期三個月的安居修行。當僧人安居石窟，時日一久，許多擅長工藝的僧人就開始打造佛像或佛塔來進行禮拜，也有打造禪修小房間的僧侶，這樣的生活方式未料卻在石窟的歷史發展中逐漸成了風格，且長出了佛的血肉故事，傳播了佛法。

馬玄智說起商旅隊走過的很多石窟，其中他很喜歡在雲岡石窟裡的西壁上層某靠近南側的一尊坐佛龕像，佛像的主尊是正在說法的佛陀，基座有幅佛陀涅槃圖像。佛的說法與入滅像，給了他很多安慰，尤其在感到流離失所之後。

45 初聞辯機悲劇

這個自願往返流浪在長安與高原間一路跋涉的人是報信者馬玄智，原是在商旅隊裡的印度人，佛寺給了他一個中文名字馬玄智。

在還沒加入商旅隊貿易貨物前，這個人只是到處流浪的雜耍團裡的年輕賤民，有天雜耍隊來到了長安，馬玄智有幸遇到雲遊僧的弟子辯機，使他不再流浪，且自此開始讀佛經之外，也因僧團所需而開始和長安胡人學做生意，開始幫寺廟賺錢，做起絲路的商旅生意。本來辯機有意幫他取個法名，但馬玄智不願意，覺得法名太莊嚴，承受不起。

馬玄智衛士帶著長安城新出土的經書與一路上採擷來的石窟佛像拓碑給他心中的高原甲木薩。

一件悲劇的發生阻止了另一樁遠方悲劇的可能發生。

辯機和尚她是知道的，長安城裡都聽聞過這位十五歲就出家且智慧辯才文采都頗受到注目的年輕人。她離開長安那一年，辯機正好認識了高陽公主，而長安紛擾已和她無關了。天可汗駕崩前幾個月，馬玄智帶來了消息，哭泣著說辯機被天可汗處以腰斬了，她才知道了辯機和高陽公主的事。馬玄智為此謹言慎行，辯機後來教他的最後提點是，一點恍惚，即可種下天搖地動的結局。清醒是最重要的，不可貪愛貪歡。馬玄智於是把對公主的愛慕轉為仰慕，連念頭都不敢生起，再也不敢逾越，一有逾越之念起，辯機那死亡的慘狀就跑到眼前。

善男子，善護念。

大唐西域記，馬玄智帶給公主抄本，每天為她朗讀。但其實是公主為馬玄智朗讀，因為馬玄智有太多字讀不出來，辯機文采太優美，她屢屢闔上書時感嘆。心情複雜，覺得天可汗做得太絕又可憐他老人家也很難為，覺得辯機一時念頭看不住而惹上殺身之禍，但孽緣如何解？面對跋扈的公主，想來也是難以脫身。天可汗不久也辭世了，她想是辯機也不讓這個老人活太久。

火燒燎原，這就是欲望的可怕，辯機赴行刑前給予馬玄智一則大啟示。這個故里消息傳到高原，也提醒著甲木薩，不要違背婚姻的誓言，不管這個婚姻是基於什麼樣的理由而結合的，婚姻就是婚姻，這是無法改變的。

46 學會的第一個詞 བཞག་ཆ

她的夫是相信盟約盟誓的主，而高原人也相信，因為背信者天誅地滅。

這是一個喜愛起誓的國度，誓言就是生命。

認定誓言的族群，對神對鬼對上師對人對事，守戒守信，自此長在高原人的心口間，世世代代。若有二心，則我降罪，永不破盟。

絕不為他人所引誘，絕不在食物中攙和毒液……夢中的夫君把自己和臣子的誓言竟是記得清清楚楚。

她問夫記得結婚的誓言嗎？

夫笑著說這倒不記得了，我們有誓言嗎？

陽光快出來了，夫快要消失在晨光之中了。

夫不記得婚盟，夫多妃，愛情忠於一人不過是單方面的誓言。

不記得就算了，因為我也沒有要你記得。她說著，看著王逐漸變成夜霧，光亮的溫度瞬間吞沒了霧氣。

所幸屬於她的貞節烈婦誓言不在此限，所幸當時文化裡的兄歿弟可承接妻子財產的條款於后妃是排除的。夫離去後，她可以繼續獨守空閨，和她的夢一起，和她的佛一起。

她沒有離開高原。

她的贊普，贊普有五個贊蒙，她學會的一個詞བཙན་མོ་，她發著贊夢，贊普沒有笑她發音不標準。她是贊蒙，也就是妃子。贊普和他的贊蒙都離席了，這座高原再次回到她剛抵達時的舉目無親。

象雄公主李特曼、弭藥公主甲莫尊、芒妃墀嘉也都走了。她也是妃子，她們的相同點就是都是不生育的妃子。她們那時候以為自己不育，而不知道贊普藏有私心，只有藏族血統的芒妃墀嘉可以生孩子，因為血統純正。因此她們被偷偷撤去了子宮的功能，或者以流血流失夭折的孩子告終，這增添她們在高原陌地的悲愁。甲木薩想那麼她的贊普一定不是觀音菩薩，這麼有分別心的人怎麼會是觀音菩薩再世。當然她也只是把念頭放在心裡，一有此邪念，她就不斷暗示自己也許是自己不孕，怪不得贊普。甲木薩和其他妃子倒是有著同病相憐的情誼。在異鄉是不能生育的結盟者，在故里是可有可無的公主。

在這漫長的異地生活，她逐漸如高原的岩石，光禿無草，成了無性的人，無生殖的女人之後。佛法像磁鐵般的吸引她，使她可以無性生活，可以專一讀經，就像是少女時期在街市看過異域培植到長安的魚，無性的魚，所以專心成長，專心成為想成為的樣子。古代的盲眼樂師，為了音樂讓自己失去眼睛，為了精密的聽清楚一切世間的聲音。祖師教念佛亦如是，命懸一絲的念。慧可大師，立雪斷臂，天下紅血，難捨能捨，以明心志，供養達摩。

愛情就像是被她砍斷切掉的一隻手臂，供養高原與佛的第一份束脩之禮；彷彿自己來到高原就像是長安市街藝坊的盲樂師，為了一心一意，向佛的心就像自毀的眼。她跟桂兒說捨身求半句偈的故事，「諸行無常，是生滅法。生滅滅已，寂滅為樂。」有人為了聽下半句偈子，甘願供養肉身給噬血的羅叉。所以說我的斷臂是白白斷了，畢竟我還是沒有成就的。根器陋劣，業習深重。只是欣慕古德而已。

公主這樣聽慧還說自己根器陋劣沒成就，那賤婢不就連根都沒有。

桂兒旁邊跟著打掃浣洗的幾個當地婦女也跟著笑說公主啊，究竟什麼是根器啊？只聽過樹木有根，沒聽過人也有根的。

她聽了也笑著提及雲遊僧說自貶也是謗佛，佛不是說人人皆有佛性，又說這根器人人有，就像你們每個人都有不同的個性習氣一般，這根器就是你們作為人成長或衰敗的根柢地基，有的人的根可以成佛成道，有的人的根卻滋養惡習，任其毀壞腐朽。根就像種子，比如我們每個人都有心意識，但有人把種子放在桌上，卻不種到土壤裡，自然就不會開花結果了。就像有人當國王卻到處征戰……她突然想起贊普，她的夫，於是把殺戮兩個字吞回去。有的國王則遍施一切，她想起那偉大的戒日王。大家放下手邊的活兒，來聽聽這回雲遊僧的信寫了些什麼：

二十九歲的悉達多王子在黑夜裡離開喜馬拉雅山下的王族之家。他僅潛行至妻兒房間，看他們一眼後便悄悄地離開了。我從佛陀出生地藍比尼園、證道地菩提迦耶、初轉法輪的鹿野苑、入滅之地拘尸那羅一一行過。「這是我最後一次生死，爾後將不再輪迴。」佛陀一出生就宣告自己不再輪迴的震撼。佛陀開悟經六年苦行，那一年三十五歲，祂看到百千萬年來生死往來的生生世世因果，祂已了然於心。生死本是不二，勿執勿著。體悟六道眾生地獄、餓鬼、畜生、修羅、人間、天上終日各自造作，流轉於十二因緣，從無明、行、識、名色、六根、觸、受、愛、取、有、生到老死，整個流轉的主體是苦，由苦展開一切生老病死的現象。苦因業生，如此依業而循環不已，這就是人的一期一生的旅程。

公主念畢，這可說是高原人的耳朵正式第一次灌進關於佛還沒成佛的故事。

47 與桂兒相依為命

三十五歲，她聽見佛開悟成道的關鍵字，這正好是她即將不久就要邁入的中年之前的年紀，但自己一無所成，忽然，她感到心驚膽跳著。

憐蛾不點燈。

高原人在她的佛法推廣下，也勤於讀經，勤於焚香燃燈供佛。桂兒不解問她，佛已成佛，為何還要我們讀經焚香供燈，經典就是佛說的，我們哪需要再讀給佛聽呢？

桂兒開智慧了，她接著說沒錯，佛菩薩當然不需要我們焚香點燈，當然也不需讀經，但眾生卻需要，我們也需要，且這是人將佛菩薩作為一個對境的內心尊崇，就世俗說就是有點像是我們對於成就者表達的敬意與孝心。但做這些焚香供燈讀經除了上供諸佛菩薩卻更多是為了下施，下施給六道眾生，尤其是三惡道都是藉由我們的布施而免於痛苦。

所以我們焚香煙供時，很多聞香鬼跑來，桂兒笑說，故意吐舌作恐怖大口吸煙的模樣。聞香得解脫，我們聞了半天卻只是執著更甚，這我問過雲遊僧，他說這是過程，先累積福德資糧，比如供燈除了為自己的自性光明點燈之外，更要為幽冥界眾生點燈，使之免於顛倒恐懼。焚香供燈讀經，冥陽兩利。

說完她走到小昭寺的大殿，日日為長安的阿耶與阿娘點上指引自性的燈，忽然她心起一念，也許點滿十萬盞燈火時，也是自己該離開這座高原去見佛的時刻了，十萬盞燈是多少時日呢？她想不管這些了，計數燈數與日子不也是功德利益之心。

燈火真的好美，望著黑暗中盞盞搖曳火花，桂兒也不禁讚嘆著，又想如何像公主之前說的憐蛾不點燈卻又能燃燈供佛？

雲遊僧翻譯的佛典故事，說起阿難曾問佛關於如何因燃燈而得天眼的故事。欲獲得天眼通，得有甚麼條件呢？得需做些甚麼功德呢？佛答阿難，在九十一劫前，出現不可思議的毘婆濕佛，那是距離我們不知多久的古佛年代，在那個古佛年代曾出現一個叫阿那律的人，阿那律原先是個大惡之輩，他平常就為非作歹，強取豪奪，四處當盜賊，有一天他竟跑去佛塔，想要偷盜佛塔裡的寶物。說來阿那律也是有福報之人，就在他進入時剛好遇到佛塔供燈儀式結束，或許因為四周太暗他需要光，或許可能因一念慈心，他用身邊的佩劍撥了撥快熄滅的燈蕊，燈火霎時重新點燃了光明。就在燈火重現光明時，他抬眼看見佛光，頓時生起莫名的感動，心生起無比的恭敬心。他自問為什麼來到這裡？一時慚愧極了。他愈想愈難過，於是趕緊離開佛塔，然後也學修行者用了七珍八寶供養佛。就這樣，爾後這阿那律一生獲致好眼根，只因在佛前油燈將滅之時，撥開燈蕊讓燈再次發光。故事寫到這阿那律後來歷經的九十一劫都生生世世投胎在富貴人家。

桂兒與其他侍女聽得一愣一愣的，有人露出不可置信的神情，她知道眾人所想的不外是就這麼一丁點的點燈功德，竟有如此大的福報？

她沒等眾人回問就說，單純初心一念與往後的大信之心，所獲得的無形資糧是我們凡心所無法想像的。點燈就像點起自性光明，可去除貪嗔癡，這阿那律後來在因緣成熟時，來到佛前座下出家，成了佛陀十大弟子，末了證得阿羅漢果位。說畢，她想起雲遊僧，這些故事也都是長安報信者馬玄智帶來給她的，沒有前行者的西行取經，她也聽不到這些故事。

她所做的也不過就像燭火點燭火，一盞一盞地傳承下去。

她相信燈杯裡的燈蕊燒出一朵花，願望會成（她的這個相信，沒想到卻一直流傳）。她在眾人各自退去做活兒時，一個人在燈火前盤腿靜坐。起初心裡仍跑過許多念頭，也想起剛剛對眾人宣說的故事，說時為讓別人信服故口氣信誓旦旦，彷彿阿那律就在眼前。但落得一人時，獨處黑暗，靜默凝觀，念頭瞬間在安靜中如水滑過不止。只是用劍撥開快熄滅的燈蕊，竟有九十一劫生到富貴人家的功德，那麼自己日日供燈，阿娘即使沒有累劫富貴，但至少此世自己就生在富貴人家了，不僅富貴還是權貴。她看著跟她從長安來的佛，偉大的嫁妝，看著佛眼發亮地回望著她。心裡竟也浮起桂兒之念，這九十一劫，究竟如何計數？

她彷彿聽見長安雲遊僧傳來的耳語，妳不需要用頭腦去想這些事，想破頭也想不透的，妳要用心性去感悟。以前也有弟子問佛陀說到底先有雞還是先有蛋？如果人人都有佛性，那是什麼時候佛性不見的？佛陀說不用管這個，因為管這個也是無解的，也不會因為理解就解脫生死輪迴。要管的是什麼呢？就是善護念，善護心。

這番話有敲打到她的心。

雲遊僧繼續從遠方傳輸著字詞：妳為耶娘點燈固然非常好，但心量何妨更大，妳可以為眾生點燈，為整個南瞻部洲點燈，為自性光明點燈。養成每天點燈的習慣，哪怕是剎那都能有不思議福報，以此轉成方便大樂慈悲的油資，將火舌轉成智慧空性的火焰，燃亮被遮蔽的樂空無二無別之智慧與佛性自性，燒掉亙古以來的輪迴業力習氣，黑暗化成本明，使這光直到輪迴未空之前都不會熄滅。替所有一切眾生與往生者點燈，讓他們也都能獲致如太陽般的熾烈光明與月亮溫暖光明，妙覺的天人光明，殊勝的佛之光明。

她彷彿感覺到許多亡靈在四周飄盪，有了光明指引之後亡靈才紛紛朝光竄去。

桂兒拍她，她從入定中醒轉，也不知時間過了多久。

48 夢中問佛

她想著自己夢中曾問雲遊僧什麼是第八意識？

很多人專心在心上用功，為了打破第七意識。

打破之後呢？

就是妳問的打開第八意識，儲存妳一生的記憶庫。成為人身的我們並無從得知過去的記憶，當有一天妳有需要時，自己自然會去打開秘密的寶庫。遠方耳語提醒她，小心啊，若瞋心癡心太重的人，死後可能會落入鐵床與油鍋地獄，反覆被鐵床穿刺，被油鍋煎炸。

她跟桂兒說起剛剛靜坐時腦海傳進來的耳語。

想起在長安市街曾逛過的幾攤賣雞小店，聽見油鍋日日煎炸的可怕。她邊說邊看著桂兒，邊故意做出驚嚇的表情。桂兒聽著也沒在怕，還做著拍拍胸脯，安慰主子的手勢。

桂兒真好，很放心的樣子，確實遠方耳語還說如果生前有經常做供燈的人，就可重罪輕受，減少痛苦。

主僕兩人微笑著，覺得聽到這話好像就有了倚靠。至少供燈她們是日日進行的，但有些故事即使聽聞卻仍無法如法炮製，因每個人都有各自的命運與艱難。

她得空就和桂兒與其他婢女說些入定中聽到的故事，她們都很高興聽到公主說故事，但信與不信就看個人因緣了。

比如她說起修行者的故事總是如此地瞬間就大徹大悟，很多人聽了都覺得不可思議。佛陀和五比丘在鹿野苑第一次結夏安居時，當時有個叫耶舍的富豪子弟因厭倦奢華逸樂生活的空虛無度，在偶然機會聽聞佛法大喜，耶舍發心出家，其父為了尋子，也跟著來到佛陀座下，聽聞了佛法而得眼淨，成了第一個優婆塞。並自此又帶引了共五十五位友人出家加入了僧團，之後又有耶舍的親友們也跟著父子信了佛法，成了第一批優婆塞、優婆夷。

善男子是優婆塞，善女子是優婆夷，她繼續解釋說，這是音譯。

凶鬼分男女，男夜叉，女羅剎，鬼也有過去，復活在佛經裡。

又比如有修行者在出家前將全部金子丟到海裡，從此過著輕簡無牽無掛的日子，有人問那為何不把金子拿去幫助別人，修行者說因為如此一來又會和別人結緣，又會累積功德，善業也是業，而他已不想再輪迴。

那些金子拿來幫助吐蕃窮人該多好，某侍女說。

可別學啊，因為我們就是把金子和所有家當都丟到海裡也一樣再受輪迴，搞不好還再罪加一條。

為什麼？有人問。

因為我們不是那位修行者，也不是阿那律。他們是他們，我們是我們，要知道每個人都不同，我們得去發現自己的心，走自己的路，行自己的方法。

比如有人學習禪宗公案裡有禪師把木刻的佛像拿去燒了，有人還把佛像貼在茅廁，這都很要不得，公案裡的禪師開悟，你如法炮製絕對下地獄。因為我們不是他，不知他的悟，他的自性是他的。我們要參悟的不是他的行為所表現出來的結果，而是他的人生求法的精神。

她說著，心裡纏繞著雲遊僧遠方傳輸來的一連串如炸彈的語詞。高原的風穿過中堂，一路在頂上盤旋。

為什麼我們出世之後就忘了前世？

也許這是為了保護人的一種遺忘善意，讓人們在出生時將累生累劫的記憶鎖在第八意識？

只要通過父精母血就會遺忘前世，即使菩薩都有隔陰之謎。

49 永遠不老的佛

佛陀上升到三十三天的忉利天宮，為生下他第七天便往生的阿娘摩耶夫人說地藏經。這一夜她取出先前一直都不敢讀誦的地藏經，誦到淚流不已。

千萬別得了悲魔。她聽見雲遊僧夢裡對她說的話，又補充說公主孝心動人，不過讀誦地藏經時天人皆會停下，直到讀經人念畢才會移動。因天人也駐足聆聽，故誦經者最好茹素，以使法身清淨。在高原茹素本是困難的，為此她鼓勵農耕隊種植蔬果，引雪水耕田灌溉。

在寺院她經常見到禮佛的老婦人，動不動就痛哭流涕，彷彿久劫遠來，十字路口突遇親爹親娘似的。看到這一幕，她就明白為何塑像之重要了，佛像不僅讓眾生升起崇仰對境，也如一面鏡子照出眾生的自性，更像是一個聆聽者，諦聽著眾生的訴苦。

來自遙遠的他方，尤其她和尺尊公主，篤信佛，因信仰而靠近。但尺尊比她更快適應高原，來自離車族的尺尊原本就生活在尼婆羅谷地，周圍環山峻嶺，和高原地理有幾分神似。尺尊曾對甲木薩說，尼婆羅國國境四千餘里，雪山環繞，城周二十餘里，山川連屬綿延成峰。谷地穀稼花果茂盛，蘊藏豐饒赤銅，赤銅在工匠手中已經打造成供奉的一尊尊佛，吸了太多銅毒的工匠以其勞力換別人的神力，以報酬換他人的慈悲。尺尊公主帶來的佛的八歲等身像住進了大昭寺，她由長安帶來的佛的十二歲等身像住進了小昭寺。大小之分，身分立判。但甲木薩喜歡小昭寺，雖然她沒有預卜到多年之後佛的十二歲等身像和她的泥胎塑像都會住進大昭寺供人膜拜。

那個時候，她喜歡小昭寺，高原太遼闊，小寺正合宜她與她的佛。黃金黃銅珊瑚綠松石青金石將佛裝飾得華麗莊嚴。和釋迦牟尼佛十二歲等高的佛的塑像，神情帶著少年的純真感。她離開長安前，經常暗訪長安藝坊的工匠藝師們，她看著佛的各種身形，立姿坐姿臥姿，佛逐漸變得具體成形，但長安工坊的這些藝師塑的佛像都沒有皇上阿耶賜給她的這尊少年佛之特殊，因為這尊少年佛是佛在世時注目過的，是為了弟子的請求而被塑成的，好讓後來者有所依的佛，真實不虛的佛藉著一種象徵的表法而流傳於世。

佛自此永不老，象徵靈魂永不滅。

這佛是她在異地高原的知己，也是故里長安的象徵。

十二歲的佛，還沒成佛，此示現人人都可成佛。

彼時釋迦牟尼之名尚未來到，釋迦牟尼，釋迦族的靜默者，那時他還是一個淨飯王之子，一介王子，一如她是公主。那時佛名悉達多，夢幻成真。那時她名李雁兒，高飛千里。

在吐蕃，每回她一誦經就覺得自己像是一個一出生就老去的老女孩，於今為超度耶娘而青燈古佛度日，自此也就更風霜滿面了。

往昔的長安彷彿是很老很老很舊很舊的美麗了，她早已遺忘了自己的青春，卻記得了跟著她來到高原的十二歲等身佛。

佛停格在十二歲，擁有了永遠與年輕。

她的十二歲，已經等待注定被婚配。

50 女燈香師

有了與她從長安來的佛，她也有了伴，青燈古佛的歲月，靜得不起一絲波瀾，當然她知道那是表面的，只有她自己知道，但表面也是一種境界，一個外境，使得高原人自此因為自己而靠近了佛。她經常去禮拜等身佛，佛好高啊，她是螻蟻。彷彿自己昔為蟻后，今為女神。

據說佛的樣子是弟子求佛為他老人家塑像的，因為佛入滅後，弟子可以自此以像為追思，是佛唯一幾尊在世時被塑成的雕像。

桂兒問為何是塑成十二歲等身佛像而不是老去的佛？

老去讓人驚恐歲月的流失，她笑說。

問題塑像師也沒看過佛十二歲的樣子啊？

把皺紋去掉，把眼睛放大，把雙下巴收回，其實輪廓就差不多了。桂兒看過我十二歲的樣子，和現在有甚麼差異？

桂兒盯著她，東看西瞧，果然把皺紋去掉，把眼睛放大，把雙下巴收回，公主還是長安時候在長安李府花園讀經的少女。

她聽了笑，桂兒就是這樣有悟性的侍女，難怪跟了她一輩子，嘮叨了一輩子佛與佛的種種，聽了耳朵都不長繭。

於是當大小昭寺選拔燈香師，甲木薩將桂兒的名字報上去，桂兒想她哪有資格。作為一個燈香師那可必須修多少功課，念多少經才能通過考試，才能圓滿。

不過甲木薩知道比她年長些的桂兒自幼就是孤兒，所以來到李府當她的貼身侍女，自桂兒來李府，她就看著桂兒長期幫自己的阿娘拜佛禮佛，雖然不懂得什麼經書，但每日在她的寢宮旁醒來的第一件事，她就看桂兒服侍她梳洗更衣之後，旋即會去自己的床鋪的窗台前燒香點燈。

她當時才七八歲，桂兒也不過十歲，她看著桂兒就想這桂兒可說是自己阿娘的專屬燈香師，跟她隨嫁到高原，當然也可以擔任大佛的燈香師，燃燈更多點香更盛。她來到高原經常想的就是如何打破男尊女卑的陋習。她讓桂兒當上香燈師，在高原是首例。

皇上阿耶有多妻，她的王也有多妻。她是公主，他是王，她孤單一人，他有三妻四妾。他說話時，如有旁人在，她得跪膝聆聽，以示他的尊崇與她的遵從。

王宮冷清清，只餘她一人，彷彿她才聞到了一丁點的自由空氣，於是她想要引長安女人的自由風氣來到高原，比如她提拔桂兒成為首位且首席寺院的女性燈香師。

桂兒想當然被錄取，學著像新人般地得跟在老手旁邊見習，有個時段負責上香，點燈。她只提醒桂兒在空間昏暗與人群川流的狹小壇城裡，要桂兒注意倒油燈，守香時也要特別小心，之前的燈香師就曾因為打瞌睡讓寺院燭火倒下，燒掉了壇城的桌布，還好及時滅火。桂兒聽了猛點頭，跟主子說自己最喜歡經過佛像的足下時，就會想起主子曾跟自己說佛的兩足意味著慈悲智慧，因此就會感覺黑暗中的佛像在跟自己眨眼睛，然後她也頑皮地跟著佛像眨眼睛，跟佛說，您可是從印度到長安，再從長安到這裡喔。（那時候甲木薩還不知道，日後高原人將怕這漢地來的女神過世之後，長安皇帝會來這裡把佛像搶回去，因而在公主薨沒之後，將佛像從甲木薩的小昭寺移到了大昭寺。把佛像藏在感恩殿內，牆面的左邊則繪上了文殊菩薩壁畫，百年後來的甲木薩的遠親公主金城也追隨了她和親此地，當金城公主想把這尊佛像取出來時，卻因為考慮如果要取出佛像則將破壞前方的文殊菩薩壁畫，正在躊躇不前時，這壁畫上的文殊菩薩突然開口說話：我可向右邊移動，說著壁畫竟就自行往右移動。金城公主敲開牆壁，順利取出這古老之佛，且還不傷到文殊菩薩。）

51 懸念的人

長安沒有她等待的人，高原卻有她懸念的人。

眼前人，縮小成有如枯枝的老人。

漢朝誕生的佛字，夜夜伴她高原孤枕。

文字可解寂寞，繪製唐卡可以解憂，這是她三十年的好友。她占卜過，知道桂兒會陪她到老，商旅來的馬玄智也陪她到老，他們陪伴她直到整座宮殿只剩風只剩餘燼，直到自己要離開這座高原，他們二人才會離開。至於離開高原，自己將往生到哪裡？她一無所知也還不必知。因為眼前要送行的人是在她生命曾經興風作浪的人，在她剛開出情欲之花時灌注泉水卻又斷絕水源頭的人，在她青春的路上要士兵鋪上野百合桑格花以及將採來的桃花撒向漫天飛舞的溫柔者，也是手刃她美麗樹根的人。要一百零八名騎兵馳騁草原馬上跳舞討她開心的人也是回到邏些旋即將空無寂寥丟給她的人，這曾經困擾著她的青春時期，所幸情欲之海乾枯，她一心歸於青燈古佛，偶爾在空檔想起男人，這男人仍是她的經典座標。

蝴蝶，我的蝴蝶，我的福疊，這於她是高原第一人的男人有時高燒會這般囈語。沒人聽得懂男人的囈語，只有她聽到傳聞，想起少女時帶在她周遭迴盪的蝶影，已是多年前的畫面，這畫面像是高山之雪凝固，七彩如綠松石瑪瑙珊瑚。

這權傾一時的祿東贊，在呼吸不暢順的瞬間才看到佛，一口氣上不來將往何處？

頑固的人或站上頂峰的人從來都不相信神佛或者看不見的魔，直到生命的長路將盡，長夜燭火將熄。她一眼就看出發自死神之手的風很快就要澆熄眼前人，這個於她感覺十分複雜的人，夾雜著愛恨與尊敬失落種種心緒。這頭曾光芒四射的智慧巨獸的血液逐漸要乾枯了，夜色草原匍匐著野性不安的動物，月的光華以不返的時光傾訴過去，古寺毀了情，死神打開情鎖，直到絳湛色天空幾道黑影盤旋。

神鷹來了。

如墳塚般的死寂來了。

她取出那把吐蕃男人為她特製的止則刀，刀影映射燭火瞬間劃亮了整個房間，她現在是男人的引路人。

佛戲一場遊戲。福報也像電光火石，就像自己的婚姻。

她第一次聽到「無戲悟」這三個字時覺得太有意思，悟是真的，不是兒戲。

52 阿耶與天可汗

寂寞時分，焚香點燈。

她的王和王的妾全都走了，三妻四妾都像一場夢。

除了她。她因為被冷落竟因此而救了自己。

染疫年代，沒有隔離知識譜系，商旅隊帶來了經濟也帶來了瘟疫。

皇帝阿耶唐太宗薨，訊息快馬加鞭來到高原。屬地子民必須同等哀愁，她並不哀愁，只覺詫異。

皇帝阿耶看起來那麼強壯，在宗室中獨獨選中了她去高原和親，十幾歲的公主深閨瞬間要轉為王妃後宮，她成了政治利益的籌碼，但她並不陌生，因為堂姊姊早已和親吐谷渾，但她陌生的是愛情，心中有很多疑惑的是人生。皇位國家戰爭婚盟，她只是皇帝阿耶的一顆棋子。射殺兄弟的皇帝阿耶，威嚴如火的目光與胸有成竹的氣魄，怎麼說死就死了？

多年後回想皇帝阿耶，她才知道真正的貴人是皇帝阿耶，沒有皇帝阿耶將她送至高原雪域，她不可能成為佛的兩足尊，智慧與慈悲兩足，是來到高原才明白的，是不斷地望見腳下的足程才開始灌溉的。

血緣阿耶離世，江夏郡王李道宗，為她主婚，持節護送。

她對著佛叩拜四十九天，以報父恩。爹爹，大人，爹親，耶耶，阿耶，家父，哥哥……，拜完佛，在油燈中她朦朦朧朧地在火光中打盹，彷彿夢中又見到兒時的家園，阿耶從京城回來，總是跟她分享聽來的故事。

女孩喜歡的胭脂美服什麼的她也喜歡，但她更喜歡聽故事，尤其偷渡到西域的雲遊僧傳聞，讓她覺得自己跟這世界打成一片，好熟悉他鄉異域。或許命運冥冥中有安排，否則何以她真的來到了異域，且從此胡不歸，故里成他鄉，現在吐蕃語就像河洛語般熟悉了，住在高原早已超過她的長安好多年了。

阿耶教她念金剛經，她一邊把玩著手繡扇，一邊跟著念一切有無法如夢幻泡影如露亦如電應作如是觀。如露亦如電，望著窗花外搖曳的風與樹影，如夢幻。水池激起的波紋，如泡影。女孩的夢裡都是泡泡，卻不是粉紅色的。

不論多少年過去了，她永遠記得阿耶從京城大街回來時跟她說的那個夢幻時刻，一個僧人偷渡邊界，闖過烽火台的生死關的傳奇。那些從阿耶口中說出的京城貴族人生與大街小巷的流言，在她聽來都像是金剛經寫的我相與眾生相。鳩摩羅什尊者的名號也是那時候就種在耳廓的，只是當時還是女孩的她從沒想過有一朝一日會將佛與經典種到了遍地荒漠的高原。

送行到青海的阿耶，比阿娘多了千日時光與女兒相處，護衛女兒到高原。聽說阿娘不時眺望遠方，逢商旅來京城，就託人帶信物給女兒。但到她手中的信物寥寥無幾，路途遙遠，信物渺渺，相思綿綿。一條含淚走過的六千里愛情路早已愛斷情毀。隔山隔海不隔相思，空氣稀薄感情濃烈，崇山峻嶺，插翅難以回歸。

她背後這條從長安到邏些的千里路，從海拔平面往三千公尺攀爬的路途，商旅們藏在密濃黑髮中的蠶繭，每年在微光裡吐絲綢溫柔，到了夜裡化為寺院的燭火。

她不用將蠶繭偷渡，她帶來高原的植物比她活得還堅強，還美麗，繁殖強。

53 等待問世的傳奇

那時她並不知道自己將成為傳奇，等待成為傳奇。

商賈雲集，唐蕃路上卻沒有愛情容身之處。東土大唐與吐蕃王朝串連起的這條天路，並不包括愛情。

一場戰爭改變了她的一生，她的王正值壯年，仰慕唐朝之名強娶了她，那雙執著如火的眼睛與刀光四射的瞳孔，將蠻荒缺氧之地繁榮成供佛之都。

心裡跟阿娘說，女兒走的是天路，天意之路。自此，母女心心相印，離而未離。

她知道阿娘目送著，於是她還是回頭了。塵埃不見長安城，只見佇立風中的阿娘，瞬間蒼老，那個能瞬間騎上駿馬和阿耶一較高下打馬球的阿娘老了，白髮如雪，隆冬的寒雪中，阿娘看起來格外單薄。

她從轎外小窗探出頭來，朝著阿娘揮手說著，阿娘，返轉吧，我會好好的，不用擔心。阿娘往天空看，就會看見雁兒飛過。阿娘給的名字，到高原將轉成另一個名字，雁兒永遠屬於阿娘，屬於長安。雁兒，阿娘揮手叫喚著她的名字，掩面流下淚來，從此天涯海角，女兒的背影就是世界盡頭，旁邊的侍女也都眼眶泛紅。

有我在呢，大家都返轉吧。阿耶騎馬轉身對送行的親眷說著。

༄ 藏經閣筆記

尊敬的雲遊僧：

您描述留學生日升月落的生活可真讓我嚮往。

那爛陀的生活：打板時間，巡行百人僧人領唱，「分至各堂唱禮，每回朗吟三至五偈，全堂可聞。」數千人旋即開腔誦經，此起彼落，各自精進，一聲常聲法螺響起後，僧人或繼續用功或可打坐或入息。

您寫在那爛陀曾見證了印度的繁華盛世，以及佛學的萬丈光芒，此地是歷代中觀、唯識所有諸大論爭育之地。如今中觀和唯識即是屬於整個佛教的思想基礎，幾乎所有的學者泰半辯才無礙口若懸河，上台宣講佛法無礙，此為論學之要旨。

您形容印度伽藍，數乃千萬，壯麗崇高，此為其極。描述盛世那爛陀，曾有萬餘學生，兩千多名教授，來自各地的學生湧上此地。光是煮給師生吃的糧倉即有上百坪之大，村莊兩百戶人家提供數百石的米、酥油和乳品，以及衣服、飲食、臥具和湯藥供養。根據大師所述，每日可以分配到的物品是擔步羅果一百二十枚、豆蔻二十粒，龍腦香一兩、供大人米一升。

「供大人米」好特別的名字，您說只產於摩揭陀國，大如黑豆色香味俱全，且只供國王和有成大德食用，故得名。早期的學生宿舍規格約兩個榻榻米大小，一個極低矮窄小的禪房，僅容一人入內，高度僅打坐之高，無法站立亦無法轉身。

原來那爛陀的意思是賜蓮之地、神知之地，您另解此意「施無厭」，因當地曾出了一名悲憫眾生布施無限無厭的國王，人民故稱之。

您又寫笈多王朝的戒日王護法熱忱，擴增寺院僧房以及修學設施，廣聘大師，那爛陀非常國際化。國際化，大師，這是我第一次聽到國際，感覺我們都跨越了邊界，震我耳目。而您是跨越邊界的第一人，引我認識佛的第一人，我永遠記得在長安花園聽聞阿耶說著您西行取經的冒險之事。

這所那爛陀聞名中土，大師您聽聞有此寺院就一心想西行取經，您花了三年時間才來到那裡，千里迢迢，歷經生死劫難，當年您二十八歲，求法心切，生死交關。在那爛陀您的故事就是我在高原寺院述說的故事。

您在那爛陀待了五年，您是生也是師。您寫那爛陀經藏共九百萬餘卷，為了收藏這些經卷校區內有三個大殿，其中有座大殿高達九層塔樓。（彼時她當然沒有神通力，看不到一九一一年之後的佛滅之事，阿富汗入侵印度遭大肆破壞，據悉敵軍擄殺之後，總共費了六個多月的時間才將典籍焚燒殆盡。）

您描述居住此院時對於當時看出去的風景：「那爛陀寺為六王相承，各加營造，又以磚疊其外，合為一寺，都建一門，庭序別開，中分八院。寶台星列，瓊樓岳峙，觀疏煙中，殿飛霞上，生風雲於戶墉，交日月於軒簷。……印度伽藍數千萬，壯麗崇高，此為其極。」

於是我將高原寺院，打造成您信簡與書中描述的樣子，吐蕃印度漢地三種建制風格融合一體，注入平原與高原，人與佛，我永恆的心地風光。

54 長安的思念

長安的阿娘，阿孃，孃孃。

不見長安並不愁，但不見生病的阿娘則愁。

夢見阿娘，淚流滿面。

阿娘如長安，成了懸念。隆冬那年，十幾歲的少女轉身，迎向未知的高原，未見過的王。語言溫度土地，都是陌生之地。

阿娘凝視她的最後眼神，往往能夠讓她清楚地回想十多年來在長安的往昔日子，長安是女人國的日子，她喜歡聽母姨們說說笑笑，甚且相偕郊外騎馬，馬上打球，帥氣美艷，她的長安。

離別時刻，她在心裡說著自此別後，切莫相思，但相思是種子，遇到淚水就萌芽。往返長安西域的商旅這日突然攜來了阿娘辭世的消息，她也成了老女兒了，她忘了阿娘更老了呢。自此她除了依然日日對長安帶來的佛像供燈外，又加上了對阿耶阿娘的供燈，她用長安帶來的毛筆寫上了阿耶阿娘的名字，彷彿這就是阿耶阿娘的牌位。

祈福耶娘在陰司有佛光照射冥路，靈魂不執著也不恐慌，汝一心直來，我必護汝。

她知道獨留人世者是苦的，已經走了那麼多人，王，阿耶，阿娘……思念讓在世者執著，執相了。她想寫信問問雲遊僧，情不重不生娑婆，那情輕者生何處？娑婆世界，羅什尊者的優美翻譯，真是讓慧根低的我執相啊，她想著。

多年前，登上赤嶺，在山頂舉目環顧，不禁心潮起伏愁思萬縷，潸然淚下，內心頓生思鄉思親之情，取出天可汗送的日月寶鏡。這寶鏡說如果在漫長的路途中或者妳抵達了吐蕃，之後想家，就把鏡子拿出來看一看，妳將從這個魔鏡可以看到長安城和妳的阿娘。魔鏡般的寶鏡，從鏡子裡看到了長安和阿娘，自己疲憊的臉上冒出了思鄉念情卻再也不青春的如豆斑點。

那日月山的日月，那日光菩薩與月光菩薩，翻譯藥師經的雲遊僧得知公主情思長安，情繫父母緣，於是託請赴高原的商旅隊送來給他翻譯的新譯本藥師經給公主。此時於她是如此受用，藥師經如此安慰異鄉人的思慕之情。解結解結解冤結，解了多生冤和業，洗心滌慮發虔誠，今對佛前求解結。

洗心滌慮，心如何洗？慮如何滌？這詞優美，卻毫無方法可循？她蘸著墨水想著該如何提筆寫信問雲遊僧。

自此一別，成了無爹無娘的孩子，以為有夫有天有地，即使沒有在阿娘身旁多年，卻也沒有機會成為阿娘，王唯一的孩子也死去的早，那個吐蕃王妃所生的孩子，沒有機會繼承，等待王位的是王的孫子。

十七歲前的歲月都是阿娘阿耶的世界，十七歲之後都是佛都是高原的天地。

在異域，她已經度過了多少個寒暑？時間在此沒有意義，時間是以燈火以念經為度，日子都是佛的，高原人的。長安故里現下心懸的人只有雲遊僧了。

一座準備老死的高原，在她從長安出發時從沒想過老死這種字眼，只知分別當下，長安城注定成了夢裡繁華。起轎的那一刻，迎向她的是隆冬的皚皚白雪，她的心也如初雪，白淨無染，不知世事，以為前方一片光亮。但高原是困苦荒瘠的，王宮是冷清的，惺惺寂寂，閃閃滅滅，無數的念頭如水滑過，只有佛回應她的心。

隨著生活在雪域的愛情期望值的逐漸降低與失落，長安城的金碧輝煌皇家貴族的宮殿內院早已被高原的佛寺覆蓋。雪峰連綿，雪域如獄，冬日漫長。她喜歡點燈，燈火如晝，燈火也像她的心，搖曳搖擺。

每天為阿娘誦經，讀到優婆夷、乾闥婆、迦樓羅等字詞時，腦子想也不想，只是讓字詞滑過，知道一旦落入漢文表象將阻礙誦經。她每回誦經就覺得自己像是一個老女孩，為阿娘生病而青燈古佛度日，遺忘了自己留在長安的童年與短暫青春。她自己曾幾度痴心想，如果阿娘走了，那麼是否會轉換到自己的肚皮宮殿？母女子宮交換？阿娘重新再變成嬰兒？關於輪迴之說，一時大家發表各自想法見解，但總無法說出自己從何處來，為何出生？死滅後將往何處？她想起阿娘在長安聽說最後臥床如嬰如繭的靜態模樣，騎馬射箭十分外向的阿娘怎變成標本了，這讓她一想就心痛。沒有不思念孩子的阿娘，也沒有不思念阿娘的孩子。雲遊僧新譯藥師經，寺院手抄雲遊僧口述藥師寶懺手抄本來到了她的案上。有字句「懺悔人間　臥榻纏綿」，連因病而臥榻都是要懺悔的，這讓她頓生又痛苦又警醒之心。

佛陀上升到三十三天的忉利天宮，為生下他第七天便往生的阿娘摩耶夫人說地藏經。這一夜她取出地藏經，誦到淚流不已。遙想貞觀十五年，她以宗女公主身分，阿耶江夏王道宗持節護送她，歷經千日，抵達柏海。把她交給她的王，她的贊普。後來她才知道她用錯了詞，王不是她的，贊普不是她的。

時光走了這麼遠？長安，翻山越嶺，抵達柏海，繼續往高海拔邏些前進。漫長的四季流轉，流轉多久了？她永遠都記得見到夫君的第一眼所浮起的心頭一念，眼前的男子好英勇，是個鐵錚錚的漢子，眉目深邃，像是黑臉的佛。但這漢子並不屬於自己，她只有佛，與歸返長安譯經院的雲遊僧故事。

報信者馬玄智帶來了大唐西域記，成為她對世界想像的故事書，捻亮微火，逐一翻頁，她將雲遊僧的故事流傳到高原，尤其求道之心的曲折對她的激勵。這夜，她捻熄燭火枕著故事睡去，在缺氧的氮醉中，她依稀見到時光不知移往多久的千佛洞裡，竟出現一雙微垂的老眼與一雙死盯著經卷的藍眼睛，一雙雙貪婪古物的目光如鬼火般地燒向夢中的自己。

【貳】महायानदेव雲遊僧

沒有眾生，
就沒有菩薩。

守經人王阿菩與史坦因

時值清末，荒地惡土，旱漠枯景，這不南不北的湖北佬王道士來到敦煌已然寒盡不知年。冬春間抄寫道經，以供結緣，獲取微薄結緣金。夏秋間，朝山進香客絡繹於途，這時他會當起遊人香客的祈福道士，生活度日，洞下倖存。天上九頭鳥，地下湖北佬，都說湖北佬不顯山不露水，這荒地旱土就是想也無山無水。遍地沙石飛揚，他的世界不是紅塵而是灰塵。

湖北向有道家傳統，道家功夫的武僧與讀經的文僧融為一體，他從小浸淫武當山精神，將他率直的個性轉了幾個彎，轉彎才能求生，轉彎繞看風景。他書讀不多，於是佛道不分，以佛為道，以道為佛，崇拜玄奘西遊壯舉，渴當雲遊僧自在，於是他癡心擬仿，將自己的逃難，也當作壯遊西行。他比別人能的就是沒有姿態，一心求生。險中求存，管他苟活還是貓活。

在別人還流鼻涕尿褲子時他就能拾荒度日，飢餓使他長不高，但腿力可練得強，到了八、九歲在饑荒爆發年代，一個小小影子徒步走到西北，少年去當了兵，然後青年出家，當了個看起來土裡土氣的道士，從此以王道士走天涯。多年後人們稱他王阿菩，菩取自菩提心，他想自己的聲名在地方上可還不壞，收驚畫符祈福祭祖改運，他酌收點隨喜費用，在大漠，足可當半仙。

隨喜，他覺得佛道真有意思，不好意思明收錢，就要來者隨喜。隨喜隨的是人的心情與能力，吝慳的給個幾毛錢就像是大爺姿態，城裡闊綽的也不會來尋他，來的都是窮鄉僻壤的老人，有的不吝慳，但卻口袋空空。

看盡來者顯露的疲憊神色，聽盡來者述說的憂傷人生，他逐漸覺得自己幸運，起先裝模作樣，久了卻作假成真，就真的成了老殘者口中的仙人了。

生命中有許多歷程，沒人知道這歷程的排列組合只消一個變數出來就會改變結局。他總看不清自己的每一步賭注會走到怎麼樣的結局，冒險的棋局怎麼走如何下，於他當時只能是求活，求生。命中注定誰是你？他聽見虛空傳來一個聲音，好像在問著他，他望著前方漠地星辰，想這有甚麼好問的，我天生注定一個道士。看著星辰，看著看著，心想自己若能就地魂埋枯骨也是很好的人生結局。（他當時不知道歷史正詭譎地在改變風向，達達的馬蹄漠地響起，朝著他奔來的考古隊在不久之後，將使他站在歷史的風口，他從沒想過有一天自己也會成為東西方歷史的一個關鍵棋子，史上留名，名有好壞，但他可是被立碑的，比武則天的無字碑還多了很多文字。）

雖有佛道可庇護，但從沒有過愛情，他瘦小不起眼，又窮又落魄，沒女人看上他。他就這樣孤身一人，日子過了多年，原以為就此過一生，了生脫死。細數一晃，在荒地已然走到修善天真以至道之齡，方明白至道難求，天真難除，總是財祿匱乏卻法名圓祿，與財祿無緣。

來此多年，他望著荒荒山涯，廢廢佛窟，總想募得款項來為佛蓋個家，午夜到來，野狼嚎嗚，他以玄奘大師西行為榜樣，默念心經，無有恐怖，遠離顛倒夢想。到敦煌難道就只是避難？就在他這樣想的時候，某天突然來了一位敦煌貧士楊生願意當他助手，經驗老到的他確實需要人手以增加廟產收入，沒有經費，佛像落漆。他要楊生協助他在十六窟的甬道內設壇焚香，在敦煌旺季，接待各地紛至的禮佛香客，由楊生代寫疏文醮章，收取布施，登記入帳。

西北的黃沙飛過貧瘠的戈壁，最後落在這一面山崖上，洞窟和佛像在沙塵裡坍塌掩埋。王道士以往每天來到這裡開始的工作就是清理洞窟積沙，同時對損毀的佛像與牆壁進行修繕，藏經洞的發現，是一個偶然的偶然，一個微小又微小的動作，叩頭拜佛，一聲回音，迴盪出千年的文字魂。

光緒二十六年，一九〇〇年五月二十五日夏天之初的這一天，他的助手楊生坐在佛窟的陰暗甬道裡，未想就在楊生欲返身回佛窟北壁想要磕煙鍋頭時，卻聽見靜謐的土夯牆傳來空洞的回音，這回音讓楊生覺得有異，心想牆壁內應築有密室，室中有室才會傳出回音。於是他稟報王道士。王道士心想未必不可能，他拍拍自己的腦袋，暗想怎麼自己都沒想過洞穴築有密道或密室。於是跟楊生說我們趁夜黑風高敲牆探看。午夜時分，當他和楊生敲開莫高窟十六號石室的牆壁時，望著黑洞烏黑黑的，積沙且瞬間被風揚起撲向他的臉。當時他還不知道就讓他這麼一敲一推，千佛依然沉睡，但卻引出人心眾多鬼魅。

王道士和楊生點上燭火，慢慢敲壁，古岩脆弱，禁不起敲擊，逐漸敲出可容一身時，楊生要搶著進入，他卻說要楊生在洞口守著，這歷史的一刻當然他要先占有，沒有財祿也要有名以留千古。他擎著燭火彎身進入，這一看察瞬間讓他又驚又喜，嘴巴張得大大的，如木頭人，無法發出任何一言。楊生在外問他話也沒回，也跟著探頭進來，楊生沒嚇著，還發出撿到寶了，要發財了。

兩人就在積滿寫卷、抄本、印本、畫幡、銅佛下走走停停，摸摸索索，不知從何下手，坐在地上發起呆來。就是不懂經典的人也會知道這洞窟裡藏的是寶。

幾天後，他給慈禧上書，託人帶入宮。「當日忽有天炮響陣，山裂一縫，吾同工人以鋤挖之，欣然閃出佛洞一所。」假托發現洞窟不是私心，而是天意所賜，楊生變工人。

時值庚子之亂正火燒燎原，清宮哪裡管得了什麼佛窟什麼經卷。

朝廷沒有回應，荒涼沙漠日常依然，他聽聞洞外風沙簌響，日夜沒有馬蹄聲，只有他的嘆息聲。某日他叫喚楊生，這才發現竟連楊生也起盜心，入洞自取經卷多卷，不知何時早已不見人影。他不禁連連嗟嘆，想偶像玄奘大師取經九死一生，怎麼這些人盜經取經竟是如此容易。

又哀嘆經卷落入自己的手中，卻無法可見天日，沒路可走。

有天他心想既然經文裡有佛言佛語，於是就浮想連翩，異想天開經卷應能治病，於是他向鄰近居民兜售，將以往的收驚畫符，改成把經卷燒成灰燼混水讓來人吞服。

他愚痴地想，滿山洞的經卷，不差這幾卷吧。他還先燒了幾頁給自己試著吞服，不知是否心理作用，從小逃難所落下的頭痛竟好了泰半。但來找他的人卻稀少得可憐，村人說香灰紙灰吃了也沒好，還說他是騙子。

他想是你們對佛經信心不足，卻妄想病癒，於是乾脆收起香灰也不治病了。他入洞挖寶，挑出了些佛經抄卷和絹畫，徒步走到離洞窟最近的幾個在地官紳與士大夫們的府邸，哀求管家帶路，見到官人他神秘兮兮地對他們說著自己是如何發現經卷的那個閃著雷電的傳奇夜晚，連雷光都來照路。但官府仕紳們漫不經心地聽著，看著他秀出的什麼寶，有的隨意翻翻看看，說這經上書法水準還比不上我呢，遞還給他，手一揮要底下的人給幾個香火錢就打發了他。

他就這樣抱著經卷來來回回走在沙塵滿天的路上，一無所獲，孤影如樹，好不荒涼。

有一天，甘肅學政葉昌熾聽到這敦煌王道士手持洞穴取出的繪畫經卷到處給官員看的消息，葉昌熾從敦煌縣長汪宗翰送來給他看的幾本王道士取出的繪畫和經卷，嗅到了文物的時間價值，於是向甘肅布政司藩台建議將洞中古物運到省府蘭州加以妥善保存。但布政司卻回覆沒有經費，只來了一道命令，要王道士將洞中古物就地封存，好生看管著。沒有錢要怎麼好生看管？王道士只好日復一日繼續替過路客與村民收微薄香火費，他成了守經人。時間就這麼一天天的過去，暴烈酷日與枯涸惡寒交替而過，他想距離自己發現藏經洞已經過去七年了，他已忘了半夜竊經逃走的楊生，日久他鄉，他也早把自己當成發現藏經洞的第一人了。

白天有求香客，夜晚有聞香鬼，空蕩的沙漠傳來在藏經洞汲取經文精華的百鬼夜行。守著千佛守著你，守著佛守著風，滿城無故人，四處有經卷。他想我這個守經人不敢擅自離開，那麼經卷總可以離開吧，誰是注定來帶走經卷的人？就這麼一念，就在這一年，藏經洞窟被人遺忘的成千上萬的寶物，就要迎來一位即將讓古物流芳於外的人。

這一天他上完香，誦了經，愁坐洞口，在黑暗中看著佛，古佛斑駁，經卷蒙塵，正想著罪過罪過時，洞口的陽光突然切進一道黑影，開口說著怪腔怪調的中文，旁邊跟著一位看起來獐頭鼠目的師爺。

英國人史坦因，帶著他的駝隊考古隊，漫漫長途，在狂沙捲天中，終於走出了塔克拉瑪干沙漠，抵達了敦煌。藍眼睛在這座彷彿被世界遺忘的地方竟看見了一位長得像壁畫裡的像佛又像是道士的守經人。一位孤傲、忠於職守的道士，臉上不時還會閃過機警、狡猾的神色。

很多年後，將藏經洞卷軸展開在世人面前的史坦因在案上想起這段回憶，他在西域考古圖記寫：王道士將全部的心智都投入到這個已然傾頹的廟宇的修復工程中，他力圖使它恢復，這個在他心中永恆的大殿的輝煌……他將全部募捐所得全都用在了修繕廟宇之上，他個人從未挪用過這裡面的一分一銀在自己身上。於是後來的人在許多洞窟裡，會看到跟壁畫相比藝術風格的工藝技法完全迥異的雕塑品，工藝笨拙而神情呆板，看得出這些拙劣仿品是當時王道士用賣掉經卷的錢，自己省吃度用請當地庶人修塑的，那些線條，彷彿是從生活裡走出來的佛，不像佛的佛，更像是庶民百姓的佛。

當時西方人來到中國帶走文物的時候，是持有當地官方開據的許可證，並且一路受到了官兵的保護，他當時其實並非貪，或可說他也無能無法拒絕史坦因。仙怠魔生，魔生欲長，朝廷怠惰，官員貪心，他倒成了魔。

在那狹小逼仄的空蕩蕩佛窟石洞前，門板上被塗上不同顏色、不同字體所編列的號碼，等著待價而沽。王道士的圓寂塔，對岸的山丘上安眠的無數敦煌過客，當年那敲擊的空洞回音就像發現死海經卷的那頭羊，誰也回不去那個藏經洞被打開的夜晚，那夜究竟是召出了佛還是喚出了魔？

那一天，東西方交會，三個人，各懷鬼胎。

史坦因在藏經洞裡心情澎湃，興奮異常，知道自己入寶山了，但他考古日久，也把自己考成一張世故的老臉，臉上不動一絲聲色。只暗示身旁這個看起來賊頭賊腦的通譯官蔣師爺把自己的想法告訴眼前這個道人。蔣師爺代替史坦因千求萬求之後，才獲准進入藏經洞。王道士緊跟在後，就怕眼前這雙藍眼珠的熱情之火會一把燒向古老脆弱的經卷畫軸似的。王道士機警地戒備著，亦步亦趨地跟在史坦因身旁，一直提醒藍眼珠手不能亂碰。黑洞回音著他那湖北佬的口音，以及蔣師爺的洋涇浜英語，偶爾有著史坦因停頓下來的喃喃讚嘆。

史坦因眼珠打轉著燭光微火下的神秘藏經洞，他刻意小心地掩飾著自己內心的雀躍與顫慄，佯裝這些物品十分平常，他約略感覺這些藏經洞的經卷是眼前這個守經人無法守住的寶，如當局在意，又豈會將一個偌大的藏經洞讓一個看起來十分滄桑瘦削矮小的老頭孤獨地守著，史坦因直覺判斷當局一點都不在意，但這道士在意，只要打發這個人就可以入寶山不空手歸了。

於是他故作冷靜地和這看起來像道士的守經人東扯西聊，說著旅途軼事，故作關心王道士的生活，聊著家常話，以消除王道士的戒心。

這王道士彷彿在這漠地孤單太久，看到可以說話的人，自己的嘴巴一時也停不下來，他滔滔不絕地自說自話，說著千佛洞的珍藏寶物是如何被自己發現的，那打雷的夜晚……這蔣師爺根本沒有能力翻譯他的連篇大話，而史坦因的目光也只是一直盯著藏經洞的經卷與畫像，耳廓沒時間滑進這蔣師爺語詞顛倒亂置的洋涇浜英語。

史坦因就在不知如何和眼前這個眼露精光、身形彷彿被經年日曬風吹而瘦成一道閃電似的道士打交道以換取其信任時，突然瞥見藏經洞裡竟掛著一幅唐僧西天取經圖，就在王道士看著藍眼珠目光往唐僧畫像盯住時，他不禁得意地跟藍眼珠問道你可知道這畫的是誰？這可是我自己花錢請工匠畫的，畫裡的人可是我心中的大師。

我知道是唐僧，偉大的唐僧，西行取經。蔣師爺翻譯，又擅自補充說，西遊記有寫唐僧取經。

史坦因心想機不可失，他繼續真誠地（實則是誘惑的口吻）說著他如何沿著唐僧取經的足跡，如何披荊斬棘地踏上絲綢之路，一路的長途跋涉，近乎要他命的盜匪殺劫，歷歷如真的鬼哭神號。直到此刻我才感受到中國這麼美的風土人情，這段路不是要改變我，而是讓我看見新生的自己。了解到人生就是一場修行，一場內心不斷被摧毀、卻又自我重建的旅程。蔣師爺胡亂翻譯一番，總之就是加油添醋，大吹特吹史坦因一路如唐僧般，心裡還盤算著史坦因拿到這筆交易也會分給自己好處的。

蔣師爺其實也不知這史坦因說的細節，但大體知道自己的責任就是一直讚美就對了，蔣師爺一直向王道士說著這洋人也和你一樣，非常欣賞你的偶像玄奘大師。史坦因聽懂玄奘，忙點頭，然後乾脆自己口若懸河加上比手畫腳地向王道士說著自己是如何地沿著玄奘的足跡穿越沙漠，臉上流露著無比虔誠和興奮的神情，不待翻譯，王道士早已臉上笑開懷，戒備鬆懈，王道士發現自己最崇拜的偶像玄奘，竟也是眼前這個藍眼珠所仰慕的人，心房頓時打開，不知這正中了史坦因之想。

守著千佛洞的王道士，面對藍眼珠史坦因，一個來自遙遠他鄉的人，擎著火炬的旅人，想一窺千年藏經秘辛，王道士想這豈不是和我的命運一樣，注定和沉睡千年的寶物結緣？

跋逘迦國（新疆阿克蘇）是古絲綢之路上的重要驛站，如塞外江南。往西行是克孜爾第二三六號石窟，王道士熟悉的千佛高窟。在木茲阿特河荒涼的峽谷上，沙岩石壁，以歲月鑿出迴廊石梯，但見窟窟相通。史坦因探險隊秀著他一路所拍攝的風光黑白影像，讓王道士頻頻稱奇，他從不知有機器可以把時間停格，把世界帶到眼前。

這英文叫否偷，照片。鬼佬手上的叫相機，檻沒拉。蔣師爺說著，王道士仍朝著史坦因手上的新奇玩具看，這時史坦因朝王道士按下了快門，歷史性的一刻。史坦因把鏡頭朝蔣師爺時，蔣師爺瞬間跳開，不給拍，說會被機器攝取靈魂。看王道士土頭土臉的站在洞窟前扯牙咧嘴地微笑狀，心想這笨道士就快要入甕，變賣經賊了。

史坦因之旅，觸發著他有限而貧瘠的想像。

千百年前，他想像著雲遊僧玄奘之路，展現在雲遊僧眼前的景象，是否和自己所見大同小異？千佛洞古寺入口是否也和現在一樣亦明亦暗。史坦因在石窟前端入口持著火炬照明，照片映出鑲嵌著青琉璃、銅綠和粉白膚色的佛像，明亮而令人心曠神怡的構圖。天山神秘大峽谷、天山神木園、托木爾峰……史坦因和他說起自己一路如何歷經艱險，說起玄奘更是眼光泛淚，他訴說著這雲遊僧如何動盪西遊的求法歷程，乃至回到長安人生二十年卻只在一方之地譯經的慨歎，描述玄奘如何從世界的壯遊轉變成在一方之地蹲點，過著餘生獻身給佛的歲月，將須彌山納入小芥子，過著一本書一座經院的空間微縮。又以景仰的眼神，說著雲遊僧從偷渡客變為求法一代國師的故事。

王道士流露如遇知音神情。

史坦因接著又以高昂的聲調說著，大師是被誤認的冒險家，但其實他不是冒險家，他的一切都是為了求法才上路，而不是為了征戰或個人名利而上路，當然更不可能為冒險而上路，他的這一切的引路人是菩薩，是原典。

就著燭火，史坦因流露無比虔誠，一言一語分外多情，外加蔣師爺的天花亂墜的即席翻譯與其生動的身體語言，史坦因終於將陌生的王道士轉為知己，找到了兩人關係的突破口。同時間，他也不斷地說著自己如何覆轍玄奘經歷的旅程，且巧妙地告訴王道士一定冥冥之中是玄奘在天之靈，才讓我這樣一個遙遠的西方人可以有幸目睹這些古老經卷，現在我也希望可以藉此弘揚佛法（把弘揚佛法拉升到王道士最念念在茲的焦點）我要把這些文物帶到西方去，讓西方人見證玄奘大師的偉大，史坦因堅定地說著，近乎祈禱文，彷佛眼前的唐僧佛像就是他的大英帝國女皇。

真是太感人了，蔣師爺心裡想的卻是這洋人也真會東拉西扯。

史坦因藉著宗教和信仰的力量，讓王道士相信一定是偶像玄奘大師冥冥之中帶領藍眼珠來到這裡的，他相信這藏經洞經卷和西方是有緣的。王道士一輩子沒見過洋人，洋人也沒見過道士，相隔千里，王道士想應是佛窟裡的佛的安排。

王道士不禁悠悠不平地想著七年來自己的奔走，卻仍無人問津的出土藏經洞經卷畫像蒙塵的滿眼荒涼，瞬間這一想，他的情緒從疑惑轉為感動，感動變得衝動，在當晚他竟帶著一種炫耀式的心情為史坦因打開藏經洞，藏經洞的千年塵埃裡首次飄揚著洋人白皮膚裡的那種狐羊騷味。

他夢中念茲在茲的偶像大師，玄奘，雲遊僧，竟有一個白鬼佬和自己一樣深情地愛他，且看來更勝自己一籌，他想我不過是花錢請人繪製唐僧西行取經像，這藍眼珠可是耗盡九死一生覆轍西行之路。

就這樣，那夜，史坦因只花了幾炷香的時間，就讓王道士成了一夜千古罪人（或善人），王道士心甘情願地將一束跟玄奘譯經相關的經卷送給了藍眼珠。

頓時史坦因手持古老經卷，他激動得握緊又放鬆，深怕把脆弱的紙張給弄碎了。他慢慢地走回紮營地，心情激動，一會兒沉思，一會兒嘆息，一會兒微笑，一會兒哀戚，一會兒抬眼望漠地星空，一會兒喃喃自語望著腳下揚起的塵沙。

這讓蔣師爺看在眼裡，蔣師爺像哈巴狗似地緊跟著搖錢樹。史坦因整夜難眠，望著帳篷外的星空，他感到手中的經卷力量。深知一束經卷是不夠的，他要盡可能地將藏經洞的寶物帶到西方文明世界，他也明白那守經人王道士早已無路可走，偌大的黃沙一地，苦蹲七年的守經人已經走到了臨界點，不僅天高皇帝遠，當時整個清朝都在風雨飄搖中，巨龍沉睡。

隔天與往後的每個隔天，史坦因都拉著蔣師爺去找王道士攀交情，於是再次進入藏經洞，歷覽不世出寶物，想像著帶回大不列顛時女皇見到寶物的發亮神情。他就著微弱燭火，盯著昏暗中不斷朝他放光的寶物，彷彿在竊竊私語著你終於來了，我們等了千年，等到了取經的伏藏者。於是史坦因當下決定放手一搏，他用四十錠馬蹄銀，要蔣師爺跟王道士說他要買走整個藏經洞的寶貝，當然心中也自忖著如果王道士不願意，必要時他可以隨時翻倍賭資。

蔣師爺翻譯成三十錠馬蹄銀，打算自己私吞十錠馬蹄銀。哪裡知道史坦因早知他習性，給他台階下說，你聽錯了，是給他四十錠馬蹄銀，你的部分我會另外給你。

蔣師爺眨醚著小眼，跟王道士說是四十錠馬蹄銀，鬼佬子加碼十錠馬蹄銀了。

哪裡知道王道士猛搖頭，說不行不行，國寶怎能賣給洋鬼子，翻幾倍也不賣。

史坦因又和王道士磨了多日，最後跟王道士承諾一定好好保存寶物，且跟王道士說清朝如果要這些寶物早派人來了，你等了七年，還要繼續等下去？

最後王道士被這話打動了，其實他也是做做姿態，總不能一下就同意吧。七年的光陰無人聞問，這種孤寂風霜他又豈會不知。他收下藍眼珠以四塊馬蹄銀（二百兩）買走經卷印本古籍二十四箱，佛畫、織繡品等五箱，共計九千多卷抄經卷和五百幅佛像絹畫。當夜，王道士不安心，又把原本要讓藍眼珠帶走的部分經卷搬回了些，放到藏經洞裡才安了點心。

藍眼珠的考古隊離去時，王道士跪別目送著滾滾而去的黃沙，他跪別的對象當然是經卷，車隊後面顛簸著箱子，裡面都是他心中的刺痛，就像把自己的孩子送給別人收養，他不安地看著手上的銀子。

史坦因回到英國，展出藏經洞的寶物，自此暴露了原本神秘的敦煌寶藏地，從此寶藏地成了弱肉強食地，接二連三的異邦人來到這裡，用閃得比日光還強的白銀，買走王道士手中的藏經洞文物。

王道士好像也習慣了這樣的買賣，從不安到安心，他已經走進了歷史。從此他看到相機都會微笑，他也習慣了這樣的機器，嘲笑那個蔣師爺說的什麼機器會攝走被拍攝者的靈魂。如果會被攝走，那我被拍這麼多次，豈不是沒有靈魂了。

蔣師爺後來好說歹說成了他的助手，直到偷偷運走不少文物才在某夜趁夜離開。這讓他更不相信漢人了。

史坦因離開敦煌的第二年，他從藏經洞取得寶物回到大英帝國的消息輾轉傳到了正在旅途上的伯希和與他的法國探險隊，伯希和聽到商旅隊四處在談史坦因奸詐使計與守經人做了一個超級划算的買賣寶物的消息，伯希和立馬改變探險旅道，伯希和敏感如鯊魚嗜血，迅速聞寶而至。他和史坦因不同的是精通十三國語言，他不需要鬼頭鬼腦還要分紅利的蔣師爺，他憑藉一口流利的漢語，輕易就來到了王道士眼前。首先因口吐漢語而獲得了王道士的好感，畢竟王道士沒見過世面，驚訝鬼佬也會口吐漢語。於是伯希和是第一個得以在藏經洞自由出入且想待多晚就多晚的人，這種日夜不休翻閱經卷的認真，王道士焚香時流淚了，他對菩薩說，這是怎麼了？連外國人都千里迢迢地來到這裡，近在咫尺的官府卻不聞不問。伯希和對洞中所有文物進行了地毯式的考古查勘，開始對所有洞窟進行了考古的編碼，且將洞內所有經卷逐一進行了翻閱。

僅僅只是翻一遍經書，都足足花了伯希和費時超過三星期的時間。他一天翻閱上千件文物，一天翻看十個鐘頭，平均每三十六秒就得完成一卷經書的打開，他彷彿是龍樹菩薩獲准進入海底藏經閣，必須限時取經。不斷重複翻閱與闔上的動作，一天至少需重複千次，如此近乎不吃不喝的查閱，連續過了十天之後，伯希和已然將藏經洞裡面的文物做了精緻與普通的分類，憑著厲害的考古田調與歷史知識，再加上超強漢語能力，伯希和最後用五百兩銀子換得了六七千卷寫本、印本、經卷、文書、佛畫等六千卷，並拍攝莫高窟照片三百七十六幀。那時候的王道士在收了大筆的金錢時還絲毫不知自此他將成文物流落他鄉的代罪羔羊。

當伯希和滿載經書離開敦煌時，他在滾滾黃沙中回眸了佇立黃沙中的瘦削道士一眼，他回身時嘆了口氣想，一個上了年紀的道士如何頂住這千年萬年的巨浪襲來？

當伯希和抵達京城，某日他在一個國際晚宴的場合上，情不自禁地展出他收穫的寶物時，整個北京城學術界突然炸掉了，古籍真身，六朝古書，風雨飄搖的清政府決定亡羊補牢，下令押送藏經洞中剩餘的經書進京。但運送過程的隨意令人唏噓，驢車上的經書沒有裝箱，堆上車後只用草席予以覆蓋，一路顛簸，且兼有自盜棄車逃走者不少。但敦煌劫餘錄還沒停歇，押送文物的官員抵達京城之後的第一件事竟是將載滿經書的車拉回自己的大院，有的將經書占為己有，更有甚者為防被人發現，還將經書一撕為二，以利偷藏。貪欲使經書畫卷四散，碎裂。

時間再次七年流逝，左七年右七年，心逐漸如漠地石化，王道士已然不再因風沙刺目而傷懷流淚，風沙的敦煌，如紅塵滾滾，王道士闖進了時間廊道，扭結了千年與當代的空間，千年一瞬，一瞬千年，敦煌從此成顯學。他從孤身一人如佛像佇立沙漠，突然變成代言神祇，朝拜者眾，考古隊、商旅隊、貿易群、朝聖者、進香團、政客們、官僚、遊客、好奇者，來來往往的面目寫著貪婪，他已熟悉，不再無知。他明白自己作為敦煌藏經洞開山門的第一人，第一人永遠有被敘事的位置，有被代換成傳說的可能，每個想要一窺藏經洞寶物的人也都要透過他的許可，他真正成了守經人。

逐漸地，被史坦因帶著戲劇性的說詞而感動的過去之景，他也逐漸淡忘了，玄奘雲遊僧也成了他心口的往事不如煙，彷彿被騙走的不是寶物，而是清朝的無知。至於失去經卷，時日久了，也已成了王道士生命習以為常的悲劇（或喜劇）。

他開始自我安慰，鄉愿心想，還好自己有私藏偷渡若干，不然還不是被自私官僚給私吞了。他將出售寶物經費先用來修一座古漢橋，讓朝山拜佛者能便利抵達，上山下山不是問題，人潮就多。接著，他陸續搬出千佛洞各窟的殘塑，造千佛千相塔。

不知時間又過了多久，有一天，從橋上走下一個藍眼珠，他竟又重逢了老友史坦因，史坦因突然出現在他的眼前，高大的史坦因縮水了，而他自己也駝背得厲害。這個傷害他最深卻也愛他最深的藍眼珠多年後去而復返，還記得回來看望他。這讓他背負賣國賊的史坦因，眼睛有點畏光，戴著看起來時髦的眼鏡，也送了王道士，說這太陽這麼烈風沙這麼大，你要戴太陽眼鏡。王道士戴起眼鏡，看著昏暗的沙漠，整個光亮被調暗了，烈陽不再刺傷他的目光。

史坦因旁竟還跟著那個機靈又老奸巨猾的通譯官蔣師爺。不告而別的蔣師爺看起來發福不少，肚子大得就像彌勒佛。王道士卻更瘦小，就像是長期被烈日烘烤的脫水，乾枯。蔣師爺看見王道士就笑，王道士想這奸人伴著鬼佬，油水顯然吃了不少，偷了寶物還敢回來。

一笑泯恩仇，蔣師爺嘻皮笑臉地說，聽敦煌人都叫您老人家王阿菩，有菩提心的妙好人，您就原諒我吧。

被這蔣師爺這麼一讚美，他就笑開了。

當王道士想要熱情地再次和知音史坦因聊聊心中渴仰的玄奘雲遊故事時，這個風塵僕僕回到莫高窟藏經洞的藍眼珠老友，卻只是不斷地搖頭嘆息，近乎捶胸頓足地仰沙長嘯，他抓著王道士半中文半英文地激動說著，朋友啊，我看你就把這些藏經洞的殘卷抄本全部都給了我吧，與其給別人，還不如給我，這次流淚的人換史坦因。

藏經洞裡那幅他找在地工匠所繪製的三藏取經圖，雲遊僧西行模樣年輕不老，依然在黑暗的洞穴中蒙上時光的塵埃。三藏法師不老，而王道士和史坦因都白髮蒼蒼，雙眼迷濛了。

王道士當下沒有回應，只是依然目光灼熱地望著和他們之間開啟連結的三藏取經圖，他看著史坦因泛淚的眼光，心裡卻說著，你這老小子又想來誆我了，但奇怪的是心裡同時卻又浮起一種怪異的甜蜜，彷彿在漠地多年竟有故人重返是一種榮光，被某個人牢牢記得是這樣安慰。他看著三藏取經圖，說著玄奘大師啊，您是我們的偶像，由您來定奪，我該再次把寶物給死探音嗎？史坦因，王道士總是念成死探音。

蔣師爺在旁聽著笑著，沒翻譯給史坦因，因為蔣師爺看史坦因的表情就明白他聽得懂王道士望著唐三藏的意思了。

時間是一九一四年，已然知天命花甲之年的王道士面對著老友史坦因第二次來到莫高窟的表情時，史坦因的淚水告訴了自己，真正看重這些文物的人是眼前這個他生平第一個遇到的藍眼珠，看清廷那些破壞文物的官府，那才真正讓他痛心。但同時有個聲音響起，當年我是否做錯了什麼？

繼之他又想，既然是雲遊僧冥冥牽引史坦因來到藏經洞，那就不該有錯的。他跟史坦因說起自己經歷的七年之痛，看盡被官府搬運走的經卷早已不知下落何處，他跟史坦因說，剩下的你就買走吧。想想當時我如果聽從蔣師爺的話收下你全部的銀子，讓你搬走更多的寶藏就好了，就不會被破壞了。

這一次史坦因用白銀五百兩買走經卷五百七十餘件。王道士拿這筆錢曾擬重修第九十六窟大佛殿九層樓事未竟。

後來有旅人來到莫高窟，寫王道士是個生不逢時的守經人，早生千年，王道士可以開窟造佛像，晚生百年，會像是發現秦始皇兵馬俑者那般名利雙收吧。但是王道士亂世求生，甘願守經，將販售所得修繕洞窟，死去時一貧如洗，陪他的仍是他花錢請工匠畫下的唐僧西天取經圖畫卷，不值錢的畫卷沒有人取走，但這才是他真正的寶物。

王道士歿後即葬於莫高窟廟前大泉河東岸，對岸是為了各種旅遊前來而魂埋在此的敦煌眾鬼。

墓誌銘石碑寫敦煌當地人稱他王阿菩，如菩薩般的菩提心腸。

人們說他很節儉，很辛苦，一生仰渴三藏大師，熟知三藏西行故事，但卻從來沒好好讀過佛經。

又寫，這王道士如果有罪過，那麼這個罪過就是不該在亂世發現莫高窟啊。

王道士被稱為有菩提心的王阿菩，他躺在道士塔裡，留下悲欣交集的懺悔之淚，他哭喊著唐僧大師啊，玄奘大師啊，這敦煌藏經洞古物精華會大量流徙他方，最初可不都因為您是我和這洋人的偶像啊。

唐僧三藏法師在塔外笑著，嘆息著。

在夢中只對王阿菩說，我既然是你的偶像，那你倒是寫寫我的故事吧，你口述，自有人會替你書寫潤筆，就像我口譯佛經也有眾弟子替我記下筆潤校正。

佛言：出家沙門者，斷欲去愛，識自心源，達佛深理，悟無為法。內無所得，外無所求。心不繫道，亦不結業。無念無作，非修非證。不歷諸位，而自崇最，名之為道。

佛言：剃除鬚髮，而為沙門，受道法者，去世資財，乞求取足。日中一食，樹下一宿，慎勿再矣！使人愚蔽者，愛與欲也。

西行前

0 臨終之眼

舍利子！
是善男子 善女人等 信解廣大，
能依妙色、聲、香、味、觸修廣大施，
修此施已 復能種植 廣大善根，
因此善根 復能攝受 廣大果報，
攝受如是 廣大果報 專為利樂 一切有情，
於諸有情 能捨一切 內外所有。
彼迴如是 所種善根，
願生他方 諸佛國土 現有如來、應、正等覺，宣說如是甚深般若波羅蜜多無上法處。

——大般若經

「向在京師，諸緣牽亂，豈有了日？」弟子在旁，他將閱畢的經文交給慧立。大般若經陪他西行返回長安的第一夜，當時他還不知道這部經在二十年後也將陪他離開人間的最後一夜。

示意慧立可以離開。

二十年不知外界繁華生滅，一心都在眼前的經書。囚在譯經院，文字般若璀璨卻照耀不了人心，身後的長安城，載歌載舞，夜夜笙歌，誰要讀他翻譯的佛言佛語呢？望著率眾星而來的黑夜，他嘆了一口氣。

自他歸返沒親履過長安市，但從弟子們的耳語知道這漫漫絲綢路早已微縮一座長安城，琵琶橫笛羯鼓伎樂，還有那些華麗的夜光杯波斯毯，都飄在夢中雲端，彷彿是他過往在東西市學胡語異語的擴大了。隨想像與嘆喟而來的是，他彷彿聽見佛說，死亡伴隨新生，伎樂往往隨千佛起舞，魔與佛一念之間，一線之隔。僧莫憂，僧莫愁，安住你即將歸返天庭之路，時間不多了，一世為取經雲遊須彌，一生為譯經口說不斷，此刻你得將心納於芥子方寸，靜默再靜默。

預知時至。

他一個人獨坐經前，望著翻譯未竟的經文靜默心想，只能留待後人了。他知道這是最後的字句了，轉身離去的慧立打開門，門外敲更人的聲響彷彿敲出了飛天仙女的舞踏，印度西塔琴的弦音在風中飄盪，他聞到音樂中滲著檀香與花香與獸畜混合的氣味。他彷彿聽見屈支樂與高昌樂，十部樂曲昂揚著玉女弄杯、七夕會。屈支，龜茲，他也將隨鳩摩羅什尊者的腳步往生了。

長安都城，正是從這裡，年輕的僧人，踏上了前往印度的旅途，尋求原典真經與佛法。法，佛的教義，如何成佛的方法。所有的經典都已經馱在馬背上，所有的佛像都已經在馬車裡，但為何他感到有點如夢似幻？

現在他又回到一個人的房間，等待他的是佛，佛長什麼樣子？他有把握臨終見佛還是沒有把握？

那一夜，他往牆上隨手取一部經，大般若經。

當年他一個人在護城河外的官員宿舍等待明朝要召見他的太宗，那竟已是二十年前的事了。恆河邊那些塗灰的臉孔朝他夢裡奔來，其中有一人竟是過世已久的太宗。他笑問皇帝何已作此打扮？太宗笑言還不是因為你的西域記，讓我魂遊神往不已，竟也跟著西遊。突然河邊冒出一堆賊匪，準備綁架太宗，他喊著皇上小心，一轉頭卻見是自己在恆河被土匪綑綁準備獻祭火神。

印度，取經的心靈原鄉，也是他將天竺正音成印度，印度這兩個字從此生根。

五年的玉華寺，他的故交太宗皇帝入夢多回，他就在玉華寺送走太宗的，現在他也要在玉華寺畫下人間句點，換太宗來送他。他醒過來，發現自己不知何時竟入夢連連，他知道這是離開人間的徵兆，他已無夢多年，就是有夢也都是手中正在翻譯的文字在夢裡斤斤計較。

幾日前他去探望他親手漆造的兩百尊佛像，跟佛像道別。當他知道自己行將圓寂時，便婉拒弟子要他再譯另一本佛經的要求，「死期已至，勢非賒遠。今欲往蘭芝等谷禮辭俱胝佛像。」門人僧眾聽了彼此相顧，不禁潸然淚下。

多年來，他一直都是打坐入睡。那是在那爛陀養成的習慣，那裡的僧人寮房高度寬度只容半身，上下四方就是一個打坐空間。當時他一坐五年，卻彷彿一坐萬年。在他嚴謹人生裡有少數幾次情不自禁的痛哭流涕，西行九死一生後在異地遇到的漢僧，相擁而泣的淚水，千轉百迴才抵達菩提迦耶的淚水，聽聞恩師戒賢離世的淚水，愛徒辯機被處死的淚水，於今乾涸淚水已回歸天荒地老。或有淚未流的大悲，知遇之恩的唐太宗往生，陪他取經落難的人與馬匹，哥哥長捷法師的圓寂。佛不說死亡而說往生，佛不說離世而說離宴，佛不說逝去而說圓寂。

新字新詞由他嘴巴吐出，從此光耀漢地。

死亡的星塵即使死亡也依然閃耀，只是人們見不到那微光。紅塵如艷麗朝霞，譯畢大般若經自知俗緣已了的雲遊僧站在花園望著星空，耳聽譯經院燈火仍通明，他甚至聽到抄寫經論的窣窣細響。他聽了四十年，比起塵劫沙數，四十年如轉瞬。他相信唯有經典可以抵擋時間鏽蝕，不被層層疊疊的更迭浪潮吞沒。七十五部一千三百三十五卷，首次被他吐出的文字。

長安夢華錄，這夢是一場影響千古的繁華，佛學盛典。不願枯守僧院，雲遊世界，從沒想過最後的二十年被困在譯經院。那一場出走，時間軸線畫下的西元六二九，新皇才三年，貞觀之治尚未開顯，他卻私自出關，打算違反禁令西行，即將漏夜秘密離開中土前夕，他面對著生長多年的長安往昔。

冬風吹過了回歸線，永劫回歸，近乎二十年被囚在譯經院的方寸之地，目光只有佛經，對比近乎二十年的西行取經遊歷的壯闊世界，看似須彌與芥子的對比，但其實真正的宇宙是眼前這上下無邊的文字般若。

般若，超越智慧的智慧，找不到對應的漢字故不翻譯。他嚴格謹守四不翻。為救度眾生而將自己成佛時間延後的菩薩，而他自知死期已到，不能延後了，他望著滿牆未完成的梵文經書。他擔憂，但瞬間又放下，譯經團人才濟濟。

想到這裡，他微笑了，聽見玉華寺敲更人突然高聲誦出心經，色即是空，空即是色。時間彷彿已然遙遠，年少曾在蜀地救過的那個身染臭瘡的乞丐所回報他的梵文經典，經題加內文兩百六十字，無一字能滅，無一字能增，販夫走卒都能朗朗上口，但真能讀懂這集六百卷經典之心滴心要精髓者幾希。

慨歎之餘卻又自我安慰，紅塵不留他了，至少文字留下了。

心經救過他，他想起那場幾乎索討他性命的西行取經的沙漠飢渴，觀自在的楊枝淨水灑醒他上路，度過險惡，直朝佛國奔去。但這一切都要落幕了嗎？愈涉愈深的沙丘，愈行愈峻的高山，如夢中之夢遙遠了。眼前慢慢透亮的晨光，花影搖曳，冬末初春，佛來接他了。

在看見佛之前，他看見了許多人，這人生路上的許多幫助過他的人。六道有情，那些曾經一路為他的取經之路而死傷無數的生靈，那些不知名的商旅，那些有聲名的國王，那些販夫走卒，那些幫他馱經回返的馬匹……菩薩的蓮花座等他上座，他明白沒有眾生就沒有菩薩，眾生依怙菩薩得救，菩薩也因眾生成就。

這近在咫尺的蓮花座，必須一步一跪，行過髑髏地，才能抵達。

多年後，這個被唐中宗追諡為大遍覺，他在闔眼前，回想他人生遭逢過的所有生靈們，一一唱名的生靈們，微笑回應他的初心與明白，裝著他整個宇宙的心。

佛經即眾經，一切經，大藏經。佛是眾生，眾生是佛。佛是過去人，人是未來佛。

麟德元年二月五日夜半，圓寂。半世雲遊半世譯經，半生移動半生定點，如他曾對玉華寺僧眾所言：「玄奘今年六十有五，必當卒命於此伽藍。」

臨終前，即將上位菩薩的他逐一列表要感謝的眾生功德芳名錄，他倒帶回想此生相逢的眾生，要慧立逐一筆錄，且特別叮囑筆錄語詞語感要保有一種中性。並再三提點書寫我的部分莫有溢詞之美，只需陳述。慧立點頭，但心裡想的卻是當然要讚嘆師父感恩師父，何況師父一生如史詩，根本超越語詞。

十二點夜半鐘聲一敲，菩薩蓮花座等他上位之前，蓮花座下開出的是眾生的骷髏頭。時間從西元六六四年二月五日一路倒退成胚胎，僧回母親的子宮。

沒有眾生，就沒有菩薩。

佛說：「諸比丘，若見眾生愛念歡喜者，當作是念：如是眾生，過去世時必為我等父母、兄弟、妻子、親屬、師友、知識。」（雜阿含經三四．九五二）

佛說：「吾道弘大，合眾為一。」（佛說海八德經）

1 父母

「汝是我子。今欲何去。報曰。為求法故去。此則造迦維之先兆。」你是我的孩子，為何要離開我呢？

母親從夢中的白衣僧袍中醒轉，看見僧袍在滾滾紅塵中飄然西去，只彎身拜別，取經求法，因緣已到。

母親乍然肚痛，分娩在即。

這年是六〇二年，隋文帝仁壽二年三月初九，河南洛陽陳家誕生的這個男孩，取名禕。父親陳惠被譽為「英潔有雅操，早通經術」，才能過人且溫文儒雅，因見亂世，隋朝氣數日衰，男孩父親潛心經典，稱病不仕。

他就在書香門第中成長，經常隨父親修習儒業，自幼即穎悟過人。八歲那年，有一次，他父親口授孝經，講到「曾子避席」。他忽然整襟而起，令他父親大為驚訝。

曾子聽老師訓誡尚且要站立，我此時聽父親教誨，豈能坐著。」父親聽了他的回答，非常歡喜，知道這孩子日後必成大器。

他的個性淳謹端嚴，看起來十分少年老成。童年就不和同齡孩子遊玩，只想待在書房讀書。他自幼和一般小孩不同，品貌不凡聰明出眾，俊逸出格，性極沉默，喜歡獨處，靜坐冥思。同齡的孩子的嬉戲玩耍他毫無興趣，對於歌舞喧囂也見而未見，聽而未聽。孝順父母，仰慕古聖先賢。只是當時的儒學已漸漸失去活潑的生命力，成了刻板的教義。

2 二哥長捷法師

二哥陳素，法名長捷，不凡之輩，法相莊嚴，博通經書，深入教義，擅說經典，已在東都洛陽淨土寺出家，見他這個幼弟「堪傳法教」，且因十歲就失去母親，父親逐漸老衰，於是長捷法師為了方便照顧與教導他，因而將他帶到佛寺，在寺中教他誦習經業。

哥哥長捷法師是最初帶引他入佛門的人，長捷法師「風神俊朗，體狀魁傑，有類於父……至於屬詞談吐，蘊藉風流，接物誘凡，無愧於弟。」有這樣的兄長帶引，朝夕聽法又天資聰穎，他進步神速，十歲那年就能誦讀維摩詰經與妙法蓮華經。長捷法師跟他說僧肇大師就是讀到維摩詰經才決定出家的故事，讚嘆這不可思議解脫法門經，僧肇得羅什真傳，被譽為解空第一，在他二十七歲到三十歲之間，曾隨羅什師尊到師尊的老師大毘婆娑的譯場去聆聽新翻譯的四分律及長阿含經，未來佛門大將卻可惜在隔年（四一四年）為後秦皇帝姚興脅迫還俗不從而被砍頭，辭世詩曰：「四大元無主，五陰本來空，將頭臨白刃，猶似斬春風。」年僅三十一歲。（他當時當然沒有想到有一天他日後的得力助手辯機也在三十歲左右也如僧肇命運，被唐太宗腰斬了。）

四大地水火風，五陰眼耳鼻舌身意，刀子砍頭竟如斬春風，這種氣派氣魄讓少年的他景仰不已，他也體認到鳩摩羅什尊者的偉大翻譯志業，翻譯搭起梵語與母語的媒介橋樑，使佛經養分可以灌溉不同的他方，使他方世界也長出佛智開出佛果。

他當時感覺到羅什尊者譯詞極其優美，卻也因此容易讓人陷入優美詞彙的飄渺虛幻，就像文學，美則美矣，總非究竟。當他讀到妙法蓮華經सद्धर्मपुण्डरीकस意為妙法，直譯白蓮花，以蓮花（蓮華）出自淤泥卻不染，喻佛法與自性的潔淨。明白此經的一乘圓教，直抵清淨了義，究竟圓滿，無上微妙。然一乘何意？他在寺院聽聞此經是佛陀晚年說此教法八年，圓融教法宣說眾生皆可成佛。但他有很多的不解，在底下聽著，想再問細節，卻無人可回答。

鳩摩羅什翻譯維摩詰經，取其音譯，當時少年陳褘自是不知有一天他會親自翻譯這部經，且取其意譯為說無垢稱經。年少的他著迷於經中人物維摩詰竟是以居士身分且還家財萬貫。維摩詰居士常救助貧民、布施僧侶，樂善好施；且不執著於外相，為了度化眾生，維摩詰居士可以向天神天魔說法，也可以向王公貴族說法，甚至在妓院、賭場向貪歡作樂的人說法，這讓他往後交遊能夠從市井到皇帝、從貧賤到貴族都能出入自如隨機逗教也許是有關係的。

羅什尊者的詞彙優美，又得力弟子僧肇的潤文，使得羅什的譯經在地漢化且深受喜愛讀誦。梵文轉譯成漢文，二者皆要精通，但梵文源頭不可不知。加上有的模糊不明，他開始產生對梵文翻譯至中文字詞的某些困惑，到原地去取原經的想法突然浮上心頭。

當時他問長捷法師，翻譯佛典是要一言一字都忠於原典真經翻譯，還是可以在地化而取意譯？長捷法師沉吟良久答說，不偏離佛意卻又能深入人心，比忠實一言一句卻因此而晦澀難懂是來得更有善巧，畢竟經典是要能活用的。為了融入在地，以吸引更多人學習，翻譯是為了大開方便之門。

他一時之間還找不到回答之語，但心生一念，方便就可能隨便。（很多年後，當他也走上翻譯之途，且後半生都被困在譯場時，他走向一條和羅什尊者翻譯迥異之路，初心帶回原典，也初心翻譯原典，一字一句依序譯出，至於往後讀者多寡或能否接受並不關乎其心。）

3 大理卿鄭善果

隋唐佛法已然大興，然想出家當和尚並不容易，僧人意欲清淨，出家離家並非是逃避世俗，而是能將聖俗二諦深入的人。資質優秀，學識品德之外還要求精通經論。出家需通過官方考試認證，因而士子無不以出家為榮。

和尚一詞，尚原字是上，出家是大丈夫，要當人上人。

隋煬帝建都洛陽，楊廣初登皇位也是佛法的擁護者，興建四大道場供養僧人。在陳褘十一歲時，隋煬帝下詔，頒了敕令，在洛陽招考，擬選十四名僧人，由國家培養讀經法師，資助一切生活用度。受度地點正是在長捷法師出家的淨土寺。當時能出家受度是一種榮耀，一時之間，向淨土寺申請受度者竟不下數百人。他也很想剃度出家，卻因年齡不符，無能在申請之列。為此他在寺門徘徊許久，不捨離去，盈滿悵然。

當時負責受度考選資格的大理卿鄭善果「見而奇之」，這位主考官向來以自知之明的能力聞名，見眼前這少童儀表不凡，不知何故在寺外再三流連？

鄭善果問他叫什麼名字？多大年紀了？他說來此一心求度，卻因年齡太小不合規定無法入列。

鄭善果問他想要受度的理由？

「欲遠紹如來，近光遺法。」繼承如來志業且還希望將教法發揚光大，這麼獨特又十分得體的回答，當下讓鄭善果驚訝而佩服，除了嘉許其對佛法的熱忱、信心、器宇不凡，更破格錄取，准他成為寺院沙彌。

大理寺同僚不解，鄭善果回說：「誦業易成，風骨難得。」誦習經論日久有成不難，但風骨品格稟賦難得。只可惜我已老了，等不到看這少年成大師了。

4 慧景、慧嚴、道基法師

進入寺院之後，他愈發卓然耀眼，如慧日瑞月。如見其他小沙彌浪費時間玩耍，他必然相勸，生死無常，歲月匆匆，切莫浪擲時光。（那時他還未見到藥師經梵文原典，他後來翻譯的驚世之句「人身難得」還沒被吐出。）

他是講經堂裡年紀最小的沙彌，卻是最專心一意最認真的學生，融會貫通，記憶強，領悟力高。涅槃經、攝大乘論由慧景法師、慧嚴大師宣說開講，在淨土寺養成的佛學基礎，使他愈發堅定了心意識與佛經的廣博深遠。

十三歲他被提拔升壇說法，他一上台開口彷佛老僧，講解經義毫無遲滯，語態自在，語詞練達，從容井然，見解不凡，不僅讓哥哥長捷法師刮目相看，連在寺裡被尊為上首的慧景、道基、寶暹、智脫等法師大德都對他推崇備至。一時之間少年俊秀的他頓時聲名鵲起，城內城外都讚譽紛沓，緇素與僧俗二門皆視他為不可多得的佛門大才，這樣的人本應容易升起驕慢之心或者日後坐享名僧地位，但他卻毫無此念，一心只往經典爬梳，不眠不休，志在遠方。

即使當時東都洛陽的淨土寺已是當時藏經最豐之地，卻無法滿足他的渴法之心，他將寺內所有經典都閱讀熟稔了，對於經典字詞的解釋感到各家莫衷一是，心想應該去印度取回原典的心如飢如渴地燃燒著他的念頭。

淨土寺雖說是奠定他佛學基礎之地，但待了四年的淨土寺已經留不住他這匹可以雲遊千山萬水的千里馬了。往後的五年間，他繼續跟隨長捷法師在淨土寺修習佛法。深入經藏，研究原始佛教教義和大乘佛教奧義。象徵智慧客體的空性和覺有情的菩薩大道，為了使眾生覺悟，為了普渡眾生，甚至願意將自己的證果延後的菩薩，把自我放到最低，把成佛放到最後，只為了讓眾生走在自己之前。他深深著迷這樣的菩提心，發現菩提心是整個大乘乃至整個佛教的核心種子，菩提心超越慈悲，沒有字詞可以形容。

西元六一八年，隋煬帝耽於逸樂好大喜功且連年用兵終至帝國瓦解，天災人禍橫行，饑荒苦難遍地。天下大亂，群雄割據，血腥風雨，連東都都瞬息萬變，再無安寧，繁華京城頓成盜賊巢穴，寺院難以辦道，連一心求生死解脫的僧人都如泥菩薩過江命懸一夕，況高談佛性與度眾。到了隋末，更面臨生死大關，功德主落難，齋僧自求多福，寺糧斷炊，僧徒紛逃，考驗兵臨城下，只徒空蕩蕩的寺院與佛對望。佛像近在眼前，佛法遠在天邊，空蕩蕩的，倒成了真正的「空」門，難以濟世淑世。

他的學習修業為此中輟，和哥哥商量去處。

彼時唐王李淵攻占長安，先以奉恭帝號召，再伺機受禪位稱帝，建國號為唐，改元武德，以仁義為號召，得天下民心。那年他約莫十七歲，已知通達權變，也能觀天下大勢，他靜觀時局與學法因緣，知道困守洛陽毫無良師益友可尋，清淨蘭若之地更是沾滿了血腥。於是他向長捷法師建議前往長安。長捷法師同意這個提議，於是兄弟倆一錫杖一芒鞋，背負經卷，徒步西入長安。這是他的首次徒步之旅，緩慢行過一景一幕的人間殘敗紅塵，揚起的塵埃總是刺目得讓他想要落淚，這生死一念如富貴浮雲，當外境兵荒馬亂，如何自心不亂？當瞬息萬變，如何隨緣不變，不變隨緣？風塵刮過他的臉龐，念頭也如飛沙走石。

武德元年，徒步抵達長安，在一切等待復甦的長安城，他們兩兄弟尋到了過去在洛陽的寺院同修，在疲憊中落得一蘭若之地，掛單莊嚴寺。

唐初開基，四處征討群雄，煙硝未平，故治國仍偏向重武輕文，儒釋道佛一時之間學習者少，但他是一個不管外界變化，只管盯住自己的求法之心，落腳莊嚴寺，也是潛心研讀，埋首經藏。過了一段時日，他可惜著等待重生的長安缺乏佛學大德尊宿，他體認到當時的長安也不過是另一座徒有虛名的洛陽。

長捷法師向來支持幼弟的求法之路，知他心志廣大。於是兄弟倆某日便偕同從各地蜂擁而至的僧人所形成的僧團，一起移往偏安的四川成都。

此後，一介行腳僧人雲遊於世，竟成了他前半生的樣貌。

由長安入川，過子午谷，長途跋涉，度過艱辛路程抵達漢中。蜀道難，難於上青天。餐風露宿翻山越嶺，彷彿給了他日後漫長取經的行前訓練。

他們在蜀地竟巧遇洛陽淨土寺慧景大師等高僧，於是他們從漢中前往成都的路程，聽聞慧景等大師開講的攝大乘論與阿毘曇論。他連在亂世途中也忘安危，仍一心求法，聞經若渴，一義不解就一直深入，抽絲剝繭，直至明瞭。但泰半時候，有很多疑惑，再要細問是無人可回答的。

天府之國，偏安一隅，他們一路邊說經談法邊刻苦結伴駐錫在空慧寺，天下紛亂之際覓得一處法筵常開之地。

道基法師對外讚譽：「余少遊講學多矣，未見少年神悟若斯人也。」希世若人，讚揚著他。

5 受戒師

武德二年入川，直到武德五年，他已入寺多年，當了多年的沙彌，終於在二十一歲來到受戒之齡，步上戒壇，陳姓正式轉釋迦姓，從此為釋族佛子，玄奘。

> 佛對比丘們說：「譬如恆河，遙扶那薩羅摩醯，流入大海，皆失本名，合為一味，名為大海；汝等如是，各捨本姓，皆同一姓，沙門釋子。」（僧祇律卷二十八）
>
> 佛告諸弟子們說：「有若干輩各自道說言：我種豪貴，如貴，富樂貧賤，當如五江水入海；若干輩為佛作弟子，皆當棄本名字，乃為佛弟子耳。」（恆水經）

出家人易姓換名，切斷過去，紅塵遠翳，心在法，身度眾。

他在成都受了具足戒，戒行圓滿清淨。出家受有五戒、八戒、十戒及具足戒之分，各有儀式及儀軌。受戒壇場梵語曼陀羅，為比丘受戒法場之地，受戒儀軌遵循佛陀教法與戒律論。佛遺教受戒之後，坐夏安居。五月十六日起到八月十五日止，結夏安居，新受戒者必須一律坐夏學律，有規矩才能成方圓。戒律開、遮、持、犯，戒律要瞭然行持。

比丘出家的最初五夏為「要誦戒令利，誦白一、白二、白四三羯磨，皆使令利，未滿五臘，比丘不離依止。」（毘尼母經卷八）此即是「五夏學律」的根據，最初幾年以學習律儀的生活為主。毘奈耶，戒律意，集僧團戒律的經典，他開始學習過著僧團生活。

從一個人到僧團，從陳禕轉玄奘，從沙彌變法師，時間流逝，這一期生命無常，他知道自己並不屬於這寺院方寸之地。

6 蜀地乞丐

蜀地時光，某日他在人潮來往的大街上見一乞丐生病，孤獨瑟縮無人理會，身體臭穢，衣服破汗，慈悲心頓然生起，他揹起這無人理睬瘦弱髒汙潰爛的乞丐病人一路徒步帶回寺中，把自己的寮房讓渡給病人，細心照料，施予衣服食物。他也略懂學醫明學，試著幫乞丐醫治，乞丐果真慢慢康復。有天他還沒進門就見到寮房放光，彷彿月華之屋。

痊癒乞丐對推門而入滿眼詫異的他微笑著，從包袱取出一本看起來破破舊舊的經書說著有一天慈悲行者如您會需要它，然後乞丐打開經書，對他開始傳授心經梵文，以作為報答。

這是他第一次讀到梵文版的心經全文，全身震動戰慄，一股暖流直竄心底。

說完，乞丐要離開寺院時，瞬間竟從乞丐幻化成一個高大莊嚴的天人。天人說慈悲心者無分別，菩提心是自性的核心。如雷鳴巨響，天人消失在空中。

一切如夢似幻，寮房只剩他一人與一本老舊經本。

那時心經還沒被他命名為心經，他在淨土寺與定慧寺讀過的是鳩摩羅什尊者譯之摩訶般若波羅蜜大明咒經。

那時已經在路上和很多來自天竺的僧人四處學習梵文，他逐一逐字讀著心經梵文，即時口譯出震天動地的「色即是空　空即是色」。是夜，他譯出如日照耀千古的心經，兩百六十字，自此無人能增一字減一字。

核，種子。

心，自性。

7 搭船商人、漢陽王與眾高僧們

他和長捷法師在巴蜀待了近三年，遍習佛門各宗經典，但他卻仍常感學習之不足。空慧寺藏經閣也已閱畢，對經典疑惑成都高僧也都無能可再釋解，他聽聞長安今非昔比，興起遊歷長安，以尋訪機緣。

有天在成都的大街上，他偶然路過聽到街上商人說起某一天夜晚將要搭船赴長安，旋即他向商人說可否一道上路？商人見是莊嚴法相的僧人，十分高興欣然應許，彷彿僧人的慈眉善目給了旅途安心的許諾。

他回到寺裡跟長捷法師說起這事，未料這回長捷法師卻不允，以為這個弟弟又不安於一地了。到了和商人約定的那夜，他只好不告而別（這一別，兄弟近乎訣別，未想再見面已是二十多年之後）。

那是他在成都度過第三個結夏安居的日子，秋天一起，解夏之後，在未告知長捷法師之夜，他即私下和這相約同行的商人乘船經渝州順流而下，一葉小孤舟在夜黑風高時，突然一陣風猛浪急掃向小舟，小舟瞬間在黑暗中載浮載沉，頓時驚恐嘶吼尖叫聲如炸彈四散，卻見他不動如山，泰然安坐，誦觀自在心經，持觀世音聖號，終於穿過黑夜巨浪，安全抵達荊州。

自此他遇難即誦觀世音聖號與心經，朝念觀世音，暮念觀世音。（他沒有想到他的這一念與這一經，自此影響中土千古，家家觀音，戶戶彌陀。當時觀「世」音也無須因為後來即位的李「世」民去字，連菩薩都得避諱皇帝的俗名，唯天可汗能與天爭名。）

登岸後，他暫時覓得天皇寺落腳，本想只是暫歇，旋即要轉往長安。時值九月，秋高氣爽，天皇寺將大師來此寺院掛單的消息一時廣傳，為此竟吸引許多好奇與慕名者前來。他應聽法眾生要求，暫時落腳天皇寺，升壇宣說攝大乘論與阿毘曇論。無著菩薩寫的攝論是對阿毘達摩大乘經的詮釋論著，此論是當時大乘教瑜伽行唯識學派最重要的論典之一，他講法時心頭浮上一念，我要去天竺取回佛經原典。

彼時的漢陽王王懷是喜愛修習佛法之流，護法熱忱，對他的到來引為荊州的榮耀與個人的福報。漢陽王親自到天皇寺拜見之外，在他講經的法會上更是率領部屬前來聽講，一時之間法會蓬勃異常。連漢陽王都來了，武漢三鎮的官員與百姓自然也都聞風而來。漢陽王率眾蒞臨，習法者川流，此景讓他當下體認佛法要廣傳與深入，得從權位高層與菁英下手，藉由當朝權貴與知識分子普及以開枝散葉。（這讓他西行歸國的餘生二十年，在政治高層與知青之間遊走的篤定有很大的助益。皇室貴族與知識分子，是他將佛法扎根宣揚的定錨座標。）

他開講時，壇下總是一片寂靜，鴉雀無聲，只聽聞他的聲音震聾啟聵，洪量如鐘，旁徵博引，善於譬喻，文辭明暢，聽者屢屢忘了升壇的法師也不過二十出頭。在天皇寺，一晃季節轉換，四個月來，他宣講攝大乘論與阿毘曇論三回，但壇下聽講者的表情讓他知悉唯識學派對中土入門之困難。

漢陽王以王之尊經常來到天皇寺，對他十分禮遇，他一直受到王宮貴族喜愛，這也讓他頗為詫異。為此天皇寺上下僧眾也同霑雨露，四個月來的齋僧供養豐厚，並廣施聽講大眾。一般出家人大概都會生出貪婪之心或者驕慢之氣，但他對眼前繁盛之景就像過眼雲煙，無視外境，無睹外物，纖毫不取。沒有人可以用富貴安逸的生活留住他，既然他出家，就沒對家產生眷戀。寺院也是另一種家，另一種框架。框架也就算了，如果在框架中可以學到佛法，但寺院的圍牆讓已長出尋道翅膀的他無法被框住了。

他在講經法會結束之後，行腳北遊，開始參訪許多人，比如他在趙州拜訪道深法師，親近約莫十個月之久，學習成實論。此論由羅什尊者由梵文譯為漢文。成實論說的是如來教法，經、律、論三藏中的「真實義」。他到相州慈潤寺和慧休法師再次學習深入攝論與大毘婆沙論、雜阿毘曇心論，歷時共八個月之久。

「聽受阿毘曇論，一聞不忘，見稱昔人，隨言鏡理，又高倫等。至於婆沙廣論，雜心玄義，莫不鑿窮巖穴，條疏本幹。然此論東被，弘唱極繁，章鈔異同，計逾數十，接蘊結胸府，聞持自然。至於得喪荃旨，而能引用無滯，時皆訝其憶念之力，終古罕類也。」

武德八年，遊歷參訪多年後，他才又回到長安，長安已然繁華，卻逢哥哥長捷法師閉關未遇，他被迎請駐錫大覺寺，與道岳法師學習俱舍論。當時他讀此經的版本是真諦翻譯之阿毘達摩俱舍釋論，經文以難著稱，難以理解。長安高僧們有法常和僧辯精通大小乘經論，他也從師二人學習過。

但自他出家以來雖潛心經典，遍覽群書，十多年對於大小乘經論早已熟讀，又四處參訪通達佛理的各大善知識，汲取精髓，群考各方之說與之長，卻發現各論之間差異甚大，無人可解惑。

珍惜半寸光陰，無棄半字經文，在洛陽、成都和長安，他勤於學習各國語言，深入佛家各宗各派的教義已然忽焉十五年而過，午夜秋暝，身世未兩忘，萬念也未寂，一唱三嘆，自覺深感對中文譯本的不足，且翻譯有時義理上也彼此衝突或斷章取義或殘缺不全。以偏概全，多年來竟只摸到大象的一小部分，抱殘守缺，以偏概全，無視於各譯本之間的扞格奇突，相互矛盾。經中教義不是隱晦不明，便是與聖教格格不入。哪些教義是真的？眾生皆有佛性，或是只有一部分的人能證道成佛？他的內心因而產生疑惑，不知該信受哪些教義，於是「乃立志西遊，以決所惑」，欲將彌勒菩薩所說、無著菩薩所寫的瑜伽師地論完整的梵文經本攜回唐土。

他被無著與世親菩薩精妙的論述深深吸引，他們所創的瑜伽宗的哲學包羅世間萬象，但當時傳入中原的原典卻不過如浩瀚銀河的微小星火，且原典或因譯者能力不足或因路途往返毀損散失致成殘本，為了窺探全景佛國璀璨星圖，這更加深他的取經動力。

至於艱險與否他不是沒想過，但前有法顯、智巖大師，前行者賦予他決心與勇氣。

這一年，少年玄奘已成青年玄奘，他二十八歲。

等待他的是天涯僧客行，願為雲遊僧。

8 胡商們

青年玄奘身高約莫六呎，濃眉大眼下流露一股自在智慧且柔和慈悲的神情，雙目炯炯有神，讓人感受他的感性之外的理性與絕對，臉部線條輪廓分明，鼻隆寬額，俊逸不凡。青年時期他喜歡穿著「褒衣博帶，好儒者之容」，一襲僧服穿過北里，如一朵烏雲灰鳥，映著周邊繁華都城色彩更如夕霞。

長安夢華錄夜夜笙歌，京城科考摘得榜名者與友伴偕同私妓紅粉正在娛樂歡慶，樂曲歌賦詩律絕句傳頌街坊，彼時青樓興起，薄倖郎陸續出世。

長安城復甦，喧囂繁華初起，到處閃爍金光，眼眸深邃的異族交相而過，摩拳擦掌，異同交會，十方雜處，他看著大街市井這一切汲汲營生的浮世繪，人不知生也不知死，茫茫忙忙，富庶長安城逐漸吸收異域輻射而至的力量。

胡漢化、漢胡化，異國情調互撞，長安是他接觸異文化異語的最初之地，語言磨練，他的唇齒吐出新語，為日後雲遊他方打基礎。

一個白面書生夾雜在肌膚黝黑的胡商之中，瘦削身軀和豐腴矯健男女錯身，他顯得如此獨特，他不知道自己正在寫歷史。

長安大街的商旅們騎馬馱物而過，不斷旋轉與不斷騰躍的胡旋舞與胡騰舞炒熱氣氛，空氣飛揚著雜沓的氣味，隨著雲飄雨飛，送到他的鼻息下。或有姬巢鶯鶯燕燕，垂珠步搖，粉黛香塵紛飛；或有酒肆熙熙攘攘，辛辣嗆味，咖哩孜然刺鼻，他想就是盲眼人也能走在這些市坊，氣味串流東西市，流動的異邦，移動的饗宴，拉出一條條隱形的地理動線。男兒志在四方，到遠方去，將故里投入異城，也將異城放進故里。羊肉泡饃、臘牛羊肉、灌湯包子、肉夾饃、餃子、酸湯水餃、涼皮、胡辣湯、油茶麻花、甑糕、油潑麵、烤羊肉串，突厥匈奴胡人中亞天竺召喚著他的舌尖，但他的舌尖並不是用來吃這些東西的，他總是不斷地練習語言精進文字。從中亞傳入的回教、祆教、景教、摩尼教和佛教在長安城遭逢，一觸即發，各擁教主。

異國情調的音樂舞蹈，蓬勃的文學藝術，轉個彎可以遇見詩人藝人，詩是生活語，藝是生活匠，職人百工圖拼貼成長安富庶榮景，有貴族之家出遊，達達馬蹄響在石板路上（彼時他掛單的寺院和李府相距不遠，也許早在那個時候他就遇見女童李雁兒了）。

他感受到生活的真實，卻心知轉眼化空的無常，萬物任時間河流沖刷，晴空雨色，流光幻化，無常無常。

榮華終是三更夢，富貴還同九月霜，他聽見青樓妓樓有詩人唱著遣懷悲歌，他想著時光有限，知音世稀，生命危脆。人身難得，佛法難聞，上師難遇。（多年後，當他在翻譯藥師經時在譯場跳了起來，原來釋迦尊者早在藥師經寫到人身難得。）

在熱絡的大街上看著商旅來去，商人看起來彷彿只在意金錢，但他知道這只是商人在生命之旅的顯外歷程，他知道佛法要深耕，除了要有權位人士與知識分子的支持外，更得仰賴商旅的傳播與資助。走在街上，錯身營生商旅們如流水滑過，他憶起長捷法師在他還小的時候曾說過的故事：佛陀初成正等正覺時，第一個對佛陀進行獻食的就是來自縛喝羅國的兩名商人。傳說有個地主神看見正好走到菩提樹下的兩個商人因緣甚妙，於是開口對商人說，眼前所見的這位修行人已成佛陀，「心凝寂定，四十九日，未有所食」，你們緣起大好，竟能千年一遇，遇得初得正果的佛陀，隨機布施，此功德大海難量，虛空難較，若能以虔敬之心無我之想，將隨身所有悉數奉上，必能獲大善大利。兩位商人聽了心生歡喜，於是將行囊中的米和蜜，全數獻給了佛。後來這兩位商人經商積富之後也捨財入道，在他們的家鄉縛喝羅有後人建蓋了佛塔來紀念他們，故事於是廣流傳。

他當時聽了心有所悟，明白佛法傳播需要各色各樣的眾生，難怪佛陀將佛經最初命名眾經，佛光耀眾，眾生皆有佛性。眾經即一切經，一切即眾生，眾生即一切。

只是於今眾生顛倒，認假為真，背覺合塵。他看見長安煙花的背後是危身之火，時間幻化，但經典永存。

他的家教與佛學素養讓他談吐文雅，加上聲音清朗，外型風標雅致且目不斜視，一派年輕卻又十分老成的高僧風範，但當時他不過二十出頭。走在長安大街，他和任何當地或異地人攀談，每個人都對他展現一派歡迎，彷彿他的靠近就是春風，於是很快地他在幾年之間交誼廣闊，只為練就各國語言，尤其長年和天竺人學習梵語，這讓他直接可以閱讀翻譯佛典。

他刻意尋訪各種階層的外國人教他大唐國境以外的語言，販夫走卒或富貴商旅都是他談話的對象，他經常和往來絲路密切的西市商旅學習流通於吐魯番與中亞一帶的吐火羅語，從西元六二六年他就開始深入梵文，只為了有朝一日可以和西域高僧溝通對談無礙。當時的梵文是佛經和北天竺各寺院的共通語言，在尚未踏上還沒被他日後正名為印度的天竺前，他廣學梵語、犍陀羅語、西夏語、吐火羅語、粟特語、于闐語、回鶻語、蒙語、僧伽羅語，經常得空即來回穿梭在寺院與西市之間，走進一條猶如語言雜燴的市集路徑。

每一張臉都帶著母土背後的故事，鑿刻著他嚮往前進的取經西行路徑。

吐火羅語是一、二世紀古屬於婆羅米的印度語，犍陀羅語是三、四世紀的語言，于闐語是一種變種婆羅米文和塞語，他多方學習，深知語言是上路溝通的橋樑，也是有如海綿般可以吸收異地的媒介。直到這些語言都像是根生在他的舌尖下，開出舌粲蓮花，直到異語成了母語般熟悉才罷休。他從小在仕紳儒學與佛經家庭中耳濡目染，其漢文已臻完美，現下需要的是五湖四海的語言注入，他知悉自己有朝一日將抵達佛典故鄉，他想要獲得原汁原味的第一手資料以解決當前經典有限的翻譯與各種名相疑惑。

語言是為了準備日後孑然一人西行之日的到來。

白日，在市街和各路異國人等學習各邦之語；夜晚，勤讀高僧傳、佛國記，以激勵自己未來不畏險路的壯遊之心。

西元三九九年，高齡法顯與幾個高僧同參從長安一起出發，經過西域抵達天竺，最後一起上路的同參或死途中或往他地，只餘法顯尊者一心想尋求戒律與經典，最後不僅遊歷三十餘國，收集諸多梵文經典，前後歷時十四年，終抵長安，寫下佛國記，這經歷照亮了他孤寂伴佛的心。

西度流沙時，上無飛鳥，下無走獸，四顧茫茫，不知方向，唯靠著太陽以分辨東西，想找尋前進的路，毫無痕跡，一路上只有死人的枯骨能作指標。常有熱風鬼魅，遇上了必死無疑。

蔥嶺上冬夏積雪不化，有惡龍吐毒，風雨飛沙不絕，遇此難者，萬無一全。

在閱讀時他不斷地提醒自己絕不做傳記所提之僧景、寶雲、慧達這種走到一半不願再前進的半途僧，也不做圖謀自己求法安逸而遺忘初衷滯留他鄉的道整。更不做巧立名目心志轉彎至高昌國的智嚴、慧簡、慧嵬。他想日後上路，若取經失敗，寧可像慧應病死、慧景凍死也不離初心。

法顯抱著慧景屍體痛哭失聲朝天吶喊：「我們的願望尚未達成，你竟先走一步了，這是命，也是為法忘軀啊！」法顯用雪就地掩埋慧景，揮淚往山頂攀登。

他讀到這裡也暗暗神傷流淚，又想自己不過二十來歲，法顯西行時已然過了花甲之齡，這讓他更具接受考驗的信心。

法顯大師能，吾當然亦能。最讓他感動的是法顯日後歸國的決心。

法顯大師在天竺停留三年，知道自己一定要回國。他求得了摩訶僧祇律、薩波多律抄、雜阿毘曇心論、綖經、方等泥洹經等。當時正好有商人在青玉佛前供養了一把來自故土的漢地白絹團扇，他睹物思鄉，不禁悲從中來，潸然淚下。回憶離開長安十多年來，昔日十人出關，有半途退轉返回，有屍骨無歸；有居留成異鄉客者，如今只剩自己一人，垂暮之年，孤身滯留異旅，思念至此，乃決心歸國。

他把高僧偶像深深埋進心裡，日後困頓時，大師將是心裡最大的安慰與啟示。前有古人，後有來者，他決定要當個來者，不取經，不回頭；取了經，定返國。

回到寺院，暗夜靜坐，滿園寂寥，寺院的經書他都已閱過多回，已無人可解惑，也無原典可參閱，他想西行取經得快馬加鞭上路才行。

此時他已是離城行旅四處掛單的雲遊僧，但腳程尚在國境。身未遠遊，心已遠行。馬蹄達達，梵唄震震，只待他啟程。

就在他一心想西遊之時，僕射宋公蕭瑀卻因景仰他的深厚佛學與清淨戒行，擬奏請太宗下詔迎請他為長安古剎莊嚴寺住持。他聽了連忙婉拒，蕭瑀無法理解他的求法之心，但卻敬佩這個人竟然年紀輕輕就不被高位誘惑而動搖心志。

名相都是誘惑變現的幻象，鳩摩羅什尊者翻譯的金剛經，早已言說佛在菩提樹下的四句偈。佛陀早成道，而自己還在浪擲時光，渴切到菩提樹下掬取一把釋尊睹明星而悟道的座下泥土，取菩提子回中土種下。

一心西遊，遠方成了他在長安西市向各地胡商市井學習的嚮往座標，只因遠方有經典，他志在經典，不在謀位。如要謀位何必出家，然住持之高位，吸引無數口說念佛心仍貪想熾盛的僧侶們想要爬上蓮花坐的頂端，他卻想都不想，且告訴自己西行之日要加快腳步，免得時局變化徒增後患來臨，且仰慕者對他是個困擾，阻礙他的前進。

為了加速西行時間，他想不如先上奏朝廷。他相約幾個淨僧聯名申請赴天竺求法的陳文。然當時邊境商旅危險，國基尚未安穩，於是朝廷仍禁止出國，即使僧侶也涵蓋在內。

「國政尚新，疆埸未遠，禁約百姓，不許出番」。少了官府批准，其餘聯名僧侶旋即打退堂鼓，違法偷渡被抓嚴重的話可以論及死罪。唯他堅持初心，不僅不放棄，且打死不退。他靜待機緣，心想既不獲准出境，那就只好「冒越憲章，私往天竺」。

在等待期間，除了研讀佛經，他也準備體力訓練，考驗自己的意志力與耐力，同時詳細參考法顯筆下描述的各種地理險要與人文背景。

法顯於新城中買香、華、油、燈，倩二舊比丘送法顯上耆闍崛山。華、香供養，然燈續明。慨然悲傷，收淚而言：「佛昔於此住，說首楞嚴。法顯生不值佛，但見遺跡處所而已。」既於石窟前誦首楞嚴。停止一宿，還向新城。

初到祇洹精舍，念昔世尊住此二十五年，自傷生在邊地，共諸同志遊歷諸國，而或有還者，或有無常者，今日乃見佛空處，愴然心悲。

他想像著耆闍崛山、祇洹精舍，裝在他心的佛，迷路的人在暗夜看見的光，濃霧的眼眸映照著燈，他知道自己正沿著正道前進，直抵涅槃極靜的核心。

旅行他方，上路學習，他深知最需要的除了語言能力還有體力，人身既然難得，絕對不能輕率上路而失去寶貴人身。體力部分，挨餓於他不是問題，忍渴，這得要訓練。未來的徒步長行翻山越嶺乃至於忍受酷熱耐寒，他在這幾年的遷徙長途跋涉中也有不少體驗。從洛陽走到成都，從成都走到長安，從長安走到洛陽，又從洛陽走到長安，走出方寸，走進佛心。

彼時佛法興盛，連西域諸國都是佛光普照，佛入滅前預見的佛滅尚未到來。胡人胡邦也念阿彌陀佛。

善哉鳩摩羅什，優美的佛言佛語早就來到他年少初心的眼皮下。

西元四〇四年，金剛般若波羅蜜經的字句驚天動地，無數的詩心被撼動起來。

一切有為法
如夢幻泡影
如露亦如電
應作如是觀

當時他還不知道自己在多年後會將此經新譯為：能斷金剛般若波羅蜜多經。（般若）能斷（如）金剛（的煩惱）。金剛比喻為「煩惱」，即煩惱頑強，難以破壞。

一切有為法
如星翳燈幻
露泡夢電雲
應作如是觀

外在世界萬象即有為法，有為法就是無常幻化。他吸取羅什尊者翻譯的優點，同時針對模糊訛譯部分重新翻譯，當然這是很多年後他西行歸國的事了。

9 難民與農民們

人發善願。天上聞之。聲如雷震。諸佛無不護念。

唐貞觀元年，時值不過八月，竟是滿眼飛霜。河南到長安一帶突遭霜洪雨澇，緊接乾旱到來，秋收無望，農民欲哭無淚，難以維生。一時之間饑荒四起，天可汗太宗命令僧俗疏散到災情較輕地區，百姓可以自由移動至他處求生。

苦難卻賜給他得以隨著饑荒覓食人潮離城，初七清晨，他混在群眾裡，隨眾西行，離開了長安，與難民百姓成群結隊地流徙各地。

西行當日他在長安大街上走著，採買部分隨身用品與乾糧外，一路彷彿也在回望這座即將別離的大城。西市那些走動串流的胡商與天竺商旅們，語言交會，異國風情的器物服飾瞬間隨著饑荒而褪色。

他隨緣和即將道別的胡商們說起無常諸法，概說瑜伽師地論與阿毘達摩俱舍論的無常精華。一切有為法皆是因緣生，由於因緣變異而終將滅壞，一切事物皆有生、住、滅的過程，無常看似無常，其實是日常。

意以法為緣，而生意識，意識必須藉緣而生，有生之法終必壞滅，是無常之法。有為即是「諸行無常」，有即「成住壞空」。人一造作就有某個現象的生，但生卻又不能永生，生剎那滅剎那，苦剎那樂也剎那，生滅流轉，如時間流逝。

「無常八相。剎那無常，一切萬物，無常存者，此是如來末後所說。……爾時，生者無不死，佛

滅之為樂。」（瑜伽師地論）

「一切有為皆非常性，一切有漏皆是苦性，及一切法空非我性，名為共相。」（阿毘達摩俱舍論）

「諸所有意識，彼一切皆意法因緣生。」（雜阿含經）

「隨喜能得一切聖財，由此自然吉安，超度生死廣大險難長道，是故亦名眾聖法印。」（瑜伽師地論）

他在長安這座市井江湖，對著大眾宣說熟悉的經文，但內心卻感到對經文存有諸多不解，這使他迫切渴望西行，到那爛陀戒賢法師座下，親自聆聽大師的解說以解惑。

胡商們也聽得一愣一愣的，聽他說畢紛紛向前和他握手道別，他望著達達馬蹄揚塵而去，自己說的那句超越生死廣大險難長道，讓這隨緣說法卻更像是說給自己聽的，他彷彿得到了天啟神諭。

就在這時，遠在天竺的戒賢法師年老身受病痛，已然決定斷食往生。這夜忽在夢中聽到菩薩對他說，汝還不能滅去，必須等漢地有緣僧人前來求法，汝才能圓滿此生。師徒緣分未了，佛緣傳法未竟。戒賢法師夢中應允，不再斷食。

戒賢法師醒來發現長年宿疾劇痛不藥而癒。

10 算命師何弘達與孝達法師

青年玄奘就在想著經文的文句啟示之際，突然在吵雜的長安大街上，一個毫不起眼隱身於市攤角落的算命師叫住了他。

小師父，還請您留步。

他聽見聲音來處，轉頭一望，熙攘於市井中的小小攤位看來十分簡樸雅致，他見到算命師懸掛的旗幟布面上寫著鐵板神算何弘達。

何弘達，他喜歡這個名字，何有河諧音，法音如河流，意喻他這條小河匯歸法潮大海，弘達又有弘法廣達之意，在他西行之前緣起甚好，於是他便趨前就教。

算命師微笑說著，此去西行，師得去，去後，有狀似乘一赤老瘦馬，漆鞍轎前有鐵。小師父只管往前，赤老瘦馬將引領你度過迷航。

他點頭道謝，聽過並沒有上心，正要掏錢給算命師，這算命師忙搖手說卜卦不可對法師收錢，何況你是未來菩薩，小的只盼法師西行歸來，日後記上一筆小人功德，大師歸來年老的我應已返回西天，法師一筆，我就洪福齊天了。

當時這算命師何弘達看似幽默卻又藏著天機之語他並沒有放在心上。抬眼只見月光初掛，胸懷一片，像是一路都有佛的暗號在推動著自己的前進。

時間是西元六二九年，也就是貞觀三年，秋爽八月。他徒步從街市走回寺院掛單處，寺院清寂，僧人四散。

過了今夜，長安將成旅途夢幻，漠地陌異他方將成故里。

夜夢時分，魑魅魍魎如秋風起兮。

「既方事孤遊，又承西路艱險，乃自試其心……始入塔啟請，中其意志，願乞眾聖冥加，使往還無梗。乃夜夢見大海中有蘇迷盧山（須彌山）。」

啟程前夕，當夜在夢中顯現夢兆。

夢中有一座大海，海中有一座寶山，峯巒疊嶂，俊秀神朗，林木參天，彷若仙境。他想登山探訪，卻無船筏可渡，當他躍身入海時，海中卻浮起一朵朵的石蓮花，每踏出一步，就湧出一朵石蓮接住了他，腳跟離開，旋即石蓮花即隱沒。於是他就安然地來到了山腳下，山高峻嶺，他想騰空，說也奇怪，他念頭一起，瞬間即身輕如燕地飛騰起來，瞬間來到山巔，孤立山頂望向紅塵茫茫，心胸滌蕩，寂靜如山，正要喜極而泣時卻見窗外東方白，竟是一夢如幻。

蘇迷盧山也就是須彌山，意為妙高。宇宙虛空有山，名須彌。須彌山四大部洲，須彌由金銀琉璃水晶纓絡寶石所成，嚴麗莊嚴，他想著夢中之景，意欲登山卻海潮洶湧，無船舶卻不以為懼，這意味著他的決心已然成熟。忽然石蓮花應足而開，隨足而滅。抵達須彌山下，騰空無礙登頂，四望遼闊。這些都是吉兆之象。夢中異象，嚴酷種種，西行求法的示現，他想這是吉兆。

因緣成熟，他在長安熟識的孝達法師正巧是秦州人，然後又正好孝達法師已然學成，要返鄉歸去。人生地不熟，於是他決定當夜就和孝達法師同行，先離開長安到秦州，日後再作打算。

抵達秦州，暫宿一宿，在旅店遇到欲往蘭州的旅伴，是夜他又移往蘭州而去。就這樣舉步竟把長安城拋諸腦後。

前塵瞬間如夢似幻。

法顯西行時年六十，是合法的離境。他西行時年二十八，卻是第一個為求法而成了偷渡客，違犯禁令，從此西行，可以想像的未來景象是翻越天山南北、奔向荒漠礫土。從此路上每一眼都是風景，每一步都是修行，每一個陌生人都可能是救他或殺他的恩人或罪人，是魔是佛，或是混合體，眾生心思難料，但往後都可能是生命開花結果的養分。

從此從此，孤獨再孤獨，涉險再涉險，從長安到天竺，西行，既是一場信仰之旅，也是一場生死的涉險。不至天竺，終不東歸一步。當時他還不知道自己往後會行走超過百國，遇見超過千人，踩踏土地超過萬里。

從此西遊

11 涼州都督李大亮

經秦州抵達蘭州，一路長途跋涉未曾稍歇。

蘭州，絲綢之路的十字大路口，長安的小縮影，異國情調充溢。

白日蘭州，熙攘如常，大街上飄散著同樣讓他熟悉但卻不曾也不想嘗的牛羶羊騷氣味，吆喝的小販手邊煮著釀皮、炒麵片、漿水麵、涼麵、滷麵，他放下背後的經篋，收起遮陽油傘，取出裡面擱著的一小袋乾口糧，喝了幾口皮囊裡的水，稍歇，徒步市街小巷，問得一破廟，入內竟擠滿饑荒難民老少，他在廟簷角落下方尋覓小小方寸，就這樣又過了一夜，他知道這角落已是佛恩，能聞到自己的呼吸聲是如此的幸運，磨難尚未開始。這一切只是起風之初，摧枯拉朽的死神窺伺意志薄弱者。

在廟簷下方望著星辰，他想起初抵蘭州白日，曾遇到的一位客居在涼州的商人，他聽聞這商人正要解送官馬回返涼州，他一聽就知道這是難得機緣，於是當下就向商人表達同行之想，未到天亮，他就往商旅客棧，覓得商旅隊，就一路跟著這商旅往涼州前進。商旅隊的人見著年輕僧人一無所有，但臉上神情看起來卻蘊涵一股難以言說的奇特豐饒光采，彷彿披星戴月的所有風塵，都只是為了襯托他那如鐵如石的心越發閃亮而已。

走走停停不到兩日時光，隨著商旅隊抵達涼州。

他的西行之路，往前又跨一步，他的內心頓時激動，走在涼州，望著人煙，想著人生而為人，但饑荒一起，過的日子就和走獸沒兩樣，兵荒馬亂好不容易才平定，饑荒霜雪水患的天災之年突然四起。

一重山一重水，輪迴原來就在眼前，不必等下一世。

河西走廊縱谷處處，涼州是商隊前往塔克拉瑪干沙漠裡的塔里木盆地起點。他原想在涼州休息幾天就繼續往西而行。未料這天，在他想趁天未亮打開旅棧大門時，一時之間竟是滿眼燭火搖晃，人影幢幢。門外集結著等候他的人，且個個睜亮眼睛地望向他來，目光如手上火炬般，燃燒著熱切熱情，他從這種熱度裡感受到只要有眾生存在，法就存在的理想之心。

渴仰者紛紛來到，目光燙著了他的眼，使他的腳程為說法而暫時停滯，為眾生擱淺。

聽聞長安天災逐漸平息，饑荒漸離，彷彿這場饑荒只為了開城，成全他的偷渡。

邊城本無災情，街上車馬交錯，歌聲酒氣縱橫，他聽見有人在酒肆吟詩作對，喧囂與寂靜並置的城，商旅往來，馬蹄聲達達。自漢代以來，涼州就是河西一帶的文化與商業大都會。當地佛教氣息頗濃郁，天梯山石窟的規模巨大，上百座佛塔矗立，佛塔佛像群開鑿，人的盛世也是佛的繁花。

涼州是通往張掖、敦煌、酒泉的門戶，西域咽喉，邊境城市異常熱絡，蔥嶺以東商旅往來貿易頻繁。商人有錢之後，在色身困境的某個關卡中，會突然渴望灌溉靈魂。而他的到來正是讓此地高豎法幢的良緣，於是商人們延請他就地講經說法，希望聽聞佛法，他們知道佛，知道覺悟，但不知什麼是法？要覺悟什麼？有錢人間真好啊，為何不要再回人間？

佛法就是成佛的方法，他開宗明義地說。覺悟心不再受這世間幻覺假象的欺騙，這人間真好是因為你們現在有錢有健康有美眷，但你們煩惱依然，且時間會使你們老去，一切都是無常。

那麼有哪些方法讓我們成佛？有人問。

先深入經典，修證，廣發菩提心，講白一點，人溺己溺，人飢己飢，他藉之前的饑荒逃難潮開講最基本的慈悲心。

就這樣，他講了一部攝大乘論和涅槃、般若二經。

至如來所頭面禮敬。勸請如來莫般涅槃。住世一劫若減一劫。互相執手復作是言。世間空虛眾生福盡。不善諸業增長出世。仁等。今當速往速往。如來不久必入涅槃。復作是言。世間空虛。世間空虛。我等從今無有救護無所宗仰。貧窮孤露。一旦遠離無上世尊。設有疑惑當復問誰。

攝論談到虛妄分別、現有二取，而二取空就是空性。即虛妄分別而否定，空去二取，也就是經典所寫的遍計所執相，執相的有突顯了空性。存在是入無相方便相的實踐。經過翻譯又經過他的言說，字詞卻彷彿被愈推愈遠。他舌尖吐出佛語，但卻渴求趕緊快馬加鞭西行。

只是涼州眾生目光如炬，燒向他來，也因經典既然開講，也得說至圓滿方休。於是他竟就不知不覺地在涼州待了月餘之久。

涼州商旅雖多半忙於經商，但聽到佛法心神大開，竟頓然忘了營利，一時之間，他在涼州的訊息廣傳，於是聽經者眾。加上那些回到西域各國的人紛紛宣揚他的博學智慧，一時之間他的名字透過商旅傳遍西域。講經說法的法會上許多人布施給他的金銀財帛，堆積如山，但他卻將金銀珠寶分作兩份，一作燃燈供佛，二轉贈寺廟。

也因盛名廣播，他在涼州說法講經的事傳到了都督李大亮耳中，起初李大亮對他講經說法並不以為意，只是輪廓慢慢拼起來，感覺似乎有隱情。尤其當他聽到市井有許多人在談論這位法師的特別，說起這名法師從長安來，將往天竺去。這時李大亮才警覺這轟動西域商旅的僧侶竟要當偷渡客。

朝廷早有旨，各地百姓不可私自出境，關隘防密也十分嚴謹。李大亮想這逃亡僧若從他防守之地逃走，自己豈不也同犯鬆懈邊疆嚴防之罪。於是李大亮立即派人將僧侶請到都督府內，李大亮要親自盤查這名僧侶為何千里迢迢欲西行。

雲遊僧見了李大亮，只得告知詳情，說自己一心只為佛法西行，絕無任何圖謀不軌，還期盼大德大量的李都督能網開他一面，放行他好求法。李大亮聽眼前這位斯文僧侶竟然放棄榮華富貴的住持身分，竟欲穿越西域，只為抵達天竺求法。

李大亮發出一臉不可置信的驚訝神情，想大唐初立，天下方定，怎冒出這種和神經病差不多的狂僧。但這李大亮不過是個武人，也只知奉公守法，完全不懂什麼是佛什麼是法，只知王法。為此他強逼雲遊僧一定得返回長安。

雲遊僧想這眼前嚴奉敕令的都督，既已得知自己想要西行偷渡的計畫，只好表面唯諾狀似答應不西行，李大亮也心想就憑這瘦弱如枯木的一介年輕僧侶就想往烽火台去，心裡認定不可能，於是提醒他勿以身試法後，就放他回到涼州掛單寺廟。

徒步回程路上，他一直沉思著和李大亮都督的對話，深知這是一個要他趕緊啟程的暗示，經過這次約談之後，他知道應眾生之求而隨緣說法固然重要，但更心知肚明往後自己的行止要更低調，更小心。

設有疑惑當復問誰。他想起這句話，心生警惕。阿難當年在佛陀入滅前悲泣問佛陀將來有疑惑將有誰可以請益呢？佛陀微笑說，以戒為師。眾長老在旁點頭，心知肚明集結佛陀在世言論已是時機，如是我聞，我是這樣聽佛說的，五百羅漢認證無誤才能流傳。他腦中盤旋飛過想像的畫面，心想自己如果是當年那五百羅漢中的一個該多好，可以親見佛陀，親聞佛語，現在佛入滅，至少自己可以去佛國取經歸返漢地。

世間空虛。世間空虛，望著待了月餘的涼州最後一夜，他發出如此的喟嘆。

12 慧威、慧琳、道整法師

他偃渥於涼州，卻也阻道於涼州，一般僧侶早就知難而退，何況涼州講經堂恆常是金山銀山堆在案上，功德主獻供養，只等著他上座說法。

財寶讓人貪執，繁華恰恰是毒藥，他頭也不回，離開一地又一地，現下卻又前進不得。佛法以利鉤牽使不信者靠近佛，現在功德主卻以利回鉤他，以為這樣就會讓他留下。但他心志取經，正在身陷難以前進之際，河西高僧領袖慧威法師對他的講經說法早已佩服得五體投地，因而對他器重有加，心裡十分高興繼法顯高僧之後，歷經幾度亂世浮生，竟有人承先啟後，後繼有人，心下十分佩服這年輕雲遊僧矢志西行的求法之心。

當慧威法師聽雲遊僧困在涼州之後，於是暗中幫助他，慧威法師秘密派遣慧琳與道整兩個心腹弟子，趁夜黑風高之時，悄悄陪同送雲遊僧出涼州。他們三人一路為了逃避官兵追捕，休息白日，趁夜晚趕路。晝伏夜出，就這樣一路在慧琳與道整兩位法師的引導與掩護協助下，連續多日的晝伏夜出，終於走到了距安西綠州不遠的瓜州一地。

瓜州是往遼闊荒遠漠地前的最後一個補給站，往後將是足已吞噬人馬的真正險地，為了更慎重啟程，於是他在這個沙漠小城又停留了月餘，等待良機再次現身。

他和慧琳與道整法師道別之時，兩位年輕僧侶望著眼前這個決意西行的雲遊僧，年紀也沒大自己幾歲，卻如慧日照耀，瞬間萬物都被雲遊僧的德行蒙上亮光。

臨別之際，他對兩位青年法師說回到涼州，法師們勢必受到私帶我出城的牽連，尤其慧威法師已年高道隆，受到我的牽連坐罪，實在不知該如何回報。

慧琳法師說大師為佛法取經，這就是對我們對眾生的回報了，是我們無以回報才是。

他們仨從此一別，終身未再見。

他這一路從此未再見者又何其多，望著逐漸遠去的慧琳與道整法師的背影他尋思著懸念與牽掛都有礙西行，情是束縛心的韁繩，心須一絲不掛。

兒女情長，山高水遠，只有佛不能辜負，只有心不能辜負，心繫法，法繫眾生。

13 瓜州刺史獨孤達與州吏李昌

越過瓜州就是漠地，他是一個行事謹慎的人，為了往後漫無邊際的行旅作準備，他在瓜州又停留近把個月。

很幸運地，瓜州刺史獨孤達是虔誠的三寶弟子，不若涼州都督李大亮是武將又沒學佛法，有緣聽法也是不信之輩。獨孤達對他的到來展臂歡迎，立即迎請他到官署好生休息，他也趁機向獨孤達打探前路情況。

獨孤達說，出瓜州城北門，約行五十多里路之後，會遇到一條瓠盧河，河流下游寬廣，上游窄仄，因而水流十分湍急，波急浪湧，人畜難以涉過。就是涉過了，也難安全度過一路綿延邊城的軍事嚴守。玉門關位西域咽喉，通往西域的唯一道路。出了玉門關，大師繼續向西北走，行約百里，將遇五座烽火台。每座烽火台相距約百里，這些邊防主要負責的是防守，並向國內傳達各地敵資。這五烽之間的百里方圓，舉目是真正的不毛之地，連個水草影子都見不到。每座烽台都有官兵嚴格防守，晝夜監控。就算有人願意放行大師，讓您越過這五座烽火台，但往後您將面對的是上天的考驗，艱難之艱難，烽火台後是八百里無邊無際的沙漠，如沙河一般，遼闊險境如大海洶湧，度過漠地沙河，才算度過唐朝邊防，抵達伊吾國境。

聽了獨孤達的詳細解說地理方位與未來之路，使他決定暫時擱淺瓜州一座小廟，一來避開大眾與官兵環伺，二來得詳細規劃對策。但想歸想，卻一籌莫展，只得繼續日夜誦經念佛靜坐。

他對周遭困境習以「愁慣沉默」以對，神情依然泰若，但內心對膠著情況其實擔憂不已，擔憂的不是個人的安危，而是若不求得法，這一生一世就愧對人身了。

瓜州毫無認識的人，落腳時幾個剛認識的朋友也都已經離開了，就連之前所騎的馬匹也倒斃而亡。

幸運的是，就在涼州官府五百里加急，飛書傳來捉拿他快速遣回長安的文書抵達之前，他一直遇到貴人。

從涼州飛書傳到瓜州的密牒已到，接到密牒的是瓜州州吏李昌，李昌和李大亮完全迥異，李昌是有信仰的人，是十分虔敬佛的弟子，因此當李昌收到密牒時，並沒有對外公布，他敏感覺察牒書上的畫像，應該就是目前滯留瓜州小廟的那位僧人。於是李昌帶著公文，親自尋到小廟。李昌指著公文畫像說，師父就是讓人崇敬的玄奘法師嗎？

他看了和自己十分相像的畫像，正猶豫著該如何回答才好，心想誠實以對，豈不被捉拿回長安，但不說實話又犯出家人妄語戒律。

李昌看著他的神情，已然知道情況了，於是誠懇地對他說，還請師父據實以告，如果您真是玄奘大師，弟子當場就把公文撕毀，絕對不會對外公布的。

他看眼前這州吏語出真誠，竟願意幫助他，於是就對李昌實情以告。

是的，貧僧是眼前畫中人，玄奘。

李昌聽了眼露欽佩孺慕之光，自己竟能遇見傳聞為了求法偷渡西行的大師，內心十分激動，敬佩萬分。李昌當下不僅依諾在他的面前當場撕毀了公文，且還詳細告知他前方的路途十分困難，現下許多地方官吏應該都收到要捉拿師父回長安的公文了，天羅地網已布下，若在街上被其他人認出來，也是要生出很多危險與變數了。希望法師能立即成行，以免身陷牢獄。

他聽了點頭，誠摯謝過李昌，當下即決定趁天黑就啟程。常與無常，歷久不變或者瞬息萬變，每天他感受著光陰的快速流轉，時光殘酷的背後提點著他得加快腳程。幾日前，涼州求法功德主還環繞著他，此刻轉眼又孑然一身，往後是漫長無邊無際的沙漠征途。瓜州，唐朝西部疆域最後一個軍事重鎮，由瓜州往西，是大唐邊境，跨過邊境之外，即是西域。

出發前，他特地去市集買了匹馬，牽著駿馬走在瓜州大街，心想有馬卻無引路人，無人指引茫茫前方，走著走著，他又回到了之前夜歇落腳的小廟，把馬繫好，入廟長跪於彌勒菩薩的佛像前，小廟燭火搖曳，似乎剛剛也有信徒來過，他聞到空氣中的蠟燭油火與香塵氣味，內心感到一片明光晃耀，了無幽冥恐懼。

彌勒菩薩在上，請您慈護弟子一路西行取經順遂。說畢，他長跪著，把自己跪成了一尊石雕像。

就在當夜，這小廟裡的常住僧達摩胡僧做了一個夢。達摩胡僧夢見自己乘坐在蓮花台上，一路向西而行。

次日清晨，達摩胡僧走出僧房，走到還跪在彌勒佛像的雲遊僧前，急忙將此夢境告知他。他聽聞後內心十分欣喜，但怕胡僧聯想太多因而故意不喜形於色，反而還跟達摩胡僧說這夢不過是虛幻妄想。這達摩胡僧對他點頭合十之後，即轉身離去。雲遊僧知道感覺這夢是個好預兆，長跪祈求彌勒菩薩加被，使淨信弟子能順利西行。

就在他長跪很長一段時間正要起身小解之際，忽見門口處走進一道黑影，一胡人入寺，來到佛像前虔誠禮佛，還以天竺禮儀繞行三匝之姿表達對他的崇敬。他想這不就是菩薩回應他的請求嗎，徵兆已然現前。信佛者現身且還是在地胡人，定然熟人熟路，知道如何前往漠地。

他問此人姓名，胡人說他叫石槃陀，回答他之後，還說請求法師能為我皈依三寶，讓我得聞五戒。

他聽了內心當下雀躍歡喜，知道沒錯，這個當地胡人就是菩薩對他的祈求所出現的回應，來了一個信徒，來了一個嚮導。

引路人現身，西行在望。

14 胡人石槃陀

眼前胡人態度恭敬，還知道皈依與求戒是學習之始，是佛的追隨者。於是他當即為石槃陀傳授三皈依和五戒，對石槃陀說三皈依就是皈依佛法僧，五戒就是要戒殺盜淫妄酒。石槃陀聽了一愣，抓頭搔耳地重複喃喃說著殺盜淫妄酒，這這這，好像很難。自言自語著卻又掩不住的歡喜，很快像是把雲遊僧交代的戒律拋之腦後，他對雲遊僧說，我很快就會回來。

石槃陀回來時手上捧著許多果物雜食走到他的跟前說，請大師享用。

懂得供養之輩，雲遊僧見了更是歡喜。看這石槃陀的身體精壯，態度恭敬，學佛，齋僧，他知道眼前機不可失，接過一顆水果時，就跟石槃陀說起自己其實來到瓜州是為了西行，但漠地茫茫，希望石槃陀可以協助。

這新入佛門的弟子石槃陀畢竟生性天真，當下聽了，也不多想，竟就馬上答應說，弟子很願意親自送師父過玉門關，一路護送師父通過漠地五烽塔。石槃陀恭敬說著，然後說他先離開小寺，出發前得去辦些事情，好橫渡玉門關。

於是這剛認識的一對師徒就相約隔天黃昏出發，藉由天色遮掩，可以安然離城。他們約在城外西行道一片高草叢間碰面，以避開官方耳目。

等待晨曦乍起前他度過感覺十分漫長的一夜，既欣喜遇到在地胡人引路，但又怕這胡人輕諾言，沒前往相會地，如此他將不知何時才能再次出現引路人了。

畢竟初識，他不知這石槃陀是真心或假意？這麼多年他也見到許多違逆誓言初心的人，起先總是一頭熱，最後卻總是一頭冷；一開始佛近在眼前，沒有得到感應或生命遇到磨難時，最先拋開遺忘的一定是佛。

這胡人在佛前說話算數嗎？因此當夜他內心仍忐忑，但他對人性還是多半抱持著良善的天真之想，畢竟他從小生活在寺院，接觸都是善人，何況他一心相信菩薩給的示現。

天一亮，他就收拾經篋行囊，餵了馬，皮囊注入水，然後往相約處走去，他在草叢中直等到日落時分，夜暮將至，天色在快要消失最後一抹光時，石槃陀終於與乘一瘦老赤馬的胡人老翁來到。

石槃陀信守諾言，且旁邊跟著一位老胡人，老人還騎著一匹赤色瘦馬，他起先不知這石槃陀在賣甚麼膏藥，難道退縮了？改請老胡人帶他，這可不成，老胡人看起來身衰體弱，哪裡走得過五烽台。

石槃陀還在和老胡人嘀嘀咕咕不知在商量什麼時，他頓然想起之前決意西行之日，他在長安大街上曾遇到的那個何弘達算命師，叫住他的弘達算命師說：「師得去，去狀似乘一赤老瘦馬，漆鞍轎前有鐵。」他見了此景，想起算命師預言，他看著老翁瘦馬與其漆鞍處確實拴烙著一塊鐵，這眼前一切正與占卜者的預言相符。

原來石槃陀找來了識途老馬。

這老翁與瘦馬一生往返漠地三十多回，此次被石槃陀帶來竟是為了來告訴他前方是如何的險地：「西路險惡，沙河阻遠，鬼魅熱風」。

從此而去，一路險惡，沙河長達八百多里，海市蜃樓幻影重重，妖魔鬼怪出沒幢幢，熱風滾滾飛沙走石，廣漠沙河方向莫辨，商旅結隊同行都會迷途遇難，何況師父孤身一人，他聽了還轉頭看著石槃陀，卻見石槃陀眼中閃過一絲不安定的恐懼神色。原來這說風是風說雨是雨的石槃陀當夜回去心神動搖了，找來老人想要對他一番勸請，但他聽了自然不為所動，還直說只盼取經求法，願意為法忘軀。

最後他應老人之請，答應和老人換馬，老人說這匹老馬已然來往伊吾十幾回，而他在市集新買的馬不僅年幼且不識路，非常危險。

各取所需，他需要識途老馬，而老翁順利賣掉老瘦馬換了新幼馬。

老翁「歡喜禮敬而別」，他跟石槃陀說我們夜晚就出發。石槃陀聽了無語，一時之間也無棋可下，只好硬著頭皮和師父前往連他這胡人都害怕的未知險地。「去關上流十里許，兩岸可闊丈餘，旁有梧桐樹叢，胡人乃斬木為橋，布草填沙，驅馬而過。」

雲遊僧跨上赤色瘦馬，師徒兩人在寂靜的夜晚依著星光微火朝西而行。他們聽見溪流聲，是讓瘦馬喝水的好落腳處。這夜色冰涼如水，月光折射水波粼粼。放下行囊，在石上遙望玉門關。玉門關這一邊是他的來處，另一邊是他的去處。

文明與荒涼，已知和未知。

三更之時，他們來到了瓠盧河的岸邊，這石槃陀當時都還頗為認真，不僅為他砍樹架橋，還割草填沙，好讓他渡河。過了河就到玉門關了，熟門熟路的石槃陀尋得河岸一塊平坦草地，兩人解鞍休憩。

你和馬也累壞了，休息吧，我們天亮後再趕路。石槃陀恭敬點頭，各自在相去五十餘步的地方，分別躺下，準備臥眠。但未久，他感覺這石槃陀似乎怪怪的，一會兒起身一會兒又倒下。他怕心生變化，於是就假寐。不料卻瞥見這石槃陀看他似乎沉睡不動了，竟悄悄起身，他還看見手袖處竟然有一片閃光，石槃陀竟然手執腰刀，緩緩徐步走向自己，感覺這人意圖不軌，他懷疑石槃陀已起異心。在石槃陀快走到他的身旁時，他忽然起身，打坐且高聲誦經，把石槃陀給嚇醒了。

石槃陀知道師父已然洞察自己不軌之心了，眼見師父起身，當然已有防備，這當下一念清明也跑進了腦子，懊惱地想自己竟差點就鑄下殺僧的罪孽。才受完五戒，殺心就起。

他看見放下屠刀的石槃陀時並沒有大動神色，但其實內心鬆了好大一口氣。他想人的念頭如猛獸，但不怕念起，只怕覺遲，這胡人畢竟已被自己行了皈依三寶之禮，且還是在彌勒佛像的見證下，說來也是師徒一場，他相信石槃陀是信佛的，信因果的。

他慈心看著這面色扭曲的石槃陀黯然神傷地走回剛剛躺下的地方，雙雙似乎都在等待天明時分的到來。天方閃出一絲微光，他就喚醒石槃陀，要石槃陀去河邊汲水，梳洗完畢，兩人吃了點乾糧之後，就在他默默收拾經篋時，石槃陀終於忍耐不住地告知師父為何夜晚自己竟起了犯意。

師父，弟子認為您一定過不了五烽台，但卻又阻止不了師父西行決心，而自己深怕成了您的幫手，將來被抓到一定會被治罪的，內心十分恐懼，還請您原諒我無法兌現諾言。

他早就明白，於是當下就跟石槃陀說你可以回返了，不用度過五烽台，如果自己被抓也絕對不會供出你的名字。

師父請原諒弟子有妻兒，不能助您前往了。石槃陀對他拜別，轉身離去。

看著石槃陀的背影，石槃陀彷佛一夜老去。短短幾日幾夜人心竟可反覆無常至此，也讓他體悟萬物唯心造。但也悲憫感到人受困於現實的難處，種種憂慮恐懼。石槃陀從禮敬三寶，受法皈依，一路跟著他聽聞不少佛法，且連五戒都聽授了，五戒要戒殺盜淫妄酒，最後竟只因恐懼而起殺心。這瞬間讓他感受到什麼是人性，人性一定先求自保，自保時什麼事都可能做得出來。他感激石槃陀的出現，佛魔一體，石槃陀的身影消失成一個黑點後，他卸下拴在河岸樹旁的瘦馬，瘦馬那垂成一條縫似的眼睛，有如菩薩眉目低垂，慈光如此柔和，彷佛不忍見到只剩孤身一人的雲遊僧。

繼續向西，另一個方向是讓他險些喪命在石槃陀手中的滾滾黃沙，差點犯下滔天大罪想暗殺他的石槃陀已走在回返瓜州的路途（如果當時石槃陀殺了他，後來的佛學歷史會因為他而演變嗎？），一路已然不知經歷多少回的凶險，當時他還不知道之前的凶險比起後來的生命交關簡直只是牛刀小試。

騎上赤色瘦馬，繼續孤身面對未知險路。烽火台的箭與沙暴流沙正在窺探他的心志，在黃沙熱浪之中出現這批倏忽千變萬化的人馬，究竟是沙漠大盜或是蜃樓幻影？他們極有可能是來往於天山山脈之外和土耳其斯坦東部的突厥人。天可汗和突厥人，雙方緊張，一觸即發。

駝鈴悠悠，人嗚馬嘶，商隊絡繹，使者為利往來，只有他為法而去。

15 校尉王祥

往來相遇商旅對他警告再三，說漠地到處有異界妖魔鬼怪的化身。

他逕行八十餘里，終於來到沙漠五座烽火塔的第一烽。

他隱伏沙溝中，到了夜晚才敢行動。但就在他小心翼翼緩慢走到烽西汲水飲水，正想要取皮囊盛水時，耳邊突然聽見一陣疾風，瞥見高處有一箭飆來，他本能閃躲，否則箭幾乎射中了他的膝蓋處，很快地又飛射一箭過來。

瞬間他只得急忙高喊我是僧人，從京師來，莫射我。

觀測兵從烽台走下，彷彿見到鬼似的，果然是一介瘦弱貧僧與一匹老馬。

他被帶引入塔內，見到了第一烽校尉王祥，幸運的是這王祥竟和李昌一樣，也是虔信的佛教徒（足見當時佛法不僅深入各階層，還深入邊疆）。王祥因而力勸他不要進入那遼闊無邊的沙漠，一定會被吞噬，不可能憑藉一個人和一匹老馬而走出那片風一吹過就蓋過足跡路徑且極冷極熱之地。

實在太危險了，王祥說。

王祥說的他都明白，不明白怎麼可能走到這一步。他想著這遼闊漠地曾走來佛經，走來商旅駱駝，這是會夢遊的沙河漠地。當整個世界還在眠夢的出口徘徊時，睜眼所見的漠地早已不是漠地，沙漠任何蛛絲馬跡都會消殞，漠地終如幻，人生也如夢。

被夢造訪的沙漠，等著他的前進。

他沉思著，如佛眼般地看著王祥，也看著他身邊周遭這些配掛著劍與箭的士兵們，每個人的命運是如此不同，這些人從長安出發到邊城只是空虛度日，浪擲人身，沾滿血腥的武器刀光閃閃。周邊的人似乎感受到眼前這位看起來瘦弱的雲遊僧的金剛之心，心被其鎮住，整個空氣都被收束起來，彷彿他就是一尊佛，嚴肅而靜默。大海可枯，石頭可爛，虛空有盡，都不能動搖他這求法之心似的。

王祥卻仍因為擔心他的安危而努力勸說著，師父何不在敦煌各地與其他高僧大德切磋研討或者對大眾宣說即可。眼見這王祥不催他繼續前行，反勸他死了這條心，回頭是岸。他怕王祥生變，一如石槃陀，心之變異不過瞬息之間。於是他表面仍佯裝接受王祥的好意，心想還是趁還能脫身之前趕緊離開，打算天黑後，趁官府追捕令還沒來到這裡，再次漏夜西行，他對夜情有獨鍾，月光潛行。

王祥的提議雖美，他也知道敦煌駐錫諸多高僧，但敦煌不是天竺，不是原經的來處與根源地，更不是佛陀的出生成道說法入滅處。如要榮華富貴，過安穩生活，他早居長安，又何須滯留大漠敦煌。千年過去，風沙依然狂吹不止，吹出一條大信之路，等待他的天啟征程，前有法顯後有誰？他自問自己能度過這荒漠戈壁嗎？

佛國記法顯尊者描繪之景頓時跑到他的腦海。

此冬三月，法顯等三人南度小雪山。雪山冬夏積雪。山北陰中遇寒風暴起，人皆噤戰。慧景一人不堪復進，口出白沫，語法顯云：「我亦不復活，便可時去，勿得俱死。」於是遂終。法顯撫之悲號：「本圖不果，命也奈何！」復自力前，得過嶺。

悄悄離開王祥嚴守的烽火台（他不知王祥其實偷偷睜一隻眼閉一隻眼要兵莫追），夜黑風高，如魔毯飛揚著如海浪的滾滾黃沙，蒼茫礫堆溝壑峽谷。天微亮，只見漠地人獸殘骸遍野，彷彿訴說著飢渴疲憊荒涼的半途折損的故事，酷寒與烈焰交織，日豔炙身，夜涼酷冷，鬼哭神號，妖魅處處。溫差劇烈使他幻象四起，守住一念清明，他突然體會了前行者鳩摩羅什翻譯金剛經如露亦如電的夢幻生死。倏忽千變，人心也萬化，四顧茫茫，就在這時，他竟一個恍神，失手將皮袋水囊掉落，水全部倒光，很快地讓自己陷入了危險之境，眼看這一切將前功盡棄。

孤遊沙漠，不見人煙。

他身騎赤色瘦馬，策馬而行，感受到熱浪從地面騰騰升起的沙漠高溫，眼前忽然出現一座黑山，沙漠變幻不定，灰黑沙丘瞬間又驟然幻化成黑煤般的山巒，一望無際，心神恍惚中很容易失去方向感。在單調之景，他赫然見到地平線上陡然出現數百個武裝的胡騎兵，每個人都身穿重衣厚裝。

「軍眾數百滿沙磧間，駝馬之像及旌旗矛燕之形，易貌移質，倏忽千變，遙瞻極著，漸近而微。法師初睹謂為賊，漸近見滅。」海市蜃樓，原來，這般光景。

16 赤色瘦馬

春風不度玉門關，信仰者卻能度。

終於安然渡過另外四個烽塔，深入莫賀延磧，流沙河的中心。沙漠地質疏鬆，砂礫遍野，由流沙所構成，猶如海洋波濤。戈壁上無飛鳥，下無走獸，復無水草。每當他感到鬼魅處處，有凶險之兆時，他就一心稱念觀世音菩薩名號及般若波羅蜜多心經，乞丐變成天人所餽贈的心經是他的護身符。

輾轉繞過五烽塔的射箭之險，歷盡重重幻象的海市蜃樓，身涉沙暴風捲於流沙的迷失之途，每一步都是心靈暗夜與佛光召喚的雙重冰火。沙漠熱風吹散了他的路徑，四顧茫茫，他迂迴而行。也不知過了多久，他知道自己迷路了。按路程，他應該抵達野馬泉了，但卻看不見泉蹤。更令他驚惶的是，在恐懼中，他一時失手掉落了可供活命的水囊，匆忙跑去撿起，水卻已沁入流沙之中，他懊惱這求法之行將因一時的大意而前功盡棄了嗎？

千日砍柴一火燒，千里之資一斯盡。他本想東歸回到第四烽，但行十餘里，就念想之前所發誓言：「我先發願，若不至天竺，終不東歸一步，今何故而來？寧可就西而死，絕不東歸而生。」於是轉回，心念觀音，但苦於水源已盡，口渴至難以前行。忍耐了四夜，仍無一滴水可潤喉，口腹乾焦，氣息損絕，連前進任何一步都艱難時，他整個人瞬間倒躺沙河，但仍不忘默念觀音，疲困仍不捨聖號。

忽見一大神，長有數丈，執戟摩伸說：「何不強行而更隊也？」近乎死絕時，夜半忽有涼風觸身，冷如寒水，整個人甦醒過來，看見瘦馬也能站起。法師驚醒，行十里，瘦馬忽然轉向，奔向另一條異路，他跟著馬跑，徒步數里，忽然見到青草數畝在眼前，青草旁竟還有一水池，他奔去汲取，水甘澄清澈，當下就飲，彷彿注入甘露，人瞬間甦息，可惜瘦馬卻一命嗚呼了。

一日歇息，再過兩日，他才走出流沙，伊吾在望。

這匹赤色瘦馬救了他，扮演的角色猶如救他的菩薩與心經，瘦馬是菩薩化身。長年行走沙漠的馬和駱駝就像指南針，不但能在遙遠的距離聞到水草隨風飄來的氣息，還能記住曾經去過的這些地方。赤色瘦馬果然是識途老馬，但這趟沙之行，更可說是一趟神蹟之旅。

夜聽風沙奔流如海潮的汩汩聲浪，伴著滿月之際的處處狼，穿峽而過，對月嚎叫的野狼聽來雖凶險，但對於長途一人的他卻如驚心動魄的甜蜜陪伴。

過了玉門關，是離境第一步，他從死境歸來，更明白什麼是無私奉獻的置死生於度外的境界。在夢幻中，他見到心靈壯闊的須彌山，看見菩薩從虛空中而來。歷經海市蜃樓，沙漠風暴凶險，迷失於流沙，心靈暗夜，鬼哭神號，看似足以摧毀他的西行之路，其實是菩薩引路，真正引路人是菩薩。一路貴人都是觀音菩薩化身，菩薩無形中暗地的救護。

醒轉，他信心更堅，知道自己肩負著求法破萬明的使命。他的命運即將改變，流傳千秋的佛經與西行故事早已被授記。

即將等待他的是一樁歷史佳話，緣短情深。

最不能省略只餘芳名的功德主。

他與高昌國王鞠文泰的一場短暫卻亙古流傳的兄弟情緣，命中注定的佛緣遇合。如果輪迴相逢，他與鞠文泰將流轉成為誰？

17 異地漢僧

在雲遊僧尚未抵達高昌國前，他在天山山脈下的綠洲城市的起點伊吾逗留些時光。遙望天山，山下泉源奔流。潺潺流水從皚皚融雪的山巔高處傾瀉而下，匯聚至山下山坳處，最後一路奔至沙州，往西再流向至他的來處，幾乎要了他的命的塔克拉瑪干沙漠。

有過昏死瀕死經驗，之後，死神再也嚇不了他，他早把死字貼在額頭，確知真真切切的死亡來臨時，無能須臾輕忽虛假。面對眼前天山美景，他反而有一種失真之感。綠洲城鎮有水井抽取地下水的聲音，渠水順著山坡流下，遠看有如小小土墩，人間的生活從求生本能開展繁華，方興未艾的貿易因之蓬勃，北絲路繁景日盛，往來商旅為錢財奔忙，漠地髑髏那空洞的窟窿，任風沙穿進穿出。

只有他為求法在路上，是他怪還是其他人怪？他失笑地看著自己從死神中逃脫的影子，大口聞著這異地的風飄來的乾旱氣息，氣息夾著沙漠植物花果的香味。

年輕力壯的他從荒涼的山麓徒步到山谷，彷彿將長征微縮成與一尊佛像的距離，絲毫不以為苦，感謝雙腳，他在漫長行路之後倚靠在好久不見的一棵植物上，望著來時路，那到處是乾屍之地，骷髏裡的靈識如何走上輪迴，輪迴的意識如何流轉？他要到佛國親自聽佛說。

從高處到窪地，往後還要從窪地攀爬高山，不想往後，現下只能想如何走好每一步，他提醒自己絕不能再發生在沙漠將水囊傾倒的要命事了。途經天山，登上山脈山麓。看見因火紅礦物色澤呈現火焰般的山脈表面，交錯著縱橫交織的小峽谷。沿途他在貝澤克里克駐足，頂禮壯觀的石窟寺院。石窟高踞陡峭山谷上的礫質岩壁，佛窟面對著湍流，佇立高巖峭壁，只有登臨其上，才能看見這莊嚴的神跡。

那些鑿壁為寺的住持與雲遊僧，於今何在？

東漢以降，張騫出使西域，自此往來商旅與僧侶，一出財資一出智力，打造石窟不可缺，但僧眾在隋朝天下大亂時棄寺逃難去了，就像原本說好要隨他來的僧侶也都臨陣脫逃了。生命有難時你們一定是先棄佛先棄眾生，淨土寺升法座的師父帶點諷刺的話鋒朝他們底下的僧侶們這樣說著。語雖聽起來帶刺，但卻讓當年才十來歲的他心生警惕。

人間聚散離合較之數百萬年侵蝕才能形成的峽谷歲痕猶如天上白駒過隙，都說僧侶們因為長期雲遊各地，見多識廣，能辨風水，善於擇地，比如眼前的佛像佛寺之景奇絕，即使戰亂人因此逃離，但寺院位處高嶺竟至倖存了。但沒有佛經也沒有修行者的寺院還能稱為寺院嗎？三寶缺一寶都不可。佛經如何逃過人間烽火？突然心裡跑出這個問題，彷彿看見不久的未來佛滅將會發生，他突然感到一陣戰慄，同時心想取經歸國定要擇良地蓋藏經閣保存佛經。自己福薄見不到佛在世，但佛經在佛就在，就因為這樣的大信天啟，因而取經之路愈發催迫著他只能一路往前的腳程。

望著眼前從峭壁上鑿出的巨型石窟寺院，他想到鬼斧神工這個詞，漢字真是奧妙，造字者如巫，如無字，佛語如何表達？佛像看著他，他看著佛像。人總是擬仿佛，為何不直接修成佛？他在年少時曾經在淨土寺問祖師大德們，他們都笑著望著眼神如此澄澈未染風霜的沙彌說那得多生累劫的勤修啊。

多生累劫，他想這一世自己只能完成取經譯經的任務了。佛，早在心口上生根。成佛呢？想望渴望卻未必可得。很多經典還待釋疑情，他笑看自己的心已老成，和年少沙彌時的心是否有所不同？初心變二心了嗎？想著想著，才發現自己已經徒步到街上，他知道眼前這綠洲之地將提供自己取經途中可以補充的馬匹了，那時他還沒與西域諸王交遊，也還沒接觸可提供協助他的商旅和其他國境的僧侶。

他在街上走著，驚喜地發現一間小小寺廟。就在門外張望時，竟見三名漢僧在寺廟裡。

他們一見到睽違經年的故里人，且還是同參僧侶時，都難掩喜悅之情，喜不自勝。這三名漢僧中年紀最大的老僧頓然忘情地上前抱住他，心緒潰散，恆定功夫瞬間拋諸腦後。

老僧痛哭流涕，哽咽說道：「豈期今日，重見鄉人？」

他也真情流露，「對之傷泣」。畢竟他剛走過生死交關的九死一生，這是他出生以來，第一次情不自禁淚流滿面之景。

18 高昌國王鞠文泰

歷史首次異族國王與唐僧結為拜把兄弟的亙古流傳的故事正等著他前進。

高昌國有壯觀城池，城池占地頗大，城池如長安，分為外廓、內城和皇城。城牆、城門、窣堵波、佛殿和寺院，建制相似，但因氣候極為乾旱，在這每年降雨量不超過一點五吋之地，建築看起來不若長安宏偉華麗，倒像是夯土所圍成的城堡，荒境中高豎法幢，有一股寧靜的獨特素雅與莊嚴。

是什麼讓佛法之道開展的？求法雲遊僧自問只要有求法之心，那麼佛之道永遠就會鮮活，與後繼者血脈相連。

從沙漠活著走出來，讓他明白倖存者往後餘生只屬於佛屬於法，他看見一路上航行於人世的兩艘船除了名利就是自私自我。世上不是分為唐朝人天竺人波斯人，而是分為死人與活人，分為迷者與覺者。

他在沙漠行走，明白危險之地往往也是契機之地。

那時候高昌國還沒更名為吐魯番，求法之路的一切也還簇新，他仍是走在這浪尖上的稀有雲遊僧。

高昌王鞠文泰有漢人血統，嚮往商旅傳來唐朝一派風華的訊息，高昌王曾向太宗進貢稱臣，後來還為此親赴長安面聖。因此，當他聽聞高僧抵達伊吾國境，個性心急的高昌王就迫不及待地派遣使者前往伊吾，想要攔截高僧前往他方的腳程，一心想迎請雲遊僧移往高昌。

就像之前他落腳涼州月餘，只為了回應眾生熱切聽法之心。這回聽聞使者說起高昌王是如何虔信佛之佛教徒，但他腳程已然急於往下一站走，於是還在想著如何回覆時，這高昌王又再次不死心地熱情邀請，最後使他更動了腳程，他忖度國王求法可以上行下施，佛法本為眾生而宣說，國王位在高上，影響力不可言喻（他當時不知道自己一生都離不開君王），於是他決定變更路線，隨高昌國使者一路往高昌前去。

一念之慈，使他這回不是為取經而走，而是繞道跋涉六日，渡過約百里的沙漠，在日暮時分，才終於抵達高昌國界白力城。

高昌王一聽到邊城回報，知悉雲遊僧已然抵達邊界，雀躍不已，立即不管還在朝會，親自出宮，在王宮火炬前迎接他。高昌王見到高僧的剎那，眼前這雲遊僧年輕卻震懾了國王，讓國王佩服得五體投地。

只聽聞高昌人前往長安求法，還未曾見到僧人抵達高昌說法。鞠文泰國王讓使者帶他去沐浴，煥然一新之後，迎接他到王宮貴客之地的「重閣寶帳」。由國王親自引領他入座，王妃和無數侍女也前來頂禮服侍，佳餚齋食一道道地端出，華麗寶帳裡堆著滿滿的國王盛宴，和之前近乎瀕死的徒步漠地對比，一時之間，眼前繁華和空無漠地，真是不知何者是真何者是幻。

當他舉起筷子時面對佳餚，心裡竟閃過要先夾哪一道菜之念，瞬間他為自己竟仍有哪一道菜先吃或後吃之分別時，頓時內心感到羞愧，他將拿到嘴邊的筷子又放了下來。分別心念只有他自己知道，而高昌王見狀還以為邊域料理味道過重，不合大師口味，為此還召喚御廚再多準備些清淡食物以饗大師。

為了不拂國王好意，他就隨意多夾，多吃些，也表示對廚子們的讚許。廚子們看見國王重視的漢地師父喜歡吃他們烹煮的食物時，也都流露彷彿被加持的欣喜眼神。見到喜佛愛民的國王，讓他又喜又憂。喜的是佛法已經在這裡長出苗牙，憂的是自己可能難以離開，萬一被高昌王假佛法之名卻被軟禁於此呢？

而且他觀察到這高昌王似乎是個急性子又很堅持想法的人。

果然當夜，高昌王就堅持要跟他徹夜長談佛法。正面來說是求法若渴，另一面卻也可解釋為只看見自己需求的人？國王看不見他那沾滿風霜的疲憊是亟需休歇的。但任何人只要想了解佛法，那顆求法之心總是讓他難以拒絕。

他們坐定後，他洗耳恭聽高昌王首先提出的疑問，他聽了發出微笑，心想國王問的問題他從十幾歲開壇講經至今已然聽到耳朵長繭了，多數眾生都說自己有信仰，但其實都是沒有信仰的，至少是沒信心的，信不過心，所以也信不過佛，當然看不見的心是最容易起疑惑的。

我們看不見佛，到底佛在哪？

念念從心起，念佛心不離。

佛到處都在，佛在你的心。

佛是覺悟者，到底我們要覺悟什麼？

覺悟生死無常，無常觀就是體認時刻的變化，國王現下位高權重，嬪妃環繞，華服美食，但可能下一刻就化為虛空（他說的時候還不知道鞠文泰在他們相會沒幾年後就因唐太宗滅高昌驚懼而死了）。

死亡可怕嗎？國王問。

他微笑說滿地髑髏，都是我們過去的色身。國王啊，其實我們都不知道歷經多少次生多少次死了。

那既然這樣，為何我還如此恐懼死亡的到來？

因為你有執著，執著是輪迴之本。執著不放為苦之本。因果不虛，輪迴必然。久遠劫來，無人能免。

無人能免，輪迴必然，那死後還得再死，生還得再生，如何不死？

不生。

如何不生？

不起一念。不執不著。不思善不思惡。

怎麼都是不？都是否定句，人生過得很負面，感覺消極。高昌王聽了，皺了眉頭說。

看似反面其實是正面，就像美人的背後是骷髏，骷髏的正面也是美人，生是死，死也生，無分無別，也就無執無著。他說著，卻不知怎地突然看見眼前的高昌王整個人變成了枯骨，整座宮殿也灰飛煙滅，只剩狂沙不止，狂心不歇。

這高昌王聽了似乎瞬間有了點明白，但轉眼卻又不明白似的，空氣靜默良久，雲遊僧已靜坐如石，而不知何時周邊的人早已退下。燭火滅去，燭火熄滅前的最高溫猶如此刻高昌王的心，他被雲遊僧的話語震晃似地又熾燙又瞬間暗了下去。剎那是有那麼片刻的清風襲來，讓這坐在高位多年的高昌王了知眼前風月不過朝夕繁華，如燭火之光，燃盡終如灰燼幻滅，危身之火伺機竄起。

凡是引他者之光來照耀自己之路終究彈指一滅，不是從自性光芒燃起的都是假借，假借就有變化，有變化即無常，一如人身萬物是假合之體，人以體為用，體用一如，一如高昌國背後火焰山那看似燃燒的豔霞幻象。

夜靜人靜，不知時移，雲遊僧入定，高昌王則不知何時也入眠昏睡。直到高昌王的侍者來喚醒國王，雲遊僧聽見人聲也緩緩睜開雙眼，宮殿花窗閃進一束束晨曦，不知為何他心生一念，這美好晨光將消殞於往後，高昌國將變成廢墟。他甩甩頭，隱藏擔憂神情，見高昌王起身禮敬，請高僧務必留下。

他想就先暫時為國王隨緣說法，說法隨緣。

高昌王隔日即下達命令，要文武百官日後聽法的準備，並要工人日夜趕工搭建拱形屋頂可容三百多人之地，以供雲遊僧說法的講經堂。

他知道後也沒說什麼，只是心裡想這高昌王果然如他第一眼所見，是個急性子，不到幾日就在荒涼土地豎起一座巨型大帳。雖求法渴法心切，但因佛而累壞趕工百姓，使他對高昌國這些日夜趕工而無法回家的工人感到抱歉與疼惜。後來他也為此特別為建蓋經堂的工人們另開壇說法，說的是基本的五戒與因果輪迴等基本教義。佛經雖廣雖深，但少了這些基本知見，如樹木無根，樓房無基，佛果就不足以開枝散葉，無法開衍。

有時他在底下看見國王與文武百官聽他說經時竟略顯不耐，彷佛他說的佛學太淺了，如要講的是基礎何須延請長安大師前來？

心急的人啊，毫無察覺旁人的存在與需求，只是我我我，而不知自我之大患。但那些被圈在大帳最遠處甚至是只能立在帳外的百姓聽了他的說法卻流露出反省與悟性眼神，彷佛瞬間明白自己今生受苦的因，隨著他說到眾生平等時，他又看見底層百姓們在底下露出狐疑眼神，也許正納悶著這高僧可能被漠地又冷又熱的極端氣溫給弄暈了，怎麼可能平等，看看高高在上的國王，再看看這由他們勞苦身體與雙手所打造的大帳，自己連個聽法的位子都沒有呢，還要被隔在外圍，任風吹日曬。

接著他開始說起般若經，智慧之光，逐漸使遠方的目光調亮了，智慧光芒遍照大地，破除千年黑暗。下座前他說起涅槃經，涅槃之詞灌入六百多對的耳廓裡，像是轟然一聲閃電擊下，刷新他們陳舊的觀念（很多年後，他們的後代子孫卻成了滅佛者，他們的先祖們這般虔誠的尋佛者就如西域風沙，瞬間被時間抹滅了來處）。

雲遊僧的抵達，如夢似幻。

不幾日，高昌王又另闢一大型講經佛堂，用泥磚所建的方形建築，堂外設有一佛龕，在龕壁上請藝術工匠描繪著佛陀的本生故事，佛光普照，佛菩薩在上，龍天護法在側，雲遊僧升座，聽法者在下。高昌王借花獻佛，借佛延請雲遊僧駐地說法。

他講經時，聲音宏亮，透過拱形的輻射擴散效應，整個擠在建築內外的人都能聽見法音串流，這些臉龐深邃目光多情的人盯著他看，張開耳廓灌入佛語，新鮮得彷彿剛採摘下來的葡萄，翡翠珍珠瑪瑙似的光澤四射。（滅佛者未到，千佛微笑。時間尚未展現摧枯拉朽的移形換位，這座等待封存在歷史餘光的高昌國還沒被天可汗滅，佛也還沒被回徒削鼻焚燒，佛足下還沒沾染褻瀆者的解尿屎臭氣。）

染與不染，佛不增不滅，但人卻斤斤計較。

他對高昌王的熱情隱隱感到不安，果然在他說法完畢之後，被高昌王以聽法之名強行留下，不能離境。佳餚美食不斷送來他的靜坐室，但卻讓他寸步難移。他開始禁食，以示抗議高昌王的軟禁。送食者每日回報高昌王：僧一動不動，連一口水都未喝。

停十餘日，欲辭行，王曰：「……國無導師，故屈留法師以引迷耳。」法師報曰：「王之深心豈待言而後知也，但玄奘西來為法，法既未得，不可中停。」王堅留。法師固辭。王乃動色攘袂大言曰：「弟子有異途處師，師安能自去，必定相留，或送師還國，請自思之，相順猶勝。」法師報曰：「玄奘來者為乎大，今逢為障，只可骨被王留，識神未必由也。」因嗚咽不復能言，王亦不納，更使增加供養，每日進食，王躬捧盤。法師既被停留，違阻先志，遂不食以感其心，於是端坐，水漿不涉於口三日。至第四日，王覺法師氣息漸惙，生深愧懼，乃稽首禮謝。

這是他與威權如國王者的對立之始（這似乎是他往後還會多次力抗君王旨意首開先例的練習，每一次他都不變初心，初心強大，不動不搖）。他讓高昌王明白，業力是纖毫必報的，阻撓他的求法之路，等於阻礙取經之路，取經之路受阻，意味著譯經之路斷絕。

高昌國王最後放行並非聽到他的因果業力之說，而是國王深怕雲遊僧餓死，餓死這樣的稀有大師，連王都不忍。

最後他答應高昌王的請求，願意停留高昌國為臣民再說法月餘，且允諾西行取經習法結束，返轉大唐國都中途，必定來到高昌國再為國王講經說法三年。

因緣天注定，就這樣他這孤身一人的雲遊僧竟然在旅途中和高昌王因佛而結緣，他們在佛像前結為兄弟（只是未料的是那見證他們跨域兄弟情誼的佛像沒幾年就隨風灰滅，高昌自此也成了一個歷史地名）。

一個月的滯留已足，他憂心腳程耽擱太久，於是動身起程。

在預訂離開的前幾日，高昌王陪他走訪帳外風光。

登頂俯視交河城，城聳立在兩河之間的絕崖之上，有著天然堅固堡壘的城。矗立一座迥異世俗之美的窣堵波，中有根圓柱，四塔環繞。他們這對無血緣的兄弟以對佛之大信義結金蘭。沙地的風，當時他看王，彷彿看見流沙將掩沒這城，他傷感地望著王的背影，看著王信步滿滿地穿過沙原，朝他急切招手，彷彿發現什麼珍貴事物。

王掌中掬起的流沙竟有一塊發亮的白玉。

和闐玉，王說。用手掌的溫度摩娑著玉，陽光下，白玉凝脂，溫柔如月光。

贈給皇弟，應是商旅掉落之物。

他笑而未接，說既是他人掉落之物，就還給天地吧。

在我眼下拾獲，定然有因緣。

因緣固然，但起因就是結果，還是不取的好。

王回應大師的說法，微笑著，但卻仍把美玉放入口袋。

他感到一股不祥浮上心頭。

他悵然地跟王說，這眼前所有的風光都是不久留的，唯有心地風光，可堪與歲月競速。

高昌王聽了，望著這承接先祖的國境，風沙與綠洲爭地，就像人與權位欲望拉拔，他有那麼一刻似乎明白高僧所言的無常，但心地風光他就不明白了。

正想再問，高僧不知何時竟已走下沙丘，遠方的他已變成一個小點，彷彿剛剛自己的那一刻過了很久？否則高僧何以已然走到丘下大帳？

他進入大帳，闔眼打坐，養足精神好為啟程做準備。

在他即將離境之前，這高昌王又大肆張羅，畢竟他已成了王的弟弟，高昌王為了表達對他的看重，因此準備許多物資人馬，好讓他西行順利。

高昌王為他準備四個小沙彌以供路上使喚，訂製法服三十具，因一路西域凍土寒凜，因此備厚衣、手套、靴襪等，予黃金百兩銀錢三萬，綾羅絹五百疋，以供法師所用之資。提供乘換馬匹三十騎，人力二十五人。除此，高昌王親自寫了二十四封信，疏通他沿途將行經二十四國的君王，懇請西域國王護送王弟平安過境。一路若王弟有所需，還盼君王們能出手相助。

山高水遠，終須一別。

高昌王情深難別，雲遊僧志在遠方。高昌王拖沓的情意，使他轉身離去時感到一種哀傷，眾生情執，月餘多日聽聞般若，仍難以斬斷情纏。雲遊僧因此不免神傷，為此回眸啟程處，卻見這高昌王仍定在原點，朝他望著，他也朝王揮了揮手，意思是返轉吧，待我學成，後會有期。

但這高昌王卻把他的揮手視為對自己的不捨，直到雲遊僧化為前方小點，一粒風沙，一只小芥子，高昌王猶在原地良久，彷彿他的雙腳自此被鎖上了命運的銬鏈，使王動彈不得。高昌王知悉唐朝天可汗欲圖一統天下的決心，如此，高昌還能昌盛多久？王這樣一想，悲從中來，風沙之中，王揉著眼睛，佯裝風沙跑進眼睛，對侍者說當雲遊僧其實比較自在啊。

19 功德芳名錄與戒賢上師

在滿月清輝中，數千人誦經之聲此起彼落。「揭諦，揭諦，波羅揭諦，波羅僧揭諦，菩提薩婆訶」（去者，去者，去彼岸者，完全到達彼岸者！覺悟者！唯希有幸！），雲遊僧想起那場幾乎要了自己命的沙漠遇險時，他所持誦的也是這段真言。

在真言的唱誦中，他冥思著沒有眾生就沒有菩薩。他的雲遊功德芳名錄有哪些人？功德錄的感謝芳名繼續列隊者有：殿中侍御史歡、龜茲國阿耆尼王、木叉鞠多高僧、高昌二十五名陪他涉險的衛兵、颯秣建王、拜火教教徒、歸度王達摩僧伽、幾次遇到的盜匪（盜匪也可視為鍛鍊的對境）、梵衍那國王、迦畢試國王、同行的朝聖者、孤獨長者、戒賢上師……，想到戒賢上師，他停下功德芳名錄抄錄的感恩名單，思及一路所遇之人，頓時不禁神傷。

五年那爛陀他都在戒賢上師座下學習，日後他又以數年時光周遊天竺全境，幾年壯遊的歷程結束，遍覽各地，尋訪原典，快速翻轉的天竺時光，他知道自己返鄉的日子近了。

離開上師後的雲遊僧，已然走在返鄉的路途，和十多年前那個孑然一身一無所有的人已然不同，他的身心充滿著靜默卻是千言萬語的經典。

旅途遇坐夏期間，雲遊僧入境隨俗，隨時把握機會學習。

結夏安居，通常是在六月中旬左右，但若遇有洪水或暴雨，則可能延後一個月。這是古老相傳的行儀，閉戶不出的戒律。雨季期間遊方不易，且熱氣使昆蟲外出，行旅雲遊會踩踏，因此三個月不再雲遊，他在旅途也行禮如儀，暫時過著定居式的僧團生活。

行腳休憩時，他常一個人在夜深人靜仰望天空無雲之際，感性地望著燦若明星的佛光，和他在辯經時的理性，對於佛學問題的琢磨推敲和翻譯為文，此二者都是他性格的一部分，感性與理性交織，璀璨與精準並行。想像跳躍與受苦的行旅之間，佛法永遠是他漫漫長途的指引明星。

20 戒日王

戒日王定都曲女城，西元六四二年十二月，雲遊僧終於離開鳩摩羅王，隨戒日王使者來到曲女城。戒日王歡喜讚歎，決議在殑伽河畔行宮舉行無遮大會，這是雲遊僧在辯經上最大的成就。此時這位求法雲遊僧已周遊十多年，時間飛逝，年輕僧人，已然中年。

這戒日王是佛門大護法，而這時的雲遊僧也宛如身經百戰的人，對於盛大宗教的遊行排場或辯經論道，他已然熟悉。他曾在迦畢試王面前參加過辯經大會、戒日王的辯論大會長達十八日，但無人出來挑戰，他榮光地走下台階。十八日之中，婆羅門外道怒火熾盛，城內有一佛寺竟遭致報復性縱火。即使戰敗的怒火延燒，最終仍無人敢站上辯經台，無能駁倒雲遊僧的精闢教言，戒日王更是心服口服，為此禮遇雲遊僧，安排從未有過的盛大遊行顯耀佛光智者。

無人下戰帖，雲遊僧成了高高山頂立深深海底行的修行者。

遊行結束，來到第十九日，他打算辭行戒日王，戒日王早知分手這一日很快到來，但王早有其他安排，王善巧地謙說自己忝為天下主，承嗣宗廟，卻恐福德不濟，為此在缽羅耶伽國兩河交會處，建大施場，五年一次，廣召五印僧侶，婆羅門以及貧窮孤獨者，進行七十五日的布施大法會。

王說弟子已連續舉辦大施場法會五年了，邁入第六年正好大師在此，還懇請您能隨緣隨喜說法呢。面對布施法會的說法邀請，他不僅無能拒絕，也好奇這類型法會是否也可作為返國的經驗之用。於是他欣然說，王居高位懂得廣修善因，廣施財物，又邀我說法，慈悲智慧方便皆具，可說是大護法，我自當為法留下。

戒日王所設的大施場位在殑伽河與閻牟那河之間的三角洲，大壇廣延十五公里，平坦如鏡，水波無痕。雲遊僧正好重訪當年自己被土匪綁在木樁差點火焚祭天之地，生命如朝露，何必造惡。當時他跟土匪們說，土匪中有人被他喚起了靈性；他想那幫土匪不知今在何處？

當地人相信在此布施一錢的功德勝過於在他處布施百千銀元。因此這幾日大施場擠滿了前來布施錢財者，但一邊行布施卻一邊求功德，他上壇一開口就說行善無求福自來，施主們不必執著非得到此布施，布施還要看心念純淨。一時之間王臣婆羅門外道等都聽得面紅起來，只有窮人不管心念，眼睛只往財物盯去。

無遮大會結束後，雲遊僧再次請准予辭歸，戒日與鳩摩羅王則是以種種理由多方挽留，他和許多國王相處，每一次都遇到奉為座上賓的待遇，但卻形同被軟禁（後來他回到長安，又被皇帝牽絆一生）。在無奈之餘，他只好引用佛經所言：「障人法者，當代代無眼，若留玄奘則令彼無量行人失知法之利。無眼之報，寧不懼哉？」

以此來強調自己弘法任務的急迫性，提醒國王切莫為一己私利滯留刁難。

就這樣，西元六四三年四月戒日王與鳩摩羅王才同意讓他返國，且派烏地王派大軍護送珍貴的佛經與佛像贈予大唐。入夜時分，他到俯瞰殑伽河的台地上望著星空。此時，秋夜無雲，清月朗朗，光照水面。

雲遊僧不僅在戒日王辯經大會的盛大遊行上再次騎寶象，在他啟程返鄉時，戒日王特予優遇以最好的寶象相贈，以壯行色。

雲遊僧高坐象背輦轎上，行旅回程雖然依然艱險，但他已今非昔比。

歷經千辛萬苦，穿越最冷與最熱，抵達查拉拉城，進入嶄新的世界，打開般若的大門。周九萬餘里，三垂大海，風揚起塵埃，時空轉換如斯，佛影佛窟現影，離開白夏瓦至天竺，往斯瓦特河上的烏仗那國而去，赫然發現這原有一千四百四院，一萬八千名僧侶的大國卻呈現荒蕪狀態，這讓他興起無常之感。

左眼是地獄，右眼是天堂，絕美的風光與髒亂同在，璀璨的文明與喧囂的市井並存。

周九萬餘里，三垂大海，北背雪山，北廣南狹，形如半月。畫野區分，七十餘國，時特暑熱，地多泉濕。北乃山阜隱軫，丘陵潟滷，東則川野沃潤，疇壠膏腴，南方草木榮茂，西方土地磽确。

諸僧伽藍，頗極奇製，隅樓四起，重閣三層，格棟梁，奇形雕鏤，戶牖垣牆，圖畫眾綵。

戒日王把一頭最好的大象賜他當坐騎，這頭大象體型巨大無比，象背上除安一具可坐八個人的輦駕之外，還可馱戒日王賜予的盤纏。總共有金錢三千，銀錢一萬，這頭大象的胃口奇大，每天要吃二十綑草料、十塊麩餅。戒日王以寶象賜僧人，可說是前所未有的殊榮。

臨別之際，此地人民列隊送行，有人竟淚流滿面。尤其戒日王竟還泣不成聲，王目送大師遠去背影化為一個小點才悵然返宮。

雲遊僧想情執是輪迴之本。這戒日王在他離開之後，竟恍惚若有所失，寢時不眠。到了第三天，戒日王與鳩摩羅王及其他臣子率輕騎數百里，向東直追，疾追上雲遊僧們。王和大師再次相見，彷彿隔世之感，悲欣交集。雲遊僧寬慰王，色身雖離別，意識仍可相見，王千萬不要受任何情困情絆（幾年後當他聽見商旅隊帶來戒日王竟失足掉落恆河而喪命的消息時，換他泣不成聲，哭泣的不僅是為戒日王曾經看重的情懷，也預視了戒日王一死，整個天竺陷入佛滅的險境未來）。

當時戒日王為求慎重，以素氈作書，以紅泥封印，加派通譯官之外，並遣使通譯官先行送大師送達書印到法師將行經諸國各國，發乘遞送，終到一路護衛法師抵達漢境。

王如此殷勤禮重相待，當夜雲遊僧又特地為戒日王講述佛教的因果觀與無常觀，王種下好的法種，未必在這一世開花結果，但來日遇澤定然果成。（當時彼此當然不知道別後戒日王無常喪命，有謗佛者也說戒日王如此護持佛法僧，卻落得如此下場。他旋即告訴他們，因果並非這一世種下的，累劫以來，都是因。）在這個塵寰，雲遊僧遇到仁厚之王，情執甚深之士，他一方面感慨千里送別，終須一別，世間情懷，情字如刀。所幸他與王結緣一場，在佛與法的光耀之下，見證人可以情深至此。這回換雲遊僧目送戒日王的輕騎隊轉身，泣別的熱淚終於還是滑了下來，這淚是為王而流，為眾生而流。

聖僧也多情，只是他的情是一種覺察的情，而不是無明的情。

他的祈福隨著風塵吹送到王的腳程，此世離別並非是終點，死亡是新生之始。王啊，後會有期，花開見佛，相逢彌陀龍華海會。

21 土匪和迦畢試王與迦濕彌羅王

土匪也是芳名錄感恩名單？

沒錯，土匪是來考驗他的，逆境是比順境更大的饋贈，如能逆增為上緣。

一路他遇到的土匪比想學佛者還多。

送別戒日王。

雲遊僧決定不從水路返國，一行人轉往西北方向而行，西元六四三年，他在曲女城北方一座寺院結夏安居，接著經闍爛達那和坦叉始羅橫渡北天竺，轉入和十三年前他西行取經時逆反的路而行。

從長安來，返長安處。

多年前，一無所有，生死一瞬。現下，佛法僧皆備，但仍生死一瞬。偷渡雲遊僧已轉知名大覺者。

他和戒日王派遣護送的一行人來到了闍爛達那時，碰到百餘名同樣攜帶佛經佛像的僧團，他們慶幸有大軍護送，於是與雲遊僧結伴同行，以便渡過盜賊橫行的各處山口。雲遊僧為防萬一，常派遣一名僧人為前鋒，並吩咐他，若遇盜賊攔路就說：「遠來求法，今所持並經像舍利，願檀櫪擁護，無起異心。」他們一行人所攜帶的佛經想必為數已不少，但這番宣示顯然產生了作用，一路上雖屢逢盜匪，終能秋毫無犯。

西元六四四年，一年將翻頁之際，雲遊僧一行人離開鉢羅耶伽已有九百里，準備渡印度河（天竺已然被他新譯正名為印度）。他乘象渡河，其他隨從則搭乘堆滿佛經、舍利、佛像以及他在四方所蒐集的各地印度奇花異草的種子。冬天湍急河水奔流，聰聰有聲，夏天「高山冰河開門大開，河水沖天而起，高出懸崖約五十尺，宛如奔馬呼嘯而過」。毒龍、巨鳥、奔馬，佛經宇宙華麗如魔毯。

一個聲音突然響起，一個未識的聲音在誦讀大乘經論，只有唯識可解放精神困境。心子啊，請依這光明無礙的經義，凡有形世界終會銷亡，就像此刻的地面和在銀輝下流動的河水一般。在所有虛空的物質之上，一切實體的物質之外，都仿如裹著一層如霧的夢境，瀰漫著這塵世的心。萬物莫不如是，夢裡說夢，頭上安頭。唯識宇宙取代物質宇宙，萬物可解、可得和可能，唯識宇宙終將取代物質宇宙。在唯識學裡，外在實體如夢、如幻、如雲。

途中突然下起暴風雨，所乘坐的船隻翻覆，失去許多寶貴的梵文佛經。風動船舫，數將覆沒，護送經典的侍衛惶懼推擠而墜入水中，幸好眾人一起齊心待風靜下來逐一打撈落水經書，但仍因此而錯失五十本經書和植物種子。

當時迦畢試王正在烏德迦漢荼城附近，聞雲遊僧法師到來，王親自相迎。

「師不可攜印度花種！鼓浪傾船，事由於此，自昔以來欲將花種渡者皆然。」

失花種事小，卻不可失去經卷。為此，雲遊僧命人回烏陀衍那，只為了補抄失落的經本，就這樣他只好在迦畢試王冬宮烏德迦漢荼城待了將近兩個月，等候抄經人歸來，補闕經本。

鄰近的迦濕彌羅王風聞雲遊僧到來，也來參拜法師。

他們對雲遊僧的興趣可以從政治和宗教兩方面來解釋：他們希望獲得大唐天朝的協助，抵禦來自潛在敵人的可能威脅。迦畢試王親自護送雲遊僧到興都庫什山下，又提供一名嚮導和百名挑伕，各式補給。

西元六四四年七月橫渡卡瓦克山口，沒料到這趟返鄉旅程比他所想像的困難還多。山口標高一萬三千二百呎，大半挑伕還沒走到山口就已寒冷猝死。最後雲遊僧一行人只剩下七名僧侶、二十名隨行、一頭大象、十頭驢和四匹馬。

> 其山疊嶂包危峯，參差多狀，勢非一儀，登陟難辛，難為備敘其地多雪澗凌溪……至明晝日方渡凌險明日到嶺底，尋盤道復登一嶺，望之如雪，及至皆白石也。此嶺最高，雖雲結雪飛，莫至其表。是日將昏方到山頂，而寒風淒凜徒侶之中無能正立者……其處既山高風急，鳥將渡者皆不得飛，自嶺南嶺北各行數百步，方得舒其六翮矣。尋瞻部洲中，嶺岳之高亦無過此者。

長途跋涉，過了三日，才走下山，來到了有著三座小伽藍的安怛羅縛羅，他們又停留五天，才再繼續往烏滸河畔前進。在印度河失落的經文補抄本送抵時，雲遊僧一行人在國王護衛隊和幾名商賈陪同下再度啟程。

雲遊僧一行人東行約莫二百里即抵達荒涼、無路可行、幾近高不可攀的潘札谷。走在沿河若十吊橋上，彷彿踩在針尖上走路。他們經過零星泥磚石屋，抵達高原，行經雪峰之上，感受這雪峰的寒風淒勁之烈。在這標高一萬三千五百二十六呎之地，歷經酷寒，他們來到了大龍湖畔。石峯林立怪石奇形，寒風淒厲刺骨椎心，行旅至此，讓雲遊僧想起十多年前一個人孤身取經的那種冷冽。

雲遊僧一行從塔什庫爾干經懸崖峭壁間的峽谷前往喀什噶爾時，又遭遇土匪襲擊。有批土匪從危崖急掠而下，跟雲遊僧同行的商賈驚懼之餘，往山上奔竄。

讓他心痛的是這戒日王所贈的大象竟在土盜追逐之下，因為過度驚惶而跌入河中溺死（戒日王後來的命運竟也覆轍了大象之死）。

他閱讀著當年世親菩薩所說的：「相較於存在完全自然狀態的實體，萬物皆是虛妄不實，但在無可名狀的佛性狀態中卻不是無所存在。」

雲遊僧在奢耶犀那的精舍時做了一個預知夢。他看見那爛陀寺僧院荒穢，再仔細端詳，卻見寺中只有水牛，無復僧侶居住。他接著看見文殊師利菩薩示現，指示他看寺外村邑為熊熊烈火所毀，並對他說：「汝可早歸，此處十年後戒日王當崩，印度荒亂，惡人相害。切記斯言。」

四年後戒日王駕崩，此後三百年間，北印度立即陷於爭奪王位權力的兵荒馬亂之中。戒日王在西元六四七年駕崩，時間雖比夢中預示還要早些，但其後印度饑饉和荒亂的情況，卻和他的夢中預示無異。

返鄉雲遊僧另走其他路徑歸國，多走彎路只為多看風景，多了解民情，雲遊四海，日後此海將化為一滴水，佛水源頭。

他知道回到長安，這一切旅路，將自此定格，不再延伸。

風雪暴雨酷熱寒風丘陵山巔水湄山谷沙漠森林，都將成為夢中之景。

22 于闐王

冬日遠去，秋高氣爽，崑崙山下是南道絲路上最大的綠洲，走在商旅隊停歇的最大貿易國瞿薩旦那國（于闐）境內，于闐是當時佛教的最大護持者。

他在富庶的葉爾羌綠洲待了幾天，他看著此地兒女有一種大漠氣派，虔誠供佛讓他動容（雲遊僧絕對想不到日後整個于闐將被喀喇汗王朝徹底佛滅，徹底成為回徒）。此時距離佛滅尚遠，佛像處處，佛香瀰漫，佛儀處處，街坊喜慶洋洋，富庶之地，人們笑語宴宴。草原有圓頂穹廬，覆著青幔，漢地柳枝交織的內壁結構，走動著穿紅衣裳的官妓與孩童，五彩線縛嘴的一對紅綢包裹的大雁被新郎倌捧著，身旁簇擁著男女儐相，樂隊聲響從遼闊草原傳到他的耳邊，他彷彿以為身在長安了，官府富家喜慶的複製，讓他感到于闐如此地喜歡中原文化。

王聽說雲遊僧已進入國境，旋即命人迎他進王城。

這是他返抵天可汗國境的邊界了，他一方面等候遺失的佛經手寫補抄經卷的到齊，一方面想早點獲得太宗的詔書，他要確立自己返國的安危，否則取經之舉就會化為水流。

雲遊僧在王城內外得空閒時尋幽訪勝，等待天可汗詔書時間未知，於是他照例就地為僧俗二眾講經弘法。

在一次長達一晝一夜馬拉松式的講經說法中，他發現每一個聽經者都彷彿進入三摩地的入定狀態，一片靜默，黑夜中，星辰閃爍，輝映著瞳光如微火般的閃亮。

那時不知為何他突然有種這將是佛法在此的最後一場華麗之感。

他為王和當地子民闡述他熟悉且喜愛的瑜伽師地論和世親仍為小乘論師時所寫的俱舍論，以及真諦三藏（波羅末陀）譯為漢文的大乘佛法論集等，雲遊僧多年前仍為少年學問僧時在成都就已研讀過的大論。之後又為于闐王講經阿毘達摩，也就是大乘阿毘達摩集論。

> 是後為于闐諸僧講瑜伽、對法、俱舍、攝大乘論，一日一夜，四論遞宣，王與道俗歸依聽受，日有千數。

瑜伽師地對法俱舍與攝大乘論受到歡迎（很多年後，于闐王的後代徹底成為回教領土，在當時是無法想像的），此地有伽藍百餘所，僧徒五千餘人，多學大乘，但他講經之地卻是一座小乘寺院，僧人多半自學而不以度人為主。雲遊僧很喜歡此地，等待手抄佛經本到來時，也各地遊走參訪。

瞿薩旦那國周四千餘里，沙磧泰半，壤土隘狹，宜穀稼，多眾果。出氍毹細氈，工紡績迤，又產白玉、黑玉。氣序和暢，飄風飛埃。俗知禮義，人性溫恭，好學典藝，博達技能；眾庶富樂，編戶安業；國尚樂音，人好歌舞。少服毛褐氈裘，多衣絕袖白氎。文字憲章，律遵印度，微改體勢，粗有沿革。

雲遊僧如雲遊走，到處探訪，雲遊未歇，或許他內心知道往後這種遊走再也不可得了。他走訪伽藍寺院與聖地遺址，見到崑崙山脈下已乾涸的河床旁有著沙磧沉埋的遺址，此國東方曾經是一座繁榮一時的古城，傳說這繁華來自於一位大臣因犧牲自己的性命，以迎娶河神龍女才能恢復舊觀，這大臣娶了龍女，河水立時湧出，從此當地人可以引水灌溉，從此綠洲盎然。

表推山川，考採境壤，詳國俗之剛柔，繫水土之風氣，動靜無常，取舍不同，事難窮驗，非可仰說。隨所遊至，略書梗概，舉其聞見，記諸慕化。斯故日入以來咸沐惠澤，風行所及皆仰至德；混同天下，一宇之內，豈徒單車出使，通驛萬里者摘哉！

雲遊僧往都城東南方遊走，拜訪紀念從中原成功引進絲綢文化所建的麻射伽藍（當時于闐還是個獨立的王國）。中國對製絲之秘密是防守甚嚴的，當時貿易大戰一觸即發，大唐還敕令洩密者將受凌遲處死罪，很多貿易商人鋌而走險，有的把蠶卵藏在頭髮，把桑樹種子藏在肛門，無奇不有。

他發現瞿薩旦那國受印度的深遠影響，尤其在神話方面，連王都自稱是北印度的佛教護法神毘沙門天王的後裔，以印度坦特羅派和密教的毘盧遮那佛為大乘佛法，還說這佛像是神從印度飛來的，因此當地有毘盧遮那伽藍記載此事。又自稱是叉始羅的印度移民，他從當地傳統文化中看見天竺傳說的影子。這批移民據說是被放逐的，因為當年曾將阿育王太子拘浪拏的眼睛弄瞎，而遭到驅逐流放之罪，此地有很多人認為自己是阿育王的後裔。

阿育王的後裔，雲遊僧聽了微笑，相信總是讓人一廂情願的，美麗的一廂情願也無不可。

大師是誰的後裔？有人問他。

他微笑說，佛菩薩的後裔，眾生的奴僕。

眾人聽了也笑。當地有民間說唱表演，這夜正好說到阿育王與太子的傳說，他行經時聽見，心想這真是讓人想起就覺得又心痛又驚天動地的故事啊。

雲遊僧參訪從迦濕彌羅來的寶冠佛遺址，也在郊外的媲摩城，看見從中亞憍賞彌國不遠千里而來的檀木刻佛像，也就是憍賞彌王烏陀衍那在佛陀住世時所敬獻的佛像。這些佛像是怎麼到這裡的？當地人經常說是佛像自己飛來的，也有說是僧人日揹佛像，到了夜裡則互相交換，變成由佛像揹僧人，一路飛越千山萬水，飛到這裡。

他每回聽就內心發出微笑，心想自己一路取經運佛像，如果能夠白晝揹佛像，夜晚佛像揹自己，一路飛馳，就不用花費這麼多年了。但一想到佛揹自己，就覺得受用不起，趕緊斷了這種想像。他由衷喜歡這裡，人民有一種純真感，將信仰化為可親的生活故事，就像在說自己的家族史似的熟悉。

雲遊僧在此待了七、八個月，除了等待渡河失經的新抄本，還因為王的一再挽留。這是他不知經歷多少次被各地諸王的挽留（總是帶著高位者不自覺的脅迫性強行滯留），也是第三次為了等候經本到來而暫時擱淺。之前他也曾在烏德迦漢荼城等待經本約莫月餘，在佛國等待月餘，於今又在此地逗留數月，比之前更久，因為落水經本模糊，除了抄寫還得考證。

他十分重視經卷完整與否，殘缺經本對他是沒有意義的，正因為在中原殘缺才上路的，如果回國又是帶回殘本，那麼西行之路也就有了殘缺。等待完整經本的到來，一切就值得。何況此地風光明媚，伽藍處處，等待回到中原是指日可待之事。

23 馬玄智

他滯留此地還有個私自理由，因為在逗留期間他正好得知有位高昌商人馬玄智正好要前往唐都（因緣甚深，從此這馬玄智竟成了他的信使，來往長安與吐蕃商旅的馬玄智後來彷彿成了雲遊僧與公主之間的報馬仔）。他見到這看起來機靈的馬玄智商隊要返回長安京城，他想機不可失，於是連夜寫了封奏表，請馬玄智帶回長安，交當朝官府上朝時稟告太宗他即將返國之事，他必須先知道太宗如何看待自己當年偷渡之事與對佛法支持與否。

得覩耆闍崛山，禮菩提之樹，見不見跡，聞未聞經，窮宇宙之靈奇，盡陰陽之化育，宣皇風之德澤，發殊俗之欽思，歷覽周遊一十七載。今已從鉢羅耶伽國經迦畢試境，越蔥嶺，渡波謎羅川歸還，達於于闐。為所將大象溺死，經本眾多，未得鞍乘，以是少停，不獲奔馳早謁軒陛，無任延仰之至。謹遣高昌俗人馬玄智隨商侶奉表先聞。

這報信者馬玄智因緣際會，從此也跟著雲遊僧自此走進了史書。商旅隊就像飛鴿傳書，往來頻繁的商旅如浮雲，傳遞雲遊僧多年離鄉之情。

當完整經本快馬加鞭送到他掛單的寺院，就在七八月時節，他收到商旅隊帶來的太宗奉敕令：

「聞師訪道殊域，今得歸還，歡喜無量，可即速來與朕相見。其國僧解梵語及經義者，亦任將來，朕已敕于闐等道使諸國送師，人力鞍乘應不少乏，令敦煌官司於流沙迎接，鄯鄯於沮沫迎接。」

確立是被歡迎歸國的他歡喜整理行囊，他忙向于闐王辭行。王照例像以往他遇到的王一樣強留著他，他照例又搬出障人學法弘法的因果之事，王聽了也不敢再耽擱他返國弘法的行程，於是從障法者成為護法者，王準備資餞甚厚讓他安抵長安。

王備輕騎鞍馬，護送一千使臣，馱經佛像馬匹，就此揮別。隊伍轉向東北行，又經千里，抵達樓蘭，再行千里，沙州已至，腳踩大唐國境，自此十七、八載雲遊即將畫下句點。

長安近在咫尺，雲遊僧自此將結束雲遊。

長安不見使人愁，愁的是佛經是否能譯全？

長治久安，他的長安自此安置他的一生，他的一生就是一生為佛為法，一心一意，別無他想。

從夏日起程，行至寒冬，無數寒暑四季流轉，長安終於在望。

馬玄智從商人變成青鳥，報信者。

而那時青年雲遊僧跨過無盡的日與夜，即將轉成中年大譯師。在貞觀十九年（六四五年）正月二十日，雲遊僧倏忽四十四歲，結束十多年的異旅風塵，抵達京城外的西郊。這一年遠在吐蕃的甲木薩二十出頭，心已老成，老靈魂似地伏案寫信，在缺氧的高原將肺打得老實。

雲遊僧點上燭火，夜讀經書，準備度過故里初抵的寧靜之夜。就在他打開經書時，忽見門外映著人影，接著輕敲門聲。他起身開門，見到是在旅途認識的馬玄智商人到來，這個他即將返抵長安前的最初報信者，在夜風中，遞上一封拓著官府的信箋。他道謝接過，返回燭光下，信封署名江夏王李道宗，旁邊小字寫著受遠在吐蕃邏些的女兒文成公主托囑，務必轉交此信。

邏些，也就是惹薩的另一個譯詞，學過藏文的他立刻在腦中轉譯成山羊土城，惹是山羊，土就是薩。

吉雪沃唐、邏些，荒涼土城中走來了長安女子，置入了佛，種下了法。

文成公主，他聽往來驛旅的商旅隊曾說起他不在長安時發生唐蕃婚盟的事。

公主和雲遊僧，一個離返，一個抵達，如兩輛不同方向駛去的列車。

讓他們兩地相思的是佛。

讓他們命中注定相見的是佛經。

命中注定誰是你，你的使命讓你成為你。

尊敬的雲遊僧：

大師離開長安時，吾年紀尚小而智慧未開。待吾離開長安，大師西行卻尚未歸來，仍錯失會晤大師。心裡發悵，離開長安時，不知抵達高原後的第三年，大師即返回長安。如果可以未卜先知，也許會想想等大師歸來才離開長安，或也不離開長安？好向法師請益佛學的問題。人生無法回頭，吾亦覺此命運安排甚好，在高原燭火中閱讀佛經，伴著高原的風走完一生，只盼能將正信佛法的根苗種在高原上。

所幸吾有鳩摩羅什尊者譯的金剛般若波羅蜜經、阿彌陀經一卷、坐禪三昧經三卷、法華經七卷、摩訶般若波羅蜜經二十七卷、維摩詰經三卷、大智度論百卷、中論四卷等，與廬山慧遠的書信問答集大乘大義章三卷，羅什尊者與弟子僧肇編撰的注維摩詰經十卷已然問世。這些佛典是我帶至高原的珍貴寶物，帶來神佛之地的心物。

現下只盼長安故人與商旅日後能帶來大師新譯佛典，並期盼與大師通信，以解吾閱佛字聽佛語之盲之聾，滌蕩心之所惑。

祈福大師長久住世，眾生之福，吾之幸也。

景仰者　李雁兒

雲遊僧在抵國境之前，讀著馬玄智帶來的信，想著當年被唐太宗賜名為文成的公主，一個女子與和親隊伍途經西寧，翻日月山，長途跋涉到達邏些，一路彷彿覆轍自己的西行之道。他十分佩服這未曾謀面的文成公主竟有如此之氣魄，以婚姻雲遊歲月，將佛法種子帶到高原，這和他的西行取經不遑多讓。他打開信，沒有想過自此打開長安與邏些雙城的兩地相思，高貴的相思，因為只有佛，只有法，只有慈悲，只有智慧，以此相思相念。

他仔細讀著信，感到緣分的不可思議。馬玄智一介商人，也沒料到自己竟然在歷史中成為畫龍點睛的報信者。

雲遊僧的後半生，將不再（也無法）雲遊，囚在方寸之地的譯經院。眼望梵文，口吐漢字。轉譯者，佛的代言人。

從此，他是她高原的懸念。

【參】 རྒྱ་མོ་བཟའ· 甲木薩

長安來的蝴蝶只留給深夜，
留給被褥薰香。

藏經閣筆記

55 工藝匠師

甲木薩暫時闔上雲遊僧的故事，大唐西域記如此驚心動魄，勝過她讀的所有經典。大家都聽得心生嚮往，一時窗外風動，殿內燭火搖曳，人心晃搖，個個陷入沉思冥想的靜默。

偶有人喃喃自語著這瘦馬比人還有情有義。

忽有人問甲木薩，大師的功德芳名錄感恩很多善人貴人這我們理解，但連要害他的石槃陀弟子、一路上要捉拿的官兵與土匪劫匪也都要感謝啊？

佛陀成道時最感謝的人就是一生都在障道他的提婆達多，障道者其實更是來考驗我們，成就我們的。甲木薩這樣回答著，內心閃過自己在高原的障道者有誰？是贊普嗎？還是爭風吃醋的後宮？還是自己的習氣？

每一回盲眼說書團總是帶著期盼的心來聽，聽故事時莫不讚嘆連連，故事收尾更是悵然，彷彿和公主一樣惆悵，人在高原，心在中原，人在邏些，心在長安。而長安懸念者唯雲遊僧，此世無法相會，只能相逢在夢中。

長安成了舊夢，被時間暈黑的佛。

人一個個從她的身邊離開，佛卻一尊尊地多了出來。

從原先長安運來的十二歲等身佛早已落地生根。為了有更多的佛像，她要幾個侍女們跟著她一起去學當地鍍金等鑄造神像工作坊。夢裡她聽見長安雲遊僧交代她務必去學習，雲遊僧造佛像已然超過十尊，僧人將造佛像的功德迴向來寺院齋僧的眾生，夢中雲遊僧說待百尊之後即圓滿此功德，吾將至淨土。

於是她也勤造佛像。

西域商旅帶來了印度造佛像的超高手工藝，每尊佛依造佛度量經，比例體態都俊美，高大，莊嚴。

她少女時也在長安城見過佛像鑄造工坊，阿耶知道她喜歡佛像，經常帶她四處參訪。那是長安她除了寺院最喜歡之地，讓她可以遙想佛的地方，就像眼對眼心對心似的交流。環繞大小昭寺四周住著跟隨她從長安一路來到高原的工藝匠師與大力士們，工藝匠師開工坊鋪子很容易就可以就地安居樂業，但大力士們靠的是一身的力氣把佛像與她的經書物資從平原拉來高原，大力士們有的娶了高原姑娘，也改學造佛像，擔任搬運佛像材料的主要運輸工。有的大力士們早已被贊普徵調去打戰或者守邊防，這些長安隨從故舊的大力士即將轉成武將，臨別時有幾個熟悉的貼身護衛特地來和公主辭行。

她送了幾帖自己書寫的佛經給他們（未料這影響了不少大力士的後代學佛），她說此去，不論身在何地，我會不斷地祈福，這是我送別各位最好的禮物，你們因我的婚姻而離家，現在又因我的夫君要到邊疆，一切因我而起，我深深感到不安，祈福戰亂平息，你們永遠佛光普照，身心輕安。

公主公主，我們很榮幸隨您到高原，也祈福公主永保安康。他們仍習慣私下稱她公主，她是永遠的長安公主。

大力士們拜別，往後大力士們轉身感到只要公主在吐蕃的一天，他們手上就不會沾滿血腥，就不會屍橫遍野。她就是吐蕃神主牌，他們的太歲符，孩子的保命帖。

她也望著大力士們，她想為了讓他們放下屠刀，無論如何她都會守在這裡，不會離開，即使婚姻寂寥，即使往後如果贊普先行離去，她也要在這裡，只要她在這裡，贊普與天可汗都會念她是大唐公主，不看佛面也要看人面。

派守邊疆的大力士輦車相繼離去後，她開始盯著工匠藝師們的手藝是否日漸精進，將造佛功德迴向造佛者與諸眾生，她自覺自己不過是一個剛好站在佛入吐蕃的歷史風口的推手而已。

桂兒曾問她為何要鑄造佛像？

因為雲遊僧在長安造像，信簡說造佛就是讓佛再世，這樣見到佛像的人才能想像佛的樣子，才能升起莊嚴之心。未來的人見到佛像才能對境練習，期許自己有朝一日也能如佛般開展佛性，明心見性，佛性即自性，自性即悟性，悟性即覺。佛不再遙遠，而是近在眼前。

桂兒於是也愛上造佛，手藝已然不錯，桂兒在工匠藝師的指導下，將佛像模型做好後塗上了黏土，有了鑄型之後再將蠟溶解瀝乾，接著把溶化的金屬倒進模型內等待冷卻成形，之後撬開模具，鑄像焉然成形，工匠再修飾雕飾細節。這些工序，像是觀想佛像的步驟，日輪月輪頭手胸足，像拼圖。

她和桂兒最初剛被長安護衛帶去工坊時嚇了一跳，四散著看起來很像是被支解之作，大佛是靠每個部分拼貼在一起完成的，其中的結構力學精算全靠經驗。她最後磨細佛像的粗糙部分，也喜歡長安工匠藝師鍍上金色或者鑲嵌寶石、綠松石、珊瑚、瑪瑙等工序細節，感覺像是她在長安少女時的手工刺繡。

高原因她而改變了色澤，從荒山枯枝轉為長安欣欣榮景的複製。

於是高原開始注入五顏六色，長安的混血風飄到邏些，同時西域與印度的華麗也融入了高原。

於是上供諸佛下施冥界的供品跟著都從素雅轉為華麗，小小寺院，如長安大寺。佛子很忙，千佛萬佛的誕辰日日月月都有。

她親力親為，寫好供品，讓桂兒和廚子們備下後，她就開始調配起漢地運來的丁香熟地五加甘草肉桂為五藥、檀香枕香藏香花香藥香為五香、珍珠綠松石紅玉珊瑚琥珀為五寶、牛奶奶油乳酪為三白、紅糖白糖蜂蜜為三糖、藍黃白紅綠為五色布、甘酸辛苦鹹食物為五味。

寺門大開，日夜都讓百姓可以朝聖。她按著雲遊僧從印度學習來的供佛傳統，讓供桌如天上雲彩，從此深深烙印在高原人祭祀的心眼裡，開出了繁花勝景，瀰漫香塵。上供諸佛菩薩，龍天護法天神阿羅漢，下施一切眾生，鬼道地獄道，四種賓客，齊聚高原。

高原從一佛到諸佛，締造獨有的高原封神榜。

當她點燃香，感覺上有佛，下有陰界護持。她曾寫信問雲遊僧，為何需要為佛加上五色布？雲遊僧說，妳有沒有穿衣服？她讀信時自言自語當然有啊，還下意識地看著自己，彷彿還是那個小時候會將衣服穿反的小女孩。要不是桂兒，她定然是要出糗的。

五色布的用意是讓陰界眾生可以吃飽之外還能有衣服穿。五色且象徵五智，佛大開方便法門，但方便並不隨便。方便是善巧，有智慧者才能活用，轉用。

這麼一丁點香與布就夠了嗎？桂兒也好奇地問著。

她轉述雲遊僧的話說，心念夠大，千山萬水都能瞬間抵達。意念如小芥子，可幻化成須彌山。

所有的供施物品其實都像是大海裡取一滴水，最後儀式結束務必迴向，讓一滴水融入一座大海，如此循環不已。因此一丁點香其實也是一座寶山，一片雲海。她們主僕兩人從寺院高處望著來朝聖的百姓們，被陽光烘焙的小麥膚色，就像長安的明月，鵝黃透亮。

高原起霧，如沙海，濡濕了她的瞳孔，眾生的心，也是菩薩的心，但菩薩的心卻未必是眾生的心。菩薩畏因，眾生畏果，先後不同，千差萬別。因地決定果位，菩薩守住因。眾生總是做了再說，因果顛倒。

56 輪迴的足跡

夜晚她伏案寫畢給雲遊僧信簡，想想也來寫信給阿娘。

卻頓時無言，陷入回憶。

阿娘，女兒寫著我們的兩地相思，我們長長晚景的沉默。

曾經在長安花園喝茶，那是阿翁和阿婆相繼辭世未久，她在阿娘膝下，問著阿娘，阿翁阿婆死去會去哪？

去投胎了，阿娘笑說，儼然已走出傷懷，可能因為阿娘的姊妹們來賞花，齊聚花園樓台，稀釋了傷心。

投胎？那之後還能認出誰是阿婆嗎？

到了下一世，就認不得彼此了。阿娘笑呵呵地回答，撫摸著她的髮絲，還不經意地說我們雁兒髮絲有硬有軟，有粗有細，和她的個性很像呢。

就認不得彼此了，那時她聽了還頗傷心，天真說那我們可以偷偷作記號，設定通關密碼。

阿娘和阿姨們笑說這主意不錯。但阿耶正巧來聽到這一段笑說女人家，投胎豈是兒戲，長安寺院師父說有六道輪迴流轉，你們確定下輩子投胎都當人啊。

大家覺得男人掃興，紛紛離開樓台說要去茶室飲茶吃餅了。

大人離開，獨她一人在滿眼春色裡繞轉，望著花開花落，踩著落葉簌簌響，竟是傷心異常。

來到高原，收到雲遊僧寫來經文「改形易報，不復相識」才恍然大悟。改形易報，於是他們並非你前世所認識的那個樣子了。

雲遊僧寫不獨人遺忘累劫前世，就是菩薩也有隔陰之謎。只要通過父精母血出生都有隔陰之謎。又寫輪迴如戲論，你可曾慈祥地緊抱著某個人，他是你這一世的孩子，然而在過去生之時，相同的人卻可能是你的敵人，你攻擊他。你將孩子抱在胸前，讓他吸吮你的母乳。可是在未來世，你可能飲過他的血，傷害過他的生命，啖過他的肉。阿耶成了兒子、阿娘成了女兒、朋友成了仇敵。過不久，角色又換了回來。在人世間，一切都是無常。若能一心生信阿彌陀，從此即能不作輪迴客。

這一世孩子吸你的乳，下一世你卻可能是飲孩子血的人，整個輪迴界都有牽連。她讀著信，起了一身雞皮疙瘩，想起她曾童言童語地安慰失去阿婆的阿娘，她記得當時說阿娘毋驚，日後阮再相見。

阿娘溫柔回說著下一世妳就毋識阿娘啊。

原來，真的，無法辨識前世的痕跡，一旦捨報，易形模樣，如羊變人，人變羊，轉跑投生道路。這一切，彷彿輪迴遊戲的海市蜃樓，注定會被回收的人生，華麗與凋零輪替。

看著時間流失，看著年華萎頓，一口一口像是被吃掉的潰散人形。

佛家說冤家路窄，冤親債主。

如何滌蕩累世冤愆，從斯永解？雲遊僧寫：唯佛一字，可解斯苦。

每一年，來吐蕃的長安人都有人離開，有的是和胡商行旅去，有的是和女人落腳其他部落。有的是生病隕歿，病亡者的家眷都會託桂兒報信，期待長安公主能為他們祈福。

亡者離開的原因不外為情為財，雲遊僧說因地不真，果招迂曲，見怪不怪，人還沒離開人世就已經心不在心的位置上了，心不在心的位置上，也就是狂心不歇，狂心者不過守屍人。人心秒變，剎那念頭顛倒，後果即生，故善護念。比如人可以在一夜之間完全遺忘佛、悖離戒律、離開手足兄弟或同修，一心奔赴那個當時心懸的感情對象，必須要之後或者之後的很多年後，才知道那些感情對象不過都是討債鬼。但知道也時日已晚，佛門無邊，但無緣者絕緣，更難度背叛者。背離者，不守心者，不守誓約者，這些人和亡者相比，更像提早一步踏入死境的人。

雲遊僧這回捎來的信簡述及很多感情因果，守住護住念頭的重要，馬玄智說因為大師弟子被賜死而感慨良多吧，畢竟是他最重要的弟子，才華洋溢，是公主讀的大唐西域記的潤筆者，智慧根器放眼長安乃至大唐都是上上品位，但卻因為感情誘惑，欲望念生，連命根都沒守住。馬玄智說的時候眼神看著地上，不敢正眼看公主。

命失去如根被刨掉，慧根也從此如花葉飄盪，她嘆息著彷彿也在提點自己與馬玄智，馬玄智說的時候心裡閃過的人影是自己，她有點感覺到了那種異樣感，她說的時候心裡閃過的人影卻讓自己嚇一跳，智慧如海又老謀深算的瘦削黝黑男子，她遇見高原的第一人。

捨萬劫之愛纏，一念霜融，從此清明。

她聽見虛空傳來震撼心緒的耳語。

57 閉關似的孤獨

雪域人生快得如此魔幻，也慢得如此魔幻。

偶爾甲木薩會不斷反覆倒帶回想初次在柏海相逢贊普的畫面，以為幸福將如永不融的雪山白霜，以為反覆想著，日久也就相信愛情。她需要一些相信，此生如此孤寂。她喜歡看經變圖，佛為了降伏外道變現的各種神變，人必須看見神通才相信神的存在。她也必須開放供十二歲等身佛的大殿，好讓膜拜者有所依止處，可以說整個外境都是為了勾招內在，否則大雄寶殿何須讓人感到渺小，人渺小了，就能低頭看得破，破金剛經所言四相，我相人相眾生相壽者相。

四相何意？我相易解，就是自己，人相就是自己以外的他人，眾生相是一切嗎？壽者相就更不明白？

眾生相是六道眾生皆是，壽者相是所有眾生都有不同長短的壽命顯現。這些都要無相。

桂兒又點頭又搖頭，為何要破？不能完整？

此破非破，是不執著。

漢字好有意思，說破卻指向執。馬玄智在旁聽了點頭稱是，行旅多年，還是漢字最深遠最幽微。

一起閱讀雲遊僧信簡讓整座宮殿都發光，是甲木薩在高原最美的時光。

這幾年她更將原本四年一次的佛殿改成每一年選在釋迦牟尼佛的佛誕日開放，只因長安傳來消息，阿娘生病臥床已久，期盼解脫自在，早點見佛去。眾生得以見佛，引渡至冥界的資糧圓滿，解冤釋解，自然阿娘也功德圓滿。

雲遊僧託馬玄智帶來大解脫經與新譯本金剛經，開示說自此為阿娘念的藥師經可轉為念金剛經迴向給她，藥師經是針對現世需求的，金剛經則是破執利器，阿娘要解脫，要先破執妄，執著為輪迴根本，執著為體，不執著即是不輪迴。

開放朝拜等身佛這日，整座城是高原嘉年華會。

寺內散著濃濃油燈與香氣，塑金的佛像被長安工匠藝師重新上色，在暗暗的小寺內顯得如此金燦，彷彿雪山陽光下終年不融的熾亮。

這一日吐蕃人彷彿不眠人，紛紛早起，捻亮油燈，穿戴最美的衣飾，抹上酥油，趕著出門禮拜難得一見的佛，這遠從印度來的佛跟隨公主從長安歷經時間風霜好不容易抵達高原，每個人都日日殷盼寺門打開的年度之日，供信徒瞻仰繞行朝拜或只是端詳注目。佛面莊嚴，佛臉金燦燦，四周川流年度朝聖者在小小廊道裡念誦經典或也有只是靜默禮佛行過的沉思者。

那時候其他的贊普妃子都好羨慕甲木薩有佛撐腰，整座城整個高原的人心都向著甲木薩的小昭寺而去。

在油燈晦暗的小小廊道，擠滿了朝聖者或好奇者，有看門道有看熱鬧，各種聲調滑過耳瓣，菩薩的莊嚴靜默彷彿成了人的現世安慰。

高原開始聽聞來自佛陀時代的神變月，神變即神變化成各種形象，用以降伏外道，展現神變力量，她向吐蕃人說只要在這殊勝月，大家所做的每一件善事的功德都將比平日行相同善法所得功德增上十萬倍。神變？這個新詞來到這新天新地，有如新的種子播下。

眾人引領期盼寺廟管理員將供奉佛的門打開，他們早已耳聞甲木薩公主說過的增上十萬倍功德，於是這日都很踴躍地跑寺勤修法，節日帶來一種獨特於日常的異常性，將安靜的塵埃靜默成一粒石子似的，彷佛連空氣聞起來都不一樣。寺院更是人山人海，供煙的香塵溢滿肺泡。

催人老的香，提醒著歲月年年。

製香師不修而修，最懂絕美與幻化。香燃成灰，燼氣消失，化空如塵。

把長安香丸香條香盒引進高原的甲木薩在高原人眼裡更是香林高手，她從小跟耶娘一起玩香道，也是捻香熟手了，捻香有如捻茶，讓高原藝師學習著，崇拜著。（當時甲木薩公主當然不知道有朝一日這長安來的等身佛和自己都將從小昭寺遷移至大昭寺，她日後且被高原人刻成著名的大昭寺三尊，她被塑像，兩旁雕像是和她連結一生的大相祿東贊和贊普松贊干布。）

在香氣中，她經常遙想關鍵時間節點是天注定的嗎？能流年偷換？這個改變她命運的求婚使者祿東贊在天可汗六試之中能夠從群雄中脫穎而出是命運的安排？還是因為祿東贊聰明又懂善巧的識人與圓融通達能力？他在眾多各式各樣的王孫府邸選出的公主群裡認出了她這位並非來自正統的非典型公主。因為她身上有長年薰染香塵所散發的獨特氣息，而祿東贊早已私下探訪她的特徵，心知肚明能引蝶吸蜂而至的香氣只有她這個愛佛的公主獨有，從蝴蝶飛去的路徑與停駐在公主肩膀所搧動的翅翼，在閃爍著蝶翼複眼的微光中，高原男人指認了她，這一指認讓她走進歷史核心，從此雙雙成為千古佳話。

蝴蝶替祿東贊引路。

自此她上位成甲木薩，漢地來的女神，高原人在神變月從各地長途跋涉只為來探望一眼朝拜一佛，只有佛與甲木薩對高原有此吸引力。她身上的香氣，自此轉成高原人手裡虔誠的祭拜之香，而長安蝴蝶早已遠去，高原不見蝴蝶，只有禿鷹。雄猛者才能活下來的荒旱礪漠之地，而她的愛情早已埋葬，欲望之花開成智慧之花，磨成智慧之劍，大雪獄灌溉成蓮花池。

長安來的蝴蝶只留給深夜，留給被褥薰香。她蓋的是香氣，在如冷宮的寢殿，長安來的女神，女神只能莊嚴，只能孤獨，裹著香氣入眠，夢裡蝶翼翩翩。她從來沒有企盼獲得贊普的愛，但也沒料到會孤獨在此寒宮一過四十載。

寒宮四十載。或許這種孤獨才帶引她更認識了佛。

極致的孤獨和閉關一般，也近乎修行，觀心，靜默，日漸也坐成一座雕像。

58 只餘雲遊僧

她終於明白夢裡雲遊僧要她造佛像的真正意涵，不是物的本身，甚至不是佛像的本身，而是她自己的心，透過造佛像的手眼心一體，在專注與無念之中，大地平沉，雁過林梢，卻文風不動。她逐漸體悟技術背後過程的莊嚴與細節之後，走在寺廟看著佛像，瓔珞花蔓細緻線條都有了莊嚴，彷彿成了一間間的移動博物館，如華麗與腐朽的修行，體用一如，入世又出世。

造佛像的寶石多半來自尼婆羅與長安，甲木薩公主的母城與尺尊公主的母國，都有無數的銀飾珠寶，阿娘給她的多枚金銀戒指和鑲嵌的水晶、琥珀、綠松石，讓她鑲進嵌入佛眼，每一回看著佛像，彷彿是阿娘的眼睛在看顧著她。三隻眼睛，眉心的天眼。

長安的阿娘不老，永遠眼睛晶亮亮的，於是女兒在高原只要望一眼彷彿就驅走了孤單，漠地砂礫頓然化為京城花園。

鑲嵌的細節非常到位，手穩了，就可以學習畫佛像了。她看著佛像像是在看水墨山水畫作，不斷重複的皴擦與山巖石壁結塊似的連續性結構，這激發了她的想像力，也使她訓練了佛說的那種既能嚴謹也能放逸的寬廣自由。

然而，孤獨是可怕的，沒有愛是讓她迷惘的。和王的婚姻，如露水，一點溫度都可以蒸發一空。偶爾孤單會引誘她抵達奇特的欲望邊緣，但仰望佛像閱讀佛經就可以把遠颺的心拉回，使她卑躬屈膝，跪拜佛前，讓瓶子空盡欲望水。

繪製佛像的顏料，她讓跟隨她來的工藝匠士們去尋找各種高原天然礦石顏料，將各種研磨礦石的顏色淬取，花園的顏色嫣然而至，飛上了佛的容顏佛的色身。雲遊僧來信告訴她，這都是一種表法，讓心有練習的對境，折射。

顏色更添燦麗，隨著寶石增多，珍珠白青金石藍綠松石錠青硨磲鉛白黃銅金琥珀褐瑪瑙紅，礦物磨成的天然色澤來到了佛像，懸掛宮中，在光線時移中色度換化，彷彿色彩與光線的色空共舞。

她將信紙染成了顏色，馬玄智帶給她的紙，在高原洛陽紙貴，她只用這京城的紙抄寫佛經，以及寫信給雲遊僧，還有耶娘。

耶娘於今已然不用再寫了，原生之家只剩佛家，長安心繫之人只餘雲遊僧，一旦雲遊僧也離世，故土於她也許就了無懸念。

59 從出生就在準備的死亡

歲月如油畫般不斷被堆疊著顏色而失去本來面目，她想也許有朝一日離開人世之後，她也會被塑造成另一個人，時而帶著桂冠榮耀美麗，時而被人心易變洪流汙名化？腐朽的肉身重新被字詞堆砌出一個歷史中的文成？

一個名字變成一個故事。

新的生命必須來自舊的死亡，生死是流動的，有新生有枯萎。有時活太久反而失去尊嚴，有時活太短將平添悲愁。活太老也無法和新世代連結，死亡是新的起點。但即使如此，死亡仍帶來失去與傷心。除非人有天眼通，可以見到真正安詳寧靜的善終，見到靈魂通向那不可見的妙美之處去重生。

當死亡只是兩個字，當字詞被去脈絡化或簡化，反而留下缺失的畏懼與人去樓空的傷懷。她常想著自己在人世的光陰，或想著亡歿後將流轉何處？還能見到耶娘，見到贊普，見到大相，見到雲遊僧，見到人世所眷？

夜晚，她寫下藏經閣筆記，高原手記。

與其思索去哪裡，還不如想在這個世界上將留下了什麼。死亡帶走一切，但也可以留下一切。全軍覆沒，這個世界的結束，最終也會來到，佛經提到末日，地球終因太陽核心爆炸也會進入終劫，成住壞空真實不虛。這一切都會來到。過去的時間像一場假戲真作，人已經不是原來的人。人的故事本身，就是訴說的本身。看著有的修行人，最後因身體病痛，竟連一句佛經偈語都念不上。

雲遊僧說懺悔的力量強大，即使小事都會糾纏著生命最後的人。故體會到任何能止痛的藥方所帶來的平靜或許是假的平靜但卻是如此地被需要，遺憾遺恨干擾靈魂，唯一愛與恨的名字，最後都會記錄在心變成故事。記錄死亡，使人變成有故事的人。所有故事的細節，帶著一連串的愛的訊號。即使是執著，都是有記號的，雖然復仇的力量或者後悔的力量非常的強大，但怎麼大也大不過時間，覺悟到自己只不過是天地之間的沙塵旅者時，突然整個世界都是你的世界。她喜歡這最後一句話。

停筆，她往虛空問雲遊僧，人的死期是如何被定下來？

虛空傳來字詞：死亡是定業，不要僭越死神的工作。

一生繞佛塔繞神山，禮懺禮佛，從出生就在準備死亡的公主，卻送走一個個至親至眷。

塑造佛像，蓋舍利塔，製香，放生，供燈，不斷念心經、大解脫經、金剛經、藥師經、阿彌陀經，藏經閣是她真正的寢宮。進行這些佛事，讓她記得佛而忘了自我，忘了長安，忘了王，忘了欲望。如此，一生的時間都不夠用，哪裡有時間愁苦。

藏經閣筆記

尊敬的雲遊僧：

無始以來至於今日，凡有所為皆不稱意。當知悉是過去以來，惡業遺報所致。是故今當勤求懺悔：懺悔人間惡夢惡相諸不吉祥之報。懺悔人間惡病連連，累月不瘥。枕臥床蓆，不能起居之報。懺悔人間冬瘟夏疫毒癘傷寒之報。懺悔人間水火盜賊刀兵危險之報。懺悔人間為被獅子虎狼毒蛇惡蠍蜈蚣，害人之報。懺悔人間生老病死憂愁苦惱之報，懺悔眾生，身語意業造作增長種種惡業之報。懺悔眾生，當墮三惡趣中，無量千歲，受諸劇苦之報。懺悔眾生，應以地獄旁生鬼趣流轉無窮之報。懺悔眾生不復更生，諸於惡趣之報，懺悔眾生或做牛馬駝驢恆被鞭撻之報。又常負重隨路而行，飢渴逼惱之報。懺悔人間厭魅蠱毒飛屍邪鬼，偽作妖異之報。如是現在未來人天之中，無量禍橫災疫死難衰惱之報。今日誠向藥師佛，海會聖眾求哀懺悔，願皆消滅。

我日日讀誦著。

這幾日也不斷述說著您寫來的釋迦牟尼佛在世時弟子梵志捧花欲供養的故事。

佛陀說：放下吧。弟子以為是放下手上的花，他先把右手的花放下。佛陀仍續說：「你還是要放下。」弟子再把左手的花放下。佛陀仍說：「你還是要放下。」這時候他才明白要放下不是手上的，而是放下你該放下的，後來梵志便證得了阿羅漢。

您提到波濤滾滾江中流，一波才息一波起，眾生苦痛亦如是。此伏彼起無盡時。人生苦樂難捉摸，時有時無常變易，何物堪能作寄託？樂適好比日光浴，風雨來時頃刻消。無常遷易不可恃，念此誰不慨悲懷。

「先去除、挖空、掏空我執，接著尋正道方向皈依，然後定住學習。」沒有心量，如何談放下？高原人最初不解佛像與拜懺，不知為何要對佛像禮拜？我們拜的不是那個偶像的本身，而是偶像所代表的事業功德，同時間當我們五體投地做膜拜時，謙卑之心也在我們的心靈滋養了。

弟子啊，你把心交出來，就可以獲得我真正的加持。

奉行慈悲喜捨，心量自然會打開。

您不斷反覆提點這個故事就是，學佛沒有別的法門，除了放下、放下，就是再放下。擅長唯識的您教我的不是咒語，而是不斷地返聞自性，放下再放下，學生真是受教了。聽聞您受了風寒，仍譯經不眠，我在宮殿裡為您日夜點燈祈福，期盼高原的風將我的祈福送至長安。

60 擺渡人

這日高原天氣說變就變，降下急雨，冷冽。

甲木薩有點暈眩疲憊，念經至幾頁，即昏昏欲睡，躺回床上，感到四周鬼影幢幢，鬼魅四生。

她已逐漸習慣冷黑暗鬼偶爾在她心意識脆弱時來訪。只是她覺得這些鬼都很愛故弄玄虛，為何不開門見山有話直說？噓，不能說，鬼有神通，連死人都有神通。她當時還不知道還沒投胎的鬼魂的記憶是其活著時的九倍，生前忘記的事都想起來了，連別人欠他一隻雞也會想起來。

仔細看，她才看見群鬼亂舞的鬼臉竟逐漸轉為阿娘的臉，阿娘化為無常殺鬼在女兒的窗前飛來飛去。無常殺鬼第一次出現在她的寢宮，且故意變化成阿娘的樣子來擾她的心緒，她覺得這可不是甚麼好事，鬼跑來都是來討債的。阿娘若變鬼，得穿越多少煉獄才能找到她？她問無常殺鬼？鬼說鬼有能耐，想討就討。

她突然從床上跳起，一打開佛經，焚起香時，鬼影全四散。

原來是還沒念經，還沒焚香，她失笑地想著。聽得隔壁的桂兒睡得沉，不念經不焚香的桂兒沒事，只因這是她自己答應的特殊任務，她在佛前說，要幫助生病的長安阿娘，縮短生病的痛苦時間。

會縮短一半的痛苦時日的，阿娘的色身就剩最後這段三個月的時光了。

她聽見虛空傳來的回應，闔上佛經，才摸到自己的臉潮濕著，不知何時已然淚流滿面，熱淚盈眶。阿娘不用喝孟婆湯就已然逐漸在失去記憶，她既欣喜阿娘縮短痛苦時程，又瞬間覺得要告別阿娘了。時光飛逝，鬼魂也都老得很快了，無常殺鬼期待的是能和過去的愛重逢，只能重返過去才能回到未來。

鬼魂無心，只有中陰，揪心的記憶。

她有心有愛有情有佛，於是長安鬼魅大老遠也要來尋她，附著她的人身以求超脫，以求懺罪。

她曾在讀經之時感覺到有鬼在偷覷她，不是阿耶，不是認識的亡靈，也不是求苦痛時間縮短的阿娘。

她問長安鬼魅，為何需要贖罪？是從哪個鬼界來的？

除了聖人，每個人都是罪人。只有罪人才能最靠近神，我要妳幫我懺悔，抄經，讀經，因為妳是度母，妳是女神。

夢中之夢，她離開長安這麼多年，其實是她自己不斷地入了過去的夢境。

夢就是和鬼溝通的最佳媒介。

我如何幫你懺罪？

讀經的時候觀想六道眾生，尤其是鬼道。念完經之後，迴向給我，同時入睡時祝福我們。說畢，無常殺鬼的樣子融進了焚香裊裊之中。

主子？

她醒來，抬頭見是桂兒。不知何時她睡著了，長安鬼魂來訪。

61 漢地貔貅

遠去的馬玄智這回歸來，從長安帶來一本新譯本海龍王經給她，她看著經典十分歡喜，想起山海經裡描述九龍之子的貔貅。她從長安帶來的漢地貔貅，阿娘送她的禮物，說女兒要去那麼遠的高地，荒涼高原，物資一定少得可憐。於是給了她一對木刻貔貅，根據山海經說是可以咬錢進來，如果她某天想要幫助當地人或是布施時，都可以向貔貅祈求賜財富，把貔貅當成解脫貧窮的渴望對象。阿娘還說貔貅是龍之九子，她想龍族好厲害，可否幫幫她這個人魚。她這尾魚，渴望變成龍，飛天入地。

貔貅常給她一種奇妙的安慰，好像摸了貔貅就會滿屋盡是黃金甲一般的閃亮熠熠，希望滿滿。寺院加持過的貔貅臉上有個小紅硃砂，檀木刻成的貔貅呈飛天狀，三根手指大小，公母成對地放在她的佛桌案上，每天給貔貅說話，桂兒說妳每天和貔貅說的都比幾年和贊普說的話還多。但她說來說去都是反覆的進財貔貅，我是你的主人，幫我智慧財咬進來。別人祈求金銀財寶，她卻求智慧財，聽在桂兒耳裡笑著想畢竟公主是金枝玉葉，哪裡需要求財。

智慧財要兌換什麼？桂兒笑問。

換日後能到佛國淨土的資糧啊。

世間財寶我看得到，智慧財寶我看不見。

妳的手藝就是一種智慧財的顯現啊。她笑說著，正待將桂兒在工坊手編的美麗毛毯鋪上。

桂兒有點明白了，公主萬福，不若我腦袋空空。

在長安無數的日子裡，貔貅依然是木刻動物，沒有幫她進財，至於智慧財，她想拜雲遊僧信簡之賜，倒也增加不少。

她要離開長安時，一度貔貅曾搖身一變成神，平安守護者，護送和親隊伍來到吐蕃，往後她籌措物資錢財也頗順利，王對她蓋寺院的雄心慷慨，使她得以繪製佛像唐卡與興建寺院宮殿。

多年後，她才明白貔貅可以為她咬回錢財智慧財，各種世間與出世間財，但卻無法咬回失去的人，失去的愛。

62 攪海大夢

甲木薩近來連續聆聽馬玄智帶來長安寺院聽來的龍樹菩薩入龍宮讀經，攪海大夢的傳說故事。她聽了沉醉，想海如此大，誰能攪海大夢？沒看過海，只能把廣漠的沙漠想成大海。

冒險往來的商旅隊如古船般沉睡在如沙漠的深海，作夢的人想進入謎樣的世界是為了尋找沉睡的金錢財寶。學佛者看世界眼光不同，想的是如何取得經典。她收到海龍王經急忙打開閱讀，經書裡描述著龍宮，她想像著龍王派蟹兵魚將守的龍宮藏經閣。

龍樹菩薩在尚未成就菩薩的年輕時期曾學習過隱身術，有一天他和一群紈褲子弟戲遊後宮，但這天隱身術玩過頭，有人竟隱身戲遊後宮妃子，把妃子的肚子搞大了。這下事情鬧大，國王知道後極為憤怒，立即下令抓人，但因為他們都會隱身術，所以看不到也一直無法抓到。國王於是命令侍衛拿起刺刀向每個角落都亂刺，這時候隱身者再也無處可躲，躲無可躲，全被刺死。

只有年輕龍樹在緊張生死存亡之際，他靈機一動躲到了國王的身後，沒有人敢刺向國王，於是年輕龍樹躲過了一劫，當他隱身到國王背後時，他臨死一刻發下大願，只要能躲過這一劫，我一生自此學習正法弘揚正法。

賭很大的龍樹竟真逃過此劫。

從此他不再學習外道，他聽說海底有座龍宮，因而想要到龍宮一覽群經，龍王看他精神可嘉遂許入龍宮，唯經書無法取出，且龍王還限制他幾小時內就必須出宮。年輕龍樹歡喜不已，將自己快速如海綿吸收龍宮群經，限時閱讀，博學強記。

入海龍樹，最終把自己淬鍊成一座智慧大海。這位在樹下出生的龍，從此得名龍樹的年輕人，此後轉成修行人，還成為那爛陀首位校長，聽起來真是太華麗的夢境。

大唐西域記，雲遊僧行旅到那爛陀，這是印度盛世時代，磚色建築群在夕陽微光中如夢境，在此和戒賢和尚修學的雲遊僧在西域記裡也描述龍樹菩薩，將菩薩故事廣傳。雲遊僧在那爛陀曾因贏得連續幾場攻無不克的佛學論戰，因而為雲遊僧贏得大覺者美名。

馬玄智退下後，她就著高原天色的最後一抹餘暉中想著故事，內心慨歎，遺憾未能和大師相逢長安，也未能遠遊印度聖地，既然這樣，就把此地變聖地，把邏些化為長安。高原無海，但每一條河每一座湖，都像是海。

讀著佛說海龍王經，她彷彿看見龍宮。

龍種上如來，文殊師利菩薩的前身，早已成佛，為了協助釋迦牟尼佛而倒駕慈航。

接著她在入夜伏案寫讀經筆記，還寫著自己如何地幻想著也能到海底圖書館一探究竟，雖無能遍讀海底龍宮珍藏，但遇此奇經，也一了相思海的潮汐往返。

夜晚，宮殿如死寂的大屋子，裹著白霜喪葬的顏色。高原春日短暫消逝，冗長疲憊的寒冬，即將吞噬春光一點一滴的柔慈與耐性，儲存在寒冬的能量將快速燃燒成灰燼。

雪域的日子，比的是漫漫長夜能否穿越。

離開長安時，她就告訴自己往後要隨遇而安，活在當下，這種詞彙聽久會像過度使用而失去本心，即使耳朵長繭還是需要每日反覆一聽再聽，因為沒有更好的詞可以安撫她在雪域的心情。

桂兒提醒她開始注意農民曆的紅色字與黑字，注意嫁娶納采訂盟開市交易立券掛匾祭祀祈福開光出行入厝移徙安床安門拆卸修造動土栽種安葬破土起鑽除服成服，她那過腰的長髮如要修剪也需要看日子，她留心著神走過的足跡，夢兆出現長安親人告別。她有時會變得神經兮兮，桂兒笑主子神佛沒見到，卻可能神經先崩壞呢。

有一天，夢兆成真。

馬玄智帶來長安的消息，阿娘是在冬日時節離開的。長安的桂花屬於涼風天氣，開滿繁華京城。有時候她會想起阿娘離開人世間時的孤寂，連和阿娘最親的她都不在阿娘的身邊，但嫁掉的女兒，都幾乎是無法在阿娘身邊的。只是沒有人像她這麼遠，隔山隔海，在缺氧中思念阿娘的女兒，無法在阿娘耳邊重複著阿娘不要擔心，不要害怕，直往佛土去。死神其實就在每天時時刻刻中與我們比鄰。

馬玄智帶來的長安家書：阿娘最後飲食受限，欲食而不得；被迫把自己交給別人，無法自主；恐懼死亡帶來強烈的痛苦。各種疾病折騰。

阿娘說，要確定我靈魂離開才可以埋葬我。

阿娘在僧侶們的誦經中，從病魔手中被送至神佛之手。

中陰歷程，靈魂脫離肉體有神通，可以飛天遁地。

長安最不缺的就是出家人，王公貴族亡魂有法師與高僧們的助念。

家書傳來有幾個瞬間阿娘是清醒的，尤其當法師握住阿娘時，阿娘的力道回應著大師的祈福，由此可判讀神識的靈光閃過的零碎剎那。

就像高原虛空雲雨裡陰陽離子的互為對撞，讓沉睡者歇息已久的海馬迴路再次為了告別而通了電流似的。

阿娘聽從三藏法師的聲音，手企圖在空中揮舞，試圖抓著法師的手，彷彿是唯一避開死魔的浮木。抓到之後，不肯再鬆手，將法師的手放在胸口猶如心愛寶物。法師趁機俯耳跟阿娘說話，反覆說的是善女子請放心，請放下執念牽掛，不要擔心世俗之事，也不要害怕一切的境界湧上。一口氣上不來時，千萬不要慌，不要恐懼，請往最亮最亮的光裡去，刺目至極的光處就是菩薩之地，千萬別貪圖舒服往那灰濛微光的森林裡去，那都是誘惑你的幻城。實則即將進入中陰的阿娘也不知最亮的光裡是否住著菩薩，但知不知道不重要，相不相信才是關鍵。三藏法師的語言有安定的力量，跑進即將斷氣者的心緒。

三藏法師要阿娘抓住靈光時刻，於是不斷地在阿娘的耳畔叮嚀靈魂飄盪時如何選擇下一世的路徑。

馬玄智還帶來了阿娘的幾件要留給她的物件。

阿娘一個人抵達天國去見阿耶，她一個人在高原寂寞誦經送行，招經幡白巾很像白蛇，隨著烈風竄飛狂舞。阿娘在她兒時曾為外家阿婆拾骨。拾骨時，以黑布遮住亡者的頭，不可讓出土亡者直接見到陽光，道是說因為在地底太久，亡靈被強光照射會痛。那時候她聽了覺得奇特，過了那麼多年了，外祖母的頭還會痛嗎？頭還有知覺嗎？以後自己魂埋高原，永遠無出期天日，吐蕃沒有拾骨風俗。

不能哭，不能掉淚。絕對不能讓淚滴到亡靈。阿娘親著自己的阿娘當年離世時穿的那套衣服，衣服竟如當初嫁妝衣般的新穎，只是空蕩蕩地套在枯乾的屍骨上，看起來有點像從地底走來的殭屍。她偷覷到阿娘悄悄轉身流淚，小心翼翼地克制情緒，流著淚水。

這幽冥之路，生亡兩難。人從一個巨大棺木轉換居所，黃土一坯或變成一個甕，放進塔內。甕外貼著一對眼睛，道士說要替甕裡開眼睛，引走光明之路。

63 最後的長安懸念

神佛聽見她的擔憂了。報信者馬玄智帶來長安的最後訣別，傳說沉睡的阿娘面容溫熱，四周瀰漫著神聖的香氣。好幾個小時過去，臉色依然紅潤，甚至看起來只是在睡覺。阿娘的面容帶著一抹淺淺的微笑，嘴唇往兩邊拉開上揚。寺院住持請來誦經團，並在七七四十九日期滿之後，讓阿娘在微微張開的唇上放進一顆早已準備的殊勝解脫藥丸，雲遊僧在印度時取得的聖物。

彩虹丸一吞，有信心者嚐即解脫。

陀羅尼經被一蓋，有信心者觸即解脫。

阿娘，具有信心者嗎？她問。馬玄智說應該有的，阿娘念經一生，念過難以計數的佛號。

長安李家傳來公主阿娘訣別前的說法，公主阿娘的眼睛凹陷在皮膚的皺摺中，阿娘的柔軟耳廓像是一只海邊的白貝殼，傾聽著佛語唱頌。在天破曉的灰白，直到氣息逐漸消失好幾個小時。聽聞阿娘辭世，原不該有的巨大悲傷卻仍暗暗襲來，本該為阿娘離苦高興，卻頓然為自己在高原且自此無耶無娘無夫無子，天地只剩一人而悲從中來。把自己帶到世界上的這個人已經徹底離開了，再過不久將化為一縷煙燼。

夜晚她遙想著阿娘的樣子，心想阿娘去哪了？她為亡者將何去何往而感到傷心。藥師佛淨土阿彌陀佛淨土觀世音菩薩淨土，總之要去淨土，不要到汙土。她知道阿娘沒有那種甚麼出汙泥而不染的情操。阿娘去淨土就當個小小的仙女可好，她對著菩薩祈求。

地藏王菩薩守著入口，地獄不空，誓不成佛。永遠當無法成佛的地藏王菩薩，她每天看著佛，心裡卻常想起守在阿耶和阿娘塔位的地藏王菩薩。

地獄如何空盡？人們當欲望的奴僕而不是欲望的主人，習氣難改，看來都是要成魔的，沒有要成佛的。

要當菩薩要先發誓，雲遊僧耳語。

她最怕發誓了，婚姻誓言吐出卻又如何？國王可以有三妻四妾，王妃只能獨守空閨。人人有名字，人有個性，卻未必有故事，她有故事，將來注定會被寫進〈藏王妃〉，但想起身邊人的離世，她的心頓時蒼白空洞。她無法盡孝，長安一別，彷佛已是訣別。阿娘送行，而她再也無法承歡膝下，也無法為自己訴說任何故事給阿娘聽了。遠方的她無能在阿娘耳邊說話，兩地相思，只能靜默如繭。

啟程的長途跋涉，在隆冬出發時就有如早已踏入死境了。

64 忿怒與慈悲

這佛像畫作的多重空間十分嚴謹且寧靜和諧，顏料堆疊好幾層，每一個小點都是焦點。信仰的寓意，她在長安經常聽阿耶說哪個詩人哪個畫家不想入仕，寧可過著困苦貧窮但卻不違背心靈的生活，即使在喪失親友的痛苦襲來時，也不改其志。焚土傷亡的戰爭並未完全消失，唐都與邊界依然一觸即發，死亡流離與貧窮體弱都可以瞬間彷彿引來大水淹沒土地般。黑暗中的佛像水平線和垂直線有著嚴謹的完美交錯，畫佛像讓她感到心靜，就像她最初來到高原時的刺繡，她從長安帶來的刺繡，也帶給高原當地女人的心喜熱愛。

一樣的工藝，但心緒有所差異。刺繡時，她和侍女們說說笑笑地繡著，很家常，很群體。但畫佛像時，她只自己一人，甚至可以徹夜未眠。公主徹夜未眠，為的是佛，為的是悟。視角與心境皆迥異，畫佛像必須觀想，每一個部分每一個細節都是核心。

寧靜與忿怒，佛像的兩面性。

遵循一套複雜的法則來描繪每一個神像，京城工藝匠師發現這公主有著異於常人的決心與毅力，不是花拳繡腿不是閨秀玩家，她追求的佛像比寺院工藝師畫的都美，但公主卻都不想留下這些作品，畫過即隨手就轉贈。唯一留下的是一張她選擇長安刺繡工藝所製成的佛像畫，供放在她初抵高原的第一座寺院昌珠寺。

昌珠寺ཁྲ་འབྲུག་དགོན་པ，成了吐蕃最早的佛寺，她最先來到吐蕃是在此居住的。後來移居邏些，蓋了和昌珠寺格局相仿的大小昭寺。日日見到貢日山南麓，她的王擴大修建，使之成為三寶佛殿。最初這裡的規模很小，只有六門六柱和祖拉康，昌珠寺建築規模宏大，由大殿、轉經園廊、廊院三部分組成，共二層，磚木結構。過去佛燃燈佛、現在佛釋迦牟尼佛和未來佛彌勒佛，三世佛像由全銅澆鑄而成，這是後來的工匠藝師所打造，她在的時候，甚麼佛像都沒有。於是那時候她在寺裡刺繡了一幅佛像，且因當時跟她從長安來的工匠侍女們都累癱了，還在適應高原氣候，無法做事。因此她就讓在地人幫她打造一個土灶，好在上面可以放陶盆煮食。她給予在地工匠金錢賞賜時，她聽見工匠吐出一個她沒聽過的詞：「托且」，她重複地說著托且托且，原來這是吐蕃語的謝謝。

來到邏些之後，她就把那幅她親手刺繡的佛像留在昌珠寺了，而那土造的灶，也就留在昌珠寺裡，這灶因被她用過，來到寺院的住持與出家人都把此灶視為食神。

她似乎成了高原人追逐長安時尚的代表。

比如她從長安帶來高原的京城畫師所繪製的卷軸佛像，一時之間高原畫師也都相繼使用這樣的漢式裱法，他們稱這卷軸佛像為唐卡，日久成了高原最負盛名的佛像樣式，彷佛已經沒有人記得是她最早帶來的長安畫師所傳授的技藝。高原人稱菩薩為度母，度母和財神是畫師最愛畫的菩薩熱門選項，慈悲與財富，雙雙掛勾成高原的佛像聯姻。至於文殊菩薩卻少有人畫，因為買的人少，市場機制成了畫匠的考慮點。她早就知道人們並不太關心智慧，智慧抽象，但關心財富，具體且現世立現。少女時她讀佛經就曾引來侍女們不解。她們說主子，妳好奇怪，也不勤畫胭脂，就埋首文字，這樣能變得美麗嗎？能找到好尪婿嗎？

她微笑不語，心想智慧就是美麗啊，至於能否帶來好的婚姻，當時她是不解的。但於今看來，好的婚姻完全關乎一心。這個問她書中文字能否帶來現世美麗快樂的侍女們卻自願跟她來到高原荒涼之地。她不願耽誤侍女們孤單一生，有跟來的長安運佛像力士，也讓他們彼此見面，有緣喜歡彼此的，都讓他們結婚去了，離開王的冰寒宮殿去外頭組家庭，偶爾回宮看看她這個主子即可。現在留在身邊的都是未婚或者寡婦的。寡婦配寡婦，走過水無痕，了解無常，品味苦樂，彷彿天生一對。

她的思緒走岔了，抬起頭來才發現工藝師傅在等待她回神，工藝師傅先教她認識顏色。高原佛像畫使用的是在地淬取研磨出來的礦物與植物天然染料，顏色燦爛卻又不失真切。她看著青金石色磨起來像是一座湖，繪製藥師佛像，藥師佛手上的藥缽就彷彿是一切人間的妙方，綠度母用的綠松石如一座森林，黃財神的琥珀如財寶金黃，她覺得這真是可喜的世界，比人間還人間，高高在上又低低在下。佛像畫繪畫裡有如一座宇宙，每個畫面擁有多敘述的觀點，每一個點都是焦點，每個小空間又彼此連結輝映，組合成一個大空間，畫面繁複，細節細膩。她沒有畫太久的佛像，因為繪畫常讓她想起長安。

桂兒說她繪畫慢工細活做不來，她喜歡立體的佛像造像，比如之前的佛像，或者去打造不用思考的油燈、香爐、供杯、花瓶，去做勞動的事，掃地煮飯都好。

長安來的故里人逐漸凋零在這座高原，她要桂兒幫忙送行。送行亡者，依照高原習俗，長安人逐漸將高原濃縮成一座城，一張床，一把火。起初她要桂兒讓喪家在門口放上一高大枝條，綁掛上一個紅色陶土罐，遠看這紅土罐像是小燈籠似的搖曳，在一片黃土漠礫上看起來格外搶眼。

桂兒問主子這樣做是為了什麼？

讓大家知道佛經說的中陰真實不虛，她也是來到高原才學會中陰這個字的，吐蕃話聽起來像「飽肚」。鬼魂也要飽肚才能受到寶貴的引渡。

她讓桂兒在紅陶土罐內擺著食物，並偎桑煙，連續四十九天，讓死者的靈魂有資糧輪迴良善之地，不會成為餓鬼惡鬼漂流眾。日久成習俗，王室貴族永遠是平民百姓最佳的學習對象，於是日後只要看見有人家門前高掛紅陶土罐時，生人迴避。這麼喜氣的紅土罐卻跟亡者有關，她喜歡黃銅與紅土陶器皿，不過卻禁止地板或地毯用紅色或黃色，因為那是佛的顏色，她告訴高原人這顏色能用卻不能踩在地上。

在她的引導美學下，高原的一些習俗逐漸更改，不畫紅漆於臉上，不隨便將屋宇塗黑，改漆成藍或白，懸掛花朵與五色經幡，驅走荒原的孤單，讓燦麗顏色張揚，使佛法沒那麼沉悶，這是印度佛法餽贈給高原的禮物與生活之美（難怪她過世後的長安禪宗大師們相偕來到此地參與漢傳與印度傳佛法的辯論時卻輸了），高原就是喜愛這種暖色調，有美麗的顏色為什麼不用？又不是色盲，她記得桂兒每次都笑她非黑即白或灰，很低沉，沒精神，像是喪家之犬。

她說我確實是喪家，死了夫，連阿耶阿娘都辭人間而去。夢裡滑過自己竟然在長安綵衣娛親的畫面，那日醒來淚流滿面，她知道阿娘離世了。

65 別後莫相思

高原可以選擇的喪葬儀式多是因應荒原地理環境所演變成的，天葬水葬土葬火葬野葬涯葬塔葬罐葬林葬，她聽見桂兒說著恰多爾，她也新學了吐蕃語。長安來的侍女工匠們的吐蕃語總是說得比她好，因為他們總是混跡市場庶民。桂兒唱著杜垂結瓦杜垂結……送屍到葬場，送屍到葬場。

別後莫相思，別後莫相思。

棄林野葬的方式早在她抵達高原前就已然有的習俗，天赤七王的屍身讓巫師神秘天葬之後，王室就不選擇天葬了，她的王有了漢地的棺槨，旁邊有尺尊公主相伴於左，右邊空蕩，也在等待她有朝一日抵達。

但那將是多年後的事了，她當寡婦的時間將會是在長安城少女歲月的兩倍時間。

66 手藝人

甲木薩在宮殿旁開設工藝坊，讓長安藝匠的技術可以傳承。她讓桂兒是藝坊的主事者，陶器對桂兒很親，她喜歡陶瓷。小昭寺廣場附近也有些小工坊，常見一家大小全家出動，男人捏塑陶器，女人負責燒烤和修飾，小孩負責看管曝曬成品。鄉村房舍也擅長將牆面發揮極致想像，舉凡台階、民牆、廊柱有彩繪壁畫，或者掛滿了陶製器皿。她還開設織品坊，養蠶的技術被帶進高原，現在到處都聽得到織布機的聲響，高原隨風揚起一片花花世界，長安商旅帶來了色彩鮮豔奪目的錦緞、絲綢、棉布、羊毛料、棉織品。她一直很喜歡藝匠專心做一件東西的神情，裹在時間膠囊的全神凝住。

織女們撐起一個家的生計，手工藝品五花八門，編織、編籐籃竹簍外，手工製紙技術一代傳一代，桂兒最喜歡加入造紙工坊的活，柔軟富質感的手工羅塔紙，她用手大力搥打月桂樹，再將樹皮浸泡一段時間，紙呈現自然色澤，有時她會加上些染料。桂兒還喜歡做紙糊燈籠送給主子，方形矩形圓形，在紙上印佛陀、文殊觀音菩薩或是陰陽雙魚八吉祥圖騰的紙糊燈罩。觀音菩薩的紙糊燈罩陪著公主的寂寥夜晚，四臂觀音就一直慈悲地看著她，每晚布達拉宮的房間角落亮著一盞觀音。

四臂，慈悲喜捨。她一個人有時躺著時就望著觀音菩薩，菩薩的光芒發出暈眩的溫暖，她想著長安城，想著耶娘，也想著不曾謀面的雲遊僧。偶爾才會想起王，把她帶來高原的王，贊普。卻又把她孤獨地留在這裡，彷彿她只是一項戰利品。王可以不在這個思念的排序裡，因為隨時都可以想起也可以隨時遺忘。

慈悲喜捨的順序倒過來，捨喜悲慈。雲遊僧書簡和她說的捨為四無量心之首，沒有捨，慈悲喜都是有所目的的。

她從床上突然坐起，這就對了，是要先從捨開始，捨原來是四臂觀音的第一隻手臂。

但捨什麼？先捨記憶還是感情？捨妳愛的，不是捨妳不要的。

神突然跑到了她的面前，爭相數落著她，為什麼妳見到高原的神就忘了長安的神？被捨離的家神？

她收到馬玄智帶來的雲遊僧書簡曾寫過一個大徹大悟的故事。

彼時佛陀和五比丘在鹿野苑第一次結夏安居時，有個叫耶舍的富豪子弟因厭倦奢華逸樂生活的空虛無度，在偶然機會聽聞佛法大喜，耶舍發心出家，其父為了尋子，也跟著來到佛陀座下，聽聞了佛法而得眼淨，成了第一個優婆塞。並自此又帶引了共五十五位友人出家加入了僧團，之後又有耶舍的親友們也跟著父子信了佛法，成了第一批優婆塞、優婆夷。

男眾稱優婆塞，女眾是優婆夷。她記得對於馬玄智與桂兒的提問，她如此回答，其實這些知識都是雲遊僧寫信來的，雲遊僧之所以如此不厭其煩在忙碌之中寫信給她是因為權力大者影響力也大，位高權重者能學佛，小自影響周邊的人，大至影響整個國家整個世界。

而她不僅是公主是王后，還是弘法者。

雲遊僧在某一封書簡裡寫到一個故事，故事是有一個有錢人為了不讓世間的執著束縛了自己，有一天就將全部金子丟到海裡，自此清貧地全家過著輕簡日子。

桂兒聽了搖頭說，那人為何不把金子拿去幫助別人？那些金子拿來幫助荒涼高原的老人和小孩該多好。

她也覺得這人的行徑一定有其意義，很有意思，雲遊僧要他們參，想一想。

她沉思了一晌說，那個人可能想贈給別人金子，不就又和別人結下了緣，又會累積功德，這樣又有施捨與收受的兩造關係，而這個人是不想再輪迴，不想輪迴就不能再造業。

助人也是業？桂兒又問。

是啊，是行善，但善也是業。除非善業能三輪體空，她讀著雲遊僧的信。

三輪體空？桂兒重複著說，笑著說，只聽過四輪馬車。

維摩詰經裡面有答案，雲遊僧在信尾寫道。她要桂兒找出這本經，要來好好參一參，想一想，如何行善又能不形成業力的三輪體空是什麼意思呢？

總之，你們不是那個人也不是阿那律，他們是他們，你們是你們，要知道每個人都不同，你們得去發現自己的心，自己的道路，自己的方法。如法炮製是沒用的，你不知道他的悟，他的自性是屬於他的。你要參的不是他的行為所表現出來的結果，而是他的人生求法的精神。末了，雲遊僧再次的提點之語。

67　夢幻成真悉達多

這一天，她照例來到小昭寺，禮佛，一路顛簸從印度到長安，再從長安到邏些的佛。

寺院的小沙彌已經成年移往另一座寺廟，她在這間古老的寺廟的朋友似乎只剩下不會開口說話的佛像與不斷說話的侍女桂兒。

十二歲等身佛像，從長安來的古佛。

她也異常喜歡這尊還沒長大的佛，還沒變成佛的十二歲悉達多王子，但雕刻者已經將十二歲的少年刻成了佛，就像一個佛種子總是會長成佛的肯定。十二歲等身，就像她常聽到著作等身。有人知道十二歲的佛的身高？她覺得好有意思。拜木薩公主帶來大昭寺的佛陀八歲等身像就像一個孩子頂著一張成佛的臉，大昭寺的佛陀十二歲等身像像是一個少年頂著一個成佛的臉。這些工匠藝師是怎麼去雕刻佛的？那時佛還在世，佛像看過佛，她看過佛像，這樣算不算親眼目睹佛。

沒有留下工匠雕刻佛的紀錄。

任行雲遊，她的身上經常飄著有如佩戴香膏般地瀰漫一股異香，她喜歡待在小昭寺，照片依序而下是湛藍的天，金黃的寺頂，褐赭色的布簾上拓印著八吉祥，還有白色的鹿。八吉祥布簾下擺著一整排的盆栽，開著花團錦簇的牡丹。牡丹，她從長安帶來的種子，綻放如靨。吐蕃人把大牡丹花想成烏巴拉花，從長安帶來的花樹，牡丹楊柳，將寺院妝點得十分世俗，親切而熱鬧，但又不失莊嚴。自此高原流傳的佛的故事，將成了凡人難以想像的神話。

68 身語意

她覺得讀經最後的迴向文與懺悔文，就像雙面刃，面向眾生也朝向自我。一邊迴向共成佛果，共登極樂。一邊有如從小她耳濡目染的儒家三省吾身，往昔所造諸惡業皆由無始貪嗔癡，從身語意之所生，我今一切皆懺悔。身語意，貪嗔癡，每一刀都砍向自己，但砍下的瞬間卻又降下止血膏，修復了傷口。慈悲與憤怒，兩個面向都是內心的自我，她看見高原人活用開展出來的特殊佛法也是如此，帶著印度的色彩，和中原的禪，完全是兩個面向。

懺悔前不免會冥思人生過往。

過往她常掉入短暫日子和贊普綁在一起的宮廷生活，表面看似她和國王一起被命運綁住且被投入茫茫大海般地載浮載沉，但懺悔時，她潸然淚下了，知道是自己需要國王的。一個沒有王的王妃，不就是只是一個名詞，廢妃般地被禁足在宮廷中，只能暗度黑暗之心，白天卻得安座蓮花上，以示女神之尊貴。

於是她經常需要迴向與救贖，以免於自己突然掉入的虛無，屬於長年當寡婦的虛與空。年輕時和理想的愛情打仗，明知吞了敗仗，但畢竟和親之路也是命運注定，得打的心甘情願才行，因為愈深入自己的心，她就愈知道她這也是一場對抗命運與欲望之仗。她聽聞馬玄智說起武媚娘上位垂簾聽政的事，內心真真佩服這武后的能耐與厲害，和自己同齡的武后，對映著她們的一文一武，她這個被賜號的文成之名，果然皇上阿耶還是了解她的，但她也慨然皇上阿耶還是小看了女人，滿城傳言武氏將滅唐，皇上阿耶滅了男武氏，獨獨沒想過或忘了身邊這個武氏才是狠角色。

相較於武后的狼心，桂兒說主子簡直就是佛心來著。馬玄智聽了卻笑說，聽說這武后也是學佛中人，雲遊僧說武后前世也是修禪人，所以能為佛經提了開經偈：「無上甚深微妙法，百千萬劫難遭遇，我今見聞得修持，願解如來真實義」。甲木薩聽了頻頻點頭稱讚說，這真是寫得極好，也是極有悟性之人，若能以權力影響庶民信佛讀經，也是極好之事。也許有時狼心只是權宜方便之計，就像忿怒，如果沒有搖晃到內心，忿怒就只是忿怒，一個動員情緒好讓對方知道事情嚴重性的表達方式，像忿怒金剛。只是有時候權宜之計在嘗到權力生根之後，也會變成長成欲望之花。

公主說得太好了，馬玄智點頭稱是，呷了口長安帶來的茶，桂兒為主子和他分別加了點昂貴的鹽。

甲木薩笑回也不過是淺見，任何人都難以拒絕誘惑。

桂兒笑回主子就屬能拒絕的人。

甲木薩笑著搖頭卻靜默不語，瞬間心想也許只是自己沒有被考驗罷了。自己在宮廷不過是一無所成的文成公主，漢地來的女神其實孤寡一人，是一介影子王妃，人生不過是影子，愛情是影子，文字是影子，因而她害怕連佛也是影子。佛的兩足尊，生命之筏，她可得牢牢繫住。

如是我聞。

阿難我是這樣從佛處親自得來的。

經首夜夜棒喝。吐蕃高原頓成廣嚴城，直將小昭寺常伴的長安楊柳遙想成廣嚴城的樂音樹，一有微風吹動枝葉，發出自然樂音的樹，大苾芻菩薩國王大臣婆羅門居士天龍八部人非人等無量大眾，恭敬圍繞。頓時她的寢宮熱鬧異常，濁心聖願即是成佛根本潔。她夜晚讀長安雲遊僧奉詔新譯的藥師經特別有感，鞞殺社鞞殺社，藥師佛藥師佛，她念著梵文與漢文，彷彿藥師大醫王現身，琉璃光遍照，蔚藍色之光閃熠，頓時內外洞澈，本願功德經，雲遊僧三藏大師曾回覆她說本願即成佛根本，要成佛要先發願，本願本心，實踐實行。故德者亦得也，修行成就，修功有所得，為功德。上通神佛下施人鬼，冥陽兩利存歿均霑，一方面迴向阿耶阿娘與故城故舊，一方面期盼藥師佛的庇佑，染疫離開的人愈來愈多，藥師佛是現世解藥。藥師經中有一個對她特別新穎的說法，人生下來就有兩個俱生神，與生俱來的神跟著我們的心，記錄著人的一生善惡，一神記善，一神記惡。「隨其所作，若罪若福，皆俱書之」歷歷分明，一絲不紊，毫無差池。

桂兒聽她念藥師經十二大願中的一願是轉女成男，聽了頗有同感。「女人為百惡之所逼惱，極生厭離，願捨女身，聞我名已，一切皆得轉女成男，具丈夫相，乃至證得無上菩提。」反覆念著，像是立馬脫離女身，即刻轉女成男。

較之過往，唐女雖有和男子競肩競比的幸福感，但她們深知那還是必須依附才能生存，武后善巧，有勇有謀有智能等待機會抓住機會且又有幸運之神眷顧者幾稀。女身五漏，女人百態，月血來襲，有孕身累，不孕心苦，體質先天陋劣，有欲望就說娥眉善嫉，喜愛美麗裝飾就說是花瓶，供人賞玩，善感易流淚就說是水作的。連夫婿都不是自選的，桂兒叨叨說著。

經未讀竟，就被藥師佛的大願給撞擊了。那時她們還聽不到後代唐詩人白居易將因楊貴妃而寫出遂使天下父母心，不重生男重生女。

末了，她抿然一笑，將經讀畢。重複念著：鞞殺逝鞞殺逝鞞殺社（藥，藥，藥）三沒揭帝（普度眾生）娑婆訶（速得成就）。

娑婆訶，速得成就。她彷彿聽見急急如律令似的，轉頭卻見桂兒不知何時已然打起瞌睡了。

黑暗中不知何時燭火已滅，她看見有兩道光微微射來，竟是從等身佛的佛眼散出，導引著她的心路。

達摩祖師心戒文，她找出經書，打坐，念誦。

69 高原的黃昏

甲木薩經常坐在宮殿窗前凝視著前方，等待高原那綺麗的黃昏到來，在燈火昏蒙的宮殿裡她眺望著山城，飄忽的燈火像是明滅的心。在無人空檔她突然打盹了片刻。她依稀看見阿娘從金色雙鹿的圖騰中浮上來，在白日夢中阿娘變成大昭寺的文成公主，一張大大的圓臉上，不笑自笑的一派自在。有人叫喚著她，她從打盹中睜眼，彷彿看見長安阿娘的肖像轉成自己的樣子，不能遺忘阿娘，但卻要放下阿娘。馬玄智帶來了阿娘的遺物。

她想看見這遺物真是磨心，遺物的目睹讓記憶啟航，她彷彿又看見上路前阿娘在背後望著她的目光如炬，彷彿知道這一別就是永世。孩提時賴在阿娘的床，枕著阿娘酥胸的香氣，彷彿整座長安的花園綻放百花之香，浸滿燭火搖曳的房間，她捨不得離開阿娘的床，望著阿娘梳髮的白頸，像朵白花，香爐裊裊香氣擴散，燃燒著感官。阿娘的一切滋養著她的眼耳鼻舌意，包裹著她那現在想起來彷彿如夢一場的童蒙時光。

光亮與黑暗交織的往昔京城與於今的高原時光，形成她生命的兩個高低層次的共生結構，原鄉與異鄉互為表裡的人生旅程。在高原，當寂寞痛苦統治了夜時，她必須讀經，她必須寫信簡給雲遊僧。

當白日的烈焰驅走了黑夜的孤寒時，她又變回了高原人看重膜拜的度母，漢地來的女神。但她其實就是一個女人，喜愛佛經的女人。她沒有想回長安，因為在高原長久的淬鍊下，她已經習慣讓生命有迴旋的餘地，彷彿站在懸崖眺望人世，一陣高原強風的悲傷難抑也不足以把她推落的。她從童年起就被阿耶阿娘訓練成一個不用否定詞的人，後來她才知道菩薩的生命裡也沒有「不」這個字，菩薩受五百戒，其中一戒是不能說不，眾生要你的頭，就該給？她不懂，但也不必懂，沒人會惡意要菩薩的頭。

比如想成國王的王子索取龍樹菩薩的頭，龍樹菩薩人頭落地流的卻是白血。還有那被節節支解的忍辱仙人，佛的前世。如何能被砍頭被支解？靈識身分開，身體受毒苦，靈魂卻跑去彌陀大院聽經。

天子魔與大魔考驗要成佛的人，她不會被考驗到這一點的，她是王妃，不是大修行人，離成佛還很遠。

高原人相信靈魂嗎？還不知道自己已經死了就看見自己被燒，孤魂野鬼在四處遊蕩，夜晚她經常出現幻聽，聽見失去身體的靈魂吶喊著，靜謐的宮殿，也像是冰庫，她已習慣這種冷，冷到骨子裡。有時寂寞上身，會想她的男人。但佛說連意念都不行，有念頭就代表做了這件事，這使她容易陷入焦慮，動彈不得，無法上窮碧落下黃泉，無法只是簡單地走了一個賤婢又來了個賤婢的連環使惡圖，或者像開出惡之華的那種駭麗的狂亂狂迷的語言。從此她就被佛言佛語偷偷調整了腦波，海馬迴路被迫繞道，腦前額葉被替換的狀態很久。她的戒尺不是基於保護自己，而是為了尊重約定。桂兒對她誠實地說她自己是沒辦法守戒的，可能會一邊痛苦守戒一邊痛苦越界。

她問雲遊僧關於戒律，為何有一種被植入很多讓她戒慎恐懼的詞彙，業力，因果，福報惡報。雲遊僧說戒律讓人不自由是因為誤會了戒律，其實戒律是讓人自由的，有邊界才有防護，就像河水需要堤岸。

馬玄智來到時，都會帶著長安法會的訊息，因為她會請馬玄智幫她在長安進行法會供養，尤其每年慈悲三昧水懺或者梁皇寶懺法會。

沒有裝臟的空心菩薩，沒有開光的木刻偶。

很多年後她才知道佛菩薩雕像裡面要裝臟，裝臟就是在佛像內部空心裡置入七珍八寶，象徵五智，名為裝臟。

人在佛像心中裝臟，卻忘了自己的心也要裝臟。

她有時候會和桂兒一起去探望那些提早進入封閉如繭時光的高原受傷的孩子，他們手腳舞動如鬚，就像被翻過來的蟑螂，四腳朝天，手舞足蹈地等待死神的接引。必須動員更多的慈柔愛語善語才能安撫青春想要狂亂使惡的躁動。就像不能淫亂那般的語言灌注心時，桂兒說當兩具身體像火球般撞向她那薄薄的心牆時，該當如何？她教桂兒念金剛經。拜懺，拋棄在長安讀過的旖旎豔文。

她想起剛剛做過的夢，收到阿娘的死訊之後，夢裡她幾度冥遊地府找阿娘，但卻看見別人，她的王和尺尊公主。地府猶如集體狂亂暴動似的受苦著。她寬心地想還好阿娘不在地府，但她也不知道阿娘靈魂飄到哪了？也許阿娘的中陰身飛越千里從長安抵達了高原。

她感覺阿娘似乎來看她了，阿娘老了，女兒也老了。

輪迴的利刃，轉瞬千年。她看見睡著行走的人，三隻眼睛，渾身發綠，全身藍色，翅翼上長滿眼睛，背後都是火，割下人頭製成的人頭花環和骷髏花環，串在腸子上的人頭和串在屍體頭髮上的骷髏，花蔓花環蛇形花環。夢醒，解夢。人頭代表色空。

馬玄智帶來的雲遊僧奉詔譯的藥師經，念到最後幾句有天龍八部，天眾龍眾夜叉乾達婆阿修羅迦樓緊那羅摩呼羅伽，迦樓羅大鵬金翅鳥，白岡黑魔紅贊取命夜叉屠夫羅剎施病瑪姆凶曜（羅睺羅）。佛的護法都怒目金剛，長得更像是來自地獄的人。

愛上一個人就像創造一種宗教，只是這種宗教裡面的神是靠不住。

每上一重天，越來越美麗的宮殿，讓恆星失色，臣服在天人腳下，恆星之上是最高天，由光組成的永恆的天國。我祈求你拯救我地獄裡的靈魂。她的皇上阿耶還好不是那種動不動就拉人去杖斃車裂砍頭去勢的皇帝，但即使如此，雙手仍沾滿了鮮血。這累劫冤仇該怎麼被消抹，那些殺人如麻或穢亂宮廷的，在高位或擁有權力者隨口一句：給我滾，瞬間有人就流離失所。皇上阿耶薨，她曾寫信問雲遊僧關於殺人者的業力，雲遊僧沒有回答，只簡單寫業力不虛，但當下懺悔可立地成佛。

放下屠刀立地成佛，那往昔所造諸惡業呢？

隨緣消業，勿造新殃。

70 失語的異鄉人

她自己曾經歷過近乎失語之感，來到高原異地，失去母語母土。

有一陣子無法開口說話，喉嚨灼熱，吞嚥刺痛。精神性的失語，其苦痛無解，只能等待時間走過。後來讀經，要練習心止如水，而不是心如止水。心如止水是死寂的，心止如水是活潑的。練習不動聲色，聲色不動。她早已停止流淚，無用的淚水不再沉積眼眶，不知何時，她就放棄再看長安一眼了。

她拿出鏡子照了一下疲憊的臉。

公主登上赤嶺時，在山頂舉目環顧，不禁心潮起伏愁思萬縷，潸然淚下，內心頓生思鄉思親之情，取出天可汗送的日月寶鏡。如果在漫長的路途中或者妳到了吐蕃之後，想家就把鏡子拿出來看一看，從這個魔鏡可以看到長安城和妳的阿娘。她想到這裡就取出了魔鏡般的寶鏡，果然從鏡子裡看到了長安和阿娘。這使得她更加地傷感，一時恍惚竟不慎失手將這個魔鏡摔斷成兩半，而赤嶺也從此轉名成日月山。她知道長安有人傳言她因悲傷而自摔鏡子的，也有傳言說她打開寶盒鏡子竟變成石頭，因而頓時覺得天可汗竟誆我而怒摔鏡子。

桂兒說著街上流傳的各種版本給公主聽。

她笑著說我這時候才從神變成人。相思悲傷生氣難過，這樣讓我比較像是個人。

桂兒經常莞爾地也拿著她的鏡子出來照一照，這皇上阿耶所贈的鏡子，多麼長安啊。

71 高原神話

入夜，她總是會和桂兒說說高原神話。

有一天，天神天妃注入神力，神子誕生救世。神子誕生之前先得在天界修行，轉世還得通過父精母血，能孕育神子的父母還必須具備勇氣智慧，勇父森倫已有，獨缺空行母。那個被蓮師看中的女人是龍王的小女兒梅朵娜，問題是梅朵娜將如何從海底龍宮來到陸上？一隻牛好端端衝進海底，在龍宮橫衝亂撞（還會游泳），將整座龍宮染成疫病，神佛可以治癒唯獨要交換寶物，龍王問要什麼寶？神佛說我只要那公主。結束天界修行，神子降世名薩格爾，降生高原，出生三天就像三歲般大，就像釋迦牟尼佛一出生即能開口說話，英雄之路的坎坷崎嶇總是造就他們傳奇的一生。

桂兒聽著，彷彿在聽傳奇。

眾生平等？桂兒說佛經的境界太高。皇上怎麼可能和百姓平等？

妳也是頗有慧根呢，她讚美著桂兒。說起佛陀故事，有一天有一群農夫來問佛陀，如果生為什麼樣的階級，那麼生生世世就是那個種姓嗎？佛陀當時即告訴眾生平等的觀念，你這一生生是何種階級是因為因緣果報的緣故，佛法核心是萬法唯心造，一切的因果都是自作自受的，「諸法因緣生，諸法因緣滅。」有生即有老病死，生的原因是有業。如是因，如是果，自作自受，破解了這世界是由天神所造之說。人人都具有佛性，也就是自性覺性。

佛陀為何要出家啊？桂兒邊鈎著毛線邊好奇的問。

為了開悟啊，為了不再輪迴。

桂兒聽了覺得主子又變成女神了。

她轉頭吹熄蠟燭的燈火時，她才發現不知何時這桂兒在旁邊已打起瞌睡來了。

72　悲中之帖

蜃樓幻翳，客塵四射。高原的夢蒼白，有如在霧靄中。長安的夢璀璨，有如在雷電中。距離未見阿娘經年，時光過久，而使得連思念都像是虛幻，彷彿自己是無母之女。直到阿娘的遺物來到她的手中，梳著阿娘的梳子，這阿娘梳了一輩子的梳子，握在手裡，阿娘才真切起來，但這真切卻又傷懷，阿娘真的離世了。但阿娘即使在世，她不也見不到嗎，就把阿娘想成依舊還在長安呢。手裡的梳子上面還夾雜幾絲白灰髮，阿娘最後梳髮的痕跡，是故意不清除梳柄上的髮絲嗎？髮絲流年，流年相思。她是不孝的女兒，沒有機會侍奉耶娘，所幸她日日朝佛禮拜，迴向耶娘。

她沒有機會收拾檢視阿娘的遺物，但她有許多次經歷收拾遺物的心情。她的王，她的祿東贊，甚至她的許多跟隨著她來到高原的侍女們與工匠們的離去。

報信者，往往來的都是死訊，悲傷之帖。

唯一例外是雲遊僧送來的經書與信簡，喜中之喜，唯一可以沖淡這人世之悲之愁之哀的佛啊。

維摩詰經，已入世之有法展演出世之無法，真真氣派，真真了得。

為何一入自己仍被這世間有為法束縛住？她提筆寫信致雲遊僧。才寫幾句就聽見背後傳來一陣開心的喧譁，不用回頭她就知道是桂兒來了，桂兒端著一盆熱水，要她記得溫暖手腳，才好入眠。

桂兒有如她的高原轉播站，出入聖俗之間。桂兒從街上得知的訊息，都會說給她聽。每一晚桂兒都會吐出任何故事的碎片。而她則是分享佛經的故事給桂兒聽。比如海龍王與金翅鳥、羅剎女與高僧們的故事，神話的原型核心都離不開對真心的試探，悲劇是史詩必要元素，但悲劇不是結果，只是過程。故事如此真實也如此虛幻，比如一個女子失去知覺，昏倒在一塊上面刻著禮敬觀世音菩薩的摩尼石，女子醒來時忽然覺得右肋側邊一陣劇痛，她旋即明白這個摔跤使她懷孕了。神奇事蹟的九個月之後，女子生下一名男孩，一出生即有白鬍子，面容莊嚴，三歲就決定離世出家，出家削下的髮絲中長出了一棵樹，樹有著奇香，每瓣葉子都有著神聖的梵文。印度大成就者的臍帶血可以長出一棵菩提樹，樹葉有著佛像……桂兒聽了嘖嘖稱奇，笑說自己的臍帶血一片荒蕪。

一回又一回的傳奇，她的心脈也逐漸在流動的步履中烙印了奇異的神聖感。在她如此俗世的心靈裡，她很渴望這樣的甘露滌蕩而過。

故事像是一個啟示錄，到處都有公主的地方，就是要記得別和有公主病的在一起。她想起有一回喬裝庶民和桂兒去市集，在烈日灼人裡，突然吹起一陣狂風，狂風彷彿夾帶治療力量的資訊。她感覺被穿透，洗滌。高原有這股奇怪的魔力，這是她在長安城的繁華的安逸裡沒有體會過的張力。

讀經就這樣進入了宮殿的日常生活，串連成看不見盡頭的轉經道。高原遼闊，靜謐素顏，聖象天門像是隱密之門，凹進去的岩石圈住一片藍，遺落人間的眼淚。她爬起來，看到那個夜幕下的天湖。供佛的酥油燈，她每天點燈都會對自己說，請點亮我沉睡的自性，請燃燒我的五毒過患。她必須相信，相信再相信，相信這些金玉良言轉成慧劍的可能。但貪瞋癡慢疑又哪裡是依賴相信就能轉化的？必須行動。雲遊僧給她的書簡裡寫：貪從眼起，即見即離。瞋從口入，撇爾隨它去。癡從執著生，知幻即離。慢從傲心長，低頭看得破。疑從無明始，時時勤拂拭。

想成為什麼樣的人？她的身旁侍女們最常閒聊的話題。

有人說想成為有用的人，有錢的人，有愛情的人，有事業的人，有慈悲的人，有能力的人，有事業的人。

沒有人要成為一無所有的人。

高原有一片天地，內裡的記憶像豐饒之海，隨時都可能驚滔駭浪。要走到一個人已經費去了大半生，現在要走到一無所有的人也要費去一生。雲遊僧說他掛單長安叢林寺院多年，看盡出家人之難出家，在家人之難在家。當有一天這些插頭都拔除了，突然轉眼成幻境，過去頓成廢墟，彷彿過去的世界和你開始隔著一堵牆，接著隔著一座城，一座山。

73 有桂兒的高原

什麼是第八意識？桂兒讀經時問她，就像她也曾問過雲遊僧般。

妳聽過第七意識吧，就是為何打禪七，禪七不是七天，是打破第七意識。

打破之後呢？

妳就打開第八意識，這是儲存妳一生的記憶庫。成為人身的我們並無從得知過去的記憶，當有一天老天爺覺得妳有需要時，祂或許會告知。

她跟侍女們說，小心啊，各位，若瞋心重的人死後可能會落入油鍋地獄，反覆被油鍋煎炸。

桂兒的腦海畫面突然跳到以前在長安大街時那些賣雞的小店，日日聽聞著油鍋煎炸的可怕聲響。她看著主子，故意做出驚嚇的表情。

公主笑說，害怕是正常的，不過放心，佛經寫如生前有經常做供燈的人，就可重罪輕受，減少痛苦。

桂兒聽著微笑了，覺得好像有了倚靠。至少供燈她是可以日日進行的，但有些故事她聽聞卻無法如法炮製，因其艱難，因其和自己個性的差異。

她和桂兒幾個侍女們這日走到高原自然風景區去欣賞高山峻嶺前的桃紅柳綠，神鷹隱在山背後，因沒有腐肉可吃，只因近來這村莊離世者少，牠們竟日漸消瘦靜默如打坐。旅人如風來去，桃花年年開在這裡，孩子出生了人老了，皺紋長了，等著被送行，屍身腐泥就在這桃花樹下。

她感嘆桃花一年比一年緋紅，只有桃花和愛不能辜負，唯人辜負佛。她彎身撿了一朵桃花，長安種子高原落地，姿色絲毫不遜色。直今一見桃花後，自此更不疑，有人看桃花就開悟，人看桃花卻更墜緋紅十里。她的宮殿放了好幾朵不同時節的乾燥花了，花屍成魂，是否會依約輪迴？

雲遊僧提醒她卻莫當回望佛，因這一回望而無法成佛。她當時聽了還笑說既無法成佛卻仍被人執念稱回望佛。人世的回望，看似凝固實則默默地在融化，融化一切被封存。人過世之後，彼此再也無法辨識彼此的存在，無法遺留前世線索追蹤，好減少現世的流轉迷離，只要通過子宮降世，前生往事就在那一剎遺忘了，一切歸零，重新學習。

燈火燃起又寂滅，無論何時何地，聖城總是亮了又黑，黑了又亮。燭火燃盡，她要桂兒不用再點了，讓桂兒回到自己的房間。酥油燭火的氣味，彷佛在述說著前塵故事的渺渺難尋，一切的存在與消失，一如燭火的生生滅滅。

迷惘者，對於時間的饋贈毫無羞恥感，奢侈地閒晃卻自以為在進行某種身心靈的修行。她閱讀著經典，提醒著自己，寫下了這樣的臨睡前筆記。

臨睡前，她總是習慣裹著長安商旅帶來的文字卷軸，閱讀雲遊僧的西行故事入眠。同時之間朦朧入睡前她依稀看見有個女孩在高原畫著壁畫，畫著當初六試吐蕃婚使祿東贊和自己一路進藏圖，抵達邏些時受到熱烈歡迎的場面等，自己夾在松贊干布、祿東贊中間，那個女孩畫的圖幾乎濃縮了她一生最重要的兩個男人，而兩個男人的後方是她的嫁妝，她的佛。

74 缺氧的愛情

贊普曾對甲木薩說，妳是前生被我放生的鳥，我放生的魚，所以這次我們再遭逢。

躺在床上想著王以前說過的這句玩笑話，高原的鳥如神鷹，巨大，勇猛。高原有很多放生羊，放生鳥，在她的提倡下，勇猛凶烈的民族逐漸有了慈悲之心，且這裡開始種植她從長安帶來的蔬果種子，但畢竟地高與氣候乾烈，吃蔬果仍是少數人才有的食品，民間仍以吃羊肉為主。念經之後感謝羊的免於飢餓的恩賜，儀式在此日日被她的提倡而進行，暴戾之氣逐漸褪去。若因無食物而必須吃血啖肉時，得在宰殺前施灑甘露，幫獸群魚族皈依。以凡夫之眼來看此舉，或許看見的會是荒謬，但她說起眾生也曾是我們的父母時，卻淚流不止。

有人受甲木薩感召，有不喜歡她的王公貴族笑說，再下去，我們吐蕃人連打戰都不行了。

有庶民感謝，有權貴者不屑。

但看見鳥在天空飛翔，魚在湖中優游，還是讓她感謝這樣的恩賜。奇異而超現實的每一天，在她誦經的超度中天光一晃而逝。

這裡的人也在她的提倡下幾乎不吃魚，一來魚少，二來魚要吃很多才能解飢，最重要的是因為雙魚是八吉祥，八聖物。

「未來世，老衲當度君入道。」

千年輪迴只為等你一世的絕美愛情，彷彿放生的故事延長到自己的這一世卻已了無煙火，迢迢從長安上路，跋涉千里相會高原，卻又獨留她一人在此，還好有長安的桂兒，長安的佛，長安的馬玄智，長安的雲遊僧。

【肆】 महायानदेव 雲遊僧

半生雲遊，半生譯經。
世界與方寸，爲法生爲法滅。

賦歸

24 唐太宗

燭火熄了又點，點了又熄，日日夜夜，輪轉而過，這回唐太宗終於現身了。

皇上以帶著怨言似的口吻對他說，終於輪到朕了，彷彿說朕不該是排你第一個該感謝該回憶的人嗎？

皇上其實二十年來沒有離開過我，他笑著回應眼前的鬼影。

他知道太宗不想離開他，即使化成鬼魂也要拉著他，彷彿有了他就可免於死而再死，一死再死。鬼魂也需免死令，輪迴之路的通行證，上品上生的資糧。他笑著看太宗，太宗知道眼前這個即將也難免一死的高僧的笑隱含許多含意。

往昔那個不可一世的天可汗，就要入滅，穢跡金剛也救不了丹毒甚深的天可汗了。

神通也無法改變定業。

天可汗的時代，很多人修穢跡金剛得大神通，聽說修這個很靈驗，天可汗問修行者可不可以也修這個法給他看看。結果這個出家人把整個宮殿都修不見了，頓時大殿消失，只剩下皇帝和他站在空蕩蕩之處。天可汗這時可心慌了，他想這也太厲害了，可以將他的王朝和宮殿都弄不見，於是他自此就反對修穢跡金剛法，還把整個法的內文去掉一些字，使得咒語之後不完整。聽聞過許多修行人在閉關時被樹精所迷，被蛇精所惑時，一修穢跡金剛，全部幻象消失。

但這魔法將消失。

眼前的大師在年輕時會變成偷渡學生，不都拜這位當年大唐年輕的統治者對於佛教尚未產生什麼好感。因此，太宗當年並不希望玄奘或任何百姓前往凶險的西域地區。彼時大唐立國未久，太宗權力基礎還不穩固，白日得處理心懷敵意且如敵友反覆的中亞小國乃至鄰近部落。夜晚則有鬼魂騷擾心緒，皇帝管得了可見的大唐卻管不了不可見的神出鬼沒。弒兄之罪殺敵之咎，鬼魅夜晚騷擾皇帝，使貴為皇上者也難以成眠。

太宗需要他，視他為神壇，皇帝的告解室。

但那已是太宗即將成為鬼魂才如此信任他的，在他西行之前，他可是冒著違背聖旨要被殺頭的可能代價跨越烽火邊界的。太宗不需要對他道歉，因為這是他的選擇。他的選擇，沒錯。西行萬里長征，歷時近二十年，途經過上百個城邦、地區、國家，才抵達了他心目中的佛教聖地，取得了真經歸國。他這個原只是僧人還未雲遊跋涉萬里的人，追隨法顯之路，在曲女城無遮辯論法會上等待十八天竟無人敢出來和他辯論的支那雲遊僧，威震天竺，雲遊僧被戒日王賜名摩訶耶那提婆（也就是大乘天），另又賜名木叉提婆，解脫天，聲名也早傳遍了故里。

往昔孤身一人，人煙阻絕，橫渡沙漠，無晝無夜，幾乎命喪黃沙；現在天降花雨，人聲鼎沸，滿街滿巷。

年輕雲遊僧即將轉成大譯師。

貞觀十九年（六四五年）正月二十日，大師四十四歲，終於結束了長年的風塵，他抵達了京城西郊。大師已然返抵國都，消息立刻傳了開來，一時之間長安城內口耳相傳，期盼欣喜目睹與好奇者絡繹於途，京城人奔相走告，為爭睹傳說的雲遊僧丰采，竟至萬人空巷，發生了可怕的踩踏事件。大師即將到來，致使京城連續五日，士農工商各行各業停止了各自的工作。

京城得派出禁衛軍沿途維持秩序，官府深怕擁擠窄小街道再次發生踩踏事件，於是派人先抵驛站，勞煩他避開人群，在漕上驛站安歇，緩些進城。

於是他在長安城外的護城河邊暫宿一宵，他靜悄悄地獨坐在一個屋子裡，異常安靜地在屋內，感覺有點如夢似幻。他的安靜對比著京城人潮湧現街道的熱絡之情。

長安曾是他離開的起點，現在也成了他回返的終點，他知道自己的色身將在長安長眠，靈魂將往解脫天去。前半生雲遊，後半生禁錮，都為佛，為眾生。從長安，年輕僧人玄奘踏上了取經之途，法佛教義，成佛之法，所有的經典都已馱在馬背上，所有的佛像都已安置馬車裡，如此真實，但為何這一夜竟讓他感到如夢似幻？一切都在等待完成，佛菩薩為他一生所寫的劇本，來到了後半部。

一切的發生彷佛都早已被設定，只待時間經過，等待被完成。

等待皇帝的欽點接見，等待有緣弟子們的到來，等待震古鑠今的大唐西域記的問世，等待翻譯七十五部經論、翻譯總數超過千卷的經典，等待進駐弘福寺（雖然他一心想去少林寺卻不可得），等待創立譯場，等待創立法相宗，等待親雕佛像，等待興建大雁塔，等待回歸佛心。等待將金剛經重譯為佛說能斷金剛般若波羅蜜經，等待將藥師經從大藏經裡取出為單行經本，將瑜伽師地論與唯識論廣傳，將大悲水、焚香、焰口及藥師咒等等相關的密咒經文帶到漢地，真言咒語，陀羅尼總集，早在漢代即有，但卻是直到他歸返長安才確立其重要性。他正是最先把密咒引進中國的高僧之一，他確立了佛教信仰和修行法門必須要有的高度與深度，兼容並蓄的態度，上自皇室核心下至販夫走卒，他遠遠超乎世人對他那走過近二十年雲遊人生的了解，他如大海，世人卻以一瓢丈量。

回歸故里，玄奘是他最初之名，也是最後之名。

一宵孤獨，最後一個人的夜晚，歸國，此後他再也沒有一個人，即使一宵，總有人盯著他，背後總是走動著無數的眼光。

因為知道過了這一夜之後，往後未來的每一天他都將被人環繞，他格外珍惜此夜，此夜就是西行十多年的總結。如寒蟬長年客居地底，只為騰空出世仰天驚鳴。

如果當年沒有西行，把西行的動盪歲月轉成長安的日常，安逸日久，坐享榮華富貴嘴巴卻說一切夢幻星翳也不無可能。

明朝將見太宗，距離核心愈近，愈能讓佛法生根權力之家，他需要讓佛法靠近核心才能長出根柢。從知識分子下手，從菁英切入，將佛法從道家分離。但離核心愈近，也意味著伴君如伴虎。

開元釋教錄記載大般若波羅蜜多經（六百卷六十帙大唐三藏玄奘於玉華寺譯出翻經圖）。梵本有二十萬頌。總四處十六會。譯之成六百卷。

這一夜，他夜讀大般若經首卷。

這部經陪他西行返回長安的第一夜，當年的漏夜獨行，到西元六四五年凱旋歸國，多年下來，雲遊僧與大唐天子太宗都已今非昔比。當年他「冒越憲章，私往天竺」，於今已成了聖俗二眾所引領企盼見到的僧人，他這個逃僧，轉眼成了古往今來最傑出的旅行家，這真是讓他啼笑皆非了。

天可汗具有漢人和突厥血統，精於弓馬之術，三十歲天子將統治版圖日益擴大成雄偉的大唐帝國，天子將成為中國最偉大的皇帝之列，關於這一點，他自己也無法確定，因為他對偉大的定義和一般人不一樣，帝國愈偉大，沾染的血腥愈重。這一夜他就聽說太宗在洛陽宮親自統率指揮攻打高麗大軍，皇帝的心他明白，但皇帝流的血他當時尚不明白。

那一夜，生命裡從無有過的靜，那般奇異，讓他想起昏倒近乎渴死在沙漠的那一夜，有個聲音喚著他起來，你必須往前走。那個荒漠裡的心靈暗夜、失卻水囊和昏厥在漠地的瀕死危機，來救援他的觀自在菩薩摩訶薩，引他找到水源的那匹馬，這一路死傷無數的人馬，他日夜為他們誦經。

點起燭火，打開一路陪他向西行的經篋，竹篋傷痕處處，每一道痕跡都是佛語苦路。分秒都不浪費的他已經開始想著該如何進行翻譯經典的工作，翻譯經典的順序還沒有想法，但唯一確立的是不讓經典蒙塵。

隔日，他輕輕闔上暫住一宿的地方官邸，徒步在清晨的護城河旁，八水繞長安，萬戶擣衣聲，他閃過這句話時，深深吸了口寒氣。離開長安的空氣這麼多年，每一口氣都是往事幽魂，如夢似幻，前塵揚灰。河流側畔環繞著平坦的四周，連綿不斷的平原，地勢高且開闊，長安市外郊區以往他就從不曾瀏覽過，最多是徒步離城時的匆匆幾眼。（彼時他還不知道二十年後，他將簡單地被魂埋於白鹿原，後又被移往少陵原的折騰未來，但也因為移棺而被發現他竟肉身不壞的傳說。）

初回長安的時間是正月，長安一年最冷的月份，天氣晴朗，但卻是零下十幾度的冷冽，他仰頭吸了口大氣，久違六千多個日子的寒風，熟悉到骨子裡的故里，街上小販冒煙的煮食氣味，和過去他每一步都是用九死一生換來的印記如此迥異卻又和記憶最深處重疊。

走著走著，聽到後面有群人氣喘吁吁追來，敦請他上轎當車。他說還是徒步，徒步是他最擅長的。

他返抵國門最先遇到的人不是太宗，因太宗正好在洛陽御駕東征，故特敕京城留守的左僕射梁國公房玄齡安排覲見他的事宜。房玄齡聞大師已至，令右武侯大將軍莫陳實，雍州司馬李淑春，長安縣令李乾祐火速趕到護城河邊守衛。同時通令城中各寺院，準備帳輿華蓋，架起幢幡準備迎接經書佛像的到來。一時之間官署與寺院晝夜燈火通明，日才東升，朱雀街匯集人潮，官紳士庶僧俗二眾，老少男女原地禮拜圍繞焚香獻花，上百具彩轎鬥豔如元宵燈會。

朱雀街南面大街，馬匹正揹馱著他歷經險難才能帶回的佛陀舍利、佛像和經文，馬車在他的前方移動成一條莊嚴的佛字，每一本晃動的經書都彷彿閃出一道道光芒。二十匹馬，榮耀四方。馬是他最好的朋友，居功厥偉的聖獸，引他穿越沙漠，攜他找到水源，載他取回經典。

由朱雀街馳往弘福寺，雲遊僧的萬里長征微縮成數十里之路，御林軍開道。忽然見天空飄來五彩祥雲，鬱鬱蔥蔥，一掃寒氣。

這運送清單，在不明就裡者聽起來就像是廚子上貢給可汗的異國料理食材。

如來肉身舍利一百五十粒。

前正覺山龍窟，留影金佛像一尊，通光座高三尺三寸。

鹿野苑車初轉法輪檀木刻像一尊，通光座高三尺三寸。

思慕如來檀木刻寫真佛像一尊，通光座高二尺九寸。

如來自天宮下降寶階銀佛佛像一尊，通光座高四尺。

靈鷲山說法華等經金佛像一尊，通光座高三尺五寸。

伏毒龍所留影像檀刻佛像一尊，通光座高一尺三寸。

巡城行化檀刻佛像一尊。

大乘經兩百二十四部。

大乘論一百九十二部。

上座部經律論共十五部。

三彌底部經律論共十五部。

彌沙塞部經律論共二十二部。

迦葉貝耶部經律論共十七部。

法密部經律論共四十二部。

說一切有部經律論共六十九部。

因明論三十六部。

聲明論十三部。

共計五百二十夾卷，六百五十七部。

兩岸的夾道者，有的是在他離城後才出生，有的人在他離城後已老去，今日狹道相逢，他知道不是為了佛，而是好奇他竟然可以安全歸返，好奇他究竟是否長出三頭六臂？是否擁有飛天的翅膀，否則何以踏行千里，穿越高山跋涉沙漠？每個人都心懷久仰，想聽聞他遠遊異邦異地的故事，也想一睹他的廬山真面目。他是天仙？他是猴精？他是不死九尾狐？他有千里眼？他有四隻手？他有八隻眼？他怎麼可能一個人穿越最冷最熱的兩極枯山荒地？

看著故里人的臉孔神色透現出的各種複雜心緒，他聽見許多耳語私語，彷彿在說著這樣瘦弱的身軀竟能從長安走到天竺（那時印度之名還沒被他正名），真是奇啊，原來他長得和我們都一樣啊，兩條腿一雙手。沒有信仰的人，難以想像大信者如何天啟之路。而信心是無法被看見的，他想著也微笑朝人群彎身回敬。英雄式的歡迎，恰恰是他不需要的，他急切又不安地想見到太宗之後是否可以如願翻譯佛典。長安市民肅立道旁，焚香迎接，許多寺院住持與僧人也在其中，一時之間僧俗如雲。

他聽見街上有高昌樂，讓他想起情義至深的鞠文泰。如夢似幻，他不禁萌生這種奇異之感，既真實又不真實。

「見不見跡，聞未聞經，窮宇宙之靈奇，盡陰陽之化育」，那些昔日的南北絲路綠洲上的統治者、拜把兄弟的高昌王、西突厥的大汗、北天竺的戒日王……他終身不忘的戒賢大師，因為他而一起橫渡凶險湍流與亞洲三大山脈而死傷於途的陌生者，走在人聲鼎沸的窄仄街道，沒有人知道他這一刻的百感交集。

他深知太宗急著想見他不是因為皇帝想要明白佛法，而是因為他的求法之行，或可協助皇帝將大唐的勢力範圍拓展到帕米爾高原之外。憑著歷遊諸國多年所累積的外交事務上的俗世之學，逐漸受太宗的青睞。服奇怪丹藥而導致氣衰的太宗，終於明白為何大師對他說真正的藥是在心。再也不是當年那個以二十八歲之齡憑著玄武門政變弒兄或以弓馬之術殺敵闖天下的李世民了，無常改變了他對佛教的觀感，從而向玄奘尋求心靈與來世的慰藉，放下皇帝之尊，彎低身段只為了延攬他為精神導師。

但那是後來的事了。

貞觀三年他離城，貞觀十九年他返城。昔日饑荒，今日富庶。年輕雲遊僧轉成求法高僧，天子也已是天可汗，兩人都不可同日耳語。

太宗這個大唐天子初會他這個雲遊僧時，兩人都正值壯年，相差沒幾歲的皇帝與國師，站在俗聖各自的兩個尖端高峰，當年他偷渡西行才二十七八歲，當年的皇帝也才三十出頭。於今相見，兩鬢初霜。當時連他也無法知道五年後太宗將會壯年辭世，因丹毒入體。

僧人的經歷和大唐天子的政治利益歙然相合。

這皇帝可滅了他不少在旅途交往的朋友，個性急躁的阿耆尼王已淪為階下囚，而義結金蘭的高昌王鞠文泰也早被太宗滅。當他學成歸國時，特別走南絲路，依約要前往高昌國。路途才知早在貞觀十三年天子詔侯君集征討高昌，這鞠文泰「聞唐兵至，竟憂懼死」，高昌國早納入了大唐版圖。

在他返國之際，太宗已鞏固國內政權，且征服中亞地區，長安比他當初離城時更具規模，儼然是一座他行旅世界的微縮版。當年在他偷渡離城之後，太宗在西元六三〇年大敗雄踞蒙古一帶的東突厥，接著又將注意力轉移到西突厥身上，令人意外的是西突厥大汗在玄奘到訪後不久卻突遭不測，被人暗殺。同年六個月後，強盛的西突厥竟也崩潰瓦解。接著太宗在他曾歷遊的南北絲路一帶擴大屬國的勢力範圍。多回征戰，唐朝已威震四方，遠達帕米爾高原一帶都是天子的勢力。他早已聽聞太宗透過與吐蕃王室聯婚的外交手腕而拓展到高原的勢力，文成公主出嫁的嫁妝要求是佛經與佛像時，他對這位不曾謀面遠嫁他鄉的公主感到一種奇異的聯結。太宗說起文成公主也頗思念的神情閃過，大唐高原邊疆只因公主才有的安逸，而大唐內部的暗潮洶湧也因公主而起，讓太宗頭疼的高陽公主任性驕縱，他已把高陽公主嫁給房玄齡之子。聽太宗說起兒女情事，讓他覺得十分可親。

太宗一心想拓展新帝國，他的歸來正好提供了第一手親自探訪各國實力給皇帝知曉。太宗仔細垂詢大師所經各國的統治者、氣候、物產和風俗民情，太宗有感於眼前這位出家人竟對異國情形了解甚詳，於是敦請大師出任官職，為大唐新亞洲關係及內政問題等提供建言與方針。

> 帝察法師堪為公輔之寄，因勸罷道，助秉俗務。

他堅絕請辭，如要仕途又何須吃苦耗盡前半生西行取經，別人的繁華不是他的盛世。

八百里流沙、行經七十餘國、十多年的遊學怎麼會是為了眼前繁華而經歷，太宗感其精神，譽他為「千古無對」，讚嘆他能威名震鑠於印度的唯一漢僧，將唐朝天可汗之名播土異域。太宗賜號「三藏法師」，太宗且兩度勸其棄道從政，均以「願守戒緇門，闡揚遺法」固辭，太宗供養大內，為法師設譯經院，詔譯新經，無有先翻，舊有後翻，主持譯場，以傳播新知。

太宗勸其罷道還俗，好說歹說，看這出家人竟心如石頭，動也不動，只好作罷，於是就改請他就所遊歷的西域諸國，分別詳列其要，逐一寫下。他知道遊歷只是一種說法，重點是此書寫必然可以作為政治報告用。他本人最感興趣的西域高僧、哲學流派，尤其是有關世尊佛陀的遺址與聖地傳說故事，在太宗尚未生病之前都是無關緊要的。他微笑以對，知道太宗已然對他開恩施恩。大施主高高在上，還無法體會無常瞬息萬變，但高位者有其影響力，他勢必得仰賴高位者才能將帶回的經典悉數翻譯，只有皇帝可以成全這件千古大事，他當下知道未來自己將被關在這華麗的宮殿裡，以及青燈伴古佛的譯場。前半生雲遊，後半生禁錮，分裂的兩段人生，都為佛。

首先他必須讓皇帝也成為大信者。

於是太宗就問他關於諸國統領者是如何學習佛法的？要他說說他在天竺遇到的國王故事，以供學習。

自然他想到的第一個國王便是戒日王。

在印度時，戒日王曾問他：「師從支那來，弟子聞彼國有『秦王破陣樂』歌舞之曲，未知秦王是何人，復有何功德致此稱揚？」

是時天地板蕩，蒼生乏主，原野積人之肉，川谷流人之血。妖星夜聚，沴氣朝凝。三河苦封豕之貪，四海困長蛇之毒。王以帝子之親，應天策之命，奮威振旅，撲翦鯨鯢，杖鉞麾弋，肅清海縣，重安宇宙，再振三光，六合懷恩，故有是詠。

唐太宗昔為秦王，聽到雲遊僧讚美自己，覺得安慰。

他說起佛滅後五百年的黑暗期，佛的一線曙光來到了笈多王朝。在對眾生布施永遠無厭的笈多王朝鳩摩羅笈多王的支持下，那爛陀寺創建了佛教大僧院，當時第一任校長是龍樹菩薩。彼時國際大學規模未立，直到臣子取經之時遇到的戒日王才大為開展，戒日王是大護法，文武兼備，一如皇帝。太宗聽了笑，想這法師何時也學會了拍我馬屁。

戒日王本身也是詩人，對學習佛法極為熱忱，因而在那爛陀寺擴增寺院僧房以及修學等設施，並廣聘大師，於是那爛陀寺國際化了，一座寺院上萬學生僧徒。

學生數目之多，從米倉占地上百坪可見之大，數千僧眾常住於此寺院、寺中每日動用百名法師講學，學習大乘小乘十八宗吠陀哲思醫學，兼及天文地理文學語文。

聽說法師當時位居最高一級，得精通五十部經論以上者才能居於此級，當時登上此級的人在上千上萬人中僅九人而已。

他聽了也回應太宗心照不宣的微笑，換他心想皇帝和臣子這樣互相讚美並非是他的本意，他只是要太宗在死神來臨前能夠以其權勢廣建僧寺，擴增佛學，以利佛光。

太宗接著要他說說在那爛陀寺與學習時遇到的大師。

那爛陀寺藏經閣共九百萬餘卷，為了收藏這些經卷校區內有三個大殿，其中有座大殿高達九層塔樓。（一九一一年阿富汗入侵印度遭大肆破壞，費時六個多月的時間才將典籍焚燒殆盡。雲遊僧彷彿早知有這一天，將經取回中土，但卻只是藏經閣的一小部分而已。）描述浩瀚如海的藏經閣，他看見皇上的目光露出渴仰的欣羨之情。接著，換他的眼眶泛起淚光，他想起了恩師戒賢。

戒賢論師三摩坦吒國之王族，婆羅門之種也。少好學，有風操，遊諸印度，詢求明哲，至此國那爛陀僧伽藍遇護法菩薩，聞法信悟，請服染衣，諮以究竟之致，問以解脫之路。既窮至理，亦究微言，名擅當時，聲高異域。

正法藏戒賢大師對所有經論無不誦習深解，因而戒賢大師榮膺住持經年，年高德劭又涵養學問淵博。

三乘半滿之教，異道斷常之書，莫不韞綜胸懷，貫練心腑。文盤節而克暢，理隱味而必彰，故使內外歸依，為印度之宗袖。

太宗聽了十分嚮往，通過他的述說，彷彿和戒賢法師認識多年似的。長安有沒有任何一座寺院可以比得上那爛陀寺？

他聽了太宗的提問抿然一笑，心想如果長安有那爛陀寺的規模與深度，臣又何須千里迢迢九死一生耗盡人生精華的近二十年在異鄉？難道我是傻子，難道前師法顯也是傻子？

他當然不能將心中所想回覆給太宗知曉，他按正常官版回答太宗：

那爛陀寺之大可以從米倉占地上百坪窺知，米倉餵養數千僧眾，常住於此寺院者每日動用百名法師講學，學習大乘小乘十八宗吠陀哲思醫學，兼及天文地理文學語文。

當時他位居最高一級，精通五十部經論以上者才能居於此級，當時登上此級的人在上千上萬人中僅九人而已。

雲遊僧遙想起當年見曲女城中處處可見蓬勃生氣和別出心裁之處。

「城隍壁峻，台閣相望」之中，又具「花林池沼，光鮮澄鏡」山水之勝。居民都為商旅，經常帶回他方異地的奇珍異貨與故事傳說，異國情調十足。「居人豐樂，家室富饒；容貌妍雅，服飾鮮綺；篤學遊藝，談論清遠」。

商旅隊彷彿也是報信者。

西元六四七年商旅隊傳說著這戒日王失足跌河溺斃的消息。

聞情義深重的戒日王過世，當夜他不眠不休為其誦經，一如當年聞訊高昌王辭世一般光景，他這一生和諸王有緣，王者信佛，讓他完成西遊取經壯舉。他也看到了諸王凋零之後信仰被異族攻略焚城的他方腐朽即將來臨，莫怪乎戒賢法師也鼓勵他學成返國，將佛法東傳。

兩年後，死魔終於來訪天可汗了。

無常總是比明日的太陽還早來到。

不過五十歲，這原本強壯的太宗竟逐漸病重，太宗移居玉華寺，召喚大師前來，最後竟要他日夜不離。

他想太宗再也不會要他罷道還俗了，太宗終於明白權勢就像浮雲。

他安慰太宗，人間地府俱相似，生即死死即生，不過人間一遊，地府也是一遊，這樣就不會恐懼了，何況皇上在人間並非白來一趟，貴為皇帝，大推佛經翻譯，這功德無限。貞觀二十二年，大唐三藏聖教序流通九州（隔年太宗過世）。聖教序，成了佐證他護持佛法的最佳言說。

太宗微微一笑，感到寬慰。

點一盞燈，焚一炷香，念一本經。

他成了太宗的心止痛藥。

法師精通各家各派學說，才華與聲譽名滿京師，太宗從對他禮遇有加，到要他入寢宮講經，視他為「御弟」，太宗自己可是親手殺了兄弟的皇帝，御弟叫起來又親切又心虛。

他念新譯的金剛經給太宗聽。太宗微笑說大師的譯本比羅什尊者還難記。

諸和合所為，如星翳燈幻，露泡夢電雲，應作如是觀。羅什尊者一切有為法，如夢幻泡影，如露亦如電，應作如是觀。大師譯諸和合所為，尊者譯一切有為法，有何差異？為何不沿用舊譯？

一切有為法很優美也很全然，但世間人不知這一切有為，是因緣和合，法只是結果，是現象。如果無法和合，就無造作有為。

大師以星翳燈幻露泡夢電雲為現象九喻，尊者以夢幻泡影露電六喻，似乎更簡單明瞭？

臣以為按照佛陀原典一字一句如實翻譯是翻譯家之責。

但如實翻譯若因此拗口，可能導致難以廣傳，這該如何？

他沉吟了一晌，覺得眼前的太宗因死亡在前而生出智慧了，這確實考倒了他。他笑說，這是個好問題，但我想也許提出另一種譯本也是一種參照座標，只能讓時間去選擇了。

太宗還是喜歡羅什版本，太宗念著如夢幻泡影，然後進入夢鄉。夜擾鬼魂也成夢幻泡影，心若滅亡罪亦亡，他附耳皇上說了這一句。

太宗微笑，這臣子總是能安慰自己。

法師總能知道朕在想什麼，這幾年收到法師的陳情表，沙門玄奘言，此五字開頭之書，歷歷如昨。

太宗的神情有如在回憶一樁愛情似的，鐵漢也有柔情。

太宗說起最初收到法師遠在沙州的上表陳情書，法師寫艱危萬里，孤旅十七載，歸返又過漫漫長夜，感動至極，完全忘了法師是違背禁令私自偷渡之事。法師不怕你一入國門就被我治罪？

蒙恩敕降，天威浩瀚，一路宣皇風之德澤，他微笑回皇上。

法師可圓可方，可入世可出世，是真正佛之種子。我勸你隨軍東行，你卻回說陛下有牧野之功，昆陽之捷。臣自揣隨行必無助益，徒耗錢糧，多勞照顧。又兵戎戰鬥，律制不得觀看，佛既有禁，不敢不奏。你看你連戒律和佛都抬出來了，朕還能不讓嗎？要我寫序，上表陛下叡思雲敷。天華景爛。理苞繫象。詞逸咸英。跨千古以飛聲。聖教玄遠。非聖藻何以序其源。故乃冒犯威嚴。敢希題目，震睠沖邈。不垂矜許。

想不到皇上記得一清二楚，皇上德被黔黎，斂衽而朝萬國，恩加朽骨，澤及昆蟲，皇上的聖教序，集書聖王羲之字，刻於碑石，當真是將佛法延伸廣植後代之主。

太宗知道法師之所以不斷稱揚自己，其實背後是為了佛，皇上愛佛，民自起而效之，稱揚一個護佛者，也等於在宣揚佛威。法師之心，不同於流俗諂媚之輩，為了佛法的影響力，太宗覺得法師真正是能屈能伸者。在生命將走到終點時，稱揚讚頌，也好寬慰即將要嚥下最後一口氣之人。

一口氣上不來，將往何處？

「現在我已走到路的盡頭，……請依靠自己，以法為唯一的火炬，以法為唯一憑藉。」他跟太宗說起在佛國聖地，拘尸那羅佛陀涅槃之地，金身火化之地。那時佛陀弘法已然悠悠過四十五載，佛陀從吠舍離行走了兩百多公里的路程，花了三個月的時間一邊說法一邊徒步來到了拘尸那羅。

拘尸那羅是佛陀當年分裂的天竺十六國中最小的一國，佛陀預定入滅處也僅是個不太大的原始林。阿難曾問佛陀為何選在此入涅槃，佛陀答一是過去諸佛皆在此地入涅槃，二是各國國王的婆羅門國師皆住在此城，三是最後一位弟子須跋陀羅老人已經上路前往這裡了，佛在入滅前尚要圓滿與老人的師徒因緣。

須跋陀羅，唐太宗聽了，感覺自己彷彿就是那個在死亡之前要奔赴去見佛陀的老人。那時路途廣如叢漠，野生動物於途，強盜又橫行於叢林，老人得徒步荒蕪村鎮和城牆廢墟，趕在佛陀入滅前，抵達拘尸那羅的沙羅樹林中，當時隨侍弟子阿難在兩棵大沙羅樹之間為佛陀架設了一張睡榻。

他為太宗描述佛陀入滅之景：沙羅樹的樹皮白青葉潤，因佛陀入滅而出名。佛陀曾在此就著簡陋水井汲水而飲，周匝威赫，靈異時現，天樂聞偶，奇香隱約。在沙羅樹，佛陀頭朝北且右脅朝下側臥在沙羅樹中休憩。傳說當時並非開花季節，兩棵沙羅樹卻一反常態地繽紛四起，風華起兮，落英飄至佛陀之身。這時佛陀告訴侍者阿難：「這沙羅樹神以非時華供養如來，這不是真供養，這只是一種現象。」阿難問：「怎麼樣才是真供養呢？」佛曰：「能受持佛法並實踐之，此才是真供養。」

就是這個時候，苦行僧須跋陀羅，年已百二十歲，聽說佛將入滅，此人自忖：「我對正法有疑，唯有佛陀能為我解惑。」老人過去一直是外道的苦行者，但仍感到對正法的難以理解，於是長途跋涉，連夜趕至佛所，想要見佛，但求三次都遭佛陀侍者阿難的拒絕。阿難以為要讓佛陀多休息，卻忘了老人趕在佛陀入滅前來請益必有因緣。

佛陀早就聽到他們之間的對話，於是就跟阿難說，我與須跋陀羅相見的緣分到了，之前只是在觀察最後時刻被刁難時的長者是否依然初心如故，求法心切。一般人為了面子通常會轉身離去，此就非真心。

須跋陀羅終於見了佛陀，激動但並非悲傷，因他也要死了，老人關心的是死前是否能聞法，能解惑。

其他的苦行僧是否也能和我一樣因為聽聞佛法而同樣地證悟真理？

只要他們能持八正道，便能證悟真理。

須跋陀羅立即知道八正道才是他的正法，立即請求隨佛出家受戒，起修梵行，時夜未久，老者因長期薰修，立證阿羅漢，成了佛在世最後的一位成聖弟子，佛先滅度之，而後隨佛而入滅。

師徒留下美麗傳說。

佛在入滅前說了什麼？太宗問。

他聽了覺得太宗果然有智根，遺言是最重要的，如放下屠刀立地成佛的最後真心一念，真如真言。

佛入滅前向弟子說：「弟子們啊，一切皆無常，以戒為師，當精進修行莫放逸。」語畢即入滅。

待大迦葉尊者抵達頂禮佛陀後，佛於自性中引發三昧真火，使得佛肉身火化成八萬四千餘舍利子（佛骨），後均分八國。臣帶回的舍利即是，之前有獻貢給皇上。皇上有大信，舍利是無上聖物。

太宗感到安慰，佛舍利的加持，讓太宗感受到力量。

他梵唱起阿彌陀佛聖號，一時整個玉華寺宮殿曳曳生輝，莊嚴殊勝。

太宗起身靜坐片刻，在聖僧的唱誦下，安靜地體會著生死寂滅。

佛入涅槃，涅槃的意思就是指心性。無生即涅槃。涅槃的心性是無來無去，無有動搖、無有現象。不心外生心。不見相取相，心如涅槃，無所從來亦無所去。

太宗想著想著竟泛著淚光，耳聞法師梵音。要法師為他供千盞燈，唱誦三皈依。宮殿外落日隱卻，「天上天下無如佛，十方世界亦無比，世間所有我盡見，一切無有如佛者。」月光明燦，輝映著燭火，宛如佛陀從白毫間放射月光三昧般，太宗逐漸感到被自已殺戮的鬼魂也被安頓了。

星月低垂，善緣具足，圓滿無礙，法喜充滿。太宗的色身要告辭了。

鬼魂來擾了，不讓太宗善終。兄弟李建成與李元吉一身血紅的緊抓著他的喉部，他呼吸困難，痛苦難耐。那雙曾發射弓箭以射殺兄弟的手痛得有如被車子輾壓而過。戰場上殺敵無數的髑髏們也來了，在他的床畔群舞，發出震他心弦的恐怖之聲。被腰斬的辯機也來了，群魔亂舞中就辯機一個光頭在黑夜與紅血中閃著銀光，光亮的頭殼尋找著下半身，分離的上下身發出恐怖的顫慄抖動，讓他看了十分恐懼。

接著，高陽公主也來入夢了，他說為何都是公主，妳卻偏偏要這麼鬧事愛折騰？

他想起被他送去高原賜名為文成的李雁兒公主，整個人才舒緩下來。

他見機不可失，頓時附耳皇上，因果不可改、無緣不能度。一切都已然過去，陽間與地府俱相似，過去不可留，未來不可戀，一切有為法，如夢幻泡影。請往強烈如千盞太陽的光去，刺烈之光，是彌勒慈氏菩薩之地，極樂淨土。即使一時之間未能立生極樂，但若信仰者具大信，那麼懿德善行者可上生兜率天，等候在極樂新世紀中重生。

皇上依然恐懼，面色鐵灰扭曲成團，痛苦鎖喉，呻吟不斷，來自地府的咆哮聲聲震耳，於是他再次引領著太宗到地獄走一回，解冤釋結，洗心革面，洗罪滌苦。於是太宗不再是太宗，他必須走下龍位，成為草民，甚至成為罪犯。太宗回到李世民，最先要請求父親李淵的原諒，請求兄弟鬼魂的原諒。他引領太宗神識虔誠地頂禮守護在地府入口的地藏王菩薩。解冤咒一出，震耳欲聾，懺罪者淚如雨下，如甘露降淋鬼魂，頓時鬼魂也淚流。

汝不殺吾，吾也殺汝，因我們動了殺念，迫使你只好先出手。

兄弟此話一出，解結解結解冤結，解了多生冤和業，洗心滌慮發虔誠，今對佛前求解結。他翻譯的藥師經，最後的解冤咒，咒語一出，感應道交，雙雙飛出地府，太宗的鎖喉之苦頓消，扭曲掙扎不再，死神的咆哮聲轉為窗外的鳥鳴，黎明前的黑夜已然退去，星辰獨留最亮的一顆，等待太宗靈魂登上宇宙星辰的極樂之邦。

彌陀世界的宮殿光燦無比，比皇宮金碧輝煌數億倍。讓太宗再也不留戀這充滿八苦的塵俗之地。一旦這方頓然放下，也就切斷彼方鬼魂緊繫之繩。鬼魂如煙竄出，頂禮彌陀，鬼王鬼母鬼子，生生世世誓作佛護法，忿怒金剛恆伴菩薩低眉，他看見太宗的靈識從鐵灰轉為紅潤。逐漸要脫離生、老、病、死、愛別離、求不得、怨憎會、五陰熾盛，這人生八苦。

苦將轉樂。

皇上握乾符，清四海，德籠九域，仁被八區，淳風扇炎景之南，聖威鎮蔥嶺之外，甚具功德，且皇上支持譯場，漢化的佛教皇帝的信仰使佛教進入貴族，知識分子圈，讓佛寺制度化，有了獨立經濟生產能力，佛寺提供了掛單，遊方出家人多了新的行旅系統。上施下效，佛國淨土人間成，且讓雲遊僧轉成大譯師。譯經千秋事，流傳於後世，點燃佛光佛智。最後一口氣，雲遊僧在太宗耳畔念十聲南無阿彌陀佛，六字洪名，感恩戴德。

羅什尊者的翻譯，以簡潔華麗筆法描繪了淨土世界的清淨莊嚴，他的新譯本則不改一字地翻譯為稱讚淨土佛攝受經。他知道皇上會希望用羅什尊者版本，因為清新易懂的阿彌陀佛四十八願的第十八願：十念佛號，必生西方。阿彌陀佛所發的四十八願當中，以第十八願最為關鍵，可說是核心之願，如種子般：「設我得佛，十方眾生，至心信樂，欲生我國，乃至十念，若不生者，不取正覺。唯除五逆，誹謗正法。」至心信樂，為此願之要義。他引領太宗屏除一切雜念，全心全意以一口氣念上十句佛號，接著斷氣。至心信樂，故阿彌陀佛接引，淨土立現，引渡亡者往生有份，通往西方極樂世界有路。

這經釋迦牟尼佛不問自說，主動呼喚舍利弗，前後總共呼喚三十六次，顯示悲心懇切。「從是西方，過十萬億佛土，有世界名曰極樂。」明確的指出極樂世界的方向位置，這就是「指方」，讓我們有回歸之地，有目標可循，有支柱可依靠。

「其土有佛，號阿彌陀」

太宗在之前曾問他，太不可思議，若屠夫只要念「阿彌陀佛」，也能夠嗎？就這麼簡單？現象即心象，心念在地獄就在地獄。萬法皆是三千三諦，唯心緣起。屠夫如能臨終有大信，自然可放下屠刀立地成佛，問題是屠夫難遇佛法，就是有緣遇到也未必能生信，生信也未必能至信。梵語南無即皈依，佛是我們心的依止處，佛名起始南無，虔誠禮敬意。阿即無，彌陀即量，佛即覺，一句阿彌陀佛為無量覺，也就是無所不知，無所不覺。阿彌陀佛濃縮整部佛法的精要。不曾修行者，病危之際，心恐懼、恆罣礙，而臨終時的心念，是決定往生何處的關鍵，心有罣礙者，難以抵達。

> 其人臨命終時。阿彌陀佛與諸聖眾。現在其前。是人終時。心不顛倒。即得往生阿彌陀佛　極樂國土。舍利弗。我見是利。故說此言。若有眾生。聞是說者。應當發願。生彼國土。舍利弗。如我今者。讚歎阿彌陀佛不可思議功德之利。

請大師為我描述西方極樂世界，到底有何風光與多種美好？

皇上問的風光，必須來自於觀。於是他找出觀無量壽經，西域人畺良耶舍在南北朝的劉宋元嘉年中橫渡流沙，抵達建業鐘山的道林精舍所譯出的版本。他想起這譯師個性剛直，寡嗜欲，善誦阿毘曇，博涉律部，其餘諸經多所該綜。三藏兼明，以禪門為專業，每一禪觀或七日不起。常以三昧正受傳化諸國。

> 其蓮華，一一葉上，作百寶色，有八萬四千脈，猶如天畫；一一脈有八萬四千光，了了分明，皆令得見。華葉小者，縱廣二百五十由旬。如是蓮華，具有八萬四千葉；一一葉間，各有百億摩尼珠王以為映飾；一一摩尼珠，放千光明，其光如蓋，七寶合成，遍覆地上。
>
> 佛告阿難：如此妙華，是本法藏比丘願力所成。

又有寶幢，如百千萬億須彌山。幢上寶幔，如夜摩天宮。蓮花台上有四根柱子，各種各樣的寶貝所形成的寶幢。這四根寶幢如百千萬億須彌山，很高，很大。須彌山無量無邊，我們現在娑婆世界以須彌山為中心，四大部洲都圍繞著須彌山，須彌山高大如宇宙。四根寶幢如百千萬億須彌山那般巨大，每一個寶幔裡顯現的世界都像夜摩天宮那樣的莊嚴。

經變圖，將佛經轉變成圖像，他念著經文，太宗在腦中轉化成圖像。

引領太宗的神識在這樣的放光華麗的想像裡，太宗逐漸將呻吟轉換喃喃低語，皇上再也不是皇上，一介肉身等待腐朽，與街頭乞丐無異。

彌留之際，他不間斷地吟誦佛號，助念太宗神識剎那飛往光明，消除怖畏，瀰漫安靜祥和，玉華寺心瞬間轉成了淨土宮殿。索命者被雲遊僧超度後，紛紛冤消釋解。

太宗最後一剎那，明光明點乍現，靈識深知此世色身已然重罪輕受的鬼魂轉成一道光，太宗斷氣，靈飛兜率天，瞬間環繞無量光佛。

君臣一場，法緣一生。

彌勒菩薩為證。

佛法真實不虛。

25 唐高宗

他想起貞觀十九年，初回長安，春風少年兒轉眼已是無風無雨的僧人。回想初見太宗時，他即表明想要避靜，離開京城喧囂，前往嵩山少林寺好整以暇譯經。沒有得到皇上批准，他被指派入住長安弘福寺，難以重返的獨特時刻，他與太宗相見的那種熟悉感與信任感，還有無法去少林寺安靜譯經的遺憾。形同軟禁的生活，使他歸來的後半生將雲遊世界微縮成一本本方寸大小的經書裡。

夜晚，他的心臟感受著許久沒有過的跳動，這麼多年來，他已經習慣沒有情緒，但這夜他感受到一種暴風雨過後的泥濘感，太宗回來了，鬼魂要跟他說佛言不假，佛言不虛嗎？太宗看起來非常不真實，但卻又形象清晰無比。太宗仍有著英雄般的氣魄，但眼睛卻流露死亡前的那股悲傷，悲傷之海囚住了太宗，一時之間亡靈還沒放下，走回了舊世界，不知自己已然成鬼化魂。

十念往生，太宗在念第幾聲時走了岔？他倒帶想著，印象裡太宗斷氣前嘴巴沒有停止歙動，看得出是守住一股念頭的念念相續啊。他想那一定是自己罣礙了才召回了亡靈。他趕緊端坐，朝西方補念佛號，同時念了上百上千心經迴向給太宗。黎明前，他睜開眼，見燭火已滅，四下安靜，連鬼魂都安靜，他沒有再聞到鬼魂騷動的氣息，時間在佛號唱誦如蟬鳴中流逝，也不知時間過了多久？但此時此刻他確信太宗已然奔赴另一個世界。天可汗的天已換了布幕，君臣一場，佛戲一場，是幻是夢，佛言不虛。

七月十日，盛夏光年，天氣伏暑，太宗駕崩，盡收眼底的是趕來哭喪的臣子親眷。李治登基，知曉太宗遺囑要三藏法師安排所有的後事。

有那麼一瞬，雲遊僧看著繼承者李治的目眶差點要潰堤，似乎要哭出淚來，他叮囑家屬千萬不能在亡者面前哭泣，這樣會讓亡者執著。也要隨侍等人至少一天一夜不搬動太宗的身體，一來色身剛入滅，靈魂還在，任何移動都會讓亡者如劇痛難忍。另一個原因是他想讓後繼者高宗李治來瞻仰其父親，讓新皇看看人亡之後的色身是如何無常示現，明白即使是貴為皇帝，亡沒和一般人不僅沒有兩樣，且恐怕執著更甚。

色身腐朽迅速，所有的權位名利貪愛執著都灰飛煙滅。

高宗彷彿聽而未聽，只是一直盯著父親的女人武媚娘瞧去，一干女人正等著送入道觀，武媚娘亦然。

他希望太宗成就的貞觀盛世，後繼者能持續這個盛世，當然私心更是要這繼位者高宗能繼續支持譯場，持續撥經費給譯經院。李治瞥了幾眼武媚娘，直到這群女人被陸續帶離，李治才回神聽著法師正在跟他說的什麼往生，他看著父皇的皮膚長出許多死亡斑點時有些感傷感悟似的神情，雲遊僧趁機在法會休歇時間，李治和他談起佛法時，他跟眼前這位色身貪愛還正熾盛的接班新皇說了一個故事。

在阿難陀舍利塔及佛入滅後第二次經典結集之寺遺跡旁另有一寺，此寺名曰愛瑪巴莉卡女居士寺，女居士寺有個動人的故事。傳說愛瑪巴莉卡女居士原本是一位長得美麗無比的妓女，靠著姿色賺了不少錢，在某因緣下皈依了佛陀後自此過著居士清規生活，並每日供養僧眾，供養係以戒臘為序。其中有位僧人尚未輪到他卻心已難耐想見著名美女的騷動，待好不容易輪到他時，晚上便難以入眠，一早即速速穿上乾淨袈裟往女居士家去。到了她家，到處問人美女居士在哪，那日僧人不巧遇上愛瑪巴莉卡生病，病容奄奄。未久女居士過世，佛陀交代暫時先不處理遺體，將其遺體放在房間內，並要人打鼓通知僧眾可以免費和其同房了。

原來動了欲念的僧人見了她的死狀，自是再也不願意和其同房了。佛陀便在當下為僧眾宣講無常經。肉體死了，僵了，貪欲就無所住了，人因著相而忘了無常本質。

看了這故事，體會了佛陀因緣說法的妙心。而那美女居士死後，眾人不再趨之若鶩，念頭都跟著腐朽了。這故事充滿傳奇，但是說來也很尋常，妓女當下皈依頓悟的故事很多，我們不也常聽到殺人魔放下屠刀立地成佛的故事嗎？故事如出一轍，頓悟無關各行各業，也無關階級。

五天後，七月盛夏，李治登基，永徽紀元開啟，他依然囚困在譯場，伴佛也伴君。唐高宗日夕孜孜，他的譯場也晝夜勉勉，一本又一本的經書漢譯，佛光破千年暗。

永徽三年，他在長安城內慈恩寺的西院築五層塔，名大雁塔，用以貯藏自天竺攜來的經像。顯慶二年（六五七年）五月，高宗下敕「其所欲翻經、論，無者先翻，有者在後」。九月，他借著陪駕高宗前往洛陽的機會，第二次提出想移往少林寺之請，「望乞骸骨，畢命山林，禮誦經行，以答提獎。」

次日，高宗回信拒絕。此後他斷絕此念，知道自己將老死在天子的眼皮下。

永徽五年，他致摩揭陀國三藏法師智光書一文回憶恩師「正法藏」戒賢上師。辭別高齡百歲餘論師，拜別千里迢迢尋去的恩師，戒賢師父僅簡單說珍重，目光透了俗情，語言已難以成句。若非堅定信仰，怕也難辭那爛陀，將成異鄉鬼了。

他永遠銘記離開孤旅時光。

彼佛牙窣堵波上寶珠，光明瑩然，狀似空中星燭。

這天當他拭去佛龕上的灰塵，往裡走，閣樓愈是高聳，當他穿過幾個中庭之後，登上一座高塔。就在這時，不知是狐狸還是貓，忽然受驚地從他腳邊掠過。藏經樓中那永恆的佛經難道開始蒙塵生霉？他忽見一尊高大玉佛坐像照亮整個空間，蝙蝠振翅而飛的蹤響。在火炬光影搖曳下，佛經灰塵四散，佛像彷佛又活過來似的。

就在這一天，戒賢大師高弟智光大師派了一個飛快傳書，跟他說戒賢大師已然涅槃，在彌留之際仍然關心著他。

夜晚他寫下：

「正法藏大法師無常奉問，摧割不能已矣。嗚呼，可謂苦海舟沉，天人眼滅，遷奪之情，何其速歟。正法藏植慶囊晨，樹功長劫，故得挺冲和之茂質，標懿傑之宏才；嗣德聖天，繼輝龍猛，重燃智炬，再立法幢；撲炎火於邪山，塞洪流於倒海，策疲徒於寶所，示迷眾於大方。蕩蕩焉，巍巍焉，實法門之棟幹也……玄奘昔因問道得預參承，并荷指誨，雖曰庸愚，頗亦蓬依麻直。及辭還本色，囑累尤深，殷勤之言，今猶在耳，冀保安眉壽，式贊玄風，豈謂一朝奄歸萬古，追惟永往，彌不可任。伏惟法師夙承雅訓，早登堂室，攀戀之情，當難可處，奈何奈何，有為法爾，當可奈何，願自裁抑。」

寫下對戒賢大師的深厚懷念之情，同時希望智光大師要遣悲懷，但真正要遣悲懷的是他自己，他勸慰的其實是哀傷的自己。

他跟前輩法顯一樣，因為熱愛佛法與佛教藝術，因而在譯經之時，不僅自己塑造佛像，也協助當時的藝術史家們一起重建著名、神聖的佛像史料等。

比如由烏陀衍那王所敬獻的第一尊刻檀佛像。當時他在憍賞彌所見的烏陀衍那佛像，佛像造型是當時佛像裡流通最盛行的制式（後來敦煌石窟繪製的佛像與法器旗幡等就是受其影響）。他帶回的刻檀佛像的原型後來衍生出各式各樣的造型與傳說。他帶了一尊仿製品回到中原後，自己又如此複製了許多旃檀釋迦像。佛像涵融佛陀無所不在和利益羣生的本質，並非只是木刻偶像，而是給予眾生一種對境返觀自心，一種折射的返聞自性。過去、現在、未來三世佛的形象，不僅只存在於佛法中，也不只是為了表達一脈相承的佛法傳承，更多是一個提點，提醒，示現，佛在人道成，佛法可貴，但也須有此人身，人身如筏，人身可貴。

高宗聽了明白，要法師繼續翻譯經典外，並支持佛像藝術的開展。他在旅途蒐羅及帶回中土的佛像，一時之間讓當時的佛像藝術再添想各種可能，塑像者有了更多可塑性的對境學習。

否則誰看過佛長什麼樣子？正因為他周遊取經之後，帶了七尊笈多王朝的佛像回到中原。影響了當時的佛教藝術與工藝，整個中原佛教雕刻都在印度風的影響之下去打造佛像。盛世大唐的長安人看著他攜回笈多王朝的佛像時，許多人都欣喜莫名，彷彿佛在世，佛不虛。

佛像從早期軀幹線條樸拙的雲岡石佛到衣褶厚重的印度風佛像，在羽衣霓裳，下露出柔美線條肌理，低眉垂目的佛像造型，獲得了雕刻師們的青睞，包括他自己一生都造像無數。

太宗辭世，他為感念太宗，迅速且完美地譯出藥師琉璃光如來本願功德經，此經名為奉詔譯，當然是他自己想譯，且把功德迴向太宗。永徽元年，他在長安大慈恩寺譯出藥師經。此經在經文之後具有密教的咒語，眾生百病，藥師佛也有百百種藥方。永徽三年，他跟高宗提議在大慈恩寺蓋佛塔，以保存他西行所取回的數百部梵本佛經。在大慈恩寺西院主持修建一座帶著西域風格的佛塔。五層高，他希望高宗能答應用石打造塔，勿用木造，以防祝融，並蓋七層（取救人一命勝造七層浮屠之意）。高宗最後竟僅同意用磚造，且蓋五層。他知道這高宗並非短視，只因雖尊重法師地位，但說來自己在他眼中仍是永遠的臣子，一介佛教使徒。

然高宗依然護法有功，這讓他在晚年於譯場度完一生的翻譯大事。他翻譯有十六部大部頭經典，包括佛陀費時多年親口宣說之經，卷幘浩繁的大般若經等。他閱讀之後，要弟子刪除經中許多重複的部分，但此經全部仍多達六百卷（篇幅之大，硬是比九十萬多字的聖經還多了八十四倍）。

他和太宗情深義長，但僅短短四年緣分，和高宗情淡義薄卻有長達十五年的緣分。

大雁塔塔底層南門外兩側的磚龕中各有一塊石碑。其中一塊石碑為唐太宗貞觀二十二年為譯經院所翻譯的經書撰寫總序大唐三藏聖教序，另一石碑唐高宗為大唐三藏聖教序撰寫的大唐三藏聖教序記。褚遂良為太宗與高宗寫了序文，刻在石碑，碑額上刻有蟠螭，側面刻有卷葉蔓草，碑座上刻有天人舞樂圖。

大慈恩寺旁的佛塔完工之後請他去命名，他腦中閃過生命裡第一次有牲口為他而亡，就是西行取經帶他上路且引他去飲水處卻倒地沙漠的那匹瘦馬，他曾夢見這馬因護送他取經有功，去了天界。

白馬寺已有，他想著想著，忽然腦中閃過大雁塔這個名字，大雁的故事是他在印度聽來的。

一個苦修的出家人飢餓難忍，有天望著天空飛過一隻大雁，心裡突然閃過如果能吃到東西該多好，瞬間竟見天空墜下這隻雁，竟捨身讓出家人免於飢餓。這出家人瞬間感到羞赧，就更堅毅地修行，最後開悟解脫，蓋了佛塔就命名大雁塔。

沒有那匹帶路引泉的瘦馬，他當年早死在沙漠了。

瘦馬和大雁精神一樣，自此慈恩塔就叫大雁塔。埋雁建塔，紀念一路上眾生的成全。

26 武則天

武媚娘從小就當過沙彌尼，十三歲時那是自願的，她喜歡佛，喜歡法，有算命師說她前世就是個禪師。太宗過世，這回她是被道德綁架，被傳統約束，於是又去了她熟悉的道觀，那時她已經二十六歲，沒有生育，只能送去感業寺。

陪侍太宗身旁十多年，而太宗最後五年日夜身旁經常不能少的人是三藏法師，尤其最後一年，日夜都可見到印度歸國著名的雲遊法師。早已是半個佛的僧對武媚娘就像在看牆上的柱子吧，但武媚娘是怎麼想的？一首情詩讓後人歪樓，她當然是獻給李治的，誰要獻給僧人，她要可以靠近的身體，可以攀爬的權力高峰。李治是太子，是江山的接班人，李治才有至高權力，李治的至高至上是俗世的，她非常明白。但她也有靈魂的高度，屬於法師的至高至上是出世的。兩端是一個迴圈，一生一死，此時生，將來死，二者都需要。

蓋棺無字碑。無，她最懂，因為有。

媚娘變成則天時，太宗高宗時代的三藏法師早已雲遊天庭。她在則天皇帝年代，自己找自己的三藏法師，都說她喜歡和尚，和尚被小說家的想像給歪詞，其實尚是上的轉音，和尚是上人，人上人，在和合的因緣世界。

她在返回法門寺供佛時，將自己在太宗年代曾穿過的金絲裙，放在佛祖舍利的供奉物品中，她是皇帝，想放什麼不僅沒人有意見，根本沒人膽敢抬頭瞧一眼。

這可不是輕瀆，她在心裡對自己說，也對佛說。

她想這些供奉佛物中不就有先皇供奉過的百匹絲綢與紡織品，為何我女皇就不能供？我供的是以自己身體丈量過的青春時光，為何一條我穿過的裙子就是不潔為何不能是大紅裙子？不潔是別人的念想，她的心可純純潔潔。

焚香，她將紅色金絲裙放在其餘絲綢紡織品之上，裙上另有其他編織與佛教藝術品，一時之間寺院燭火搖曳出璀璨的紅光，紅裙一如她的心。

有人傳聞她獻上紅裙是因為愛上了和尚。

因為當年天可汗與三藏法師的會談往往是「從卯到酉，不覺時延，迄於閉鼓」。在很長的十幾個小時接見交談的時間裡，武媚娘都在現場，她是一個對權力核心嗜血氣味熟悉的人，她知道眼前的三藏法師是不得了的人物，都是她學習的對象。她總是很仔細地洗耳偷聽，聽進心裡，開出智慧花來。

「朕今觀法師詞論典雅，風節貞峻，非惟不愧古人，亦乃出之更遠。」

太宗的讚美，讓她知道能獲三藏法師賞識，也等於獲得皇帝恩典。

為此，三藏法師也注意到這個女生的眼神和別的女人的不同，他知道是可度其成為佛種之人（只是他沒想到太宗那麼早就辭世，往後的長安，他再遇到這女人時，她已成權傾長安的垂簾聽政者）。

她跟著太宗也在三藏法師旁聽聞不少佛法，但當時在太宗身旁的三藏法師已快五十歲了，比她大二十二歲的三藏法師讓她也愛屋及烏，她愛上了佛和佛法。三藏法師雖然曾誇讚過當時穿著紅裙子的媚娘的美，但任誰都知道，三藏法師必須世故，必須圓融，伴君伴后，誰能不小心，佛早在心裡，人卻得小心嘴巴如刀，稍一不慎，刀口向自己。法師看得出曾在太宗身旁經常刻意出現的媚娘絕對不是隱忍之輩，智慧與美麗不僅是她的武器，權力與欲望無疑更是推進器。

貞觀十九年正月，他由印度取經歸來，歷盡滄桑返回長安，很久之後他才見到媚娘。其時他已四十四歲，正處在男人成熟之巔，長時間雲遊四海的歷練使他脫離了柔弱斯文之軀，他的體魄強健，且飽讀佛經與經典，丰神俊朗散發熱度，氣宇軒昂勃發睿光，其時僅二十出頭的媚娘心裡被法師電到的並非是這些外相，而是她告訴自己也要多讀書才能長智慧。

法師俊朗與智慧明亮之光，口吐高雅之詞與慈愛天下之心，令她後來竟成了歷史上最愛和尚與把佛法推到國教的第一人。政教合一，佛的頭號女粉絲。和太宗生活十三年的媚娘其時獨守空閨多年，她獨守空閨不是哀嘆命運，而是將聽來的佛經佛典一一反覆閱讀，甚至寫下一些感悟詩詞。

太宗有時聽經聽累了，興之所至，也曾叫當時還是才人的媚娘跳個敦煌舞來當天女散花的想像，她當時就曾穿過供奉法門寺佛壇的金絲織大紅裙，上面有她親手以金絲織繡的石榴圖案。才人曼妙舞姿翩翩，迴旋燭火燦燦下，明瞳沒電到在旁一心念佛的三藏法師，卻電到了剛好來請安的李治。

舞到鳳凰涅槃前的那一刻，早已四大皆空的出家人竟至入定絲毫無感，但李治卻意亂情迷起來，太子回宮難忘那媚娘熱燙的眸光。其時他才驚覺，未來的大唐都將和這年輕女子牽扯不清了。是幸或不幸？法師也無法斷未來。

貞觀二十三年（六四九年）五月二十六日，太宗駕崩。二十八日，只有二十六歲的媚娘沒有生育過，被迫按照朝廷慣例，在感業寺出家為尼。

寫情詩「看朱成碧思紛紛，憔悴支離為君憶。不信比來長下淚，開箱驗取石榴裙。」詩意：「為了思念心愛之人，媚娘竟能把紅色看成綠色。由於過分的想念心愛之人變得憔悴不堪。如果你不信近來我因為思念你而常常流淚，那麼就請打開箱子驗取我那石榴裙上的斑斑淚痕吧！」

永徽元年（六五〇年）五月二十六日，太宗忌日，高宗李治特意來到感業寺上香，見到了媚娘，她終於如三藏法師所言，大唐未來和她牽扯，自此難休。佛教的未來也和她有關，自此難斷。

他想這樣甚好，帝皇后與臣子都信佛，上施下效，斷不會佛滅。

但他已知道這個女人可以改變歷史，因為有知其不可為而為之的膽識與氣派。女皇生孩子，也找他命名，成為皇后的媚娘不忘法師祈福與參與命名的重要，六五二年長子，法師取名李弘，六五四年次子李哲（後改名李顯），六五六年三子李旭輪（後易名李旦），六六二年太平公主。唯獨早夭的安定思長女公主，他沒參與命名，因為他知道時已是死訊，長女之死讓媚娘駁倒王皇后，這讓法師心中種下了對這個女子要非常小心的念頭，因此後來他屢次上書給高宗說要前往少林寺，遠離京城安靜修行，但卻都被高宗駁回，最後竟直接要他斷了這個念想。

媚娘的權力顛峰，雲遊僧已然初見，但他以為皇后已是一個女人的高峰，卻不知道女人也可以當皇帝。六六四年雲遊僧辭世，還好沒見到武則天龍位高坐，否則他大概會想，為何勤修喜愛佛法的人也可以是魔？

一個欲望高張，心狠手辣，以陰謀篡奪皇位的女人難道就不能是真心信佛嗎？

法師過世的前一年，也就是龍朔三年（六六三年），媚娘幕後指揮高宗重修的大明宮建成，大明宮第一正殿含元殿，媚娘如得空就會走上去眺望長安城。含元殿正對著慈恩寺，以一塊磚一塊磚砌成的高聳大雁塔，在這裡，她可以見到法師最後身影，也見到二十來歲時初遇法師的初心。

在武周期間，大師過世幾年之後，果不其然，大雁塔的塔身為外磚內土結構的塔已不堪使用，塔身因磚縫之間長滿雜草而毀壞，武則天下令拆塔改建成七層，以方形閣樓式塔為建制，使之耐用。塔由他設計，他非建築設計師卻有一流的觀察力。腦中盤旋過在那爛陀寺等地觀摩過的塔寺，將佛塔設計成各層逐漸收分的稜錐狀，基底大而尖塔逐漸內縮。每層交界處設計有仿照木結構的形式，砌築有枋、欄額、斗拱與磚柱。

武則天找來長安繪師，在塔內繪製佛像壁畫，描述雲遊僧當年西行取經的經過。第一層的四面均有石門，門楣上有陰刻佛像和天王像。塔室內部設有可供登塔的階梯。青石質地的門楣和門框，上方刻有線刻佛像，其中西門楣上刻有阿彌陀佛說法圖。

登上帝位的女皇不遺餘力推廣佛教，天授二年下詔：釋教在道法之上，僧尼處道士女冠之前。把佛教提升到國教的地位。當時繁榮佛教首先是佛經必須大量被翻譯出來，在武則天時期翻譯的一部最重要的經典是華嚴經有八十卷，整整翻譯了八年，武則天親自為華嚴經寫序，不僅寫序，據說著名的開經偈「無上甚深微妙法，百千萬劫難遭遇，我今見聞得受持，願解如來真實義」據說就是武則天在這次釋經活動之後寫的。華嚴經主張萬事萬物要共榮共生，翻譯華嚴經對於天台宗的創立有非常重要的價值。當然除了華嚴經之外，在這個時期還有很多經典被翻譯出來，舉一個數字可能就更明白一些，唐朝以譯經著稱的大師共有二十六個人，其中在武周時代的就有十五個人，占到總數的百分之五十以上。太宗高宗與雲遊僧終其一生努力奮鬥都未能達成的境界，就被她做到了，當然女皇利用佛教成為其政治服務的因素是存在的，但這一切的興佛興法，和她從年輕起就不間斷聽聞佛法是很有關係的，她與雲遊僧的隱形連結，也是後人無法想像的。

只是，這個女人比男人更有膽魄，也更妄想更執念，最後竟要雕刻師按自己的相貌刻成盧舍那大佛像，佛像千秋，人們可萬世膜拜。

女皇暗中偷渡佛臉，流芳盛世，萬歲萬萬歲。

譯經院

27 譯經者

袈裟飛揚，雲遊僧的空間除了經書還是經書。

佛是真語者，實語者。難以翻譯，最多只能亦步亦趨地盡可能原文重現。那時候他當然沒讀過「翻譯即背叛」的字句，他一心相信翻譯即服從，不能僭越。

他比對過他尊敬的鳩摩羅什尊者的譯本，博通漢梵文的羅什尊者譯本將艱澀佛典變得有如文學詩詞歌賦般「優美」，但卻可能使人浸淫文字相而忘了本心本意？

他的理想是將梵文轉譯至完整和漢文疊合，認為羅什尊者的翻譯是以意譯趨近，不是逐字逐句，而是消化過的再創作。為了讓中原讀者更容易接納梵文（在地化），選擇漢文較為嫻熟的風格文字。如此善巧，是為了佛法能廣傳深入在地本土的生活。捨梵文之逐字翻譯的拗口，而他則選擇寧可拗口也要貼合原意。

戰戰兢兢，往往也只能確保「把內容說對」，而非「原文之風」的忠實呈現。這也許是譯經者的宿命。

和周邊著迷於香禪詩等附佛者大大不同。他覺得附魔容易辨識，附佛之佛反而難以區分。他個人極簡，近二十年雲遊，除了佛經佛像佛物，其餘一概沒興趣。但他不反對文人雅士將佛納入美學的一種禪生活，佛法突然時尚起來。文人雅士相繼習禪修法，焚香禮佛，玩香是儀式，詩、禪、香合體，詠香詩禪意詩，道場獨坐，一瓶秋水一爐香。

「晨起對爐香，道經尋兩卷。晚坐拂琴塵，紅燎爐香竹葉春。」

香隨風飄送到他的鼻息，他打了一個靈魂似的噴嚏。維摩詰經天女散花、請飯焚香，人物鮮活，想像奇迴，富於文學趣味。用淺近的方法引生大眾的信仰，是大乘經典的一大特色。南北朝時期的文人學士最愛清談與研究維摩詰經，六朝志怪作品深受維摩詰經中佛教教義、文學手法之影響，大量反映惡報、地獄等場面。僧肇在讀道德經有「美則美矣，然期棲神冥累之方，猶未盡善也」之感嘆，後來讀到維摩詰經，決定出家。

> 身如泡沫亦如風，刀割香塗共一空。宴坐世間觀此理，維摩雖病有神通。
>
> 又由八相，能遍了知，遍了知故，除諸過患，當知是名，極善清淨，離增上慢，無我真智。又於此中，已滅壞故，滅壞法故，說名無常。諸業煩惱所集成故，說名有為。由昔願力所集成故，名思所造。從自種子現在外緣所集成故，說名緣生。於未來世衰老法故，說名盡法。死歿法故，說名歿法。未老死來為疾病等種種災橫所逼惱故，名破壞法。由依現量，能離欲故，能斷滅故，名於現法，得離欲法及以滅法。當知此中，除離欲法及以滅法，由所餘相，略觀三世所有過患，由所除相，觀彼出離。若由如是，過患出離，遍知彼識，名善遍知，名諸法印。即此法印，隨論道理，法王所造，於諸聖身，不為惱害。

每個人質地不同，不是人人都是開悟的料，雖然佛說人人有佛性。

從譯場窗外都可聞到香，香塵繞樑，香客紛紛。

貿易發達的長安，域外的貢品於途，在太宗高宗大內焚的香更是極品。沉香混著塵氣，歌坊鶯鶯燕燕的脂粉灑落市街，飄揚空氣中。走進譯場的人先前去了哪裡，吃了甚麼東西，身體的氣息都會標誌出來。

名香鬥豔，連菩薩也香氣十足，佛殿與案上燃香處處，銀薰香球與供佛蓮花香座都讓修行者動了凡心。他告誡譯場弟子切莫逐香，鼻息奢華，日久會麻痺感官。行香客與坐夏僧，雙草履和一紗燈。秋寺行香去，春城拜表還。持香爐繞行，入廟焚香拜。祀天帝靈香，直達天聽，祈仙降臨。

香餅香丸，沉香、棋楠飄過，混著印度的豔香，聞到味道就知道剛剛穿行大街而過的是印度人。天竺，被他正名為印度，從此彷彿是前世。

貞觀十九年五月二日，距離他結束五萬里的行程只有三個月，他已經打開梵本，正式開始翻譯佛典，從此一生沒有一刻離開過在茲念茲的翻譯之事，彷彿西行取經的淚水與汗水早已拓印在經本裡，無能抹滅，只能延續。

譯經院直屬國家，他喜歡稱院為場，院太學術太正式，場則庶民，是道場。翻譯經典用的道場，譯場親切，就像他希望把經典種在人間土地，開出智慧花來。經典是光，沒有這光指引，所有的六度萬行都將無所依歸，無法生出根來。

能所相對，能所互依，取經之大能已完成，譯場之大所也初立，此心之大願已實踐，萬事皆備，只欠東風，找出能協助他翻譯志業的有緣有能的弟子們。

他是邊看經典邊口述，且翻譯的同時，兼具講經、辯經，一問一答，引導經義。從印度歸返長安後，他就在慈恩寺內潛心譯經，沉思著該如何進行翻譯佛典之事，深入了解翻譯史上著名譯場的制度與譯文特色。

迦葉摩騰、竺法蘭在漢明帝時開始翻譯四十二章經，此是最早的翻譯。佛典口授者與筆譯者常常無法融通，因當時梵經匱乏，譯經仰賴的多是由大師口誦，卻無原典可以對照；加上人力財力不足，於是最初佛經的譯本多是單卷或字體較少的小本經書，像最初傳入中土的四十二章經。西元二、三世紀的譯師中，安息國的安世高，月支國的支婁迦讖，康居國的康僧鎧、康僧會，月支人竺法護。不少聲聞乘和大乘的經文被翻譯為漢文。限於各種條件，還未能有計劃、有系統地翻譯，此時所翻譯的經書很少是全譯本，而翻譯文體也還沒確立。

直到東晉孝武帝太元四年，西元三七九年，道安大師在長安五重塔寺設立譯場，請來西域沙門僧伽提婆譯出阿含等小乘論書，這使長安城自此成為北方譯場重鎮。在鳩摩羅什尊者之前的古譯場時代，譯主多為西域人或從西域來歸順的僑民，他們善於梵語，卻不精漢語，或有通漢文卻不精梵文者，比如道安大師。但道安大師不諳梵文並不影響其譯事，他善於理解精文，智慧過人，校正舊譯諸經的諸多謬誤，且確立了譯經的文體風格。

時光飛逝經年，精通梵文與漢文的鳩摩羅什尊者讀了道安大師所正諸經，不禁嘆服道安大師所正之文，均能與原典吻合之高明。但羅什尊者心中另有想法，認為佛典要普及一定要漢語化，在地化。於是羅什尊者主持的逍遙園譯場，其翻譯經文以意寓深遠文辭優美著稱，譯文融合漢、梵文，易於理解。他一改過去譯文「多滯文格義」、「不與胡本相應」，由直譯改為意譯，辭藻華麗，使誦習佛經者能易於理解接受，成為最普及最深入人心的譯本。弟子多達三千人，其中聞名者有僧肇、僧叡、道融、道生，稱為「什門四聖」。他於西元四一三年圓寂，火化後據說舌頭不爛，表示他所翻譯的無誤。譯出了大品般若經、維摩詰經、妙法蓮華經、金剛經、大智度論、中論、百論、成實論等著名的大乘經典三十五部兩百九十四卷。

羅什尊者的新經不斷地被翻譯出來，但多以經論二藏為主，律藏欠缺。法顯即慨歎律藏的傳譯不全，一心想往天竺尋求律部梵典，等到機緣成熟時，法顯已然六十六歲，這個年紀的人還有這等長途跋涉只為取經的氣魄，且還成了第一個抵達天竺求得原典者，其可歌可泣的苦行，是雲遊僧西行的永恆典範。

法顯大師曾說：「貧僧獻身於佛教，志在弘法，目的未成，故不宜久留。」他十五年前由長安出發，與長安諸友別離已久，本想去長安。但是由於北方的政局當時混亂，故一時無法前往，法顯於是南去建康，與佛馱跋陀羅共組一支金陵譯經僧團，創立遙園西明閣譯場，譯場有法顯大師、寶雲、智嚴等沙門參與譯事。譯出的經典，共有六部，六十三卷。

一代代的高僧精勤不懈地翻譯，一部部的經典、一字一句勾劃出天上一道道耀眼的長河。早期的佛經翻譯，常以一人獨譯，多則二人，相約對譯。後來發展出一套組織嚴密的譯經模式，譯場盛世，高達百人。經過多人之手，反覆勘定，能使字義更貼緊原文，使文采更加斐然。如此譯出的經典，往往影響深遠，千古流芳，所謂「一言三詳，然後著筆，使微言不墜，取信千載也。」

羅什尊者被請至長安城北，渭水之濱的逍遙園，翻譯佛經。羅什能夠背誦許多佛經，嫻熟漢語，對文學具有高度的欣賞力和表達力。所以他翻譯的經文非常流暢，字句精煉，文采斐然。從後秦弘始三年至弘始十一年的八年之間，平均十天一卷的速度進行翻譯，共譯出了七十四部，三百八十四卷佛典。

助手們既精教理，又兼善文辭，各展所長，相得益彰。又有許多西域僧人互相合作，相傳大師譯十住經時，因為於理未善，遲疑未能馬上著筆。然後佛陀耶舍來到，共相討論，辭理乃定。大師的從業弟子號稱有三千，著名者有所謂四聖、八俊、十哲之稱。四聖指道生、僧肇、道融、僧叡。八俊是在四聖之外加道恒、曇影、慧觀、慧嚴四人，十哲是在八俊之外再加僧略和道標二人。

羅什大師的譯場運作是上午譯經，下午講論，所有的人因此都能獲得大師的講論，借鑑羅什尊者設立譯場的方法。

必須集結各方菁英來到譯場，而非以人數眾多取勝。羅什尊者確立了整個譯場的功能與運作形式，到了他更上一層樓，他從各省各城與各府之中，萬裡挑一，只挑選其中一、兩位出家人擔任譯經院的主要翻譯職務，故採極其菁英制。傳遞、記錄他的口述翻譯與潤飾文字，甚至對於他所口述翻譯的文字與義理都需提出質疑，甚至提出不同意見的工作，可說是參與者皆是一時之選。設置眾校、眾潤的又分工又集體的制度，譯場分三堂，中為譯經，西序為「證義」，東序為「潤文」，之後交給助手們「綴文」，關乎文筆的工作。當時譯場他精選的助手只有二十三位，「證義」十二人、「綴文」九人、「字學」一人、「證梵語梵文」一人。人數少而精，卻是譯經史上譯出最多經典且品質也是最精美的譯場。

他寫下譯場的分工制度。

譯主：精通佛典，由他口述，漢語說出。筆受：記錄他所說的逐字稿書字；將逐字稿改寫成文言文，證義：十二位，出家人，負責審閱，校訂，改正譯文，負責內容意涵。證文：負責檢查文字是否正確，通順，負責文字。參譯：一路全程參與旁觀翻譯過程的參譯，檢查有沒有任何因為過程的疏失或疏漏。綴文：修飾文字至盡善盡美者梵唄；負責念誦梵文，對照已完成綴文的中文，譯主與譯場參與者聆聽，看二者的聲音有無更好的對應性。佛經不只是拿來讀的，還要朗誦。故具備音律節奏很重要。能讀經誦經，最後誦經至耳熟能詳。聲音很重要，誦經者，音質講究，音聲不高不低。

經過這麼多道工序，翻譯的佛經才能勘定。

自此，他前半生雲遊二十年，後半生囚在譯場二十年。

一為取經，一為譯經。

為法而生，為法而滅。

官家或大寺院接受他們的經典，此後歷代開設譯場，所沿用的多是他訂下來的制度。他開取經風氣，建立譯場組織，奠定翻譯文體。參與翻譯者除了漢人，還有于闐人天竺人，菩提流志和達摩笈多，波蘿頻蜜多羅，金剛智等人。誕生了翻譯本共七十五部佛經，一千三百三十五卷，求經與譯經已然成為發光體，映照千秋。影響前仆後繼者到天竺取經。義淨、玄昭、師鞭、道希、慧業、玄格、道生、僧隆、會寧、大津、道宏、慧日、不空、含光、悟空、道方、明遠、義朗、智行、義輝、道琳、曇光、慧命、善行等，踩出一條取經路，一間間譯場。

他耗費近二十年取經雲遊於途，又耗費近二十年自囚方寸譯場。將羅什尊者譯的經名摩訶般若波羅蜜大明咒經濃縮成心經，自此後人無法增一字，無法減一字。

須彌與芥子，壯闊與微小都是心。

多年來他除了有時奉詔入宮伴隨皇室外，大部分時間都在弘福寺、大慈恩寺、西明寺、玉華寺翻譯。平均年譯七十卷，而最後四年間乃增高到年譯一百七十卷之多。隨著年事的增加，越感到來日不多，於是譯經的熱忱越高，速度越快。他遊方五印，帶回六百五十七部梵本，譯出七十五部一千三百三十五卷（竟占了中國佛經漢文翻譯總數的四分之一），千卷經典閃耀著佛經漢文典籍的輝煌時代。

經典問世，他將功勞歸之於弟子們。他的佛學造詣極深，成就斐然，菁英下的弟子們自也是才華超群。但這麼多弟子，就屬辯機、窺基、圓測、慧立此四生，讓他懸念不已。

28 弟子辯機

「辯機遠承輕舉之胤，少懷高蹈之節，年方志學，抽簪革服，為大總持寺薩婆多部道岳法師弟子。」

辯機十五歲出家，早年間師從道岳和尚，佛學修為精深。後來玄奘西遊帶回大量經文，在長安弘福寺開展經文翻譯工作，辯機被選為翻譯者之一，師從唐僧一起翻譯真經。

他是一個非凡的出家人，自小就好學發奮，品行高潔（卻死於不潔），十五歲時正式出家為僧。貞觀十九年正月，玄奘大師求經歸來，奉旨在弘福寺主持翻譯取來的經文，辯機以淵博的佛學、飛揚的文采、出眾的儀容，被玄奘法師選中。這年，辯機只有二十六歲。辯機是玄奘最重要的助手，大唐西域記的署名是玄奘和辯機兩個人，是由玄奘口述，辯機筆錄，師徒兩人共同完成的，可見玄奘對辯機的賞識。他在玄奘譯場中擔任綴文譯書的工作，在一〇〇卷經文中由他受旨證文者三〇卷，可見他深受玄奘的器重。然而就在這一年，這位當時佛教界幾乎普遍認為是玄奘最好衣缽傳人的得意弟子，這位在佛教界中聲譽正旺的僧人，卻因為和高陽公主私通而被殺。

話說這一天，高陽公主跟老公房遺愛出外打獵，正好路過辯機落腳的寺廟，公主和辯機乾柴烈火熊熊燃燒，兩人恩愛纏綿，還互贈定情信物。公主把御賜的金寶神枕送給了和尚。

本來事情隱藏得很好，但這高陽公主卻鬧事，當她的公公房玄齡去世後，封爵本該由大兒子房遺直繼承，高陽公主卻沒事就跟自己的大伯吵鬧，她想自己貴為公主高位，心想封爵應由老公繼承。房遺直害怕這個位高權重的弟媳，先上表唐太宗主動要求讓出自己的封爵。這唐太宗聽了火大，心想國家大事哪有兒戲的，就派御史大夫追查，查來查去卻查到了高陽公主頭上，把公主和和尚私通之事也查到了底。辯機被抓之後，還供出公主曾私下贈金寶神枕。這下可好，人贓俱獲，太宗暴怒，對皇家來說，這是一件極大的醜聞，太宗下令，腰斬辯機，時年僅二十九歲。

大唐西域記，成了辯機名留之書，也成了雲遊僧最深的痛楚與太宗最纏繞的鬼魂之一，更是高陽公主最仇恨之事，連太宗父親過世，公主都「帝崩無哀容」。

辯機之死，不但讓他失去了一個最好的助手，也給譯場帶來了極壞的影響——相傳腰斬辯機那日，長安市民爭相觀看，一些人甚至開始借題發揮攻擊他和大乘佛教。許敬宗在瑜伽師地論序寫道：「三藏法師玄奘，敬執梵文譯為唐語。……弘福寺沙門玄謨，證梵語大總持寺沙門玄應，正字……大總持寺沙門辯機，受旨證文……臣許敬宗，奉詔監閱，至二十二年五月十五日。絕筆。總成一百卷。……僧徒並戒行圓深，道業貞固。」

29 窺基、圓測、慧立弟子們

關於窺基的軼聞有個著名的說法是，相傳有一天雲遊僧在路上遇見窺基，見此人眉清目秀，舉止疏略於是想就度他入佛門，且收為弟子。這窺基本來是不情不願的，但禁不住他的一再勸說，於是就對他提出三個要求：仍有性生活、可吃肉、一天三餐，如此我就出家。修行人不僅要有智慧還要懂善巧，懂因緣，於是採「先以欲勾牽，後令入佛智」的策略，答應了窺基的要求，心想只要入了佛門，精研佛典，就會理解他所提的這三件事根本是微乎其微之事。

窺基就用三輛大車，裝滿所想要的事物上路。所以，關中三輔之地戲稱其為三車和尚。窺基自序「九歲喪親後，逐漸疏遠浮塵流俗。」認為三車之說是對窺基的厚誣、謠傳。

窺基在十七歲那年，也就是貞觀二十二年剃髮出家，成為他的弟子，當時他就看出來窺基將是繼承他佛學大業的人。窺基跟隨他學習梵文，並且是最得力的翻譯助手。不僅如此，窺基還能開天闢地，著論解疏甚多，被稱為百部論主、疏主。和他一樣，窺基也是在翻譯經書中圓寂，一生幾乎都在大慈恩寺譯經院，故有人稱他為慈恩法師。圓寂之後，窺基葬於他的塔側旁，師徒相伴，另一側是弟子圓測，圓測原是新羅（朝鮮）王的孫子，隨遣唐使來到長安，精通梵語，熟悉漢文，見到玄奘之後，即拜為師，剃度為弟子，是唯識宗的繼承人之一，臨終前，圓測遺言弟子，一定要將自己陪葬在玄奘師父的舍利塔旁，永伴恩師。大師最得力的傳記書寫是慧立法師，慧立一生長伴玄奘師父，寫下了雲遊僧的一生。

30 懸念者甲木薩

雲遊僧並交代譯場新譯的經書與其傳記，陸續交付一份給報信使者馬玄智，帶去給吐蕃的甲木薩公主，長安的文成公主。

雲遊僧知道未來的高原佛法將透過文成公主的散播，逐漸成為後世最重要的宗派，反而他創的法相宗與唯識宗因中觀之難，將逐漸落沒。

馬玄智，奔馳長安與吐蕃，從此也被記上一筆。

一如雲遊僧傳記描述了許多一路上成全其佛法取經譯經功德事業的眾生們一一點名，感謝眾生。

沒有眾生，就沒有菩薩。

昔日一雙芒鞋，求法西行。
大雁塔儲經像，觀音菩薩與心經，陪著他走到最後一步。
他聽見遙遠的高原，有人遙喚他雲遊僧，大遍覺，摩訶耶那提婆，महायानदेव。
聲音來自高原，甲木薩、貝瑪公主、蓮花公主、文成公主、李雁兒，聲聲召喚著他。

【伍】 ཇ་མོ་བཟའ་ 甲木薩

只要妳仰頭就可以看見
我在飛翔，
在天空寫字給妳。

再見天涯僧客

75 高原生死書

夫君辭世，阿耶阿娘往生，皇上阿耶駕崩，等待離開她的人還有最了解她的祿東贊與她最尊敬的三藏法師，不再雲遊的雲遊僧，或可堪安慰。

漫長的無常訓練與讀經的心靈悟性，使她在吐蕃經歷的生死書，也影響了高原人對於死亡的無常感，死神在這裡於是不再那麼恐怖，死神隨時可見，成了可親，無所不在的時刻朋友。

但該來的壞消息還是來了。

雲遊僧翻譯大般若經典之夜，回返彌陀內院，天女散花，人間卻流淚。

高宗說朕心痛失去國師。

這日她親自參與她替雲遊僧在高原辦的花開荼蘼的往生大會，她要百姓們學她一般地念經與進行觀想祈福。雲遊僧曾傳授的觀想：頭輪心輪喉輪三處各有紅白藍光如千箭射來，嗡啊吽……嗡啊吽之聲，綿綿不絕於耳。想像前面是一片湛藍的天空，如明鏡般湛藍，想像身體散出琉璃藍光。

受到景仰的甲木薩進入壇城時，百姓都朝她獻花，供香。

她經過兩道人群，百姓歡呼，彷彿皆蒙澤惠，朝她祈福，頓時白巾飄揚。

她被人群簇擁走進走道，頸上瞬間多了無數條白絲巾。她坐上壇寶座後，禮敬佛法僧的法事開始，搖鈴打鼓，她將長安法師過去經年累月所持誦的念珠分送給百姓，一時之間歡聲雷動，就如等身佛剛抵達寺內大殿般。那念珠已然被雲遊僧念破了，加持的珍貴性就在那個裂縫裡，有人更是相信只要分得一粒大師念破的念珠，將木頭念珠磨成粉，臨命終時，喝了可往生淨土。

這不是神話，她說。

虔誠者聽了點頭。反倒她突然想百姓竟這麼容易就被她的觀念馴服，反而王公貴族有人嗤之以鼻，有人來看熱鬧。畢竟百姓窮苦渴望解脫，渴望加持，而王公貴族但想榮華，不知生死，不知無常。她的表情肅穆，甚至偶爾她的眼神流露一種像是跋涉遠方而來的聖者之光，桂兒最有福報，不用搶就分得她手裡的加持聖物，頓時開心抿嘴笑而不語，彷彿可沾上菩薩的光芒。

死亡第一次因偉大的修行雲遊僧的入滅而顯得如此莊嚴，這讓她冥思生命長河裡她究竟做過什麼好事？救了一些人，但無能為力多。婚姻是另一座囚籠，時間非常短暫，甜蜜時光極其短暫。之後伴隨而來的是無盡的寂寥與責任，婚姻不能說結束就結束。

大師的壇城逐漸砌成，之後又是一陣陣聲浪綿綿密密地襲來。群眾愈聚愈多，歷經一個月的壇城在這段冗長的念誦儀軌法會結束後，壇城旋即起火入滅，象徵空性，物質消失，沙歸沙，塵歸塵。鑼鼓、鈸、嗩吶、法螺齊鳴，搖鈴搖出智慧水，金剛杵摧破障礙，佛不離身。

這些儀軌背後的意義，就是智慧與方便。

聽說雲遊僧入滅，天雨如箭矢般不斷噴出……已達證悟的修行人可以轉物轉境。長安人全跑出來等候迎靈，目送者的心，點滴都是甘露。

在小昭寺架設的瞻仰壇城，她在台上看著民眾藉著法會裡拜著佛的儀式，她想這就是信心的展現，她在佛法的世界裡浸淫日久，對於信心這個詞體悟最深，一旦沒有信心，信仰就直線下降，沒有信心就等於沒有自性，一切就變得面目可憎。

那麼信心是什麼？如何驗證？

可遇不可求的信心。

放眼四周的遊牧人，心想要有何等全然的大信方能在任何境界下都相信佛與自性的存在？

別想了，想破頭也不懂的，這不是用想的，是用心的。千年也等不到這場由天而降的天女散花的高原雨水，停止疑惑地等待加持。她跟桂兒說著。

說也奇怪，當桂兒不再疑惑之後，桂兒說她的頭頂忽然感到一片清涼，真的是水在她頭上淋下了那麼些滴。

甲木薩也聞到一股奇異的香飄過，彷彿大師的靈也雲遊高原。

彩虹再次出現，久久不散。

她慢慢走下壇城。

望著離去人群的背影，要桂兒陪她暗地尋訪，踱步走在入晚的大街小巷，人散去，前方許多屋宇人家開始點燃燭火，一些在柵欄外張望的牛羊群和一些行動不便的老者看著她倆。

白日的誦經聲浪漸漸成為心音駐足，她的身體也緩緩從被浪潮的狂喜中停歇下來了。

桂兒也難得沉默，彷彿也感染了聖潔。

她忽然有一種安心感。

這裡沒有海洋，她想起贊普曾望著如海的高原湖泊對她說自己怕海，喜歡山，尤其高山峻嶺。

一輩子不曾見過海洋的高原山民如何想像海洋，他們抵達海洋時會叫出海的名字嗎？

想像，想像就夠了。不必事事親履。她想像的未曾謀面卻見了遺留經典予她的雲遊僧，大覺者三藏法師，一種奇妙感通透她身心。蹲坐在泥地上，再遠一點的山坡上可以見到休息的小修行者在念經，燭火吐著舌，隨風搖曳。

何時是自己該去見王見耶娘見雲遊僧的時候呢？

她無法親眼目睹三藏法師往生的荼毘大會，只能遙寄長安。

她聽聞只要看見大師翻譯的經典就如同見他了，有佛經之處就有佛，讀經讀到深處可開悟。桂兒說到底要如何開悟，不知悟要如何開，是芝麻開門嗎？悟就是大成就者的願力心髓，精髓所在。

主持高原唯一一場紀念長安三藏法師的荼毘法會，這讓她感恩，彷彿親自領受長安三藏法師捨報成就的喜悅，這種思念深埋於心。

聽聞三藏法師安眠白鹿原，有白鹿守候的平原。

彌勒內院等著法師入座。

大師是再來人，這名詞真美。

再來人，難道我們不是？難道我們是再來獸？桂兒聽了笑說。

再來人對再來獸，她聽桂兒說也噗哧笑了起來。

慢走山路時，她想起過贊普也曾一時興起說起在長安聽來的關於「再來人」這個詞彙時，王曾用很不經心地口吻笑說：「沒聽過再來人。」在山峰連綿無盡的人生長旅，感傷往事早已化為碎片，那些往昔帶刺的碎片，她冥思著是該丟棄的習性，不宜再拿起這些感情的銳利碎片往自己身上戳了。

藏經閣筆記

尊敬的雲遊僧：

您寫只要能覺察就是修行人，若不行就是任業漂流。解決自己心裡面最大的障礙的方法，就是要把所有的障礙苦惱擔心不安都觀想在綠度母面前。娑婆世界就是勘忍的世界，佛戲一場遊戲。福報也像電光火石。我們必須離戲離戲論，就像看電影，燈暗入戲時刻，燈亮落幕時分。幫助自己的只有自信，遊蕩在六道之中，太久太久了，塵垢太厚太深，沒有關係，心不會因為忙而受到干擾，痛苦煩惱也可以迅速回到本位，人沒有辦法超越自性，還沒有找到方法，所以我們必須在還沒有開智慧的時候找到自己的本尊。本尊是那個唐卡，那只是一個觀想方法，本尊是看見本性的尊貴。但是我們在煩惱的時候，本尊會變成鬼，真正的上師是不斷給你考驗的，而不是給你消災的。本尊就是你的自信，至心信樂就是訣竅。因為很多人的靈魂是在執著的上面徘徊不走，所以平日就要面對自己，人間最苦的事情放不下就是最嚴厲的考驗。一轉眼我自己都幾歲了，在現實生活中，自己人生煩惱卻越來越多，難以超越無常，一旦抱怨的心長成銅牆鐵壁就難以擊破煩惱，瞬間阿修羅道就在眼前。您曾說，跨年最好的禮物就是修心，看煙火要看那個瞬間的幻滅而不是看那個華麗，煙火正好告訴你我的無常，以這麼豪華的煙火來告訴我們無常。看你的心怎麼用，黎明前清明一念，任何一些雜項都不會待到天亮，這個很難，但不是清明就是心有煩惱，要睡覺前把它淨空。晨起的自己的第一個念頭不要有煩惱，黎明醒來的時候要把所有的外向觀想成彩虹五方的佛智，吐出體內的貪嗔癡轉福智佛的智慧，一派空心。睡覺前要喚醒自性，不要把煩惱帶到心，所以早起來要吐濁氣三次，升起無限的祝福暗示，一切諸法本無自性，不生不滅不著不去，無來無去，然後脊椎拉直，眼瞪虛空，安住無念，法身自在，開始觀想心的正中央上有種子字，想自己就是這個世界上最幸運的人，我是幸運的我是幸運的，不斷提醒自己，了解到人身難得且又可以學佛法，還可以掌握人生的本質又給予需要幫助他人的力量，可以利益眾生，隨喜讚嘆別人，去自我的執著，自利利他，提醒自我快樂的心要先學會去執著之苦。去自我中心，眾生快樂的願望即是求法的新藥，因為心不能捨棄執著，那麼日日夜夜就不能拋棄苦。將佛像觀想成本尊，一切的祝福迴向他人，所以要接著念祈禱文，所有的眾生都能夠離苦得樂。

您說佛菩薩放光加持，光比太陽光大，光要在心中，佛在你的心中。生活四處都可以練習，比如沐浴的時候，想到我們的洗澡要利益的眾生，清淨所有，將不乾淨都洗去。走路的時候走路，菩薩在肩膀，靜坐時菩薩在對面虛空，睡覺時把菩薩擺心中。吃飯要念供養文，那麼你吃的東西都能夠到天界，每天都是清淨，怎麼修日常，臨終就怎麼樣呈現。學佛不要妄想成佛，因為學過最重要事是先淨化，淨化靠拜懺。我們業力灰塵比天上的星辰還多，比毛牛身上的毛還多。先將做人的事情做好，只要還有業力沒有淨化就不可能開悟，成就當然更是不可能的。所以業力要先淨化，每天睡覺前要先回想哪些過錯，那些缺失，懺悔，然後持誦聖號。了解五戒十善，淨心是最快速方法。

瞬間我停下了書寫，看著牆上的佛像，菩薩如滿月，銀輝灑落，塵埃落定，小小房間突然大如須彌山。

大師您的靈魂來了嗎？

76 高原第一人也是最後一人

來到高原，第十年失去她的贊普君王；來到高原，第二十五年失去她婚姻的媒人，祿東贊。和親失敗嗎？多年後，她的母國和她的夫國征戰不休。沒有她的高原，自此揮刀向長安。如果那時候她跟著使者回到長安，是否可以及早結束這漫長的寡居生活。但她為何要留在高原不走，高原是否有她懸念在意的人，或許祿東贊可以回答這個問題。

當時他們走過的日月山已成經典座標，她走過的河，自此倒淌流向長安，成為逆流倒淌的河。在那幸福的初春，唯一讓她感到不安的是未知。年輕的身體撐得過惡山惡水，卻畏懼還沒來到的人事，甚至未看的風景。但在這一片未知裡她卻覺得有一種安定感的熟悉。她讀佛經的時候，突然虛空有一道聲音飛過，靈魂的珍貴是因為法性的光芒閃耀其上。

大地新春氣息已逐漸感染了大地，日月山這座高原與內地的分水嶺還籠罩在白雪的酷寒之中。寒風呼嘯著她的耳際，茫茫草原和高低起伏山巒在積雪覆蓋中有奇異的神性，彷彿心的原初潔白。之後要通過日月山口海拔約莫三千五百公尺，祿東贊告訴她這裡的地貌環境與妳日後要進入的青藏高原相比可以說是一點也不險峻，未來的莽莽雪域等著前進，踏著積雪沿山而上，她放眼望去，感到這片大地的延長，雪域無限，天寒地凍中祿東贊為她披上一件皮裘，手部碰著她的肩膀，她感受到大象那厚實的高原之手，被嚴酷氣候千錘百鍊的手，彷佛可以如刀劍般地磨去時間的粗礪，削去傷心的粗皮。

那件皮裘她一直收藏著。就如那把手工刀，刀面盡是沾滿一位她仰望的智者的紋路。

那時候祿東贊拿出親手打造的刀，取出時，在燭火下，一片光燦，刀芒如陽。

我打造這把刀時，妳還不知道在哪裡遊蕩呢。

你怎麼知道我在遊蕩，也許我的前世是你的阿娘呢？

祿東贊聽了驚訝地笑說妳這個想法我是第一次聽到，前世的概念，很有意思。

依照佛經說的輪迴是有可能的，不然你為何要千里迢迢地來到長安，且在眾多的適齡女生裡，偏偏是我被天可汗選上了，偏偏你又通過了考試，偏偏我還能通過一路的長途跋涉，偏偏我……

祿東贊打斷她的話說，偏偏我現在就在你的身旁，偏偏我……

換她打斷眼前這個可以當她阿耶的男人的話，她怕他說出偏偏我對妳有愛。

她伸手去拿過他手上的刀。

小心！祿東贊喊了一聲，也像在對自己的心喊著似的。

她依然大膽地用手指滑過刀面，纖纖細手白皙如羽毛，撫著刀鋒薄如蟬翼，刀身卻厚實沉穩的力道，從刀背到刀口線條如河水，寬闊窄仄配合得恰好，又尖銳又圓潤，一把刀多面性格，像眼前這個成熟男子。

她說這刀得經過長時間的打磨，才能製造出來。

祿東贊聽了很高興地說，這刀名為止則。

她聽了心想這暗示夠明白了，士為知己者死，止則相耦，飛則成雙。止則刀，埋藏相連雙飛伏筆。

祿東贊這樣不起眼的長相下，心思縝密得驚人。

礙於阿耶也在旁邊欣賞著刀，兩人話就到此為止。

阿耶卻接話笑說，止則，指責，妳是該指責這個男人把妳帶離長安，帶離舒適，帶離阿娘。

但妳日後可能會感激我。祿東贊邊說邊笑著，轉頭卻定定地看著公主。

刀是要贈給公主的，好刀是好的護衛，一路也可以護身。

她自此把刀放在心口上，時間之風吹拂，卻不鏽蝕。

這是甲木薩第一次來到祿東贊的房舍，探望燭火將滅的祿東贊，從十幾歲認識的成熟男人，已經很老很老了，轉眼七十七歲，她也過了四十歲的中年了，沒想到自己可以走到中年。身邊的王與妃子都走了，剩下老臣與將老的公主。祿東贊原本很精瘦的身骨在疾病與歲月的催發下看起來就像枯枝，很硬的那種枯枝，說什麼也不願意凋零。像是黃楊木，倒而不枯，枯而不死。

她取出那把多年前他在長安王府贈給她的止則刀。

他取過刀就著燭火看著，這刀刃依然銳利。

為了讓刀免於鏽蝕，我每隔十天就用石頭打磨。

這刀是我十八歲時自己打造的，這麼多年我握過的刀無數把，每一把刀都沾染過血跡，只有這一把沾染的是愛。

她握住他的手，取過刀放好，唯恐刀傷了他。

他們一起回憶著往事，祿東贊赴唐長安請婚，請婚過程中他如何買通婢女以知曉身上有香氣因而身上會停著蝴蝶的公主，很多人認為他大智大勇力排諸難，巧破難題。他說其實只不過是生活的智慧罷了，比如天可汗考題，要從一百匹母馬中辨認誰是小馬的阿娘。他笑說自己來自雪域草原，這考題易如反掌。他把母馬和小馬分開後各圈了一天一夜，第二天飢餓的小馬自動會衝出圍欄以飛奔速度撲向牠自己的媽媽身旁去吃奶，這樣就可以分辨誰是誰的母馬了。他們說著往事。倒是佩服天可汗想出這些考題。

假使你沒考過呢？她曾問他。

不會，想破頭也要考過，要有這種決心。他說。

二十幾年過去了，高原還是高原，他們卻不再是自己，且將告別自己。

你要先走了，想要轉世成什麼？

神鷹，只要妳仰頭就可以看見我在飛翔，在天空寫字給妳。

如果我也走了呢？

我會去找妳，變成可以靠近妳的任何樣子。

如果我在海裡呢？

那我就變成海龍王，圍繞妳保護妳。

77 踩在骷髏的功績

祿東贊跟她說了一個往事，以懺悔似的回顧口吻說著自己大相的位置是靠著敵人的兒子提著父親的首級換來的。年幼的君主總是危險處處，被輔政的大臣威脅。娘・芒布傑尚囊在吐蕃擴張中立下了赫赫戰功，又在松贊干布年幼期間輔政。他曾用智謀收復蘇毘，並用賢明的手段統治他們。

祿東贊，提拔為宰相，權傾一時，直到王過世後，輔佐年幼的王，走上稍一不慎就會跨越王與臣邊界的權力雷區。

這段時間，關於被她暱稱成大象的大相事，她都是聽說的，但她一點也不意外男人最終會爬上大論的宰相位置。從她擁有那把止則刀到男人從眾多女孩中指認出她，登上高原之後，每一步路，這個男人都讓她大開眼界。

唯獨可惜的是，祿東贊這樣聰明的人卻是沒什麼信仰的人。信而仰之，祿東贊沒有這樣的對象，他只有權力，連愛情都是策略，權謀。但她喜歡氣魄的男子，即使這個男子一不小心也會成為魔。

她跟祿東贊談佛法，還不如跟他談江南的絲綢，談醫藥植物的種子特性。她說這些萬物萬事也都是佛法。祿東贊笑著，他覺得這說詞很美，但卻很不實用。他的學問都是可以解決問題的，佛的空，太抽象。

於是在祿東贊生病的晚年，她跟他首次談起了涅槃這個新詞。那時長安使者攜來了玄奘的譯經，般若卷已經逐漸完備，補足了鳩摩羅什尊者的譯經，對她這個遠在高原的人彌足珍貴。無緣的玄奘大師譯的文字樸實，彷彿沒有要給讀經的人生起任何的想法。

絲路往來於途的商旅經常帶給她長安新事物，起先送來的繪畫經卷都是佛誕的題材，石窟裡的造像擬仿圖或者城裡從造像碑拓下來的圖像，刻畫著佛誕的祥和希望。一張北魏的皇興造像碑，描述著佛陀誕生之後歷經結婚生子，看到生老病死四門，發願不成佛不起坐的菩提樹下故事，閃著金粉銀光的故事，是她經常對著貴族與農民奴隸的說法圖，正能量滿滿的圖像，活脫就是樣板。充滿著佛誕的快樂吉祥，天才嬰孩出世沐浴，走七步路說著天上天下唯我獨尊。

祿東贊笑著不信，說嬰兒怎麼可能一出生就說話，還走七蓮步？

所以我們是凡夫，只相信我們眼睛見到的。

說我凡夫，我也認了。那妳跟我解釋佛為什麼這麼自大，什麼天上天下唯我獨尊？

這個唯我獨尊我也不解，但我相信佛他老人家有他的道理。

祿東贊聽了大笑，覺得這說詞可愛，甲木薩眼裡的佛猶如是她的親眷。

絲路商旅帶來的圖像，首次帶來了佛陀死亡的樣子，佛陀入滅圖，那是她第一次真真切切地看到佛陀是個人，且佛陀也會死的圖像，這克服了不少她面臨祿東贊即將也要離她而去的死亡事實。一張已然進入涅槃的佛陀正躺臥在棺床上，宛若一尊躺著睡去的人。環繞身旁的是從鄰近之地趕來哀悼的末羅族人，他們五個人都將頭髮高懸頂上，很特殊的裝扮。她憶起阿耶曾說過北魏時期的子民會將頭髮高束頂上。這群哀悼者表情豐富，有跪抱佛頭、有捶胸、有站立高舉著雙手、有低俯著身子，最後一位則跪在佛腳的後方，左手捧著佛腳、右手則一邊安撫著旁人的背部。長相看起來也很有高原人面目深邃的異國情調感，佛染病即將涅槃，來到了拘尸那羅城，在沙羅雙樹間入滅。

為何是末羅族俗人出現在涅槃圖像中，而不是貴族婆羅門種姓在佛入滅的身旁？祿東贊睜著蜜蠟黃渾暗的眼色問著她。

她知道他是知道的，只是想聽她說出口。

如是因如是果，佛跟他們說解脫賤民身分要靠這一世的努力，是可以改變的，破除社會階層、種族的隔閡。種姓制度過往決定人的一生，悉達多王子菩提樹下覺悟後成了釋迦牟尼佛，從夢幻成真這個悉達多名字變成釋迦族的能者覺者，他第一次宣說了苦寂滅道，之後到處遊化說法，給人們希望，因為任何出身背景皆可接觸佛法，無論你是誰，都能在佛法中得救，從而改變命運。你看，表情激動的末羅族人的後方還浮雕著僧人，僧人的姿態顯得靜謐。這畫的外圍有兩棵雙生樹，你知道為什麼是雙生樹嗎？

因為成雙成對，雙宿雙飛，無雙不成對，有些樹種無法孤單成長，必須在旁種一棵母株和公株才能成長。祿東贊故意這樣說，彷彿是一種愛的臨終告白。

她聽了微笑，覺得晚年生病後的祿東贊氣焰殆盡，但卻更靠近她，更靠近他自己的樣子。一生輔佐王，王的幼子，王的江山，王的遺孤，連愛都沒有的人，快到燭火熄滅的時光，放下睿智，成為凡人，才有了點愛人的能力。

這兩棵是沙羅雙樹，這一枯一榮的沙羅雙樹，象徵生與死的無分無別，佛離世也同時進入佛境，佛是過來人。

人是未來佛。祿東贊接著說，而我會是什麼？

她沒有接話，只是盯著祿東贊的目光看，回應他熾熱的雙瞳裡映照著自己的高原滄桑。

敦煌石窟的涅槃圖，這進入涅槃的佛陀，趕來送行的末羅族哀悼者、靜肅的僧人、枯榮並生的雙樹，圓融離去的臥佛。死亡不再是孤單，死亡不再是幻滅，涅槃也不再是空洞的名詞，不再是慘烈哀傷的永訣。

涅槃，祿東贊反覆聆聽這個新詞，聽著甲木薩小心翼翼地發著音，彷彿字會咬到舌頭。

祿東贊急促呼吸轉為平和，逐漸安住在空無的寧靜中，空氣稀薄，涅槃極樂彷彿給了超高氧的幻覺，瀰漫整個房間的磁場像是從神山發射出的一道道光芒。

她想起之前幫瑯琊公主念的經書，也想念給祿東贊聽。

高原人都叫她甲木薩或貝瑪公主，貝瑪即蓮花。也許和她經常推廣妙法蓮華經有關，妙法蓮花，但她其實沒看過蓮花，但有甚麼關係，她也沒看過佛，微笑拈花即是。這部經是佛晚年講授的佛法，卷一「我雖說涅槃，是亦非真滅，諸法從本來，常自寂滅相。」出生或死亡不過是世間幻象，是非真假，本來不滅，為了讓眾生得法喜而出世，為了讓眾生知曉哀傷無常，又入滅，諸法本來。涅槃入滅，肉身只是物質。從有生無死，死亡也是種生生不滅。這張商旅隊帶來的入滅圖，給予了祿東贊首次聽經聞法的視覺化刺激，讓他燥熱的心獲得清涼。

78 三十年來尋劍客

瑯琊公主段璧嫁給了大相祿東贊，段璧才是真切需要止則隱喻的人，但她永遠只有指責再指責。祿東贊不愛她，段璧過世前曾央求見甲木薩公主一面。

為了免除君王對妳和他的關係揣測，妻子早已過世的祿東贊必須再娶，於是我成了他的妻子，一個沒有愛的妻子。

我也是沒有愛的妻子。

在這一點上，我們是打平了。但妳卻有我夫君的愛，我沒有別的了。

這種愛，妳身上也有，就是愛所有的愛，妳不用想太多。

妳的愛珍貴，妳有止則刀，我知道，東贊一生就只打造了一把這個刀。他給我的刀是無形的刀，自刎之刀。

不遇劍客不拔劍，我和他不過是知音相惜，彼此相望，隔著江湖。

我想求的正是這種相忘於江湖。

她聽了詫異，以為這種漢文詩詞不會流傳高原，想來是東贊從長安帶回來的書，長久浸淫，連瑯琊公主都知曉這些詩詞了。

我為妳朗讀詩經，漢地最美的詩詞好嗎？

段璧搖頭，妳為我說佛經的故事可好？我是將死之人，浪漫已經成了心的桎梏，我要的是解脫，聽說佛有解脫法門。

她說我也不懂什麼是解脫呢，如果可以延請大師入藏就好了。

來不及了，我看見窗外有許多無常遊鬼在看著我，都是段家祖先和無緣精靈，而死神已經上路了，我看見邏些天空的神鳥愈來愈多，我怕牠們不吃我的腐肉，聽說有些作惡多端的人牠們是不吃的。甲木薩，我需要妳為我念誦經典，可好？

妳怎麼會是作惡多端呢？她安慰段璧，覺得奇怪，段璧怎麼會有這種罪惡深重的想法？

我跟妳說一個秘密，除了祿東贊以前和其他女人生的兒子之外，後來的孩子都活不下來，那是因為我的關係，所以我罪惡深重。

甲木薩聽了眼睛睜得大大的，她很驚訝在這純樸的高原也感染了長安皇城的後宮心機。

妳別訝異，妳以為妳們的宮內就沒有嗎？君王後宮一樣，只是妳不知道而已。妳想為何妳和拜木薩都沒有懷孕？

她聽了，沉默著。心想是自己的幸和不幸？

是王不讓妳們懷孕。段璧喘了口氣又說，而大相希望我懷孕，但我卻殺了孩子，讓她們未能出世，請妳幫我念經迴向給可憐的嬰孩。

這番話著實讓她心海起伏劇烈，彷彿一頭撞上了雪山。燭火下那張深邃迷人漂亮的臉龐已經被病毒折磨得不成人形，連祿東贊都沒有來探望她的女人，最痛的石頭壓著胸口，堵住了出路。甲木薩心也痛著，但看著比她更痛的女人，突然也有被解救的感覺。佛有這個解藥嗎？去貪嗔癡，去無明作祟，去捨不得的執著，去肉身分解前之苦？她的目光飄到窗外，緊閉的窗仍可透見窗外的山色，雪白如初，而自己已然塵垢處處。

我該念哪一部經呢？她問著蒼天，問著先賢，問著鳩摩羅什尊者，如果是尊者會為將亡之人念誦什麼經呢？問著雲遊僧，也許雲遊僧說一部心經即所有經的心滴，心血的精華，兩百六十字就夠了。

突然耳邊響起聲音，先念法華經讓她認識佛，先知覺悟。再念金剛經去執著，解夢幻。

當她念到應無所住，心不住於相時，她的身體突然被一隻手打到，段璧突然垂下的手冰冷，已然吐盡最後一口氣。

已離長安日久。

往昔她被紛擾的意念毒液包裹，若有點難受時，她會在天亮未亮的灰色地帶醒了過來。

她撫摸胸口，渾身痠痛，這種天亮未亮之際，睡得淺，惡夢多。

她因為沒有修剪而留得過長的髮尾抓了一撮至鼻下，見毛髮飄動，她確實還在呼吸，這錯不了。她靠近靈修這麼多日子了，可是境界一來，還是老樣子，無法停止不斷盤根錯節的意念，意念不斷壯大，像是一團朝向吞滅自己的狂燒火焰。想要回到最初的那個念頭卻已是千山萬水。

她連意念都無法控制，她習慣往壞事想，可能在這裡待久了，看盡太多悲傷底事。這場法會仍然對她有意義，或許意義一向不是彰顯在外的，深層意義必須透過密義密傳。之後，她就一直夢見那場修行者的法會，不斷壯大的火苗，在夜裡化成透明的燈管，有如一條美麗的銀河系閃動在連綿無盡的黑夜。

她在夜晚的夢都不記得了。

白日夢裡倒是如煙花璀璨，滲透到白天的車程裡，夢醒之後就是抵達目的地，一片灼目陽光，神鬼狐仙都退去，湖光山色叢生夢裡鄉愁。高原隱士修行閉關，涅槃寂靜，出關成國僧，心起傲慢，腳長人面瘡。等了幾劫幾世的復仇者，在看似圓滿前瞥見一絲裂縫，一絲小裂縫足以崩裂整座涅槃，一根小釘子脫鉤就讓整列行進馬車墜毀。就是一點慢心，復仇者即展開千里追殺。如老漁夫與釣魚餌線，如養蜂人與蜂箱，如獵人與弓箭，如屠夫與屠刀，如捕鳥人與網，如作家與筆，如何脫離關係？

她看見人們滿懷希望的活著卻苦痛地死去。

起初慕道來到這裡的人，是否都尋得答案。

醒夢一如，修行人無日無夜之無分別境界，印證白日如夢或黑夜如日。停止的日月輪轉，靜止的命運迴圈，如果不再繼續，所有今世的相逢都是沒有牽掛。就像出家人必須保有一個不被碰觸的身體，那個身體不為凡間而來，而是為來生做準備的橋樑。成仙成佛，終點也是起點。修行者秘密來到喜馬拉雅，日後可在水上行走，在石壁上留下手印腳印。跌入山谷有菩薩會接住你，狂風撕開雲系，化作彩虹身走。思慕未絕，人頸仰望，不繫之舟，飄盪他方。

她的大相，高原的第一人祿東贊在臨終前，對她說人間聚散，終有期，總要離別的。大相觸摸她那黑亮如馬鞭的髮辮，卻已無法帶她策馬入林，一如當初離開長安時那樣瀟灑氣派。

這裡沒有海的味道，但有比海更藍的水，更深的天。

藏經閣筆記

尊敬的雲遊僧：

歷劫流浪時光的永劫中，人已失去進入極樂淨土的鑰匙。您寫道：最好的修行人永遠都在準備死亡，因為輪迴就像逛花園，有興盛有衰敗，有榮有枯，不會去煩惱這個現象，倘若一定死亡，為何現在會如此執著？就像秋天飄過的浮雲，我們時間其實不多。歲月的三輪車，擋了年獸的陽光，山巒年少，老年的陰影籠罩，無常如利劍插入了你的頭皮，皺紋的繩索綑綁你的顏面，死亡的深淵在眼前裂開，不必害怕一無所有。我們換角色又再來，又再心生又再重逢，轉換角色，輪迴大戲上場。我們就是我們自己業力的總和，念頭就是火山活動，內心投入幻影，自我折磨，以苦為樂。癡人也是本來人，學道之人卻不識真，只因從來都是分別心作主，分別心就是對立，你我主客分裂，無法出世入世一如。凡聖同體，不起分別，離垢心即清淨，清淨心即是佛。無心猶隔一重關，這怎麼說，離一切相，無形無悲無禁忌何謂離垢，就是於一切時不起妄念。有智慧的人不障礙別人，隨喜讚歎廣結善緣。打坐過去的習氣會跑上來，山洞太寒，身體坐久會吐血，太亮會分心昏沉。光線要剛剛好，空氣要流通，不開燈但是又看得見手的紋路，打坐昏沉就是遇到魔障，所以您寫要有金剛護體，有光籠罩，出入世間法超越一切變化無常，所以要常樂我淨：「你必須要有自我投資的計畫，這個計畫是永遠不會賠本的，其報酬就是生生世世有智慧的回饋。當你遇到無常的時候，今天死神來的時候你要怎麼辦？用腦太多心思太細，思想越乾淨越好，你的問題在哪裡，就要從根源去下手，因為尋找煩惱也是修心的方法。念佛萬象皆返虛妄，唯有唯一真心。有信心一句話就夠了，整部大藏經就在裡頭了。學佛者最大的問題就是沒有返觀自心。不停留於任何的境界，此即有佛處莫停留，無佛處疾走過。」

79 訣別

她繼續把經念到圓滿，之後才喚了段璧在帳外的貼身婢女，她離開後，聽見哭聲四起。哭泣，為何人走要哭泣？她很少流眼淚。那歌女唱的一過嘉峪關，兩眼淚不乾，她不曾有過。她本身已是觀音淚的化身，淚就是自己的化身了。

高原以煙燒給亡者，她從長安帶來的中土道家在高原並不流行，但她私下為阿耶阿娘燒香與燒特殊道家金紙，阿耶阿娘喜歡佛經也喜歡道家，所以也頗熟悉符命與通傳。她在紙上用朱砂寫著：惠光照九泉　三魂朝上第七魂聽靈篇　三途離苦獄五苦悉解釋　累世冤讐劫聞法到　人天仰仗太玄來解結　解了冤釋了結陰陽皆得兩利，中間金紙畫著牌位印著文字：請召陽世信士某某某本身中累世冤親債主香位，名字旁邊高懸兩行字：冤孽宜解不宜結，經咒妙化前債清。給阿娘的金紙印著：寶爐燒煉延年藥，正道修行益壽丹。

燒香燒紙，念經念咒等超度儀式結束，她才感覺到對長安的阿耶阿娘有一種放心與放下了。

她走到窗前，也許到了該遺忘的時刻了。白天了，應該要張開眼睛，但不知為何她最近老是一直想閉上，常夢見一些故舊。到了晚上，該闔眼了，卻又張開眼，想夢也夢不到。桂兒為了讓主子不要在白天昏睡，把整座宮殿的窗花都貼上，讓白天也變黑夜。擋住了高原烈日朝陽的光焰，光赤焰如火，從窗邊縫隙射進來，光讓一切都蒙上了往日長安的繁華舊影，但高原的光卻是那樣赤焰，讓一切都失真。

極光之後，瞬間天地就暗了，黑夜與寒風吹襲每個角落。這種風夜，充滿了別離的況味。

別離終於來到了最初她見到的高原第一人。

80 連你都走了

連大相祿東贊也要走了，贊普的大相，王的臂膀，她的大象，將她一路馱來這陌生之地，直到陌生之地成為熟悉之地。

大相過世之後，她在高原彷彿失去了屏障。

大象說，能把高原馴服得如此柔軟的人是雁兒，在這裡知道她乳名且會私下喚她這個古早名字的唯一一人要走了。

這一切都為了修得死福。死福？

佛經的故事，都是凡人所難以想像的神話。能躺著死，能坐著死，也能站著死。說捨就捨的故事。篇篇聽來都像鐵釘釘著她的心，怎麼能怎麼行又怎麼如此了得，為何她的心不能不行不了得？

桂兒說要練習托缽，化緣。但公主有身段，很難修放下身段的功課。她一來高原就被安坐在蓮花座上。不像跟她一起來的工匠藝師們，他們到哪都能放下身段，都能親近土地。雲遊僧說放下這些身段還不夠，還必須連放下的念頭也沒有，溶入整個無執的柔軟。

桂兒學著佛陀時代的托缽，化緣。學習無執的柔軟，練習托缽，學習一次化緣七戶，回來她跟主子說托缽就是給甚麼吃什麼。

給餿飯怎麼辦？公主問。

照吃喔，桂兒笑說，但其實每個人都很善良，不會給餿食。

81 阿修羅

長安流傳來高原的故事：一個禪師受邀到弟子住處用餐，夾起筷子後，又放下，起身離去。只因為他發現自己在拿起筷子夾菜時，心裡冒出「這個好吃，那個不好吃」的念頭，這一念就是分別心。請問師父如何用功？我飢來就食，累了就眠。就這樣？對，就這樣，就這樣簡單，也就這樣艱難。連這一念都不想，那她的心思豈不是千年洞穴裡的巨大蜘蛛網。以前有個禪師本當早該開悟成佛，卻因為在某一世時，有一天他的師父在過堂用齋時對他說了一席話後，他卻將碗筷一摔走出了齋堂。這師父就說：「因為我的慈悲卻斷送了他的開悟契機。」因此這個禪師就又慢了十五世才得以開悟。

每次遇到脾氣不好的人，她就開玩笑說，這個人是阿修羅來投胎的。

馬玄智說自己應該就是阿修羅來的，心好，脾氣卻不好。

桂兒說不錯，有自知之明。但聽說阿修羅道男的帥女的美，我倒想去看看。

還是執迷於外相，她笑回桂兒。其實阿修羅道很痛苦喔，每天都在打戰，無一刻安寧。

她得面對即將在自己面前走完生命最後一程的人，在那個人面前看著他的生命垂危，而她只能接受去愛，然後失去，這個人就是大相祿東贊。

感覺心痛。

知道那些深深在自己生命中移動過的身體都變成物質性的東西。一口氣上不來，人將往何處？再輝煌的權力高位也敵不過一縷空氣，她在亡者空洞的臉上讀到寫著對抗痛苦的時刻艱難。

疼痛失望絕望。孤單又恐懼，緩慢的災難。受苦的人，她想通過別人的苦難來終結對阿娘離去之痛。但卻加深了疼痛，就像書寫，想藉此療癒，卻加重了病情。她聽聞長安人當執著於失去所愛時，信徒就會來到寺院外，祈求三藏法師開示。聽說法師有神通，那麼法師可否召喚愛子到眼前，或者幫我託夢給愛子。法師卻跟那人說還是不要見你的愛子的好，別輕易喚醒鬼魂，也許他們恨意未消。我那麼愛我的孩子，他怎麼可能恨我？那個人依然十分執著。法師嘆口氣，你並不知道前世你們的糾葛。

人的人生到底是什麼？必須不斷地探望自己的真實處境，就像在山中尋找青春之泉，必須了解死亡究竟，否則毫無頭緒只是更添煩惱。高原的臨終醫療十分缺人，於是她要桂兒招集一些人去做臨終受訓，並陪伴他人走完臨終旅程。

彷彿是高原哀悼會，臨終病人一個沒說出口的字，都可能是最後一個字。人類死了又死，就是不認識死神。

走向死亡或者可能是橫衝直撞地抵達死境，活著的人如何通知親人來到他的臨終的陰影之中。高原療護的第一天，桂兒說她學到了小小的舉動，此舉可以幫助他人活得更好或者死得更好。那就是理解與導引即將走進死神懷抱的人說出最後心中的恐懼，或心裡的遺憾，或幫他們找到可以解開那個最後生命的最後一把鑰匙。

如此往往很快就能逐漸放下懸念了。

她想幫助高原子民們走得更好，但那不只是告訴病人還有什麼選擇，而是讓他們自己選擇，改善臨終的這一切，不只是這些小小的舉動，是關係最後的時間，和告別的本身。越來越多的高原人和越來越多的人想理想地告別生命，走上冥河的盡頭，生命的盡頭已經來到，但是大部分人卻還沒有準備好，不知道怎麼處理臨終者的需求，不知道怎麼照顧，不知道怎麼解決財務的問題，有些特殊的族群生活煎熬，她清楚地知道一般大眾對於臨終的想法，但不知生命的源頭是什麼？什麼是放心的離開。

她可以理解每個人的記憶，為什麼有的人可以治癒，有的人與機會擦肩而過。

大小昭寺旁邊設立了幾間安養所。

生命的時間末了都很孤單，靜止的孤單與動態的孤單，死亡前的學習，整個佛學都在教她修得死福，不再輪迴。

垂死的身體，褥瘡蔓延，凹凹凸凸地像快要斷掉的骨頭，有形的人必須念經，就像有的人念的心經一樣，也有人念聖號。那天晚上她失眠，一次嚴重失眠，看見高原的月亮，因為沒有星星而顯得很近，她看著沉睡的空氣感到非常的沉重，心中有一種悲傷，像是要從體內爆發出來的東西，這種感覺又再次來到，在高原女人扮演主要的照顧者。

家中如果有臨終的人，女性都是主要的照顧者，男人在外沒空去做的事，全是女人的工作。過期愛情的調味在最後仍讓人遺棄，病人的終點往往是連接著遺憾。

馬玄智難得說起自己的阿耶有一段時間著迷出入長安大街暗夜情所，後來他才明白那也是對死亡的恐懼。三藏法師提醒臨終者最後喪失的是聽覺，五官裡最後消失的往往是聽覺，因此要多俯身在臨終者的耳際念佛，多說好話，多念佛經，多持佛名號，免於臨終者陷入恐懼深淵。雲遊僧還送給她歌訣：三千世界，本無罣礙，只因執著，惹諸塵埃，今依識力，無來無去，更無過去，也無現在。

把這段話牢牢背起來，妳這段時間孤苦無依，容易想不開。

馬玄智帶引他們在長安學到的儀軌，練習在偏僻空地做了一場清除冤親債主的火供儀式。她想著冤親債主這個詞，實在是整個佛教教義裡最深入民間的詞彙啊。

82 不說不的菩薩

關於菩薩的戒律是不能說出一個「不」字，所以佛陀在前幾世當過忍辱仙人。

她卻經常吐不出這個「不」，但不是基於戒律或者慈悲，而是因為軟弱。除了她的阿娘之外，沒有人擔心過她的和親婚配之路。她的娘家夫家都是阿娘的家。阿娘一生最後的住家永遠都在長安，在阿耶的眼皮之下，阿娘能發出幾個音階裡頭的字詞除了她的名字之外是阿彌陀佛，有佛音傳送，如此地讓人期盼。

在這漫長的異鄉生活，她成了無性的人，無生殖的女人。所幸佛法像磁鐵般的吸引她，使她可以度過漫長無愛無性的生活，這讓她正好可以專一讀經，她曾在少女時和母姨們去逛了長安街市，她看見過來自異域培植過來的魚，無性的魚，所以專心成長，專心成為想成為的樣子。來到高原她感覺自己就像那尾無性的魚，此心一專只為禮佛，此身供佛，彷彿世界在她自長安啟程時就關上了。此世界非世界，從鳩摩羅什尊者口中譯出的「世界」，這個字詞是怎麼被吐出的？金剛經裡面的文字都優美燦爛得讓人忘了要空其所有，反而定格在那個美文裡而忘了要反觀內省，甚至還陷入文字障。那些閃過的字詞就如星辰閃爍，一路閃到她的心，陪她度過雪域枯寂，遺忘長安繁華。過去不留，這不留卻又常留。

長安的那位專門為皇室王府伴奏的盲眼樂師，傳說是自斷光明的，為了音樂竟讓自己失去眼睛，只為了在黑暗中一心一意，為了不讓眼睛目視這花花世界，為了讓感官只餘耳朵可以置心一處，以聆聽精密微細的一切世間聲音。雲遊僧大師曾開示她念佛亦如是，唯有命懸一念才是一心。

何為一心？哪一心？

一心無別念，一心菩提心。夢中她聽見這句話。

從小聽聞過的慧可大師，立雪斷臂，以此絕烈求法，供養達摩祖師。難捨能捨，慈悲喜捨，當是捨喜慈悲，捨為要。苦行似乎是求法者已然必經的試煉，天如何降紅血？只有斷臂血染雪地。她望著窗外高原的皚皚白雪，雪經過踩踏已成汙中之汙，泥濘中的泥濘。她遙想著那紅光籠罩，霞飛四射的印心之旅，祖師如來禪。

自此立雪亭中別無他心他意。她自問，或許在缺氧的高原裡，長途跋涉遠離親舊愛憎的故里也是一種捨離，在沒有愛情卻又情意充滿的此時此地，愛情欲望就是被她自我了斷的一隻手臂，雖說先斷她的是際遇，是皇上阿耶。但選擇孤老於此，對得起佛，對得起王，對得起高原子民，對得起晚景，卻是她的自我選擇。

她闔上經文，點上燭火，夜夜供養佛，供養雲遊僧，她將高原戾氣轉為佛味，此上供束脩之禮，或許就如盲樂師的眼睛吧，只是她流的是看不見的血。

她曾跟桂兒分享捨身求半句偈的故事，只為了聽聞「諸行無常，是生滅法」的後半句偈子，於是將肉身供養給噬血嗜肉的羅剎。羅剎只為了考驗其心罷了，瞬間嘴巴不是噬血嗜肉，而是吐出「生滅滅已，寂滅為樂」的偈子。就像慧可的斷臂，揮劍斷落紅血滴下的瞬間，達摩袈裟剎那飛揚披覆，竟是秒癒。

但她又自我檢視這愛情的臂是斷了，但為何還有某種亙古來的孤寂趁隙嚙咬其中。莫非自己根器陋劣？確知業習深重，欣慕古德還不如起而行，好好修行去。

桂兒聽了搖頭笑言，公主都根器陋劣了，那我等豈不連根器都匱乏，無材之人。

主子倆於是就不再自我貶低了，她想起雲遊僧說的自我貶低佛性也是一種謗佛，佛不是說人人都有佛性，既有佛性哪有沒根器的。

83 第一個比丘尼

心緒有高有低，這歷史也是有滅者有興者。

高原某深山有一衣衫襤褸的女丐修行者，自己磨鑿法器，學習佛說的法輪常轉，打磨一只轉經筒，總是不斷不歇地念著咒語，女尼爬上蒼翠巍峨的山頂，在峭壁間的山洞住了下來，瑪尼洛欽，人們這樣叫她，因為她從來沒有斷過念六字大明咒。

她的名字叫曲尼旺姆，在高原是第一個女出家人，比丘尼。膽識過人，穿過猛獸出沒的原始森林，翻越喜馬拉雅山，只為振興被戰亂毀去的寺院。從此這寺屬於流浪漢乞丐和苦行者。她記得聽過祿東贊大相說這故事時，最有意思的部分是這個女尼曲尼旺姆圓寂後第二年，某貴族生了個男嬰取名多扎，被認為是旺姆的轉世，由女轉男，她想起雲遊僧翻譯的藥師經，她的床頭書。

後來這女尼的轉經筒法器輾轉被村民複製，經常在市街打轉的桂兒見了覺得有意思而取來給她瞧。她覺得立意甚好，也請長安來的老藝師複製更精美的轉經筒，且日抄經文放置筒內，日久成了高原轉經輪法器。她看著高原老少婦孺轉著轉經輪，邊念經文邊露出缺牙的深邃臉龐時，彷佛置身純真年代，帶引她穿梭長安元宵不夜城的點點燈火，既天上有人間的融合之景。

世界物換星移，本無恆定事物，轉世也是轉來轉去。

桂兒問到底我們要滅去什麼？振興什麼？

滅去執著，振興自性。她回答桂兒的提問，想起了雲遊僧的書簡。

桂兒又問，主子，妳我轉世之後還認得了彼此嗎？

要留下暗號密碼才行，她開玩笑說著。

桂兒還在認真沉思著要留下甚麼暗號密碼時，她見了桂兒當真表情噗哧一笑說，我們不用留下印記啦，我們見了一定會似曾相識。

就像她見到祿東贊大相時也有種似曾相識之感。

她一路從關內到關外，昏黃發舊的記憶裡永遠有風沙瀰漫旅境險惡這條路，艱危險象環生，飛沙遮蔽，煙塵滾滾，漠地昏黑，這個人都以各種方式陪伴在身旁。

大象，大相，大論，大貢論，不管何種名稱，這個男子都是她的感情第一人，他改變了她在長安的閉鎖生活，帶她上路，成為肩負使命的有用女人。

多期望和他一起在小昭寺聊長安一路舊事，當然桂兒都在旁邊，我來到高原從來沒有落單過，不是有佛就是有桂兒。最初有大相有王，但最後仍剩佛和桂兒，他們都走了。

她想著那些日子，靜靜的坐著。

你不會老，我也不老。

他們一起看著高原的寺院外下起了六月冰雪，浴火的白蓮花開紅蓮，灰燼熾熱。

輪迴心就是自私自利的心，她聽見雲遊僧闔眼前跟自己說的話，虛空中寫滿了經文，新的佛經字詞來到新天新地，耳朵聽了剛出爐的經文。觀自在菩薩行深般若波羅蜜多時照見五蘊皆空度一切苦厄……

84 我們還會再相見

長安來的使者總是旁敲側擊她這個長安公主在高原過得好嗎，她總是笑著說好。

那個詭詐多端的祿東贊他沒有給妳難題嗎？

她笑著搖頭，沒有難題，因為我沒有要爭的東西，別人就不會給我難題。

她很奇怪，外面總是謠傳著不是祿東贊對她百般刁難要不就是傳說他們在旅途裡早已暗結珠胎，兩極的揣測就像長安皇宮的逸樂與關外的荒蕪對比。其實泰半的時間裡她都是跟高原人在一起勞動，耕織讀經抄寫繪畫，時間轉眼就換了頁。

當年她被安排混在三百個女子當中時，她從各國使者的失望臉孔中獨獨看見一個穿著高原式衣裙的成熟精爍男子在眾女子當中指認了她，朝她微笑的那一刻，她的命運就被圈點了。這高原生活即將燒盡油燈之前，她想起了掌理國家的大相，黎黑瘦小眼深藏不露的祿東贊，是他看到身邊蝴蝶圍繞的女子，是他聞到她的身上有著奇異的香味，她笑著想，其實那香是自己日夜供佛的香，薰染到衣服的香，可不是謠傳的什麼國色天香。她想起很多的難題，祿東贊都能一一化解。她想起早已經離開十三年的祿東贊，他的離開對她是一個不為人知的傷心時刻，她只能暗自悼念。

蝴蝶翩飛，大鵬金翅鳥掠過。

一個曠古鑠今的大覺者從天竺捎來了緣有起有滅的輪迴訊息。

我們會再相見嗎？她問著虛空。瞬間高原的冷風吹滅了氣息將盡的燭火。

她突然聽見有人在高原的風中念著不必害怕一無所有。不斷重複說著：「我們換角色會再來，再新生再重逢，轉換角色，輪迴大戲上場。癡人也是本來人，學道之人卻不識真。信心具足，整部大藏經都納入須彌之心。」

85 隔離的孤單

贊普路過吉雪沃唐時沐浴在吉曲河時抬頭望著這片土地，紅山和藥王山之間有著水草豐美的平原，對贊普而言，高原也是平原，沒有難以呼吸的地方。決定從舊都巴明久林遷都沃唐，沃唐又變成邏些。七年後，贊普這座新城等著甲木薩的到來。

拜木薩尺尊公主染上瘟疫，傳染給贊普。

瘟疫來得又猛又急。
瘟疫蔓延，妄言妄語，熱燙如爐。
因瘟疫而必須隔離，隔絕。
訣別孤單，深埋土裡，黑暗獨吞。三妻四妾，各自分飛。
從長安的耶娘再到皇上阿耶，再到高原的愛與不愛，他們的相繼離世，使她更看見了自己執著的色身，佛典提醒她身體是開悟的橋樑，但反面也是臭皮囊，美人與髑髏是一體兩面。
那時長壽經她還無緣親聞，長壽滅罪經尚待問世。但她經常夢中聽見後代的雲遊僧們唱著：

身如四毒蛇，常為無量諸蟲之所唼食。是身臭穢，貪欲獄縛。是身可惡，猶如死狗。是身不淨，九孔常流。是身如城，羅剎處內。是身不久，當為烏鵲餓狗之所食噉。須捨穢身，求菩提心。當觀此身，捨命之時，白汗流出，兩手橫空。楚痛難忍，命根盡時，一日二日，至於五日，膨脹青瘀，膿汗流出，父母妻子，而不喜見。散在於地，腳骨異處，髆骨髀骨，腰骨肋骨，脊骨頂骨，骷髏各各異處，身肉腸胃，肝脾肺藏，為諸蟲藪。云何於中，橫生有我。

夢醒，她彷彿身心碎裂，流淚哽咽。

86 想再看看佛

瘟疫浪潮席捲，使得贊普和她相處不到十年光景。

她的知己祿東贊，頸部得了癰疽，毒瘤而死，西元六六七年之後，她在高原就沒有朋友了。那些老工匠老手藝人不是離世就是離城，落葉抽枝又過了十一年了，又獨活了十一年。

她想再去看看佛。

這佛是她的嫁妝。佛親自開光的佛像。

天可汗說，愛女積福所憑依，有我所供本師像，施主帝釋天所造，其質乃有十寶成，毘首羯摩為工匠，親承如來賜開光，如此無比如來像，見聞念處誠叩請，佛說急速證等覺，利樂湧泉覺臥像，捨此如捨寡人心，仍以賞賜我嬌女。

佛也是父王。

她靜靜盤腿，打坐。

她看見一個年僅五歲的孩子抓著她，直說著我只是想修行，為何要抓我？她想救這孩子，但士兵把她拉開，將孩子關進監獄。接著她聽見豬的哀號亂竄聲，瞬間聞到血腥味，整間大昭寺突然轉成屠宰場，再往前看，宮殿的佛像被放進火爐裡，直到整個佛頭沒入了火中，溶成銅漿，她看著銅漿被做成一個很奇怪的東西，像大鐵釘的形狀，轉眼卻見到那個抓孩子的士兵把那個長得像大鐵釘的東西裝入一個射擊器，射擊一個不換下袈裟的人，或者命令吃素的僧人去打獵，士兵們見狀歡樂跳舞，接著她看見憤怒的龍降下寒霜與瘟疫，但人們看不見未來，因為作樂當下。她看見士兵的臉龐也只是個孩子，他們高聲喊叫，不知道自己的輪迴之路，他們胡亂地塗汙著壁畫，對著佛像尿尿。她心絞痛地要走出佛殿時，卻見到門口堆著她帶來高原的佛經，進出的人竟將佛經當成踏腳墊。她怒吼地驚叫一聲，正要暈死過去時，感覺被碰了一下，乍然睜開眼。眼前是桂兒在幫她蓋上被子，添了炭火，星塵飛揚，空氣頓時溫暖，趕走了濕冷的鬼魅。夢中景象實在太駭人，佛滅弒神，群魔亂舞。贊普是觀音的化身，也無法入夢來救那個孩子，洗不去夢裡的謗佛者弒神者。

公主，那是夢啊。

對妳是夢，對我卻是預兆。佛來了，但戒律還沒來。

戒是什麼？聽起來好像很讓人害怕的東西。

戒就是不要去做的事，就像生存守則，怎麼會害怕呢。比如妳知道火會燙，妳不要去碰，這就是戒。其實我也不懂，沒人可以問，只能自己參透。

桂兒忽然唱著歌，我心愚癡甚迷茫，常惑人生應何之？獨自思惟此生時，此命無常刻我心。她問桂兒這誰寫的？是死神嗎？

桂兒笑說是公主以前經常唱的。

我自己怎麼不記得了，她想著。虛空中接著又有聲音傳來，我們和死亡是朋友，它是生的一部分。死神將在你心思散漫的時候擄獲你，從當下就開始修行吧。如果你觀照死亡，你將發現你不需要任何的事物。

她聽著反思，自己該送的東西都給得的差不多了，只剩下最後可以寫字的手與說話的舌頭。

滅佛者與弒神者是誰？

千佛萬佛又是何名？

87 書簡致雲遊僧

甲木薩望著窗外，就著燭火攤開信紙，寫信給已然如星辰的雲遊僧：

我就是喜歡您的獨特；尊敬您的獨特。眾人皆醉我獨醒的獨特。

千山獨行，千里取經。

「人發善願。天上聞之。聲如雷震。諸佛無不護念。」諸佛環繞著您。

還有，要謝謝您把佛法帶到我身邊。

廢墟裡的靈光……

我想我終究會因為讀您翻譯的經典而得到富足的眼與智慧的心，不是說布施四句偈勝滿四天下七寶布施嗎?!為我們種下了成佛的遠因。

也許未來人們，很難再讀到四句偈了吧……(悵)。

在這裡，我種下佛子。

拜懺或打坐拜到身體變好的故事時有耳聞，我想一定是誠心感應之故。

正在練習：融入而不亂。

物來則應，過去不留。

融入不亂，分善惡仍是落入一邊。

所以也沒有聽不得的聲音，吃不得的食物了。

「華藏世界義。華者，理也。理遍法界，藏諸法於其中。故曰華藏。是華藏世界者，最上妙樂在其中，故曰極樂。當知極樂與華藏。雖名異而非異處。」(秘藏記)

謝謝您讓佛走入了我的心，在孤涼高原佛是唯一不變不離的知音，只有人離開佛，沒聽佛離開人。

這是個波濤洶湧，美麗又痛苦的世界。誰在乎心呢？您問我怎麼還會有這麼浪漫的想法呢？藝術？

忍辱仙人被割截身體，割了一個卻來五個；成佛了不是百萬億化身嗎？萬億個。簡直太謝謝歌利王了。所以我應該感謝帶給我美麗苦痛的王，我的高原贊普。

遙想您總是在靜夜寫經譯經，我好像能看見赫赫的羣星籠罩的您。回想佛陀就是在靜夜裡，夜睹明星，大徹大悟。

心地常飛六月雪。火內方開五色蓮。

在這裡遇到的任何一個人都讓我滿心歡喜，好像我在人類世界遇到一個己快絕種的矮人族一樣：因為有共通語言。可以來到這裡混日子的人是有福報的，至少有瑕滿人生。各式各樣的人，都挺有兩把刷子的，當他們談起佛法時。但真正能克服自己習氣，做心地工夫的人事實上極少。

不管講真的還講假的，對我來說，來到有佛處就像來到世外桃源似的。

我終於學會了喝白開水，澹泊自處。我終於知道了我愛您，愛您的慈悲道德與勇氣智慧。

小時候，我總是覺得我是很正經的人，但是我說不出來我的渴望？您們就是佛菩薩送給我最美好的禮物，您們總是用一個一個最溫柔的，不著痕跡的隱喻；詩句、圖畫和影像……連串像節日裡的奇形怪狀的燈飾，照亮我、誘導我，護送我。

原來我渴望的是經典、正法眼藏；浩瀚無涯的智慧之海。只有能放下五欲六塵的干擾，不為所動，才入得進去。一切的世味都比不上的法味。

是取經者如您，牽著我的手把我嫁給佛陀的吧，我不是穿著婚紗而是穿袈裟。我每天總是哼唱著最幸福的歌曲。不是美麗的新娘，而是知足的新娘。又燦爛又孤單的我，也將在高原終老闔眼。

當王過世時，報信者馬玄智曾奉高宗旨意前來接我回長安，但我是不回去的，我要老死在高原。但後來我有點後悔，因為這樣的決定將使我一生都無法親臨寺院去聆聽您說法，聽聞不到您譯經的一字一句宣說。

但無論如何，這是我自己的際遇。

至少我已經擁有佛法，這就是我的護法神。

取經的偉大先行者的您們，都是我的菩薩化身。

這使我長途跋涉的過往與孤單孤涼的此刻之我的種種痛苦消失了。

六月為什麼有雪，火燄怎麼生蓮？

我想我的煩惱就是六月，佛法就是冰雪——無上清涼。

其實人可以殺的東西太多了，殺貪、瞋、癡、慢、疑；殺見思、塵沙、無名；殺身見、邊見、見取見、戒取見。全部殺掉了，可是身體還在，立地成佛了。無上清涼，華藏世界，原來就在這裡。

如果心殺不死，就要繼續不斷輪迴受苦，一個軀殼換過一個軀殼，直到有一天看見六月的冰雪；火海的色蓮，方休。

我常以為我死了，但還在呼吸。如果對這個世界沒有希望，就沒有失望。原來呼吸的不是我。是您像磁鐵一樣的吸引我，讓我一再的眷戀這個世界。因為我喜歡您。我真的好高興，您是我的大師，而不是一種世俗般的異性客體。否則您那樣的吸引力會讓我瘋狂的。會讓我受苦。很悲劇的。

但至少此刻，我靜靜的坐著。

我不會老，您更不老，自此天上人間。
謝謝您陪我長安的阿耶阿娘走過人生最後一段最需聽聞佛法的日子。
我在今夜看見窗外下起六月的冰雪，浴火的白蓮。
您到了，您終於飛來高原。
雁兒感受到了，謝謝您，永遠的雲遊僧。

88 高原最早的女朝聖者

後來許多抵達高原尋求佛教原典的許多人也花了三年的時間，渡海翻山，抵達岡底斯山，一個佛光普照的世界，沿著雅魯藏布江來到了邏些。

穿越如一塊大磁鐵的黑戈壁，來過一次就銘記一生的旅程，對著山神流下眼淚。之後沿著雅魯藏布江行來到邏些，馬玄智這個旅者這日又來到說說旅途故事的時間，關於他的商旅經歷。

有一天他在路上遇到了三個女朝聖者，三個女朝聖者在二月冬日離開了自己的家鄉，經過四個多月的徒步才抵達邏些，上千公里一無所有。

三個女朝聖者出門時僅帶了一小包衣物，一路餐風露宿，嘗了無數的飢餓，挨凍受苦，長途跋涉，只為了來到小昭寺朝見她從長安帶來的佛，獻上代表眼耳鼻音心身意藏八吉祥的彩繪哈達，誦經祈禱做五體投地的膜拜。她們進行多日膜拜後，再次沿著來時路要走回村莊時，盤纏卻早已用盡，而天氣再度轉冷，糧食用完，一路拜回去的途中，有時候只好在屋簷下過夜。當時馬玄智看見這三位朝聖女者竟連安身地都沒有時，他將糧食分給她們，敬佩女朝聖者的信仰與勇氣。有意思的是，三女朝聖者覺得馬玄智一定是菩薩變現來幫助她們的。歸鄉的路，回望來時路，沒有地方可以遮風擋雨，這一路艱辛，她們只能慢慢徒步，且經常做著大禮拜匍匐前進，如此龜速，她們在十一月天氣冷時日才徒步再次回到家鄉。馬玄智看著她們的背影，不禁替她們感到旅程一路匱乏與風雪的擔心，可是她們看著他卻一直笑著，可能沒看過長安來的人，發出一種開懷的笑，讓硬漢商旅者的心都融化了。

不擔心過日子，不需要擔心這個擔心那個，唯一擔心的只是這一生的功課還沒做完，擔心一輩子沒來到聖地禮佛。

她聽著馬玄智這回帶來的商旅路上的故事，心裡十分高興與震撼竟有人長途跋涉從深山裡徒步來到邏些，只為了一睹她從長安帶來的佛。十二歲釋迦牟尼等身佛在夢裡對她拈花微笑說，善女子，妳的故事已被人間授記了。

她聽著路上朝聖的故事，想起自己也曾經有過的長途跋涉，但自己當年不過是為了和親罷了。

桂兒聽了卻說，來到這麼遙遠的雪域和親是很偉大的啊，並不比朝聖者的偉大小，誰願意犧牲自己的青春與別離家園，只為了國境的安寧。

她聽了一時也有了莫名的感動，任何朝聖的上路，就像雲遊僧，都讓人帶著滿滿的祈福與力量支柱。

在明滅不定的油燈中，輝映著佛，人在佛的腳邊渺小如蟻，僅僅佛的鼻孔就可吞下她的身體。佛要很巨大讓人心生畏懼，佛也要很迷你讓人可隨身攜帶，佛能屈能伸。

眼前的佛有可能是從魚鳥獸投胎的嗎？她想著不斷被雲遊僧所曾提點的所有眾生都可能是妳過去阿耶阿娘眷的投胎轉世，雖然形體不一樣，但靈魂是一樣的。天寒地凍又荒涼之地，任何的移動都是危險的。

在痛苦面前，她也是會求饒的人，她自覺是脆弱者，必要示弱也是一種強大。馬車外的風送來食物油垢的氣味，朝聖者的頭髮積滿著一路風塵，乾燥的空氣讓皮膚發癢，直到天氣變涼的感覺來襲，渾身才逐漸沒那麼乾亂。

她的腦海反覆重複著送別三藏法師時，聽見虛空傳來的道歌。

當愛欲的毒牙插入肌肉，那滂沱的淚水瞬間流下。雷聲灌頂於此危險的我執，擊潰此敵人死魔的心臟！

她發現自己不知何時淚流滿面，瞬間被蒼涼愛欲的毒牙刺中，堅持潰散一地。

高原經常風雨說來就來。

大雨崩塌，路斷阻絕，浮生若夢，心靈召喚。

人是未來的佛，佛是過去的人，冰是睡著的水，水是醒來的冰。

不說登山說轉山，或說走進山裡。山色遠望如岡仁波齊一望無際，平靜無任何波瀾。有時候會看到一些野鴨，還有湖鴨子，幸福時望向東北方可以看到神山有菩薩金剛之舞。

太陽下山，湖光燦爛閃爍，彷彿告訴她如何一無所有卻又坐擁所有，空與有，維摩詰居士的入世出世最得她心。生活高原的天空下不寂寞，月亮太陽掛在旅途，不躲藏不遮掩。雲遊僧覆信修行要能夠低得很低很低，很深很深，深到像是塵封深海的古船，深深海底行；要能很高很高，高高山頂立，像不融的雪。她在宮殿靜默之夜，四周無比空曠，靜得無懈可擊，靜至可聽到彷彿是雲遊僧西行取經的馬蹄聲，靜到可以聽見甲木薩公主在高原生活的嘆息聲與讀經的聲音，甚至聽見公主得天花高燒時的譫妄夜語。她的長安西天瑤池化身成瑪旁雍錯，她看見湖裡升起觀音菩薩，她跳下湖水，大叫一聲阿娘時，突然瞬間醒來，原來意識剛剛夢中跑去長安了，但故城已然滿城無故人。

89 須彌山與小芥子

天色看起來很藍很藍，仙女仰臥的化身，她曾聽祿東贊說只要看到這種藍到極致的，心願就會達到。天很近也很遠，懷著喜悅，每一步看似是她的人生新旅程，但她知道人間之旅總是包藏禍心，際遇藏著針，就像突然她在還沒看見未來時就被皇上和親婚配一般，諭令御賜，有人生有人死，有人喜有人悲。

馬玄智的到來，一方面她的心雀躍，因為有雲遊僧的信簡與經書；但一方面也刺著她的心，因為馬玄智。僧院的人總是一句無明或執著就打發她的問題，佛言佛語雖好，但聽多了卻像是安眠藥，產生了抗藥效性。

她打開馬玄智從長安帶給她的經書，在光線端詳著在寺院庭院外撿到的那片難得一落的菩提葉。

吉祥須彌。每個字句在此都有意義。

這讓她想起很久以前，天神天妃注入神力，神子誕生救世。神子誕生之前先得在天界修行，轉世還得通過父精母血，能孕育神子的父母還必須具備勇氣智慧，勇父森倫已有，獨缺空行母。那個被修行大師看中的女人是龍王的小女兒梅朵娜，問題是梅朵娜將如何從海底龍宮來到陸上？一隻牛好端端衝進海底，在龍宮橫衝亂撞（還會游泳），將整座龍宮染成疫病，大師可以治癒，唯獨要交換寶物，龍王問要什麼寶？修行大師只要那公主。結束天界修行，神子降世名薩格爾，出生三天就像三歲般大，就像釋迦牟尼佛一出生即能開口說話，開始英雄之路的坎坷崎嶇的傳奇一生。

她聽著，彷彿在讀傳奇，這樣比較容易想像。

馬玄智在寺內大殿說著故事，一群小沙彌圍著他聽長安異城故事。

有一天有一群農夫來問佛陀，如果生為什麼樣的階級，那麼生生世世就是那個種姓嗎？佛陀當時即告訴眾生平等的觀念，你這一生生是何種階級是因為因緣果報的緣故，佛法核心是萬法唯心造，一切的因果都是自作自受的，「諸法因緣生，諸法因緣滅。」有生即有老病死，生的原因是有業。如是因，如是果，自作自受，破解了天神所造之說，人人都具有佛性，也就是自性覺性。

馬玄智落腳的地方離小昭寺只隔著一條三米寬的轉經路，初初風行的轉經，因為雲遊僧而帶動的轉經轉山風潮，甲木薩也將此帶到高原，轉經轉山轉心者眾，加入者逐漸增多。尼色日山舉目可見。年楚河流過，山峰上有彩繪的佛在微笑。雨季因高山雪峰阻絕，印度洋飄來的暖濕氣流雨一陣陣地降落。當整個太陽出來時，光束像是從外太空射下的暗號。

佛抵達，不走了。

在寺附近民家開的小小甜茶館靜靜地喝一杯茶，成了馬玄智與桂兒相會在異地的微甜之所，在他鄉還能有一點故里的一種淡漠的安靜，偶爾想想長安，想想親人，但親人都逐漸凋零了。馬玄智這個報信者，總是攜來了死訊。但在高原，死亡只是新生的開始，佛法生根，驅走悲傷。

思念的名單逐漸結束，甲木薩跟桂兒說過這人世相逢名單並不由此世的自己決定，而是過去的自己就定下了。

馬玄智說一路上看見很多無奈討生的人，直心面對生與死的體驗，直接面對死神，和死神搏鬥卻又期盼神降下祝福。轉山，虔誠。登山，理性。而桂兒這類沒有太多目的性的人也要專心，不能浪漫而隨意透支體力，高山症仍虎視眈眈，每一口吸薄的空氣都珍貴，都會讓人感恩，每一口從遠方挑來的水，嘗起來都甘美。

天梯下是萬丈深淵，她千日磨劍，用在送行長安故舊的這一時。

人最怕所做的一切成空，卻又注定成空。唯往生這一段路不能落空，她誠心所盼。

蠻山荒原轉成極樂淨土。

浮生若夢。

冷空氣灌入，為何活著要活如夢般？為了不執著。為何不能執著？執著就掉入輪迴。輪迴會如何？苦痛無止盡。佛言佛語，人聽人說。

亮得燙人的眼眸，影像擾心。她靜坐閉目調心，然後翻開經書，進行例行的每夜睡前經典的祈請與唱頌。比復仇更強大的信念是怎麼來的？佛說飢來食，睏來眠，是因為心如秋月，毫無罣礙。帶著罪惡感恐難有此境界，她曾和贊普一起眺望過高原最美的藍眼睛，藍色湖泊。

這裡沒有垂釣者，高原人幾乎不吃魚，魚的掙扎這裡的人聽得見。

高原的眼淚都在羊卓雍措，像眼淚的湖，傳說可以倒映前世今生。

她沒去繞湖，自從她來到布達拉宮，她就在這裡生根。但從昌珠寺一路移到這座山城時，她瞥眼見過藍得像海的湖。其實她也沒看過海。

90 千佛大會

在高原的湖泊卻比海壯闊。看見羊卓雍措的藍眼睛時，她想瞬間奔去的心熱騰騰的想尖叫，但礙於她是公主又是王妃，她只是靜靜地看著前方的湖水，她在長安市街王宮從沒見過的美景。有個在岸邊哭泣的女孩，看起來十分傷心的景象。不知何事而哭泣的女孩，哭起來那樣傷心。她當時想是否女孩看見湖水倒映著她的前世呢，前世又如何？佛說累劫遠來，這累積的劫究竟如何計數啊？

劫是劫數劫難，佛說的劫卻是時間，劫波或劫簸，是佛的宇宙觀術語，佛真是好有智慧，簡直就是宇宙無敵，什麼願望都包含裡面。劫可能極長或極短，長可無限長，短可一剎那。她讀過長阿含經卷一：「佛告諸比丘：『過去九十一劫，時，世有佛名毘婆尸如來．至真，出現於世。復次，比丘！過去三十一劫，有佛名尸棄如來．至真，出現於世。復次，比丘！即彼三十一劫中，有佛名毘舍婆如來．至真，出現於世。復次，比丘！此賢劫中有佛名拘樓孫，又名拘那含，又名迦葉。我今亦於賢劫中成最正覺。』現在之世，時當賢劫。謂此劫大千世界初欲成時，大水瀰滿，有千枝蓮華出現，金光普照。淨居天見，乃曰：『稀有此瑞！當有千佛出興於世。』以是因緣，遂以此劫，號為賢劫。釋迦牟尼佛，乃賢劫第四佛也。」

千佛大會，和她一個人在宮殿裡讀經幻想成佛。

千佛大會，就像佛的嘉年華會。

佛的造冊，為了微塵眾，一佛也化作千佛，讓眾生可以找到自己喜歡的佛。

她讀著羅什尊者翻譯的華嚴經，裡面敘述彌勒佛後將次第成佛的有：

師子如來、大法光幢如來、妙眼如來、清淨拘蘇摩華如來、妙華吉祥如來、提舍如來、弗沙如來、妙意如來、金剛如來、離垢如來、大月光如來、持炬如來、名稱如來、金剛楯如來、清淨義如來、見一義如來、紺身如來、超彼岸如來、寶焰光如來、寶焰山如來、持大炬如來、勝蓮華如來、出生蓮華如來、名稱聲如來、無量功德財如來、最勝燈吉祥如來、莊嚴身如來、妙稱量如來、慈吉祥如來、妙威儀如來、變化如來、無住如來、勝威光如來、無邊聲如來、勝怨敵如來、除疑惑如來、清淨如來、廣博光如來、出現清淨名稱如來、雲吉祥如來、種種色莊嚴頂髻如來、大樹王如來、一切寶如來、種種色如來、寶耳璫如來、堅牢智如來、大海慧如來、淨妙寶如來、蓮華冠如來、勝力士如來、願樂圓滿如來、蓮華鬘如來、大自在如來、吉祥主如來、最超勝如來、白栴檀雲如來、紺青廣博眼如來、微妙智如來、殊勝慧如來、觀察慧如來、熾盛王如來、堅固慧如來、莊嚴王如來、具足吉祥如來、喜師子王如來、自在天如來、自在師子王如來、最勝頂吉祥如來、金剛智吉祥如來、山光明如來、妙德藏如來、妙寶網如來、莊嚴身如來、住妙慧如來、智自在如來、大自在天王如來、無得相吉祥如來、清淨喜如來、善施惠如來、妙焰慧如來、水天吉祥如來、清淨智如來、得上味如來、乘高峯如來、自在功德如來、護世怨如來、興世語言如來、功德自在如來、威德幢如來、毘盧遮那妙幢如來、觀身性如來、離有香如來、修習香如來、種種分別妙身如來、妙廣博身如來、一切香焰王如來、種種色金剛摩尼嚴如來、微笑眼如來、離塵染如來、增長身如來、善變化聚集人天如來、廣大天如來、財天如來、無上天如來、順寂滅如來、開敷覺悟智如來、洗滌惑垢如來、大焰光王如來、寂諸有如來、毘舍佉天如來、金剛山如來、智焰光如來、大焰光身如來、作安樂如來、寂靜師子如來、圓滿清淨如來、清淨妙賢如來、名稱吉祥如來、勇猛精進如來、第一義行如來、寂靜光如來、最勝增上如來、甚深聲如來、一切大地主如來、紺青光如來、莊嚴王如來、妙音聲吉祥如來、殊勝如來、尊勝吉祥如來、最勝自在如來、無上醫王如來、功德月如來、微笑光如來、無礙光如來、功德聚如來、月高現如來、日天如來、無畏稱如來、出諸有如來、勇猛名稱如來、焰光面如來、娑羅王如來、名稱聚如來、最勝如來、藥王如來、寶勝如來、金剛慧如來、白淨吉祥如來、寂靜住處如來、摩尼王如來、無能勝如來、無能映蔽如來、眾會王如來、大名稱如來、速疾受持如來、無量光如來、大願光如來、不空自在王如來、法自在王如來、高勝焰光如來、不退轉地如來、清淨天如來、妙善天如來、堅固行毀譽不動如來、一切善友如來、解脫音如來、遊戲王如來、滅邪曲如來、薝蔔淨光如來、最勝德如來、極勝月如來、執明炬如來、殊妙身如來、不可說如來、最清淨如來、友安眾生如來、無量光明如來、無畏音聲如來、水天功德如來、不動慧光如來、拘蘇摩華勝如來、寶月焰光如來、不退轉慧如來、離愛染如來、無著慧如來、集功德蘊如來、滅惡趣如來、不怯怖如來、普散華如來、師子吼如來、得第一義如來、得種種義如來、見無障礙如來、摧伏他眾如來、疾風行如來、不動性如來、離分別海如來、無能勝如來、端嚴海如來、須彌山如來、香風智如來、無邊座如來、鬪戰勝如來、無能行如來、清淨住如來、最上施如來、隨順慈悲生如來、常月如來、饒益王如來、不動蘊如來、極妙意如來、隨順攝智如來、極高受如來、焰光身如來、無比名如來、饒益慧如來、持壽如來、滅我慢如來、種種色相如來、具足名稱如來、大威德力如來、無滅如來、不動天如來、不思議吉祥如來、解脫月如來、最上王如來、滿月蘊如來、梵供養如來、不動眼如來、希有身如來、無相慧如來、愛境界如來、極超過如來、高上事業如來、寶法慧如來、順先古如來、無上吉祥如來、無勝梵天如來、不思議功德光如來、無上法境界如來、無邊際賢如來、普順自在如來、極尊勝天如來，如是乃至樓至如來。

如來如來，千佛萬佛，佛的豪華派對，佛的嘉年華會，起始於一個人的覺悟，一個人開展的菩提心，種子成林。

一佛一拜，千佛懺萬佛懺，從此開出懺罪之路，開出懺罪之華。

人們陸續加入五體投地大禮拜之列，身口意撲倒在石板路，撲倒起身，起身撲倒，如高山與大海，如月亮星子，日月輪轉，她的寺外總是人流如一條條平行線滑過。

從此人們以胸膛走進高原，匍匐如蟲爬行髑髏地，滿山遍野的枯骨都是自己的色身。

他們聽見虛空有人唱著等待問世的滅罪經：

生存之時，金銀珍寶，錢財庫藏，何關我事。若有眾生，須免此苦，當須不惜，國城妻子，頭目腦髓，書寫是經，受持讀誦，諸佛秘藏，十二因緣，流通供養，念念成就，當得三藐三菩提心。汝子在胎，人形具足，在生熟二藏，猶如地獄。兩石壓身，母若熱食，如熱地獄，母餐冷食，如冷地獄。終日苦痛，在無明中，如更惡心，固服毒藥。如此惡業，自墮阿鼻地獄。地獄罪人，是汝儔侶。

顛倒女人，悲號。我是鬼使，故來追汝。顛倒女人，驚愕悲泣，抱如來足。唯願世尊，為我廣說。

唯佛一字，能免斯苦。

諸行無常　是生滅法　生滅滅已　寂滅為樂。

有一天，婆羅門種姓之家，巨富忽患重病，醫人瞻之，須人眼睛，合藥療癒。時大長者，即令僮僕，行於衢路，高聲唱言，誰能忍痛，賣雙眼睛，當與千金，褲藏珍寶，任意所須，終不悋惜。顛倒女人，聞此語已，心大歡喜，而自念言，我今從佛，聞長壽經，滅除惡業，心以了了，悟諸佛性，又得遠離無常殺鬼，諸地獄苦。我當碎身，報佛慈恩。高聲唱言，我今年至四十九歲，從佛聞法，名常壽經，今欲碎身，不惜驅命，寫長壽經，四十九卷，欲令一切眾生，受持讀誦，我須賣眼，將寫此經，我眼無價，任汝與直。

時天帝釋，化作四十九人，至顛倒所，我願為汝，書寫是經，令汝見已，當任賣眼，時顛倒女慶幸無量，削骨為筆，身肉支解，以血為墨，供給書人。

91 不見佛使人愁

桂兒聽了甲木薩的細說從頭，總結說了句很有意思的話。主子認識的千佛萬佛，可比認識高原的人多太多了。

桂兒聽著甲木薩述說著佛的本生故事與千佛種種名號時，桂兒笑說佛如果一起上課，光點名就要點很久吧。這些聽了一遍又一遍的故事，怎麼聽都聽不膩，不僅每尊佛都有故事，且佛還有經變故事，而每尊佛又有無數個弟子，弟子們又有無數個弟子……。比如佛陀十大弟子之一的富樓那在遇殺他的外道時說：「殺我可以，舌頭留下來。」一生都在說法，這讓她想起無緣的雲遊僧，關於雲遊僧的這個故事是她聽某個來到小昭寺外的商旅隊說的，而這商旅隊竟是從長安玄奘大師那裡聽來的印度故事。

桂兒摸著自己的舌頭，這輩子說最多話的就是漢語和佛語，吐蕃話她說得可比主子好，因為她常要去工藝坊和許多市集。

甲木薩遙想著天竺的佛鄉，那菩提樹下的佛是長什麼樣子，為何長安人知道把佛塑造成那個她所見的慈悲樣子？近來她讀誦金剛經特別覺得又幻翳又感傷，掩卷之時，緩慢地遙想起孩提時阿娘帶她去寺廟，她第一次看見大雄寶殿的震撼，巨大的佛像發出溫柔的光芒，接著看見一個出家女尼走出關房，對她笑著，走過來教她如何拜佛，她拜下去時，感到大殿的風一陣冰涼襲來。長安已遠，不見長安並不使她發愁，不見佛才使她發愁。

她跟桂兒說我要去小昭寺，我要看看佛像是不是被鎔鑄掉了？

桂兒想，佛像不是好好的嗎？誰敢把佛像鎔掉？

她仍執意去見佛的最後一面，在她還能移動時。於是坐上了輦車來到了小昭寺，她將佛像立在此地的第一人。她細細地看著，用一種別而未別的目光，她羨慕著看過佛本尊的人，佛在世時弟子們請來工匠將佛的真容保存下來，打造了四尊八歲的等身像，四尊十二歲的等身像。印度國王達摩波羅答謝秦王苻堅協助擊潰入侵者的禮物。這真是大禮啊，她沒想過會變成她的嫁妝，在她的心裡，這是空前絕後的最昂貴的嫁妝，只有懂得人才知道這種無比的珍貴。她想為何不鑄造佛成年的樣子呢？為何是八歲和十二歲呢？是因為童少的純真是人生最珍貴的時刻嗎？保有原初覺知卻又不會被跨過成年之後的世俗給纏縛，佛是要告訴我這個嗎？但佛啊，我十六歲之後就再無童少，我是一個箭步就成長，瞬間成了國母，王后。她看著佛，眉眼彎曲如江水，鼻翼高挺如山峰，臉龐如滿月，低眉垂目。當她看著佛的眼睛時，原本要跟佛訴苦的這高原四十年的生活瞬間化空了。

原來原來原來！她猛然拍額說，大家都說佛不忍視眾生受苦故低眉垂目，佛不是不忍，佛是教我們收攝，眼見而實不見，耳聞而不聞，垂下眼目不是不忍，是見即空，是見即離，故要低眉垂目。

桂兒聽了說公主說得很深奧，奴才覺得還是慈悲不忍見眾生受苦比較受用，大家聽了就很愛佛，眾生受苦，佛了解我們的苦，這樣一聽就覺得沒那麼苦了。

她聽了笑笑說佛到人間只好變得平凡了，大家都跟佛祈求，但卻不往內看，但佛眼分明說了一切，低眉垂目說是不忍視的慈悲固然好，但不忍視將佛看小了，不忍視毫無作為，就好像一個膽小的人，不敢看這世間的苦，乾脆低眉，但佛要我們的是收攝這一切對境，收攝就能有察覺，有察覺才能有好的作為。光是低眉垂目，有何意義？佛是覺悟，桂兒妳要記得，不管輪迴多少世都要記得。

桂兒聽了頗覺心驚，從沒聽過公主這麼多話，且一連說了這麼多佛字。把她的耳朵瞬間灌滿了佛字，想忘都難。

92 雲遊僧圓寂

原來之前的訣別是夢，這回才是真的離別。

她嘗到一種彷彿失去至親之感。只是這次已然毫無悲傷。她穿上衣服，準備到寺廟參與跳金剛舞盛宴，她抬頭看見天空出現彩虹，久久不散。

說走就走，隨時可以往生，為何這些自在的故事聽來都像神話，是人退步了嗎？死亡在高原，如日常生活。

高原的人死亡卻可以飛天化為彩虹。

百姓們神色憂傷但目光炯炯，馬玄智這回是死亡的報信者。

長安的三藏法師圓寂。

西元六六四年二月五日，時年四十一歲的甲木薩，聽到唐使傳來玄奘三藏大師辭世，大師享年六十三歲，她淚流滿面，不斷嗟嘆。

據說三藏法師圓寂這天，所有的龍天護法與菩薩們如花雨般齊聚，時過夜半之際，彼時，大地震動，發出了三聲巨響，接著一道巨大的光閃射星空，四處散著藥材和香料味。當晚大弟子們為三藏法師的靈體以藥水洗過，換上華服後停立在臥榻上，並在三藏法師的靈體旁舉行供養儀式，獻上精心妝點的朵瑪，慈恩寺眾弟子們一起念誦著祈禱文，遙呼上師，一時之間遙呼上師的聲音不斷，上師請您憶念我，上師請您看住我！虔敬悲切的聲調響徹雲霄，響遍虛空。

法師壇城等待火化，負責荼毘火化事宜的弟子們卻發現火化時怎麼燒也燒不著，再三焚燒，火仍是團團被熄滅。後來他們竟看見法師遺體自身燃起了智慧之火，自燃，無煙無塵無灰無燼，四周瀰漫著檀香，許多人往荼毘裡拋上香花，香花竟燃成了一座小山。也有人連自身僅有的衣物和兵器鎧甲等等都獻供給法師的靈體前。

馬玄智說得生動如現場即時轉播，彷彿他也在現場目睹這般神聖的法會般。

93 夢幻一場

她私下也為三藏法師，她心中永恆的雲遊僧舉行荼毘法會。想起雲遊僧曾寫信給她的字句：死亡當歡喜，莫要悲傷，一切皆無常。若能真放下，中陰不可怕。分離的只是有形的肉體，偈言：對此無生，不起分別。

夜晚到來，她誦經，不捨晝夜，宮殿上燭光閃爍著熾熱的光芒。她感覺這光直射到自己的心緒，後來她曾夢見雲遊僧對她的開示。

視萬物如同睡夢般，了知一切如星辰閃爍，醒夢一如，一切都是無常示現。

密不透風的傳承力量執起空性之槌，敲在他們每個人的心坎裡。就像有人拿著釘子釘在我們的心的中央與骨髓深處般，如此堅定不移。

就像此刻，她彷彿看見雲遊僧對著世界加持著，這時她也彷彿入定了般，感到前所未有的安寧，對阿娘的執愛悲傷，在這法會上突然一層又一層的剝落。

只見虛空彩虹瞬間射入其中，忽見天龍們降下了花雨般的綿綿細雨。覆蓋孔雀翎傘綢緞華蓋，花蔓纓絡琉璃珊瑚水晶遍滿，飾物四周以五彩綢帶固定好之後，她和其他的弟子們與在場的男女壇越與施主們透過壇城窗口，瞻仰雲遊僧的莊嚴尊容。

她第一次看見信仰在這裡的力量。

馬玄智說，長安與京城四周的信眾們湧至法會現場，群眾們流露著不捨的眼神，有的人甚且痛哭流涕。四周不斷地傳來一片悲痛欲絕的哭泣之聲，此時就連十惡不赦的罪人也懺悔地掉下淚來，即使曾經造下五無間罪的人或曾違犯戒律的人也受到加持，瞬間都懺悔起來，且都禁不住地大聲嚎哭起來。

她訝異著即使死亡展現如此吉祥瑞兆，哭泣竟是必要的。這裡的哭泣不是真的哭泣，倒像是一種表達。凡人往生不可哭，但國師往生，連高宗都悲傷說朕失國寶矣。馬玄智還說，長安城有人竟哭到昏厥在地，有的像是受不了心中的悲痛，竟至不斷地來回奔跑著以解除心中的難受，還有人竟拔著自己的頭髮，有的人捶胸頓足，有的人用指甲抓著自己的臂膀。她只是安安靜靜地悼念心中永恆的法師，但悲傷此生無緣求教於足下了。

和死亡共同遊戲一場的人生。

結束她為雲遊僧所舉辦的法會，她和桂兒走出小昭寺，頓時看見天空出現許多異象，太陽初升時，彩虹處降下了綿綿細雨，她要轎子在路上停下，她走出轎外，如雕像般地承接著天雨。直到中午時分，雲開霧散，一輪暖陽顯現在天際，陽光幻化成一道道彩虹，霞光溫暖著她的心。她有見到法師騎著一匹駱駝飛逝而去，她嘆自己沒有福報可以在雲遊僧在世時好好跟隨他學習佛法。但也慶幸自己就像能和法師書信青鳥往來。

雲彩幻化身形，彷彿天女勇士獻花。婆娑虛空，幾日幾夜不散的彩虹就像一道心橋，她靜靜地領受著這遍布虛空的無言之歌，就像一首首靈性的召喚。

她在夢中夢見自己在印度佛陀入滅的臥佛處，原來那個臥佛是雲遊僧要離去前對她的提點。夢中她邊梵唱邊供佛大衣，只見金橘色佛大衣鋪上，一時整個臥佛殿曳曳生輝，莊嚴殊勝。走到頂樓眺望雪山，接著靜坐片刻，體會生死寂滅。彷彿那個只因供燈而有了天眼的阿那律，她親眼見到阿娘在雪山微笑，周邊天女散花。

要記得不要見相取相。

她在夢中笑著，醒來看見宮殿外的一片高原月光正掛在空曠雪景上，但日光尚未落，漸漸地，落日隱卻，月光明燦，輝映著四周的燭火，鵝黃晶亮。宛如佛像那白毫間放射而出的月光，在這樣的異地，聽聞故里尊敬的法師圓寂的消息，第一次感覺死亡也可以是輕安。

佛陀在涅槃後七天七夜都抬不動，原來是有弟子尚未來到，一直要到了七天七夜後，佛陀才從涅槃地抬出到火化場。佛陀在等待大弟子大迦葉尊者來到此，一個都不能少。迦葉尊者向佛陀頂禮後，佛陀才引發自性的三昧真火，火化了此一色身。一個都不能少，阿娘等待她的悲傷逐漸遞減才離開人世。亡者慈悲，生者善終。她靜坐觀想一晌，直至暮色低垂，星月已起，方回房間，整個心充漲著喜悅。

桂兒曾問她，以前我的阿娘每天緊抓著我的手怎麼辦，她非常的執著。她笑著說，妳阿娘執著很應該啊，她又沒有在學習佛法，她抓她的，妳放下妳的。

放放放，她每天深呼吸以彷彿念著口訣似的念著，但字詞往往失效。她看著阿娘的最後色身被丟進幡祭般的熾烈火焰時，她的心痛無法言說，那種天地之大無處可以安放痛苦的感覺幾乎掐住了她的喉嚨。她頓時覺得自己多年來從青春以來的學習頓時是一場空。那些名相甚麼捨得放下禪悅都是虛字。

她看見自己因恐懼而培育的貪欲因貪欲而衍生的執著，因無知而養肥的執念，以顛倒意念行走的生命，注定難以參透時間的盡頭是甚麼樣的紙牌。

我們在這一邊生活時從來不想另一邊的世界。轉瞬即逝的意念，引磬一敲，出魂。有法師入定如死屍，差點被活埋。道行高深者見狀，引磬引回神識。如果反過來呢？真把他的身體丟去燒了，這修行之路該如何寫下？被死神一棍擊中，秋天樹梢上的葉落聲如此雷鳴巨響，她又想起神在夢中的記號。她曾經是那麼容易感傷的公主，一丁點風吹草動就感傷的公主，也是一種公主病嗎？

高原聖湖的藍眼淚，滴滿也不夠裝滿她的眼淚。在這座高原，她這個長安人，卻是一直在送行高原人。

於是日久，一粒沙吹進心就會瓦解一座大海。

有生有死，莫罣礙。隱喻。她在夢中預演一回又一回，直到夢醒不再流淚。悲傷可以練習，但死亡無法練習，赴死境者無人回來報信。

雲遊僧荼毘法會圓滿，馬玄智帶來長安法會結束之後，弟子們將雲遊僧穿過的衣服分成許多的碎片，她握著一小片法衣，內心十分激動，彷彿坐擁整座須彌山。法師圓寂之後，弟子們應守喪三年，修行精進者應閉關禪修，年長者應收容一兩位隨身弟子，指導他們在寺院獨修。慈悲與智慧是修行的養分，在未來世也是如此。如果你們對此有疑問，一切答案將在夢裡得到啟示，以虔誠心向佛祈禱，所獲得的加持將遠遠超過今日。

據說當時法師把弟子們都叫來，請大家把握時間翻譯時光，因為將來的某一天，也請把握可以當面請益的學習時光。

身體幻化，轉眼凋零，滄桑也成泡沫。

幽冥遊神突然像夢裡那個對著愛執不放的人唱著貪瞋癡三毒，眾生流轉天、人、三惡道，五道茫茫輪轉不休。三界如火宅，燃燒不已，充滿病老死苦。眾生心狂，不求解脫，如瓶中蜜蜂般，慌亂在打轉。

94 佛也流淚

贊普薨，祿東贊離世，使她這座高原長城面臨挑戰，佛法彷彿也將煙消雲散，人性的貪婪占上風，她的堂姐弘化公主和夫君最後逃到涼州，烽火連綿，戰爭下的廝殺來到，善與惡無法明鑑，佛也流淚。

如果犯了殺戒，就無法投生人道，所以她的王是在其他道了嗎？誰知道呢？沒有人回來報信給她。戰爭結束在西元六六七年，也就是她的夫君過世後的十七年後，祿東贊也走了。

這個時候，她也病懨懨的躺在華美的絲綢床鋪上，望著窗外高原的星空。想起長安白槐花盛開，柳樹飄飛，這時候她勉強起身，發現四周空蕩蕩的，剛剛腦筋似乎有一些錯亂了，她不知道自己在哪裡，肌膚冰冷，她慢慢闔上了眼睛，聽見城裡城外有很多人在哭泣。

有奴隸在哭泣，在誦經，祈求甲木薩能遠離瘟疫迫害。

奴隸年代，她最不喜歡吐蕃王朝的就是貴族蓄奴，佛說眾生平等，王說唯我尊貴，不廢不廢。

瘟疫來了，瘟疫讓王知道再也無法尊貴，瘟疫不挑富貴貧賤。

可怕的天花，沒人搞得清楚這疾病。

魔鬼來了，他們說。

虛空有雲遊僧的耳語傳來：斬斷我們內在的貪、瞋、癡、慢、疑等等無名煩惱和心魔，甚至可以斷除任何外來傷害的邪魔，可以降伏山川、峽谷、危難等等凶險，最主要則是斬斷對自己身體的執著。如果一個人對肉體沒有執著，那麼，對生老病死循環過程中所出現的任何現象，就不會很在意，因此對一切的執著，我們必須要不斷斬！斬！斬！

施身法可以對治四魔，蘊魔、天子魔、死魔、煩惱魔。死亡也是一種施身，必須斷除自身的蘊魔，破除對肉體的執著；將自己的身體、業障變成甘露，上供諸佛菩薩下布施四魔及大道眾生。

放下對身體的執念。

她的王登基的時候是個春風少年，而自己還是個幼童。這樣的時間差，繼續了下去。王過世時也還是個壯年人，相處不過十年，旋即把往後的三十年寡居留給了她。王預知自己將死，欲傳位給王的兒子，十八歲的孩子卻在王過世不久也走了。孫子芒松芒贊繼位還是個幼童，祿東贊老臣輔佐。

王的兒子也過世了，她不用改嫁王的眷屬，成為其他的贊普夫人。

有人傳說她和下一任贊普生下一兒一女，她聽著宮中傳聞，笑了很久。六五〇年，她雖然才二十七歲，但在高原老化得很快。她的子宮早已歇業，倒是她懷念起祿東贊來，或許他那裡躲著她的幽魂。比她的王大上二十幾歲的大相祿東贊，卻又比她的王多活十七年的人，祿東贊家族左右整個王朝，直到滅佛者來了。

爆發瘟疫，天花，黑痘，很多人指責是異鄉人帶來的。也有人說是羅剎女復活，五顆眼睛三隻腳的羅剎女。

然後，弒神者來了，已然佛滅。所幸那時她已經在天上了。否則她也會被刺死，那樣地不堪。

一般傳說她嫁給一個大她很多歲的老人，其實不是她的王，是大相，比她大上三十三歲的大相，足智多謀。六世紀末出生的人，影響她命運的人。（和她一起雕塑成像供奉在大昭寺的人，她的王和她的大相在她的雕像左右，一代又一代的人在黑暗的廟宇中經過他們，沒有人說得清楚的故事。）

王的兒子，沒有她的份。如羊之部落的芒妃墀嘉生子，慶祝兒子出世的湯餅盛宴，她還來不及參與，因為那時候她還在長安。六三二年，王的那個活不過二十歲的兒子出生時，她自己也還是個孩子。

（那個一路執意要跟公主到高原的年輕男子後來有個後代子嗣倩僧倉央嘉措，那已是千年後的事了。）

拜木薩不僅婚姻比她早，連死亡都比她早。拜木薩在葬墓裡頭，也早一步進入王的旁邊。拜木薩跟王已經在那裡躺了很多年了，躺了三十年，才等到了她。

歷史將寫她沾染黑痘之症，痘毒攻心而死。三年後，吐蕃才進行公開祭祀，她才被下葬在吐蕃王陵寢。為何要等三年，沒人知道。

她在陰暗的地下知道她是為了等待神鳥銜來心珠，破千年暗的心珠如炬。

金翅鳥命終，骨肉盡消散；唯有心不壞，圓明光燦爛。

神鳥來到時，守棺的人眼睛幾乎都瞎了。

傳說被轉成了信仰。她看見日後這座高原謗佛滅佛，接著又興佛媚佛。

滅佛者朗達瑪黑暗時代，百年之後，金城公主夫婿赤德祖贊將使高原到處開出佛雨佛花，那個時候她的唐朝送來了禪師，和密宗大辯論。高原蓮花戒大師登場迎戰，這場大辯論持續兩天，一個漸修，一個主頓悟。蓮花戒大師來自印度著名的那爛陀的高僧，滿腹經綸，學富五車，而且來自佛陀的故鄉，這一場宗教史上的頓漸之辯，自此改變了她帶來的漢地佛法。從此她的高原更靠近印度，蓮花戒大師將高原從此推上了印度佛教之路，漢地的禪師被送走，吐蕃王赤德祖贊迎請寂護大師，接著迎來了蓮花生大師。七個貴族剃度出家，第一個寺廟桑耶興建。她帶來了法，爾後她在墳墓裡看見來了佛來了僧，三寶確立。

滅佛魔王朗達瑪讓吐蕃王朝崩潰分裂群雄割占，一個人改變一個信仰，又是四百多年過去了。她早已不知輪迴幾世了，她看見自己某一世在廣州過世，再一世去了一座島嶼，她第一次看見大海，她朝海吶喊著，她看見海岸旁有座小廟，她走進去，看見一個黑面家神，家神正要開口，她就聽不見看不見了，她下葬。

三年後，故里三千里路無人來，來哭墓的都是高原人。

95 患譫妄症的公主

她在黑暗中看見和她無緣的金城公主和公主的王赤德祖贊迎請了印度來的高僧蓮花生大士。

千年一瞬，一瞬千年，轉身幻滅，幻滅轉身。

佛說金剛經，一切有為法，如夢幻泡影，如露亦如電，應作如是觀。金剛能斷一切，金剛不壞，金剛不滅。以硬碰硬，如岩壁峭壁的人生荒塚，瞬間來到。她想自己來到高原多久了？當寡婦多少年了？如蛾獻身於光的高原公主，在四句偈中醒來，在多霧的冬日早晨，譫妄症的潮紅與蒼白的自語，公主走出布達拉宮，將手中的蛾屍灑向高原漠礫，如山下焚燒桑煙似的蛾屍供給了遍野，她知道自己在不遠的將來即焚燒色身如蛾屍供給光，她將躺在這片大地，葬在松贊干布之旁，王早已腐朽，靈魂等待她多年了。以等待編成的愛，長成一種奇怪的姿態。蒙翳的白日，高原的白日比夜晚更蒙昧，太清醒而必須偽裝。高原春天短暫，冬日漫長酷寒，她的愛就像雪域的春天之短暫，但她的佛卻像冬日的燈火溫暖著心。蒼老至死的寒星，看顧著她。這麼多年，她躺下沒有夢見過王，沒有夢境的夜晚，空蕩蕩的風吸走了氧氣，缺氧的愛轉化成多氧的佛。王靈對她耳語著愛情並不艱難，艱難的是時間的摧殘。

夜晚體內住著不肯離去的長安少女幽靈，白日長安少女退去，明亮的世界沒有掙扎，她是度母，母儀高原，淚流只為苦難。高原的霧散霧去，霧沒有地址，只有方向。不用知道前往何處，只需浸潤在高原的萬物之中。

她是醒來才作夢的人。

早晨醒來，慶幸確知自己在高原時，會欣喜卻又懷疑是在夢境，又穿越虎視眈眈的死神了，活在高原的每一天都是危險的，每一秒也都是危險的。死神在高原是主人，人只是死神的奴僕。

喜悅者想這真好，又是一天的開始了，逆溯權位的背對者，她擇了艱難的路走。

96 微塵眾

六四一年三月二日，公主入高原的日子，最荒涼的路段是青海南道至柏海，千餘里，杳無人煙，荒涼如墓，盛夏也降雪。有時渴了還拿冰雪吃，日月山她走過的河，跋山涉水來嫁王，思念逆流成倒淌河。

入高原之後其實她覺得自己的地位和婢女也相差不遠，因為在這裡凡事都要靠自己，有時連祿東贊都看不下去。祿東贊成了她的暗中保護網。王死後，也使她能保有自己，免於改嫁。

但大相祿東贊過世之後，她在高原彷彿失去了屏障。王離去三十年了，大相離去也十三年了，她忍受流言流語的生活，忍辱是這樣嗎？她曾問過佛。

爆發瘟疫，有人說是羅剎女復活。羅剎女，她想起被她封印在布達拉宮的魔女，快要迸出黑暗地窖了，但力量不是來自羅剎女自身，而是來自高原的人失去信心，是自己失去信心才給了魔女解除封印的鑰匙。

但她也無能為力了，佛滅即將來到，弒神者已經在磨刀霍霍。只能等待三十年後，另一個公主的來到（金城公主覆轍她的步履），每個年代都有公主，不同的公主賦予不同的時代命運，有的公主如芥子，有的公主胸懷須彌。

人的時間在佛的時間裡比芥子還小。

四大阿僧祇劫加上十萬大劫，數字不再是數字，永劫流浪，誰能永生？無生無滅，永生仍有分別，她聽見黑夜中雲遊僧傳來耳語。

歷劫歸來，劫數難逃，劫成了新的時間。

讀鳩摩羅什尊者譯大智度論，她第一次有了時間的新宇宙觀，一小劫可換算一千六百七十九萬八千年，中劫三億三千多年，大劫十三億四千多年。莊嚴劫賢劫星宿劫，她正處在賢劫。每大劫必終於一劫，成住壞空。每一個詞字都是新鮮的時間。刀兵劫疾疫劫饑饉劫，高原面臨三個劫難。

眾生如天下微塵。

數字讓她頭都暈了，她數字差，喜歡以麥熟為新年，麥熟為歲首的物候曆，以人的小宇宙與自然的大宇宙對應，她每年看著麥長麥熟，就這樣看了四十年。第四十年，麥熟之後，她看見自己的身上飛滿著蝴蝶，從蝴蝶中走來了指認出她是文成公主的男人。個子不高，卻藝高膽大的男人，在眾人目光中牽起她的手翩翩起舞，她的絲綢霓裳和男人的華麗雲紋如意織紋交錯，她身上的乳香花香和男人的汗味木質香交叉，平原和高原，有如山海即將會合之際，她醒了過來。山風在窗外拍打，一片金黃的麥熟原來在夢中。

在夢中的愈來愈多，在現實的愈來愈少。

早已不是貞觀了，貞觀之後，故里一直替換年號，每一回她才剛牢記了就要換了，永徽顯慶龍朔麟德乾封總章咸亨上元儀鳳調露，等待她的是永隆元年。只小她幾歲的高宗堂弟，如此遙遠。

沒看到永隆元年的麥熟，十一月一日，三個一，在孤單的數字中，她躺在黑暗之中，躺進黃粱一夢。她帶來高原上千之物，全都是身外。十幾歲就耳熟能詳的一切有為法，都是夢幻泡影。星子一閃一滅，這是否就是我們的一生一死？她突然在某夜看懂多年前一直無法想通的畫面，為何悉達多會睹明星悟道。

睹明星開悟是有前提的，凡人但看千百萬回也依然。

日中一食，樹下一宿，便足矣。日中一食，她逐漸吃一餐，過午不食。樹下一宿，直把宮殿當菩提。咀嚼許多新詞，直到新詞變老詞，與詞俱老。鳩摩羅什尊者翻譯得太美了，她第一次讀到世界，輪迴，緣分，成住壞空，眼睛耳朵都長出了想像力的翅膀。

97 羅剎女的詛咒

器皿卷軸式的文書手卷，在唐代這個如日中天的國，有關花的是世界，莊園瑰麗的都城，以及陪葬的名器，裝滿著陶瓷書畫，連紙質都是文書手卷，充滿異地風情，胡風歐風江南風，融合成她的都城回憶。

西元二六六年竺法蘭法師來到中國譯出四十二章經，這位敦煌菩薩在長安譯出的十卷正法華經，佛經被她帶到高原，她將正法因緣攜來高原，用她的身體供養出未來的舍利花，身體給了王，精神供了佛。那時她就知道佛性人人皆有，不該有奴隸，但王雖信仰佛，卻依然階級分明。佛不是要人沒有分別心？她想起她曾對松贊干布說的話。王反問她如何沒有分別心？妳若不是大唐公主，何以走到我懷抱？她說那是身分不是分別心，我沒用公主身分和你在一起，我用的是愛。我也沒用公主身分和高原子民相處，我用的是平等。

王第一次聽她如此言之鑿鑿，語之爍爍，不禁對她另眼相看。但王有心想要實踐什麼是打破階級與平等的想法時，未久卻感染天花，絕命旦夕。下一個王，離她很遠很遠，沒人理她說的佛言佛語，她漸漸也少外出。青燈下，佛未老，鳩摩羅什譯妙法蓮華經正年輕，新詞新語，薩達摩芬陀利迦修多羅，她和幾位宮女與親近工匠後人讀經，成了小小的安慰團體。妙法蓮華經，修正法得正覺成佛授記。

授記，她也是一個被佛授記的人，授記蓮花綠度母。從此高原人記得甲木薩公主是蓮花公主，高原人沒見過真實的蓮花，但卻看過圖片上的蓮花。蓮花公主日日唱誦妙法蓮華。

帶來此地的高規格嫁妝都流傳出去了，最殊勝的嫁妝就是這些經書了。金玉書櫥裡的佛經與識別善惡的明鑑，百種治病藥方。出世與入世的嫁妝都有了，藥方現在也治不了自己了，世紀瘟疫，黑痘天花，她見過王死的時候的痛苦，進入譫妄的狂語發燒咒罵。這該死的風，這該死的冷！無常幽冥鬼飄盪，穿進穿出，把風兜進來又兜出去，大風吹起，像是趕屍隊的冷酷，即將湮沒地表的掃蕩姿態，亂飛狂飛的物品揚起又重重落下。路上無人畜，唯恐被吹走，或被打到。那個被還沒收成就狂飛四散的農作物打得頭破血流的農人與羊像是個警世錄，沒人敢出門。臨冬的萬物枯索，連神鷹都羽毛凋落。樹葉落盡，雪山封路。正值壯年的王卻要走了，比王先行一步的殉身者拜木薩，正在微笑，等著王經歷她所經歷的一切，然後和她會合。

風還送來了瘟疫中集體亡者的氣味，從各家各戶緊閉的門窗，強風利索勾招出的氣味讓家裡沒有亡者或者即將要有亡者的人心裡一陣苦楚，仰頭想問蒼天，卻只看到屋子那低矮的天花板，被燻得一片黑漬的屋瓦，沉默如鐵。

依八十五行曆算觀察法被封印在地底的羅剎女在黑暗中狂笑，甲木薩妳封我，讓我在黑暗中永無天日，而妳將也孤寡一生，永無超脫。

98 三十年轉瞬如夢

所有的人都遠離了王，除了已經得痘的妃子，已經感染，似乎準備陪葬的樣子。那是好久了啊，三十年前，她才二十幾歲，被隔離起來，只能戴著面罩隔著些距離看著簾內的王，她邊抵禦著寒冷，邊嘴裡念誦著金剛經迴向給王。灶灰星火，劈哩啪響，四周像是陷入了夢境，每個人的臉都長著可怕的紅黑色小水泡，瘦骨嶙峋的人爭著空洞的眼，隱隱約約的有人在唱起歌，但又不像是歌，倒像是咒語。她聽見有聲音在王的耳朵說，你的雙手沾滿了血，你唯一的功德是娶了蓮花公主，甲木薩漢地女神。

她從念咒的昏睡裡回神，聲音頓時消失在虛空，她看見有一群御醫手忙腳亂地扶起快要跌出簾外的王，像是在叫喚她的樣子，有人步履快速地走向她，跟她說王剛剛好像一直在念著甲木薩公主您的名字，喉部像卡住什麼地只發出咳咳咳的聲響，聽不清楚要跟您說什麼？

她吩咐四周暫停一下爐火準備放材薪的動作，爐火安靜下來，四周走動的人也暫停，她聽清楚王的喉音字詞了。她聽清楚後，跟他們說，可以繼續了。她看著書櫃內的經典，王要她幫忙念經，迴向給精靈，那些未出世的夭折嬰孩。

她和王沒有孩子，拜木薩也沒有，其餘妃子也沒有，沒有吐蕃血統的妃子都沒有生育。她們的孩子不是胎死腹中就是上不了轉世之路。王的陰謀，現在精靈來了。但她要念哪一部經呢？鳩摩羅什尊者的佛經部部珍貴，部部都可迴向一切眾，但特別要給夭折精靈，她不知道何經才是力量最大的？一切有為法，如夢幻泡影。她大聲拋向王的方向，王卻頭痛欲裂似地抱著頭搖晃著。

現在輪到她了，三十年，以為很漫長，回首其實也只是泡影。王和那些早走一步的拜木薩現在在哪裡？會是那守著門的獒犬嗎？會是那沉思在湖底的魚嗎？

輪迴的因究竟取決於哪個關鍵時刻與關鍵事情？她還是很困惑。鳩摩羅什尊者的譯文優美，卻讓她耽溺美感。

故里人事物，她在高原四十載，那些喜歡到處遊走的文人詩詞，遊歷成風。帝國的東南西北，水路陸路，長安可以到達各地，天子皇后或者是皇宮的人才可以乘車，有錢的人騎馬，驛站可以讓旅行的人在中途休息，送別離別，壯遊者或者商旅隊經過高原領地，接著穿過沙漠戈壁，進入無故人的世界。那時她還未曾讀過天若有情天亦老，心裡卻嚮往這種有情天地，她活著的地方是無情高原，有情的人也都走了，無情的人更是早走。大師的慈恩塔地藏庵，佛行事業如風，四處傳播佛語，抵達高原卻是漫長之路。

時光潮落，芳草落花，把酒杯放在流水之上任其飄流，流至誰的面前誰就要飲酒作詩的夜宴彷彿是前世的事了。評比的文人酒會，曲觴流飲笙歌，酒令遊戲夜未央，夜宴文豪風流，銷魂春宵，連女人都長出了膽識。像她這樣的女人，都可以靠極稀薄極稀薄的氧氣與愛情苟活。

但抵抗不了的瘟疫還是來了。

致命的一擊，妳也躲不了。拜木薩如鬼火般地朝她說著。

99 回憶前塵

熾紅的臉，熾燙著手，她找出擱了好多年的龍腦香安息香，當年的嫁妝，父皇送的，她想起父皇離開人間的時間和她的夫婿幾乎差不多同時。死亡是怎麼回事？

人命在呼吸之間。

能為她誦經的只剩一人，那個跟她來到高原一生未嫁的最老的婢女是僅存的故人。轉為盲眼說書人之妻的婢女，以壽命長成為她的生命最後的見證者。

她還沒滿六十，整個故里人就都離開了。

葡萄美酒夜光杯，又野宴又迷幻夜光杯無人。青稞酒暖身，佛說不能飲酒是因為飲酒的人無法控制自己而淫亂，一個可以控制自己的人，什麼都可以做的。何況是和最後的故人婢女喝上離別酒。

離開長安，長途跋涉的旅程，她開始失去第一個婢女。這是她永遠都不會忘記的旅程，一個之後，又有好幾個離世者，就地安頓，他們只能繼續走下去。西寧開始，經過青海湖、格爾木、沱沱河，一路到邏些的途中他們翻越的山口海拔高，天氣冷冽。從西寧到格爾木平均海拔都在三千公尺，從格爾木到沱沱河這一段，平均海拔更是一下子拉高到四千七百公尺，途中還要翻越海拔五千多公尺的風火山口。她感到頭暈，吐了不少，吃了點甜食才好些。

就在這時，侍女與誦經書的馬車夫倒下來，把她給嚇了一大跳，第一次看見不再呼吸的人的臉孔如此蒼白，生命這樣就消失了，她第一次理解佛經寫的肉身危脆。

來到格爾木時，先前幾個已經受到風寒的隨侍更是撐不住了，她要車隊駐紮休息再出發。沒有人走過的路，艱難至讓她想起長安的舒適，長安已遠，未來也遠。她想也許自己就會死在路上。之後翻過崑崙山口，來到沱沱河，人仰馬翻，長安人無法適應高地海拔而累倒了，後來的旅途全靠祿東贊與高原人撐住，由他們照料大家用餐、甚至醫藥等。他們不知道這是高原病症，第一次感到昏昏欲睡，身體像喝醉酒似的搖搖晃晃。大夥都吃不下飯，吐蕃人卻都大快朵頤。長安人躲在帳篷昏睡，吐蕃人卻還在奔跑。

休息幾日之後，在有經驗的吐蕃人的照料下，許多人逐漸康復，他們繼續往那曲的方向前進。沿途她持誦著經典，祈求神幫助他們。

山神聽見她的祈求，折損一些人之後，終於抵達高原日光之城。抵達時陽光燦爛，逆光的人影列隊像是時間之神，有人朝她揮舞彩帶，有人為她跳舞。缺氧的暈眩感轉成了新奇的歡愉，畢竟是年輕啊，很快就塗抹了不適，只是她想這城也太過蠻荒，暗處冒著磷火，鬼魅也來打聽是誰來到高原，一看到是個瘦小的年輕公主，鬼王們都笑了，鬼火愈燒愈旺。但接著有鬼魅看到車隊打開的箱子裡的佛經時，紛紛走告著佛來到這裡了，佛來到這裡了。為此，她將繡的佛像圖，高懸昌珠寺，這寺鷹鳴如龍吼。五怪龍作怪湖中，她的王親自變成大鵬金翅鳥吸乾湖水，露出五尾怪龍才平了亂。

她的王平亂，她的佛進駐，從此高原人的狼心轉成佛心。

100 夢囈

十月底了，高原開始吹起冷風。

她卻想念起長安城盛夏酷暑難耐時會吃的水煮涼麵，水煮麵放在冰上凍涼之後鋪在葉上的長安麵食。將槐葉搗碎後和麵粉一起和在一起，細麵條煮熟之後，放入冰水中，等麵的顏色變成鮮綠色，然後再放入水中冰涼，盛夏吃涼麵十分可口美味。

槐樹跟柳樹是夢中風景，槐樹池畔多柳樹，那條熱鬧的朱雀大街，胡人往來，天可汗沒有築長城，她出生在動盪即將結束但安寧盛世尚未來到的初始。她就是長城，人肉長城，可以阻擋入侵。

她喜歡華麗的衣服，直到中年過後，突然想念長安城內很多人穿白色的衣服，進士及第的那些人穿白衣，整個城市也是明亮輕快的白色，直到古樂府的引入和胡風進入，還有那水鄉澤國的江南絲綢，閃爍著金絲銀線的光輝，衣裳可價值千金。

101 滿城無故人

稽首三界尊，皈命十方佛。
稽首父母尊，叩拜生養恩。
她日夜唱頌。
身邊僅剩的兩個故舊，馬玄智與桂兒，連丫鬟都不知道換了多少人了。舊愛入土，還活著的遠在天邊，四處有芳草，滿城無故人。
弘化公主姊姊在涼州，心裡還怨著她的夫君滅了姊姊的國。
這一天她拿出早已封箱的卜卦，竟從占卜中再次看見高原聖地變成狼煙四起，流言瘟疫屠殺四竄，人們竟把災殃推給早已不存在的自己，有人狂說她是羅剎女。女神從蓮花座走下來親民根本是不對的，神秘一旦消失，人們用有限的如豆目光只看到平凡中的缺點，且把缺點擴大。她一度變成弒神者口中吐出火焰的羅剎女，這一天將會來到，但她無法預測何時，也無法阻止人心欲念要如何誹謗弒神。
她想起很多年前剛抵達高原時經常做的惡夢。
那是她請藝匠們協助她繪製鎮魔圖封印羅剎女之後所發生的景況。永恆的祝福與詛咒並置的土地。她看了占卜，臉上閃過祥慈又憂慮的神情。已經被贊普賜名藏名的頂級藝匠師章巴夾列看著公主的臉龐閃過憂慮神色非常不解地問著她為何憂為誰慮？她那時候還不明白眾生的顛倒之心總是能夠化淨土為魔界，因而不解地對章巴夾列說，奇怪，我近日經常夢見大昭寺被挖空眼睛與被削去鼻子的佛像，有人對著佛像尿尿，寺院且變成一座屠宰場，豬血噴灑且漫流，連夢中都可以聞到臭氣沖天。天空撒下如黑雨的鳥屎，高原草木枯萎中林立著被行刑的人，被吊在樹下的紅衣僧人，夜半走在雪色山路的逃亡者。有男女在青稞垛上裸體追逐擁抱嬉鬧，帳房裡的漢人雲遊僧駱駝商旅客說唱藝人都變成了強盜屠夫蠻橫士兵，使我驚醒，彷彿吸不到空氣地惶恐不已，驚魂未定。

熟讀佛經之後，她才明白羅刹女雖被鎮魔圖封印普陀珞珈地底，但終究人心會被羅刹魔女引誘降伏，隱藏在黑暗的征服之心永遠比良善種子有力，且欲望的繁衍總是又快又猛，何況人只有一張臉，魔卻有雙臉。始終沒有斷根，封印只能短暫安撫蠢蠢欲動的狂心。甜蜜是謊言的紗帳，黑暗是淫亂的遮簾，當穿行的鐵龍將高原開膛剖肚之後，隨興的旅人帶來的精神口糧都沾染著看不見的毒。

後來她將整本金剛般若波羅蜜經手抄本供在案上且日日焚燒香塵給無名眾生，惡夢才不再來騷擾。但她知道夢兆有一天會來臨，只是那時他們都不知輪迴到哪一劫了。

於今再想起那些老得猶如高原枯枝的夢境，她知道自己時日不多了，她看見蝴蝶最後一抹金粉銀光的雙翅消失在高冷的空氣中，連佛經都壓不住業力的到來，死神的馬蹄聲響在高原的路上，一路馳騁過神山，揚起星白如花的雪塵。

102 人是未來佛

桂兒，妳看過鐵鳥和鐵龍嗎？

我只看過鐵籠，桂兒笑答。桂兒一邊燃起香爐的香塵，一邊將香注入香斗、香筒，打開香球、香盒，收集香灰。

甲木薩聞著香，感到寧靜。

我在夢中看著天上的鳥的翅膀都閃著鐵製的銀光，我從長安一路走到邏些的路竟穿爬著一條巨龍，鐵打造的巨龍，很嚇人，可以從它一節節的肚子裡吐出人，有些人我從來沒看過，金髮白得如雪的皮膚，走路時胸部彈跳得像是要抖出長安城賣的奶油包。

桂兒聽了發出呵呵大笑，她聽公主說過無數的佛經故事，怎麼主子到晚年卻說起這樣荒奇的故事來？

這些年她跟桂兒說了不少故事，現在變成桂兒說給她聽。

公主夢是夢，別怕，我來為妳說一個善良的故事吧，那是孤獨長者與佛陀弟子喬達彌的故事。

孤獨長者到了晚年生命發生遽變，喪失了所有錢財，想當年他可是將所有的黃金鋪滿祇園精舍所能見到的任何一個土地的人，他變得一貧如洗，很多人以為他將不再相信佛法，也有人議論著怎麼信佛者供佛者會有如此下場？佛怎麼沒有幫助他？孤獨長者沒有退轉，周邊的人卻失去信心。但孤獨長者知道這和佛無關，那是他自己的業力使然，信佛不是為了交換功德，信佛是他自己的心的信念。因此他仍一心想要供養佛法，雖失去所有，但他想自己還有善念，還有一顆心，他還有雙手還有菩提的種子啊，於是他挖地灌溉，埋下菩提種子，他想將來這樹長大了，後人來聽佛法就有樹蔭可以遮涼，如此一代又一代的覺者就可以繼續到樹下說法了。這個心念一發出，力量深廣無比，據說孤獨長者到了晚年又過著不匱乏的富裕生活。

她聽著桂兒說的孤獨長者的故事，心裡頓時解除了惡夢的不安。桂兒不愧是說書人，記憶力驚人。繼續說起關於人間為佛陀塑像的起源故事，佛陀第一尊像也是從孤獨園這個地方開始的，傳說當佛陀曾上升到忉利天為阿娘說法。但因為天上一日等於人間三個月，弟子們都非常思念祂，於是在佛不在的這段期間，弟子們於是推派修法與技藝都是一流的工匠以其神力升天，在旁偷偷為佛陀打造形象，這名工匠也是佛陀親近弟子，本身也很神通廣大，工匠回來後不僅迅速打造了一尊和佛陀完全一樣的檀香木佛之外，也成了親眼見到佛陀為阿娘說法的弟子，深信天外有天，輪迴不虛。

她聽了一直閉眼點頭，深深著迷。突然打開眼說，好想看這尊檀香木佛，你可以形容這尊佛的樣子嗎？

桂兒說，這個檀香木佛的眼睛是朝著天望，就像一直在望著阿娘，一切如母的眾生般。絲路往來的商旅在驛站傳誦這個故事時，曾說這是人間為佛陀首次的造像，佛像是檀香木，非常珍貴，但誰也沒看過，那時佛陀就在舍衛國鄰近山丘上升到忉利天為阿娘說法，直到阿娘生天，佛陀才又繼續回到人界，完成說法使命。

她笑說妳的故事愈來愈多了，原來妳經常到驛站旅宿聽故事。

桂兒笑答，是啊，親愛的公主，作為一個說書人，也得增添故事，不然就無法繼續說下去呢。

她微笑著，隔著紗帳，桂兒看見公主拉了一下棉被，彷彿感覺冷。是起風了，桂兒忙添加柴薪入盆內，一時劈哩啪啦響音不斷，星火四竄，趕走濕冷，空間頓時回溫酥暖。

公主喝茶。

她拉起紗帳，端起茶杯，在水杯裡看見自己滄桑的臉，彷彿看見了長安的阿娘。十六歲告別阿娘，就再也沒見過阿娘。她突然流淚，瞬間想起阿娘過世時，她連回去看一眼都沒有，路途遙遠，無能為力回去奔喪。阿娘過世之後，長安的路更是自此阻絕了。山高水遠，路途封鎖，她的思念也封閉。能讓懸念放下的只有佛經，她在高原，總是念經之後會迴向給阿耶阿娘，十幾年的緣分，如此短暫，比高原的樹齡都要短的緣分。

103 沒有不死人之地

桂兒回想起公主曾說過的故事。

佛陀有一位名叫喬達彌的女弟子當時正因為失去了一位她所鍾愛的小孩而日夜悲傷，孩子的往生使她的生活自此失去了歡笑，靈魂飄盪，被傷心思念揪著的苦痛感無法去除。她不相信至愛的孩子會這麼輕易地就離開了她。

由於不相信活跳跳的孩子竟會成了冰冷的屍體，她以為是上天開的一個玩笑，她日日夜夜守著屍體，竟成了守屍鬼。喬達彌每天看守著孩子的屍體，撫摸著孩子的身體，俯視著這個曾經熟悉卻已然冰冷的臉龐，她經常瘋狂地哀號著，逢人便問誰有神醫可以救回我的孩子？碰到出家人更是不斷地說請賜予神通法門讓我的孩子活過來？每個人聽了心想這女人可真癡傻，誰能死而復生？她終於遇到釋迦牟尼佛，她問著佛能否讓孩子活過來？佛柔慈地說妳去不曾有人往生的家族向他們索取一粒芥子回來給我，我再告訴妳方法。女人滿懷希望地出去索討，佛說無論妳去什麼樣的家庭或者拜訪什麼種姓都可以向他們討取一粒芥子，唯一的條件是取得芥子的那個家族必須是從來沒有死過人的家族。喬達彌開始挨家挨戶去問著你們家族有死過人嗎？每個人都拉下臉地搖頭關了門，芥子很容易要，但找不到沒有往生者的家族。隨著時間流逝，失望日深，她頹然地坐在地上，知道沒有一個人家是沒有死過人。這段經歷不僅讓她的注意力被外境轉移而減輕了不少內心的痛苦之外，也因體會到佛陀的深意而減少了失去的執著。多少人告訴她要放下，但她就是放不下。看見每個家族的人都曾有過往生者時，她明白自己的失去也是大海的一滴水，每個人都會經歷失去所愛，或者所愛失去了你。覺者佛陀以這樣的方法讓她經歷與明白了生命的無常。

桂兒的聲音戛然而止。

沒有人是不死的。

只要有出生，就一定有死。

甲木薩喃喃說著，忽然仰天長嘯一聲，幾近癲狂。看見沒有機會化成蛾的蠶寶寶們滾動爆滿在她的床，床擠滿著蠕動的蟻蠶。轉成白色的蠶吐絲將自己的足固定在蠶座上，不食也不動，平靜的外表下，內部劇烈翻轉等待新生，最後吐絲把她纏住，把她釘在恍如菩薩在蓮花座上，再也下不來。她朝對她朝拜的人喊著放我下來，放我下來，沒有人聽見，他們一直拜著她，獻上哈達，沉重得把她更擠壓進一只繭內，無法蛻變成蛾的絲繭，緊緊纏繞著她，原來裹屍布在她抵達高原時就已經備下了。

後來者

104 繼承者

六八〇年，甲木薩公主，來自漢地的女神，即將返回天庭。

往昔王忙著活，忘了死。她忙著拜佛，忘了王，王也忘了她。

千百年前，神明各安其位，彼此締結了一份信仰與庇佑的誓約。如今這誓約依然奏效，而且有了很多從別處趕來的新加入者，以及許多新的故事。

時間走過，她從公主變王妃，從凡人變女神，但她覺得自己還是長安那個李雁兒。時間沒有改變什麼，除了死亡與消失。

她的後代，金城公主即將覆轍她的步履。且比她幸運，金城公主將生下高原偉大的王赤松德贊，漢族血統強勢進入高原。她雖帶來佛教經典，但卻礙於文字無法普及。（百年後赤松德贊在位期間才提到佛教的普及，桑耶寺建成之前從無高原人受戒出家。佛端坐於獅子蓮花座上，身高八米，酥油燈的長明燈投射，高原人第一次看見了如此巨大的佛。文成公主像面向東方，文士工匠也受到厚葬，陪伴在她的兩側。）

離開這個世界。

更遠更遠的長安，繁華依舊，新一代的唐朝人，已經不知道她這位青春少女曾如何艱難地離開長安。使者來到吐蕃祭拜，只剩下盲眼說書人熱情的告訴來者關於甲木薩的故事，她在哪裡教過吐蕃人民種植種樹莊稼織布工藝讀經，她在哪一座寺廟雕刻過哪些佛像。盲眼說書人即使看不見都可以帶你到大昭寺前，去看那棵老柳樹，據說是甲木薩從長安帶來的柳樹的分支，自此成了公主柳。甲木薩那一代人都走得差不多了，娶高原女為妻，化作高原人，彼此混著血液，你儂我儂。

甲木薩趕走了拜木薩，大昭寺裡面沒有拜木薩的位置。松贊干布甲木薩公主和祿東贊像是三位一體，這些雕像都是有靈魂的。因此往後活佛在舉行坐床儀式的時候，被認定為祖古的轉世靈童得要向如來佛祖、松贊干布、甲木薩公主、蓮花生大士、白朗木女神以及宗喀巴大師等大師的塑像進獻哈達，以此表示尊敬。

她的脖子總是感到沉重，絲綢哈達巾掛在脖子上愈來愈多，寺院喇嘛取走之後，不久又會有人獻上哈達，白色巾像是長安的白衣，又像高原的神山雪色。

她聽到有個島嶼女孩總是不斷地述說著她的故事，循著宮中保存的大量壁畫前進，她聽到女孩說著唐太宗六試吐蕃婚使祿東贊的故事，她聽到關於自己入高原一路遇到的艱難險阻的片段，她聽到他們抵達高原時是如何地受到熱烈歡迎。其實這些故事真真假假，但她不能開口，如果雕像開口說話，會把人給嚇跑了。之前釋迦牟尼的雕像流淚之說被傳得沸沸揚揚，其實那是有人擦拭雕像時不小心將水留在雕像上，恰好被商旅貿易人經過而自此傳成了神蹟。

她寂滅之後，戰爭四起。人擋殺人、佛擋殺佛，但仍抵擋不了滅佛者。

來的不是真正的魔與佛，最多就是附魔者與附佛者。許多許多年後，她成為高原的一道風，風行者送神鳥來去，看附魔者與附佛者毀邦毀城。這人世已成荒原，唯獨不見佛。

105 佛碑

高原曾經處處飄散著她從長安帶來的佛經與商旅隊帶來的佛像碑拓印圖，關於佛陀與彌勒佛，降生與未降生在世上的佛，給了人們想像的希望歡愉與現世的安頓。轉輪王七寶裡的象寶、馬寶、珠寶、玉女寶伴著佛的降生，有七寶現身，花開見佛。造像碑的背面往往是一幅幅描繪著佛誕生、出家苦行、修菩薩行，覺悟與遊化諸國的歷程。那時她請唐朝跟隨她來的工藝工匠們將紙上的造像碑圖轉化成雕像，然後將佛的立體雕像放置在大小昭寺或是城裡熱鬧的街心，因為這樣可以使不識字的奴隸或者農民或者往來路人與商旅隊，能藉佛像擷取智慧或者當作對境的學習，或者只是訴苦的對象也好。一時之間，佛像前面總有人像是在告解似的喃喃自語，哭泣搥胸，仰望天際。也有人開始對著佛像五體投地著做起一種奇特的禮敬方式，她在高處看著城內，看著雙手高舉全身投地而下的禮拜動作，覺得甚是莊嚴，這姿勢真是謙卑的極致。

後來的人有樣學樣，從此對著佛進行大禮拜的動作就成了高原人最美的姿態與聲音，開始延伸的禮佛物品也增多了，保護雙掌的木套，計數禮拜多少次的珠子，敬佛的油燈，擋風擋雨的皮裘，保護頭頸的帽子，佛是一門好生意，高原人第一次覺得佛這麼親切。旅人開始對著路上的禮佛者說著甲木薩對他們說過的佛法故事。

自此高原人隨著彎身起身的禮佛者在石板路上不斷滑下的聲音入眠。

她闔眼前，卻感受到未來的高原的愉悅氣氛將消失很長的一段時間，因為亂世即將來臨。

於是呼吸停止前，她告訴佛，她不想再出世。有個熟悉的男人聲音突然急忙地抛下，對著她大聲說著妳還虧欠我一場愛情，她的臨終之心乍然被這聲響劇烈搖晃著，靜謐之感消失。召喚之聲伴隨著恍惚迷醉，她突然見到在床上正擁抱著一對看似熟悉又陌生的男女。

剎那她感到一陣溫熱，紅菩提與白菩提交合，她感到自己正穿越一座窄仄的山壁，滾入一片羊水中，漂浮。

一念差池，罩下了紅塵情網。輪迴啟動，祿東贊亂了她的心緒，攪拌大海，一時之間狼煙滾滾，遮住了她往佛的通道。

一步之差。

106 佛滅

被封印的羅剎女醒轉，發威，與魔鬼群舞，這時高原的佛都靜默，或者流淚。

在中陰世界的甲木薩喃喃自語我佛慈悲啊，她看見黑暗中到處有火光，寺院著火，裡面傳來豬叫聲，血流成河。變屠宰場的寺廟，豬瘟連連，人瘟時時。神聖的佛雕像被重新鎔鑄，變成子彈。佛經被用來當入門的踏腳墊。人塗汙繪畫，在唐卡下尿尿。被迫還俗的出家人，關進監獄的不屈服者。

她流淚看見諸佛神像掛的不再是琉璃瓔珞，而是被屠殺的豬心牛皮羊腸，血淋淋的沾染著神像，封禁的大昭寺，把佛請出來。但來到高原的佛，不走了。反佛者將釋迦牟尼佛像命三百大力士要送回中原，卻怎麼樣都移不動。同時間反佛者大臣納朗陶傑唐拉巴無緣無故的竟背脊斷裂而亡，很多人害怕這佛發威，於是提議送回原產地印度。幾頭騾子馱著佛像，走到芒域，通往印度的路卻斷，佛像就此留在原地，無法搬遷。自此沒人再提移這尊甲木薩公主從長安帶來的佛，滯留芒域十四年，等到了英主贊普赤松德贊，佛再次回歸聖城聖寺。八十年後，滅佛者，弒神者朗達瑪又來了，一樣動腦筋到這尊佛，但害怕災害臨身的大臣謊報佛像已經被埋在沙堆了，連同一塊大石頭被推進了沃唐的湖裡了。滅佛者滿意地將大昭寺再次封閉，毀佛，滅佛，除佛。幾年後，當滅佛者被暗殺後，第一個打開大昭寺寺門的還俗僧侶的後代哭了，看見寺院荒煙蔓草，雜草叢生，破敗不堪且汙髒荒涼。據說那個人的眼淚一流到寺院的土地時，突然綻放出第一朵蓮花來。他們認為是甲木薩公主，他們的蓮花公主又回來了。

宮殿旁的瑪布日山這時起了風，高原的風總是讓她頭痛。那時她的王，她的贊普，隨身都帶著一尊小小的佛像，複製壓模的泥塑菩薩，那時的觀音還長得很男性。那時她和新婚未久的藏王贊普站在紅山的右側望著山下，那時她還不知道自己過世之後，一位名叫達札路恭的人將再次率兵攻掠長安。和親和的不是政治也不是愛情，原來和親和的是人與佛的親，和親是為了佛。遙遠的和親之旅，彷彿一場夢了。最後只剩她一個人。

封印的羅剎女，掀起了驚濤駭浪。

她闔起眼，流下眼淚，她再也不張眼。

直到大鵬金翅鳥銜來一粒菩提子。每一次投生，就有一個阿娘，生生世世裡投生的臍帶未被切斷。佛為何要先歷經結婚生子，歷經愛結欲縛，然後才有這心地風光？這要告訴我什麼？我為何要歷經長安到高原，和王結婚，短暫十年，換來寡居三十年？一切為了法。十二歲等身佛像，在寺裡安然，對她微笑。佛像開口說，菩提樹下我睹明星而悟道，因為看見這天上的星子一閃一滅，就像人間的一生一世。奇異哉，眾生皆有佛性，為何眾生看不見。她聽了流淚，夜奔小昭寺為了禮佛。高原人說她瘋了，她沒瘋。

她只是傷心，她看見滅佛者來了。

朗達瑪滅佛，大相韋・甲多熱將蓮花公主文成汙衊為羅剎女。

但蓮花自性永遠是蓮花。

心地常開六月雪，火焰蓮花，夢中的璀璨高原，彩虹橫過雪山。

聽見人們朝大昭寺古井裡許的願。

這是願望之歌，自性之花。

107 李雁兒

六八〇年，隆冬，在邏些城即將病逝前，吐蕃如何為她舉行隆重的葬禮，唐遣使臣赴吐蕃祭奠，生死觀。近四十年的回憶，一個異鄉人改變了一個地區的文化，她來到了小昭寺，也走到了大昭寺和布達拉宮，站在羅剎女的心臟，回望整個人生。她不再只是文成公主，她看見新天新地，看見後代許多的女子走著她的路，以自由之名，而不再是婚盟和蕃之名了。

她靜靜地看著往事倒帶。

往昔的李雁兒，過了四歲生日那年，關中大旱，災民求生，有的不得已只好賣兒鬻女。剛登基年餘的唐太宗來不及感傷在玄武門宮門中斬殺了自己兩位親兄弟也是競爭對手的血淋淋事實。但旱災來得疾行如風，掃過比皇位更喜悅太多的憂心忡忡，剛即位的他下令打開穀倉救濟，免於災民飢餓起盜心，打開御府的儲備金帛，提供賣了子女的災民贖回所愛，骨肉不再分離，一開始就穩定了基業。這一年將李雁兒的日後一舉推向高原且留名的第一人李世民正是壯年。就在同一年，李雁兒長大後日日念茲在茲的大師雲遊，乘著夜色混在流民中溜出長安城，踏上了西行取經求法的漫漫征途，從此西行以問所惑。

往後，她也無緣遇義淨大師，她離開長安時，義淨七歲，還在她走上漫漫長路時，這個小小孩就出家。她過世時，義淨已經在那爛陀待了五年。這些她都沒有緣分。玄奘大師歸國時，她也無緣見到那擠爆長安的迎接人潮。大師西行求法那年她年紀太小而無法在大師開壇講經之地聽法，大師西行歸來，她已遠嫁至高原了。

西元六四五年正月回到了長安的玄奘般若千卷，在譯經院的玄奘口出經文，眾僧在院中書寫下字字珠璣的靈魂光芒時，她卻已經在高原度過了缺氧的無數日月，渴望讀到錯失的經典。沒能在大師座下聽聞一經一句是她即將嚥下這口氣前的遺憾。

在甜蜜的遺憾中，她闔上眼。譫妄症使她看到雪花都坐著一個佛，一個菩薩。

金光刺目，她睜不開眼，只好又闔上眼。

這個長安來的普通公主之後幻化成高原人心目中觀世音，蓮花公主。

有人傳說，她從自己的身上放出四道的光明，從左眼射出的光明射向高原。其中有一道光，射向長安皇宮，她滅後的某一年，唐皇的心腹王妃生了一個美麗的女嬰，出生時口吐蓮花，香氣飄飛，身體清涼，光明而神聖，金城公主來到，這公主日後將覆轍她的路，且為她秘密保存了十二歲等身佛。

從此，她被神格化，她是觀音眼淚化成的綠度母，從心中射出觀音的光明咒語六字真言。

六字真言，無處不在，彷佛是高原土地的慈悲胎記。

只要真言一出，被封印的羅剎女就無法出土。

布達拉宮下，羅剎女也高歌，詛咒喜愛甲木薩者，永不得婚配。

卻不知甲木薩在大昭寺古井埋有真言，只要對著大昭寺古井許願，只要是良善願望皆能實現，戀人許願終成眷屬自然就成眷屬。羅剎女飲恨，怒心降下冰風暴，但最後仍被觀音以淚水冰封，收納在楊枝淨水瓶裡，化作甘露。

108 覆轍者

跋涉千里的愛情，不過是一場又是一場凌亂的命運。

她在死亡之前，看到未來的覆轍者。

關於她的後代，覆轍她和親之路，來到吐蕃的金城公主。

赤松德贊這位被「賢者喜宴」寫的身世之謎，金城公主生下赤松德贊，王后那囊氏詭稱懷孕，用藥敷在乳房使乳汁流出，令國王和群臣無法辨識，於是在赤松德贊滿周歲時，阿巴拉赤德祖贊令赤松德贊在金城公主與那囊氏之中找出親生阿娘，赤松德贊走向了金城公主的懷抱。公主與王后誰生下王氏血脈的故事永遠層出不窮，贊普世系表則正統明載那囊氏才是赤松德贊的阿娘，正史與野史斷然差異的觀點，就像甲木薩公主沒有子嗣一樣，漢人血統在王室沒有開花結果，一如那千年前的宗教辯論，漢地來的禪宗法師和印度來的密宗法師如何展開辯論？只留下結果，誰贏了供上經書，留人；誰輸了經書焚埋，走人。其實也許不用辯論，本性自然選擇，禪如此空無，高原更適合繁複儀式，更靠近印度。但她還是遙想那場辯論，該如何進行？是一邊微笑拈花，一邊敲鈴打鼓？

摩訶衍禪師與密法高僧蓮花戒辯論了兩天兩夜，兩天兩夜看誰飛天入地，頓悟漸修，滔滔雄辯滿腹經綸仍是贏得芳心，看得見比起看不見容易讓人相信。之後從蓮花生誕生的蓮師將降魔整座高原的精靈鬼怪變成佛的種子，竟至規定每七戶人家必須供養一名僧侶，惡視僧人剮其目，惡指僧人斷其手，惡言僧人割其舌。不識本心與自性平等者從此處生出特權傲慢之心，終將引起滅佛者的到來。

還好她趕在佛滅之前入土，否則她會很傷心，傷心佛，傷心這一切灰飛煙滅。傷心佛滅，佛卻笑說是眾生有分別心，佛不增不減，不興也不滅。

女神即將被汙名成女羅剎的時代已暗潮洶湧，她的棺木即將被放入土中時，甲木薩在棺木裡突然驚醒。

原來，佛興一場戲。

佛滅也不過一場戲。

她的長安仍是長安，她的邏些轉惹薩轉拉薩，她的雲遊僧玄奘轉唐僧，她的高原從吐蕃轉圖博轉西藏，一如她從李雁兒轉文成轉貝瑪蓮花轉甲木薩（一度降轉成羅剎）。

時間流逝如箭，天道曲如弓，甲木薩與雲遊僧紛紛石化，變成雕像。

石化的她在大昭寺裡注視著如海般的人潮，她的左右是贊普與大相，松贊干布與祿東贊長伴她的左右，再也不離開。王往昔的那些妃子，沒人記得。

她的手中握著佛經，雲遊僧從長安托報信者馬玄智帶來給她的心經與藥師經，雲遊僧往後影響力最深的兩部經典，被為她造像的藝匠偷偷置入在公主雕像的衣袖內裡，只有有緣者可以瞥見。

離開南瞻部洲的公主，終於在彌陀內院見到了在長安見不到的雲遊僧，蓮花座上的雲遊僧，像一朵雲，翻譯經典的法雨甘露等待降下娑婆世界（他們沒有預見未來荒蕪的人世將使經典蒙塵，紙頁褪色，無人觸摸）。

她也如一朵雲，等待飄下和親公主的高原故事。

兩朵雲，一日一月。

美麗的時光，循環。

歷史等著前進，蓮花座下自此閃爍著他們的傳奇，命中注定誰是你？

虛空傳來你們是雲遊僧與甲木薩。

महायानदेव & རྒྱ་མོ་བཟའ་。

無能更改的命運路徑，開展現實與虛構，射出慈悲與智慧。

島嶼李雁兒，如是我聞。

後記
夢的鏡花緣，在靜夜寫字的人

死亡的星塵依然在天空閃耀，自知俗緣已了的雲遊僧站在花園望著星空，聽著譯經院在抄寫著經論，合七十五部，計一千三百三十五卷。有弟子誦著心經：色即是空，空即是色。初春三月，雲遊僧看見佛來接他了，菩薩的位子等他上座。

另一平行時空，在邏些心繫於長安的甲木薩公主聽聞商旅使者馬玄智帶來雲遊僧圓寂的消息，不禁悵然地回憶起十六歲前在長安的生活。很多年前，那是她最後一次在長安城過新年，過最後一次的長安元宵節。元宵過後，她將啟程。人約黃昏後的高原，她的未來情人是高原的王，他的國土展現神威，朝她的愛情結界而來。

甲木薩在高原生活四十載，守寡三十有餘，原來，無性可以專一，一心讀經，信心不變，信念不轉。就像她在長安花園看過異域培植到中土的魚，那是無性的魚，所以專心成長，專心長成想成為的樣子，肥大碩美。據悉古代的盲眼樂師，為了音樂讓自己失去眼睛，為了精密的聽清楚一切世間的聲音。祖師教念佛亦如是，命懸一絲的念。慧可大師，立雪斷臂，供養達摩祖師，難捨能捨，難行而行。

爾後她在由長安報信者一路攜至高原的雲遊僧譯典中，度過她在高原的漫漫長夜，同時在每個夜晚，回憶起自己的一生。

生命的最後，譫妄症的她走出布達拉宮，眼前彷彿拉開長安夢華錄，她看見雲遊僧來到眼前，坐落在大小昭寺，正和十二歲釋迦牟尼佛的等身佛像說話。甲木薩，她幾度生生滅滅，猶如佛魔手中的一只棋子。長安出產僧人與詩人，還出產可以像男人般出外騎馬射箭的女性。他們知道比戰爭更有利的武器不是刀劍而是愛情，於是甲木薩公主來到了高原。

她先是女孩李雁兒，接著才是文成公主，接著又變成甲木薩公主，貝瑪蓮花，昇華成女神，上位為菩薩。她過世之後，佛滅來到。她從高位跌落，被降格成活生生的羅剎女。時間流逝，平反之後，傳說加劇，她轉成了女神。

從此，甲木薩和她心中永遠懸念的雲遊僧，成了島嶼女孩李雁兒注目之火，筆中之墨。

以上，是我為這本長篇小說擷取如電影的（本事）。

小說雖一分為二，但內文彼此互文，隱隱有所指涉與悄悄連結，文氣語感也各有不同，雲遊僧理性，依人物驅動小說敘事。甲木薩感性，依時間驅動其一生。敘述著兩輛平行時空的列車如何藉由佛典展開一場信仰之心與追尋之戀。

小說另外在開頭增添一個近代與當代人物，如小說楔子般，以增添小說感：

一個是李雁兒（大昭寺導覽員），由當代一個也叫做李雁兒的女孩（和文成公主的在家俗名李雁兒同名）走入時光甬道，她在大昭寺撫今思昔，以此倒敘出文成公主的一生，歷史只是舞台背景，小說的探照燈照射的是文成公主不為人知的愛情想像與其對高原的影響之最，吐蕃人稱她為甲木薩，漢地來的女神，而小說則讓女神走下蓮花座，讓她走出傳奇，她是一個活生生的人物，有哀有愁有淚有悲，當然也有非常堅強的一面。

另一個當代人物是王道士（人稱王阿菩），以王阿菩和史坦因相遇展開的序曲，輾轉帶出千佛洞文物之所以會被史坦因帶走，全肇因於兩人的共通偶像：三藏法師雲遊僧玄奘，我想藉此帶出玄奘對後世歷史具有不可逆轉的影響力。

小說雖劃分為二個人物軸線，但彼此關聯則由西域商旅馬玄智穿插其中，歷史微不足道的人物在小說裡虛構為往來兩地的報信者，使兩個敘事內裡隱隱串聯，互為虛構的書信，透過佛典翻譯的埋針藏線，使人物不再只是被歷史封印的平面圖騰。

如有讀過我的長篇小說《別送》（麥田出版），會發現原來小說裡的李雁兒，其名字取自文成公主的俗家閨名，這個名字是伏筆，也是跨時空的彼此疊映。於是這本小說有如《別送》的外傳，或說前傳，藉由同名李雁兒，貫穿高原與佛典，長安與台北，現代與唐朝。其中的婢女桂兒（虛構人物，在小說《別送》裡她即是那個亡去母親的名字：「蘇秋桂」，我故意安排的一個輪迴隱喻，但我知道如果作者不提及，讀者幾乎不會察覺到這樣的細微安排）。桂兒在《命中注定誰是你》則成了一起和文成公主隨侍遠嫁高原的婢女，在小說裡具有畫龍點睛的角色。

《別送》與《命中注定誰是你》兩本小說並無情節關聯，但卻有地理的關聯，與二者對佛典的熱愛。兩本小說皆描述著有佛的高原，此即是兩個不同時代的李雁兒的夢中鏡花緣，心的原鄉，愛的朝聖。

我總是心念於島嶼與高原。高高山頂立，深深海底行，高原大山與島嶼深海，正是我永恆的心地風光。

夢裡花落，我聽見山風，聽見海潮音，看見每一個搖曳的燭火，每一段經文所飄向眾生的祈福。

我總是在靜夜裡讀經，在靜夜裡寫字，打造我的夢中鏡花緣。

望著明月，想著遠方，梵音海潮音在窗外湧動。

在微光裡，我看見赫赫的羣星籠罩在雲遊僧的取經之路，閃爍在高原甲木薩公主膜拜的佛顏佛足上。

我經常想，我活過那個時代。

滿山骷髏，昔為蟻后或顛倒女人，今願為佛的好孩子。

我在年輕時早早就走過佛陀從出生到入滅之路，我也在西藏高原日夜駐足生活良久，在每個星夜的雪域，飄落著無聲的雪花時，我就能想起佛陀還是悉達多王子時也是在靜夜裡從皇宮出走，菩提樹下夜睹明星一生一滅，終至頓然徹悟自性自心的剎那。

佛的剎那，折射出我這無明人的永劫。

駑鈍如我，花開花落，何以淪落人間？

心地常飛六月雪，火內方開五色蓮。挫骨揚灰，去執去我。我的煩惱就像六月，六月惱熱，唯佛法如冰似雪，注入無上清涼。

這是我在小說寫下的字句。

在那裡，我記得膜拜，我記得供燈，我記得焚香，我記得念經，我記得一切的美好。在那裡我遇到的許多人都讓我滿心歡喜，因為在高原那小小寺院之地，我們有了佛經的共通語言，於是只消一個注目一個點頭一個手勢，就是拈花微笑。

我年輕時在我西遊高原或者不丹與尼泊爾等喜馬拉雅的旅途裡，我經常看著把自己身上最昂貴的東西拿出來供奉佛寺或施予人們的仁者，我總想著在這裡過日子的人看似貧窮卻是最富有最有福報的啊，他們有靈魂的理想性，有對來世的解脫渴盼，有著寧靜的瑕滿人生。

但高原畢竟是高原，旅途只是脫軌於日常的浪遊，一旦回到我的城市，就又開始陷落在自己的心緒上，習性的慣性上，心地工夫常荒蕪。因此雖嚮往之，卻沒有提筆的動力。

之所以開始書寫這本小說，是緣於際遇的餽贈，以苦痛換取的寫作。

緣於母親纏綿病榻多年，過去經常浪遊旅途的我沒料到有一天我的世界五大洲之大會微縮成一張電動床之方寸。苦痛的呻吟，無能的藥方，如何安頓當下？

於是，我在母親的電動床旁，用各式各樣在旅途裡聽來的朝聖故事，說給母親聽，說給母親聽的一千零一夜的故事裡，總充滿著佛光佛語，充滿著朝聖者，充滿著日夜五體投地的膜拜者，誦經者。

同時我想起了我從孩童時就認得的一個名字：玄奘。真的是從孩童時代就認得，因為我從小就接觸佛經，祖祠案上恆擺著《心經》、《藥師經》，翻開經文總是有：「唐 三藏法師玄奘奉詔 譯」。

忽然佛經裡的句子一下子穿透了我的記憶，回憶起來竟有一種被銳利的文字萬箭穿心的感覺。這個世界太孤寂了，人生太五味雜陳了，曾讓我迷惘、讓我不知所措。而雲遊僧曾是指引我的星星，照耀著昏濛的我。

我是石頭，雲遊僧是水，掏洗著我。

我忽然覺得來自唐朝長安的雲遊僧在和島嶼的我說話，穿越千年，我既是台北的李雁兒，也是唐朝的李雁兒。

玄奘前半生雲遊，後半生在譯經院，正是從世界轉成方寸之地。

當然我的方寸之地不過是母親的電動床，不偌大師的譯經院之偉大。但孝心不正是小小眾生應行之大事，在兒女如天邊之遠的現代生活，我是這麼想著的。

我因個人太尊敬玄奘大師了，所以知悉很難書寫已被神聖化的人物，於是我將在高原最心儀的文成公主放進筆中（文成公主的故事轉折在創作中可以再造，以想像力抵達），不斷假想著文成公主離開長安時的懸念是雲遊僧，一生未能見到大師成了文成公主之憾。當然這是小說家虛構的，但也許虛構的更真實。

在我艱困難熬的長照漫長時光裡，他們就像磁鐵般地吸引我，不斷帶我遙想一個美麗如銀河的佛典翻譯時代，也讓我一再重返高原，彷彿只要提筆，曾在大昭寺領受十二歲等身佛的加持，旋即讓我溫柔沐浴在佛光中。

彷彿他們是我小說裡包場的雙人座咖啡館，我愛著佛，愛著他們，於是就這樣寫起了他們的故事，閱讀與感謝著很多書給了我參考的座標，讓我可以亦步亦趨的追尋或者吐出想像的文字。我在靜夜裡寫著，陪著時而呻吟時而昏眠的臥床母親。

他們的故事讓我平靜，將受苦的心，將母親的悲劇，化為溫柔的月光，籠罩著孤女荒原的日常。

即使寫作最終也將如夢幻泡影。

修行的故事總是壯烈，比如忍辱仙人被割截身體，比如捨身求半句偈的故事「諸行無常，是生滅法。生滅滅已，寂滅為樂。」為了聽下半句偈子，不惜供養肉身給噬血羅叉的修行人。就像慧可斷臂，就像六祖惠能在獵人隊多年，就像雲遊僧西行取經歷經九死一生的磨難。

在當代聽來，每個故事都如傳奇。

傳奇緣於歷練，紅塵歷歷，沒有眾生，就沒有菩薩。

微塵眾。

想到此，我突然找到新的敘事結構，列出雲遊僧往生菩薩前要感謝的眾生，人生旅路要感謝無數的人，包括障道他的人，害他的人，也都要感謝，就像佛陀成道最後要感謝的是障道者提婆達多一般。從雲遊僧一生交會的人物，從皇帝國王到土匪，從王公貴族到販夫走卒，從天道人道到阿修羅與畜生道，我逐一爬梳歷史，逐一唱名雲遊僧一生所要致謝的功德芳名錄。

我們每一個人也都各有一本屬於自己一生的「功德芳名錄」。

就如同，我也感謝著這一路陪我走到此刻的任何人，愛我者或厭我者，我都如斯感念。冤親愛憎，如是致謝。

愛感謝，哀感謝。

但說來我畢竟根器陋劣，業習深重。於是寫此小說不過是思慕欣羨景仰古德而已，且請原諒小說家以想像力（為了加強故事的強度）作為戰鬥的武器，使得這本小說若出現逆反歷史或錯誤謬論之處，還懇請以再次創造的小說讀之。

感念雲遊僧從童年就走入我的眼，感念甲木薩在我照顧母親的方寸之地成為我幻想遠方的知音。

在這波濤洶湧，美麗又苦痛的世界，我仍懷著重返古典的浪漫之想，關於人生，關於藝術，關於文學。即使明知寫這類的題材也不過是過眼雲煙，但原典恆是我的核心之柱。

因為有了經文原典，有了宿昔典型，於是在盛夏，我彷彿看見的不是盛夏的萬物之枯，我看見的是窗外下起了罕見的六月冰雪，開出浴火中的稀有白蓮。

這冰雪這白蓮，陪著我幫母親打著一年又一年纏綿臥榻的晚景征戰，我的心我的眼因寫這本小說，心逐漸從火熱中襲上了清涼。

生命際遇，動盪無常。
哀歡離合，如歌似泣。
甲木薩與雲遊僧傳奇：
如鏡如心，如塵如星。

如是我聞。
我聞如是。

命中注定誰是你
甲木薩與雲遊僧傳奇

作者　鍾文音

社長　陳蕙慧
總編輯　陳瓊如
行銷企畫　陳雅雯、余一霞、汪佳穎
封面設計　莊謹銘
校對　魏秋綢
排版　宸遠彩藝

讀書共和國集團社長　郭重興
發行人兼出版總監　曾大福
出版　木馬文化事業股份有限公司
發行　遠足文化事業股份有限公司
地址　231新北市新店區民權路108-2號9樓
電話　(02)2218-1417
傳真　(02)2218-0727
Email　service@bookrep.com.tw
郵撥帳號　19588272木馬文化事業股份有限公司
客服專線　0800-221-029
法律顧問　華洋國際專利商標事務所 蘇文生律師
印刷　呈靖印刷股份有限公司
初版一刷　2022年08月03日
ISBN　978-626-314-233-6
9786263142350（EPUB）
9786263142343（PDF）
定價　460元

此作品獲全球華文文學星雲獎長篇歷史小說寫作計畫補助專案補助

國家圖書館出版品預行編目

命中注定誰是你：甲木薩與雲遊僧傳奇/鍾文音著. -- 初版.
-- 新北市：木馬文化事業股份有限公司出版：遠足文化事業股份有限公司發行, 2022.08
面；　公分
ISBN 978-626-314-233-6（平裝）

863.57　　111010141